2013年度教育部新世纪优秀人才支持计划
“当代俄罗斯女性文学的语言文化问题研究”（NCET-13-0057）成果

2010年度教育部人文社会科学研究项目
“当代俄罗斯女性文学作品的引语体系及功能研究”（10YJA740062）成果

2010年度中央高校基本科研业务费专项资金资助项目
“当代俄罗斯女性文学作品的语言学视角研究”成果

当代俄罗斯女性文学的多元视角研究

Multi-perspective Study of Contemporary Russian Women's Literature

刘娟　主编

丛书出版得到教育部区域和国别研究基地

——北京师范大学俄罗斯研究中心的资助

Л. С.Петрушевская

叙事学视角下的
柳·彼特鲁舍夫斯卡娅作品研究

王燕 著

A Study on L. Petrushevskaya's Works from the Perspective of Narratology

北京大学出版社
PEKING UNIVERSITY PRESS

图书在版编目（CIP）数据

叙事学视角下的柳·彼特鲁舍夫斯卡娅作品研究 / 王燕著 .—北京：北京大学出版社，2017.10

ISBN 978-7-301-28842-9

Ⅰ.①叙… Ⅱ.①王… Ⅲ.①俄罗斯文学—妇女文学—文学研究 Ⅳ.① I512.06

中国版本图书馆 CIP 数据核字（2017）第 249849 号

书　　名	叙事学视角下的柳·彼特鲁舍夫斯卡娅作品研究 XUSHIXUE SHIJIAO XIA DE LIU · BITELUSHEFUSIKAYA ZUOPIN YANJIU
著作责任者	王　燕　著
责任编辑	李　娜
标准书号	ISBN 978-7-301-28842-9
出版发行	北京大学出版社
地　　址	北京市海淀区成府路 205 号　100871
网　　址	http://www.pup.cn　　新浪微博：@ 北京大学出版社
电子信箱	zpup@pup.cn
电　　话	邮购部 62752015　发行部 62750672　编辑部 62759634
印 刷 者	三河市博文印刷有限公司
经 销 者	新华书店
	650 毫米 ×980 毫米　16 开本　23.75 印张　362 千字
	2017 年 10 月第 1 版　2017 年 10 月第 1 次印刷
定　　价	64.00 元

总　序

20世纪末到21世纪初的俄罗斯文学好比一本斑驳陆离的图谱，呈现出多元、多样、多变的特点。后现代主义、后现实主义、新现实主义、新农村散文、新感伤主义、超现实主义、异样文学等概念和流派层出不穷，汇成了多声部的大合唱。这一时期的俄罗斯文学在创作手法、体裁形式和叙述内容上同样具有多元、繁复和去核心化的特点，难以用一个统一的方向、流派来定义，更难以对其进行整体划一的研究。在这一时期，作家获得了前所未有的创作自由，这种自由在释放作家的创作能量的同时，也影响了俄罗斯文学的传统说教和道德指导功能。有些原来被贬低的角色成为了作品的主要人物，正统典范的文学作品语言有时完全被非标准语言，甚至俚语所解构和颠覆。与此相应的是，世纪之交的俄罗斯当代文学显然带有强烈的后现代主义色彩。虽然时至今日，当代俄罗斯文学又在发生着新的变化，然而，基于俄罗斯文学传统，具有俄罗斯文学特征且有别于西方后现代主义文学的俄罗斯后现代主义文学无疑具有很高的研究价值。

与后现代主义文学交相辉映的当代俄罗斯女性文学是俄罗斯文学的重要组成部分。女性文学是一个非常复杂的概念，既涉及创作主体，也关系到创作内容。我们之所以使用女性文学这一概念，并非要对女性文学作出一个狭隘的定义，并非要否定男性作家从事女性文学创作的权利。但是为了便于研究，我们组织了一系列专著，把女性文学定义为女性作家创作的文学。当代俄罗斯女性文学之于后现代主义思潮的重要意义在于，它以独特的方式解构了传统所谓“女性文学”的刻板印象，这是一场大规模的对当代女性的重新隐喻和象征。这种重塑亟待我们去重新认知。

这对于我们把握当代俄罗斯的文本、符号、意识形态都具有重大意义。而我们这一系列著作的研究视角，则侧重于语言文化学、语用学、修辞学方向的交叉研究。

当代俄罗斯女性作家的语言生动细腻，非常注意通过多种修辞手段来体现创作主体的女性气质。她们在继承和发扬俄罗斯文学传统的基础上，吸收后现代主义文学的创作手段，在叙事风格、语篇建构、语言表达等方面有很大的突破和创新。女性文学作品的普遍特征表现为：叙述者的多样化、不同的主观言语层级界限的模糊化、叙事视角的多元化、时空视角表达手段的复杂化等。这些特征都直接反映在作品的语言表达方面，并涉及语言的各个层面。在句法层面上，它们体现为多种引语变体的出现、插入结构的积极使用、多谓语结构的运用。在词汇层面上，我们则可以发现不同语体的词汇的混合使用、词语的错合搭配、大量具有修辞色彩的词汇的运用、成语的仿似现象等。在构词方面，作家采取多种多样的构词手段，如大量使用表达情感和评价色彩的后缀，借助外来词的词根或后缀构词、合成新词等。与此同时，作家在作品中还积极使用隐喻、对比、拟人、夸张等修辞格手段。这些语言特征不但是当代俄罗斯女性文学作品叙事特点的外在体现，而且是当代俄罗斯语言发展变化的缩影。由于政治体制和价值观的改变，当代俄罗斯语言表现出自由化、开放性、对语言标准的偏离、不同语体相互渗透等特点。由此可见，当代俄罗斯女性文学作品为我们提供了丰富的语言学研究素材。对这些作品的研究不但有利于总结俄罗斯当代女性文学的语言表达特点，而且对研究俄语的最新发展变化具有指导意义。

当代俄罗斯女性文学作品，特别是具有后现代特色的作品，在语言描述、内容结构和时空叙述上表现出跳跃与无序，给读者和研究者正确解读作品内涵造成很大障碍。为了营造多重声音的效果，有的作品中多个叙述者同时存在，有的作品中叙述者与人物极其接近。作者有时打断现有叙述，进入新的叙述，然后又回到原有叙述。这种不连贯和未完成性是制造叙述悬念的结构手段。不同的叙述层面有时相关联，有时彼此对立。这种叙述则可以营造鲜明的对比效果。所有这一切都造成了不同的主观言语层级的相互交叉、叙事视角的相互交融、语篇的内部构建和外部联系的复杂化。在这种情况下，读者和研究者很难捕捉到一个清晰完整、贯穿全文的叙述者。作品叙述中非规范形式的人物话语经常在句法结构和叙事内容上与叙述者语篇交织在一起，缺少传统人物话语形式的标志性特征，这在很大程度上进一步加大了受众的阅读困难。但是，无论叙事形式如何复杂，无论叙事话语与人物话语如何交融，无论故事发展如何难以把握，它们都会在叙事语言上留下自己的痕迹，具有自己典型的语言标识。借助对人称代词形式、动词的人称和时间形式、叙述者的发话方式、词汇的深层语义、插入结构的特点、话语情态归属等语言标识的分析，我们可以有效辨别不同的言语层级，区分叙述者与人物。通过正确解读叙事话语与人物话语的关系，通过梳理叙事时空视角的发展轨迹我们可以更加清晰和科学地挖掘当代俄罗斯女性文学的创作意图、叙事特点和主题思想。因此，当代俄罗斯女性文学作品的语言学视角研究对读者和研究者梳理叙述内容、理解作品思想、把握作者创作意图、了解当代俄罗斯女性文学作品特点具有重要的现实意义。

文学作品是一种复杂的语言、文化和社会现象，对文学作品的研究应该是全方位多角度的。而20世纪人文研究的“语言学转向”更是赋予文学的语言学研究以极大的空间。然而由于种种学术壁垒的存在，无论在俄罗斯本土，还是在中国国内，都造成了语言学研究和文学研究的长期分离，而我们的这一系列研究，正是几位年轻学者弥合这种分离的可贵尝试。这些作品以俄罗斯最著名的当代女性作家柳·彼特鲁舍夫斯卡娅(Л. Петрушевская)、维·托卡列娃(В. Токарева)、柳·乌利茨卡娅(Л. Улицкая)、塔·托尔斯泰娅(Т. Толстая)的小说为语料基础，以文体学、叙事学、修辞学、语用学、语言文化学、符号学等学科的理论为指导，从多重视角研究几位女性作家的作品，并在此基础上总结归纳她们在人物塑造、引语使用、叙事风格、修辞手段等方面的共性和个性，进一步探讨当代俄罗斯文学语境中女性作家语言创作手段的发展趋势及对文学创作的影响。

这些著作由王燕、国晶、王娟等几位博士完成，是在她们各自的博士论文的基础上发展而成。著作的修改过程对几位年轻的学者来说是一个艰苦和超越自己的过程。作为该系列著作的主编和几位作者的导师，本人在对这几本论著分别进行逐字逐句的修改和完善的过程中，亲眼目睹了自己弟子的成长和进步，亲身感受到学为人师的艰辛和幸福。由于年轻学者尚且缺乏研究经验，本人时间精力有限，加之研究对象和研究内容相对复杂，书中难免存在纰漏，恳请专家学者批评指正。

刘娟

2017年2月16日

目 录

绪　论

当代文学研究，尤其是当代小说研究中最为迫切也最具现实意义的一个任务就是探索最为合适的阐释文学作品的方法。20 世纪 60 年代之前，俄罗斯文学界传统的研究方法较多的是单一的文学批评研究。而在维诺格拉多夫（В. В. Виноградов）一系列重要著述面世之后，许多论述作者形象范畴的思想为文学研究注入了新的活力，提供了新的研究视角。维诺格拉多夫本人从来就不赞成用单一的语言学或者文艺学方法来研究文学范畴，如作者形象问题。他认为，作者形象的研究范围要比文学作品语言的研究范围宽泛，因此可以同时用文学作品语言和文艺学这两门科学来研究，但这两种方法应该严格地协调起来。他常常重复这一观点："文艺学家和文学作品语言史学家常常用不同的方法，从不同的角度、立场，以不同的方式研究作者形象问题。"[①]由此，当代文学研究逐渐发生方法论上的转向，即从传统单一的文学批评研究转向综合的语文学研究。这一转向与当代文学语境，特别是与后现代语境密不可分。

不同的学者对"后现代主义"有不同的见解，相应地也就存在不同的研究后现代文学的原则。尽管所有这些分歧都无助于挖掘后现代文学的本质，也无助于本书的研究，但毋庸置疑的一点是，后现代主义"首先是一种世界观，其本质就是认识到所有真理的相对性，智力资源的可穷尽性。其本质涉及怀疑论、全面的多元论，其核心是力图消弭所有的界限和限制，废除所有的禁忌。……它同时还是世界文化发展的一个特定阶段，是

① Виноградов В. В. *Наука о языке художественой литературы и ее задачи*, Гослитиздат, 1958. С. 45.

20世纪下半叶世界文明危机的产物。"[①]与此同时还应该看到,决定后现代主义哲学美学基础的直接来源是后结构主义和解构主义。这两大思潮排斥信奉权威,批评每一个声称客观且普适的"所谓"真理。与这两大流派的核心观念较为接近的后现代世界图景同样排斥诸如完整性、中心论、基础等基本要素。男权主义文学中的中心"可以随便放到任何地方,而且完全存在许多有同等价值的中心。"[②]男权中心的解构在后现代文学世界观中鲜明地表现为全面讽刺:嘲笑一切,讽刺任何神圣的东西,不顾及什么权威。这种嘲笑把神圣与罪恶、美好与丑陋、莎士比亚与不入流的笑话视为是平等的。在这种语境下,越来越多的解构作品,包括女权主义文学作品出现了。它们解构权威,解构父权话语,解构经典,解构一切可以解构的东西。当代文学叙事中也出现越来越多的互文性,越来越多的后现代"文字游戏"以及对话性。当然,这种对话仅仅是作为一种叙事策略的对话。作品叙述结构中多种视角的并存,多个叙述声音的融合,"作者形象"的难以捕捉,都无疑增加了读者接受行为的复杂性。叙事作品叙述结构的复杂性首先表现在对"作者形象"范畴的认知上-——它不简单的是实有作者的形象,也不是某个作者的"代言人"(如叙述者、讲述人)的形象,更不单单是那个隐含在作品中的作者的形象。作者形象是一个有着多层次、多形态和多涵义的复杂结构。"如果考虑到作者形象能分属一部作品或一个作家,甚至一个流派,并且能够区分出不同的类型来,那么,它更是一个多层次多因素的结构了。"[③]

维诺格拉多夫指出,"作者形象"是整部作品思想和修辞的核心,是整部作品的焦点。[④] 白春仁教授也认为,"形象世界是艺术创作的对象,是

---

① Прохорова Т. Г. *Постмодернизм в русской прозе*, Казань Казанский гос. ун-т., 2005. С. 7.

② Там же. С. 7.

③ Там же. С. 283.

④ Виноградов В. В. *Наука о языке художественой литературы и ее задачи*, Гослитиздат, 1958. С. 118.

作品的核心。形象这个层次,因此也处于作品结构的核心。……作者层的存在恐怕无可争辩……这个存在可说是无孔不入,唯其丰富反而不很确定,却终归有物可征。"[①]作者形象问题是文学作品研究的核心问题,也是本书研究的对象。作者形象在作品中的存在尽管不像作品世界中的人物形象一样那么确定、鲜明,却也是有据可依的。因此,正如普通哲学所讲,解决矛盾要抓主要矛盾,抓关键,而"作者形象"问题正是文学作品研究中的主要矛盾和关键。抓住了这一关键,就拿到了打开文学作品世界之门的金钥匙。

0.1 作者形象理论国内外[②]研究综述

0.1.1 作者形象研究在国外

在维诺格拉多夫提出"作者形象"说之前,与该问题密切相关的是"作者"问题,它是 20 世纪下半叶以来文学研究的重中之重。因此,有必要对"作者形象"产生的来龙去脉作以梳理。

许多伟大作家都很关注"作者"问题,如卡拉姆津(Н. М. Карамзин)、萨尔蒂科夫-谢德林(М. Е. Салтыков-Щедрин)、陀思妥耶夫斯基(Ф. М. Достоевский)、托尔斯泰(Т. Н. Толстой)等都明确表达了对该问题的看法。他们的中心论点大致可归结为:作者在作品中是以某种潜在的方式存在的。

而对于"作者"概念本身来说,文学理论研究者对它的阐释却不尽相同,也由此延伸出许多重要的术语,诸如"作者形象"(维诺格拉多夫),"作者兼创作者"(巴赫金 М. М. Бахтин),"作者声音"(科仁诺夫 В. В. Коженов)、"作者意识"(梅里尼楚克 О. А. Мельничук)等。这不仅是文

① 白春仁:《文学修辞学》,长春:吉林教育出版社,1993 年,第 12—13 页。

② 本书"中国内"指中国国内,"国外"指中国以外的欧美及俄罗斯。

学自身发展造成的结果,而且也与文学研究方法论的转向有关。近年来,文学研究者更注重把文学作品视为一个特殊的世界,它是创作者创作活动的结果,是一种话语,是以作品为中介的作者与读者的对话,是一个交际事件。因此,越来越多的学者关注到作品作者问题、"作者形象"问题、"作者声音"与"人物声音"及其相互关系问题。但是,任何一个范畴在科学研究界的提出及界定都会延及其他相关范畴,会经过不断的"论证——否定——再论证——再否定"这一循环往复的过程,对它的接受绝不是一蹴而就的。"作者形象"便是如此。它从诞生之初直到今天,经历了无数次的充实、丰富,但依然不是尽善尽美、被所有学者一致接受的理论,仍然存在某种程度上的不完善。正如利哈乔夫为维诺格拉多夫(Д. С. Лихачёв)的《关于艺术语言的理论》一书所做的后记中所说,"维诺格拉多夫思维的分析性使他创立了经受检验的概念体系,这一体系的结构特点就是问题划分的清晰、明确,断然拒绝任何的简单化和直线式的急功冒进。因此维诺格拉多夫的这些概念体系都没有穷尽研究,而是为这些研究打开了更广阔的道路。"①

作者与作者形象的关系问题是许多作家和文艺理论家都甚为关心的一个重要领域。对这一问题作出深入、细致研究的是苏联科学院维诺格拉多夫院士,他所提出的"作者形象"是文学研究领域的一个重要范畴,是其大量论著中浓墨重彩论述的一个理论。但是,从维诺格拉多夫众多著述中,我们并没有找到对"作者形象"概念的清晰、确切的界定。他关于"作者形象"本质的论述散见于多部作品的多个章节,这些表述也都不尽相同。如他在讲到作家风格时提到,"作家的风格几乎常常被视为是多样性的统一,视为一个独特的'体系之体系',它们通常存在一个统一的或者有组织的中心。"②那么,这个在作家独特的风格中统摄了语言、思想和审

---

① Виноградов В. В. *О теории художественной речи*, *Высшая школа*, 1971. С. 228.

② Виноградов В. В. *Наука о языке художественой литературы и ее задачи*, Гослитиздат, 1958. С. 11.

美因素的"有组织的中心"到底是什么？维诺格拉多夫给出了明确回答，这一中心指的就是"作者形象"。"在'作者形象'身上，在它的语言结构当中，统摄综合了一部文学作品风格上的所有特性和特点：运用富于表现力的语言手段造成的明暗相间，浓淡交映；叙述中不同语言格调的转换更替；文辞多种色彩的交错配合；通过选词炼句表现出来的种种感情色彩、褒贬态度；句法起伏推衍的特点。"[①]类似的表述还出现在其他重要著作中。[②] 但是这个答案并非是"作者形象"定义本身。

《关于艺术语言的理论》一书在论及作为创作者的诗人形象时，维诺格拉多夫写道："作者形象由诗人创作的基本特征形成，其中体现并反映出经过艺术加工的作者本人传记的成分。波捷布尼亚(А. А. Потебня)公正地指出，抒情诗人书写的是'自己的心灵史(和间接的自己的时间史)'。抒情之我不仅是作者的形象，他同时也是大人类集团的代表。"[③]这一观点同样并非是作者形象的本质内涵，它仅表明：作者本人的传记成分不可避免地会体现在作者形象中。

但维诺格拉多夫显然对作者形象问题非常重视，他不止一次地回到"作者形象是什么和由什么构成"这一问题上。在谈到讲述体中的作者形象时，他精辟地指出："作者形象不是简单的言语的主体，甚至在艺术作品的结构中通常并不提到它。这是一部作品真谛的集中体现，它囊括了人物与叙述者、一个或多个讲述人相互关系的语言结构的整个体系，通过这些语言结构而成为整个作品思想和修辞的核心，成为整部作品的焦点。"[④]学界常常引用这一表述来定义作者形象。但是，维诺格拉多夫本人并未把它作为"作者形象"的定义，这段表述仅仅是他在论述讲述体中

---

① Виноградов В. В. *Наука о языке художественой литературы и ее задачи*, Гослитиздат, 1958. С. 23. 此处译文采用白春仁：《文学修辞学》，长春：吉林教育出版社，1993 年，第 269 页。

② 见 Виноградов В. В. *О языке художественной литературы*, Гослитиздат, 1959. С. 155.

③ Виноградов В. В. *О теории жудожественной речи*, Высшая школа, 1971. С. 113.

④ Там же. С. 118.

的作者形象时表明的观点,并不一定适用于揭示所有体裁作品中的作者形象。而有的时候,维诺格拉多夫把作者形象视为一种修辞结构,是“独特的文学言语结构,它贯穿文学作品结构始终,决定作品所有成分之间的相互联系和相互作用”[①],强调在分析文学作品时必须揭示该结构的语言构建原则。

因此,综观维诺格拉多夫多处有关“作者形象”的论述,我们并不能得出像自然科学中那样清晰、准确的“作者形象”定义,而只能说上述表述是复杂的“作者形象”范畴中必不可少的内容。

与维诺格拉多夫同时代的巴赫金在对待“作者形象”问题上有不完全相同于维诺格拉多夫的研究角度。他主要从哲学和美学的角度阐述作者问题,对维诺格拉多夫的有关作者形象的理论持对话性批判态度。巴赫金是这样阐述作者和作者形象的:“我们在任何一种艺术作品中都可以找到(接受、理解、感知、感受)作者的存在。例如,在绘画作品中,我们总能感觉到作品的作者(即艺术家),但我们从不会用看他所描绘之形象的方式来看作者本人。我们可以感知到作为塑造主体的作者,而不是作为被塑造的形象的作者。同样,我们在自我肖像中看到的当然不是绘画的作者,而只是艺术家的艺术形象。严格地说,‘作者形象’是自相矛盾的(指被限定的词和定语之间的内部矛盾——本书作者注)。实际上,所谓的作者形象是特定类型的形象,是有别于作品其他形象的形象,但这是形象,它有创造该形象的作者。……我们可以谈有别于‘被塑造的、被表现的、作为作品一部分进入作品的作者’的‘纯作者’。”[②]

巴赫金极其重视“外位性”“他性”因素,他对审美活动中的事件大都从这一角度去审视,如作者问题。在《审美活动中的作者和主人公》中,巴赫金不是把作者理解为现实存在的人物或者作品的主人公,而是作为创

---

① Виноградов В. В. *О теории художественной речи*, Высшая школа, 1971. С. 152.

② Бахтин М. М. *Эстетика словесного творчества*, Искусство, 1979. С. 287—288.

作原则的总和。他所提出的“作者兼创作者”概念与其一贯坚持的“外位性”立场有关。“作者在塑造虚构的人物性格时，应该知道他们所知道的一切，这样才能最终刻画出人物具有充分价值的艺术形象。……作者不仅看到而且知道每一主人公乃至所有主人公所见所闻的一切，而且比他们的见闻还要多得多；不仅如此，他还能见到并且知道他们原则上不可企及的东西。较之每一个主人公，作者总有一定的又是稳固的超视超知的部分，最终能够实现整体性的那些因素，恰恰就处在超视超知的那部分之中。”①

巴赫金在分析传记作品中的作者和主人公时仍然强调他性。尽管传记中存在的是作者和主人公，尽管他们是不重合的，但他们却都是他人，都属于他性世界，而不是“我和他人”的关系。传记中尽管是两个意识，但却是属于同一价值世界的意识，他们之间不是相互对立的。“作者原则上不比主人公富有，他没有多出主人公生活中拥有的外在的因素可用于创作，作者在自己创作中只是延续主人公生活中内在已有的东西。此处不存在审美视角与社会视角的原则对立。……在传记中作者是幼稚的，他同主人公有亲缘关系，他们可以交换位置。当然，作者作为艺术作品的一个因素永远也不与主人公重合，他们是两个人，但相互之间没有原则上的对立，他们的价值语境是同质的，主人公是生活统一体的载体，作者是形式统一体的载体，他们属于同一个价值世界。”②

巴赫金认为，作者必须处于完全的外位才能保证审美世界的稳定自足。作者与其主人公应处于丰富的相互关系中，可以与他们进行交流。但此时他“作为积极的创造者，应该处在他所创造的世界边缘上，因为一

---

① Бахтин М. М. *Эстетика словесного творчества*, Искусство, 1979. С. 16. 此处译文参考［俄］巴赫金《巴赫金全集》（第一卷），石家庄：河北教育出版社，2009 年，第 108—109 页。

② Там же. С. 16. 此处译文参考［俄］巴赫金《巴赫金全集》（第一卷），石家庄：河北教育出版社，2009 年，第 270—271 页。

旦闯入这一世界,就会破坏它的审美稳定性。"[①]对巴赫金而言,最为重要的首先是作者和主人公作为"审美事件"参与者之间不可分割的联系,是他们在审美行为中"事件性"的相互关系和相互作用。在《审美活动中的作者与主人公》中,巴赫金强调,不能单单在艺术作品框架内来理解审美事件,这是至关重要的。[②] 主人公及其世界构成审美活动的价值中心,不能把他们简单地归为作者积极创造的产物。同样,对于作者而言,他们也不可能仅仅是客体或者材料。由此可以看出,巴赫金把作者与主人公视为是具有同等价值的审美主体。

诺维科夫(Л. А. Новиков)在关于文学语篇的研究原则的论述中指出,作者形象范畴和语篇结构在互为反映、互为决定关系的同时,两者还是本质上完全不同的范畴。因此,当谈到"作者形象的言语结构或者组织结构时,指的当然是这一范畴在语篇中的反映"[③]。这从一个侧面表明,作者形象并不是具体的物质存在,而是一个抽象的范畴。它在文学语篇中的指征只能以语篇结构为依托,从而进一步挖掘其在语篇中的表征形态。

科尔曼(Б. О. Корман)认为,研究作者问题的出发点应该是确定文学语篇形式主体结构和内容主体结构的相互关系。他认为,作者是"语篇内现象",他通过构成作品的语篇各部分与语言主体和意识主体之间的相互关系表现出来。整个艺术形象,整部文学作品是作者的异在(инобытие),是他的间接表现。[④] 他还指出,"作者"一词在文艺学中用于几个涵义:

---

① Бахтин М. М. *Эстетика словесного творчества*, Искусство, 1979. С. 166. 此处译文参考[俄]巴赫金《巴赫金全集》(第一卷),石家庄:河北教育出版社,2009 年,第 297 页。

② Бахтин М. М. *Автор и герой в эстетической деятельности* // *Собрание сочнений в семи томах*, *Т.* 1, *Философская эстетика* 1920—*х годов*, Издательство русские словари, Языки славясной культуры, 2003. С. 245—263.

③ Новиков Л. А. *Художественный текст и его анализ*, Рус. яз., 1988. С. 12—20.

④ Корман Б. О. *О целостности литературного произведения*// *Избранные труды по теории и историилитературы*, Изд-во Удм. ун-та, 1992. С. 119—128.

一、指现实存在的人,即作者;二、指对现实的一种观念、看法,整部作品就是这种观念和看法的物质表现。此时的作者不是实指;三、指对于一些体裁和种类来说典型的现象。[①] 许多学者都赞同“作者”一词的第一个和第二个用法。第一种意义还被称为“现实作者”或“生平作者”。“作者”的第二种意义可以被视为是一个审美范畴,在某种意义上与“作者形象”接近。

瓦尔金娜(Н. С. Валгина)从语篇情态范畴引入了“作者形象”这个术语,提出了一个较为新颖的模式。她认为,“‘作者形象’与语篇的情态范畴密不可分,它是语篇的结构特征。借助于另外两个更为确定和具体的概念,即言语生产者和叙述主体,‘作者形象’的概念就更为明确了。这是一个依次递进的层级体系,即言语生产者——叙述主体——作者形象。”[②]相对于语篇作者—生产者来说,瓦尔金娜更注重读者在构建“作者形象”中不可忽视的作用。“诚然,作者形象是通过不同的言语手段形成于作品中的。不过,没有语言形式自然也就谈不上作品本身。然而,作者形象却是读者创造的。作者形象存在于理解接受(восприятие)领域。当然,这一接受是对作者给定的世界的理解,而且完全不受作者本人意志的控制。因此,作者形象更多是属于理解领域,而非物质表现领域,因此才产生了准确界定这一概念的种种困难。”[③]按照她的说法,作者形象是建构出来的,是通过读者理解领悟反应在作品中的作者个性而产生的,是“作者——读者”共同创造的产物,因此也是双指向的。“言语生产者——叙述主体——作者形象”的三位一体模式是从具体到概括,从再现到理解,从客观到主观逐渐上升的梯级表。

巴边科和卡扎林(Л. Г. Бабенко, Ю. В. Казарин)则较为关注渗透在语篇中的主观情态。他们主要通过研究语篇中主观情态意义的表达方式

---

① Корман Б. О. *О целостности литературного произведения*// *Избранные труды по теории и историилитературы*, Изд-во Удм. ун-та, 1992. С. 199.

② Валгина Н. С. *Теория текста*, Логос, 2003. С. 59.

③ Там же. С. 61.

来揭示作品中的作者形象。“文学语篇作为一个已完成的语言作品,通篇渗透着表现在作品语言中的主观性,这是一种主观情态意义。文学语篇由作者形象和作者对被描述客体的观点形成。作者形象的本体论本质决定语篇中存在意向情态意义,即主观评价情态。因此,研究意向情态意义有助于更为充分地揭示文学作品的作者形象。这其中最为重要也是最为棘手的一个问题就是研究意向情态意义的表达手段。”[①]

施密德(В. Шмид)显然受经典叙事学和结构主义学派的影响,他的《叙述学》一书在谈到叙事作品中存在的叙述人时,把这一范畴分为不同的等级。具体作者和具体读者都处于作品之外,但他们仍以某种形式呈现在作品中。“任何一个信息都含有发出者和接收者的隐含形象,这些形象都以语言的表达功能为基础。在文学作品中,也可通过征兆、标识符号表现作者,这一符号行为的结果并不是真实作者本人,而是体现在他的创作行为中的作品创作者的形象。”[②]施密德称之为“抽象作者”。他认为,可以从两方面对“抽象作者”下定义:首先是作品方面,其次是语篇外,即具体作者方面。第一种情况下的抽象作者是作品结构原则的人格化;第二种情况下,抽象作者是作为具体作者的印记、作为他语篇内的体现者而出现在作品中的。“抽象作者是语篇中指向发出者的所有标识符的所指。‘抽象’并不是‘虚构’。抽象作者不是被描述的角色(изображаемая инстанция),叙述语篇中的任何一个单独的词语都不属于他。他与叙述者不是同一人,但他是叙述者和整个被描述的世界的虚构原则。抽象作者没有自己的声音,没有自己的语篇。他仅仅是所有创作行为的类人实体,是作品意向性的人格化。”[③]施密德认为,具体作者对抽象作者的深刻影响也是不容忽视的,他们之间不应仅体现为反映或者再现关系。然而,

---

① Бабенко Л. Г., *Казарин Ю. В. Лингвистический анализ художественного текста*, Флинта, Наука, 2008. С. 142.

② Шмид В. *Нарратология*, Языки славянской культуры, 2003. С. 41—42.

③ Там же. С. 53.

“作者形象”就存在这种反映或者再现的倾向。这一术语的表述本身就有简单化之嫌，很容易使人产生“作者形象”就是“作者的形象”的误解。可以看出，施密德的抽象作者概念与西方叙事学中的隐含作者较为接近。

博朗杰斯（М. П. Брандес）独辟蹊径，从功能修辞的角度阐述作者形象，指出其与文学语言的密切关系。“‘作者形象’是对文学艺术体裁独特的人格化，是作品中言语主体活的躯壳。就基本的功能特质来说，文学作品的风格是作品语言组织完整性和统一性的原则，它首先与‘作者形象’密切联系，与艺术言语结构有关。‘作者形象’是对内容进行的表情意义的陈述和呈现，因此，也是自然语言过渡到文学语言的机制。”①他也对文学作品中“作者”一词进行了界定，其界定与科尔曼的界定在本质上是吻合的，但又存在细微差异：一、是某个现实的人，作品的创造者；二、是表现在作品中的一个主体，是一个人物，与作品中其他人物并存；三、是该作品固有的进行创作的主体，此时的作者指的是作家的艺术个性。这三个意思之间是有机联系的。研究文学作品时，不应该把“作者”同某个具体的人混为一谈，但也不能完全割裂与作品创造者个性之间的关系。“作者形象”是作者的另一个“我”，是辩证地与现实之“我”联系在一起的。

博朗杰斯创造性地从修辞学角度划分出“作者形象”的外部方面和内部方面，它们与作品语言形成的两个方面有关，即语言形成的规则和作品语言的使用。“作者形象”身上既体现出内容个性化的方式，也体现出文学作品语言言语结构个性化的方式，而这一结构反映了作家对该时期文学语言的态度以及语言使用和改造的方式。“作者形象”范畴是作品各形式要素融为有机统一体需遵循的准则，也是这些要素联系的准则。这一范畴形成作品形式的内部统一，决定其外部语言形式的完整性和严密性，

---

① Брандес М. П. *Стилистика текста*, Прогресс-Традиция, ИНФРА, 2004. С. 241.

使读者可以审美地理解和阐释作品。[1]

戈尔什科夫(А. И. Горшков)主要从语言学角度分析维诺格拉多夫的作者形象说,是"作者形象"思想的忠实拥护者。他指出,维诺格拉多夫认为,语篇是独白性地组织起来的,如果对话被纳入语篇,这对话同样服从于独白。[2] 戈尔什科夫还认为,文学作品语言结构的特点中同样可以发现作者形象的存在,这些特点正是受作者形象支配的。他指出,与维诺格拉多夫的观点相反,巴赫金发现的却是语篇无所不在的对话性。戈尔什科夫显然站在维诺格拉多夫一边,他明确支持维诺格拉多夫的作者形象理论体系。戈尔什科夫认为,巴赫金的看法仅说明,研究作者形象问题不仅可以从语言学和文艺学的角度进行,而且也可以从艺术、美学和哲学等普遍理论的角度进行。后一种研究方法不仅不会使作者形象的存在问题受到质疑,而且相反,还会证实这一问题。同时,作为对巴赫金观点的反驳,戈尔什科夫说,"作家的位置是在生活中,参与文本的不是作者,而是作者形象。而且,维诺格拉多夫的'作者形象'绝不是'单声'的。它并没有忽视作品中不同的'声音',而是统摄了这些声音和不同的语言手段、风格。"[3]刘娟教授在《试论 А. И. 戈尔什科夫的俄语修辞观》一文中明确指出,戈尔什科夫认为,"作者形象是篇章的建构之本,作者形象并非是一种声音的载体,它是多种声音的汇合体。"[4]

勃洛特诺娃(Н. С. Болотнова)从语篇交际的角度分析了语篇构成中的两个范畴,即作者形象和受众形象。"不论创作的是什么样的语篇,'作者形象',即语篇创造者的形象决定着语篇结构的所有成分(主题、思想、结构、语言手段的选择和组织等等)。"[5]她充分肯定了维诺格拉多夫"作

---

① Брандес М. П. *Стилистика текста*, Прогресс-Традиция, ИНФРА, 2004. С. 245—247.

② Горшков А. И. *Русская стилистика*, АСТ, Астрель, 2006. С. 170—171.

③ Горшков А. И. *Русская стилистика*., АСТ, Астрель, 2006. С. 179.

④ 刘娟:《试论 А. И. 戈尔什科夫的俄语修辞观》,《中国俄语教学》2011 年第 3 期。

⑤ Болотнова Н. С. *Филологический анализ текста*, Флинта, Наука, 2009. С. 312.

者形象”的结构性意义,“在作者形象身上,好比在焦点中,融汇了文学艺术作品所有的结构特性。”[1]勃洛特诺娃认为,对叙述者不同形式的选择颇能说明问题,这种选择绝非偶然。“作者及其对描写对象的看法体现在不同的形式中。叙述者的选择是反映作者形象的一种形式。……果戈理《旧式地主》中的作者形象反映了作者的道德立场,在整部作品中,作者形象的呈现不仅得益于叙述者—讲述人,还要得益于作品的言语组织结构。”[2]她指出,作者形象与现实的作家并非同一人,但却与之有关,“‘作者形象’的背后隐藏着作者的个性,它具有自己的词汇库、语法库、语用库。……审美领域的‘作者形象’仅仅是作者现实个性的表现形式之一,它终究仍是一个艺术形象。”[3]极为重要的是,勃洛特诺娃指出,在众多作者形象的表现形式中,叙述者类型是为人所熟知的表现形式。这些类型是:“第三人称客观叙述者;未具体化的第一人称叙述者;公开以个性风格组织整个语篇的言语承载者,即讲述人”[4]。

叶辛(А. Б. Есин)继承了维诺格拉多夫“作者形象”思想的内涵,但在某些方面却又有自己的见解。他承认现实作者和作品中的作者之间存在区别。叶辛认为,作为文学分析范畴的作者指的是文学作品思想体系的承载者,因为文学作品中体现的并非是作者个性的全部,而仅仅是它的几个方面。除此之外,就文学作品给观众的印象来说,文学作品的作者与现实作者有天壤之别。因此,叶辛指出,“不应该把作者与叙事作品中的叙述者和抒情作品中的抒情主人公混淆。不能把一些文学作品中的作者形象同作为现实之人的作者和作为作品思想承载者的作者混为一谈。”[5]他肯定作者形象是一个审美范畴,认为“当作品内部形成该作品创造者形象

① Виноградов В. В. *О теории художественной речи*, Высшая школа, 1971. С. 210.

② Болотнова Н. С. *Филологический анализ текста*, Флинта, Наука, 2009. С. 312－313.

③ Там же. С. 314.

④ Там же.

⑤ Есин А. Б. *Принципы и приемы анализа литературного произведения*, Флинта, Наука, 2010. С. 17.

的时候才会出现作者形象这一特殊的审美范畴"[①]。作者形象可以是"自己本人"的形象,也可以是虚构的作者的形象。但是,叶辛并不认为作者形象总是存在于所有的作品中。"作者形象不经常出现在文学中,它是一个特殊的艺术手法,因此必须对其加以研究,从而揭示出该作品的艺术特色。"[②]

欧美文艺学、美学和哲学界也有一些学者研究作者问题。从罗兰·巴特(Ролан Барт)的"作者之死"开始,研究者们给予"作者"问题持续的注意力。后现代主义把世界理解为文本,掌握世界就是掌握语词。巴特认为,既然文本没有源头,它也就不再具有作者所设定的单一的、确定的意义。"文本存在于一个多维空间之中,在这个空间里,各种写作相互交织、结合、争执和对抗,文本即是由各种引证组成的编织物,它们来自文化的成千上万个源点,共同构成文本整体的存在状况。这样,单一文本就成为开放的、具有多重含义的互文本,这种文本的多重意义最终汇聚在读者的阅读之中,读者构成了写作的所有引证部分得以驻足的空间。因此,对文本的整体性的阐发不存在于它的起因(作者)之中,而存在于它的目的(读者)中。"[③]这一观点是对作者在文学活动中的权威身份和霸主地位的解构,它消解了"作者形象"的神圣化,并宣布了"作者的死亡"。作者的死亡标志着文学创作已经完全被"写作"所取代,作者也成为没有激情、性格、情感的抄袭者。在这样的写作活动中,文学"独创性"显然是不可能存在的,它被永无止境的"互文性"所取代。根据巴特的理论,作品中说话的不是作者,而是根据当时的文化密码规则组成的语言、语篇。"作者之死"理论彻底颠覆了作者形象在作品中的构建和统摄作用,把读者的阐释作

---

① Есин А. Б. *Принципы и приемы анализа литературного произведения*, Флинта, Наука, 2010. С. 17.

② Там же.

③ Барт Р. *Избранные работы: Семиотика: Поэтика: Пер. с фр. / Сост., общ. ред. и вступ. ст. Г. К. Косикова*, Прогресс, 1989. С. 388—389.

用提到了前所未有的高度。巴特的"作者之死"思想得到法国结构主义者米歇尔·福柯(Мишель Фуко)和其他哲学家及文艺理论家的继承。

要想真正阐释作者形象的本质,还必须从另一个研究角度,即从欧美叙事学角度对其作番梳理。作者形象这一概念的本质与欧美叙事学中"隐含作者"概念在很多方面比较接近。"隐含作者"概念是韦恩·布斯(Wayne C. Booth)在《小说修辞学》中提出的一个重要概念,它强调作者主观性的不可避免性,作品中作者声音存在的必要性。他认为,作者在创造作品的时候,同时也创造了他隐含在作品中的自我形象。"隐含作者"概念既包含进行编码的作者,又关系到进行解码的读者,它是作者在作品中的替身,是作者的"第二自我"。[①] 自此,欧美叙事学界便开始广泛使用"隐含作者"这一概念,尽管对这一范畴存在有诸多的争议,但仍然不妨碍它成为叙事学研究中极具生命力的一个术语。

华莱士·马丁(Wallace Martin)在叙事交流模式中分出了多个叙事参与者:作者、隐含作者、隐含/戏剧化作者、戏剧化叙述者、听叙者、隐含读者、模范读者、作者的读者、真实的读者,等等。欧美批评界对马丁所构建的叙事交流模式图持不同的观点:"在一些人看来,作者切断了小说与确定意义的联系,从而为读者亲自介入故事开辟了一个空间;另一些人则争论说,读者所分得的这个作为意义创造者的地位也许并不像表面上所显示出来的那么自由,意即它仍受作者和文学成规的限制。也许意义的创造是一项合作事业,读者与作者都对此有贡献;第三组批评家(这是我出于自己的目的构成的)认为,小说叙事的意义从根本上就是不稳定的。我不把讨论作者、读者、成规而讨论阅读的批评家们放到第三组中。"[②]

热奈特(Ж. Женнет)在《叙事话语·新叙事话语》一书中提出"聚焦"这一术语,区分了零聚焦、不定式内聚焦和多重式内聚焦、外聚焦,通过不

---

① [美]W. C. 布斯:《小说修辞学》,华明、胡晓苏、周宪译,北京:北京大学出版社,1987年,第80页。

② [美] 华莱士·马丁:《当代叙事学》,吴晓明译,北京:北京大学出版社,1989年,第196页。

同的聚焦方式表达作者对艺术现实的态度。[①] “聚焦”这一术语避免了如“视点”“眼光”等术语存在的模棱两可性。尽管热奈特提出“聚焦”的初衷主要是为研究叙述视角服务的,但无疑也为研究“作者形象”提供了一种新的思考模式。

可以看出,国外文艺学界和叙事学界对作者形象或者隐含作者的认识尽管有所不同,但基本可分为两大类观点:一类观点认为,作者形象是统摄作品中语言风格、结构等要素为统一体的一个有组织的中心,如以维诺格拉多夫为代表,包括戈尔什科夫等学者在内的维诺格拉多夫的追随者就持这类观点;另一类观点认为,作者形象是在读者接受中产生的,没有读者的参与,根本就谈不上什么作者形象,如以巴特为首的包括福柯、瓦尔金娜等在内的学者们就持此类观点。除了这两类,还有一些学者对作者形象概念本身表述的合理性提出质疑,如巴赫金、施密德等。

0.1.2 作者形象研究在国内

“作者形象”作为文艺学界的一个重要术语,在中国最早是由白春仁教授推介的。在《文学修辞学》一书中,白春仁教授从对鲁迅《一件小事》的结构层次,即辞章、形象、涵义、作者四个层次的分析着手,指出作者是作品中无处不在的审美主体。“创作主体在作品中的自我表现,是切切实实的物质的存在,而且是有规律可循的。作者的思想和艺术,到作品中转化为对特定审美现实的评价态度和对语言艺术的驾驭原则。”[②]“作者层的存在可说是无孔不入……举其大端有两点。一是作者对艺术现实的品评态度贯穿作品的始终,自然连带而来他的情感好恶。二是作者对语言艺术的态度,同样体现到作品的艺术特色中,不容异议。”[③]白春仁教授非常重视作者层的驾驭全局和沟通作品内外的关键作用。白春仁教授详细

---

① [法]热拉尔·热奈特:《叙事话语 新叙事话语》,王文融译,北京:中国社会科学出版社,1990年,第129-133页。

② 白春仁:《文学修辞学》,长春:吉林教育出版社,1993年,第16页。

③ 同上。

梳理了维诺格拉多夫对“作者形象”研究的来龙去脉,同时形成自己关于该理论的独特观点。在他看来,作品诸要素为何这样处理,而不那样处理,都可以在作者形象中找到理据。“作者形象”对作品修辞体系具有统摄作用,而在叙事作品的整个修辞体系中,最为关键的则是作品的叙述结构,作者形象就深藏于叙述结构之中。换句话说,也只有在叙述结构中才能真正把握作者形象的本质。对“作者形象”的把握不但可以从传统的文艺学的角度入手,即把握作品中的作者态度和立场、文学脸谱或称文学面具、叙述语言的结构,还可以从语言艺术的角度观察作品的语言(辞章)结构、叙述结构和格调、叙述主体和文学脸谱、作者的感情态度、多声结构和评价语层。所有这些都可归结为两点,即作者对艺术世界的评价态度和他的语言艺术观。“作者形象”并非单纯意义上的“作者”的形象,此“作者”也非现实生活中的“作者”其人。“作者形象是一个高度抽象高度概括的综合范畴,简单地说是作者对所写世界的评价态度和作者对民族语的态度。”[①]总之,“作者形象”是一个复杂的、多层次的结构。[②]

王加兴教授是白春仁教授的学生。在师承前人的基础上,前者对后者的思想作了进一步的弘扬,在某些地方使该理论更为体系化。1995年,王加兴的《论维诺格拉多夫的作者形象说》一文在《中国俄语教学》第3期发表。该文探讨了作者形象理论的两个核心问题:一、作者形象说的本质和特性;二、作者形象的表现形式。该文初步体现了王加兴的作者形象观。1996年,王加兴又分别发表了《试析俄罗斯文艺学中的作者论》和《论作者形象与风格的关系》两篇文章。前文进一步从理论上剖析了作者形象说,比较了维诺格拉多夫作者形象说和巴赫金作者论的异同并指出,两位学者由于从不同的角度采用不同的研究方法研究同一对象,因此,他

① 白春仁:《文学修辞学》,长春:吉林教育出版社,1993年,第283页。

② 关于“作者形象”是一个复杂的、多层次的结构可参见白春仁的《文学修辞学》(第283页)。这一思想也正是本研究的出发点。本研究后文将提出的“作者形象的复合结构体”假说正是在此基础上生发而来的。

们对问题的看法有所不同是必然的。但正是由于这种不同,才能对这一问题的研究产生相互补充和深化的作用。后文先分析了维诺格拉多夫所确立的作者形象与风格的关系,随之用俄罗斯文学发展史上的流派风格加以论证,从而得出"作者形象的两大功能:在作品结构中具有统摄一切风格因素的功能,在文学发展史上起着创立和丰富风格的作用"①。可以看出,王加兴对作者形象理论的认识得到了进一步深化。1999年,王加兴的另一篇文章《从视角结构看〈黑桃皇后〉的作者形象》发表在《解放军外国语学报》第3期。王加兴从作者形象的表现形态入手,从视角结构分析了普希金(А. С Пушкин)《黑桃皇后》中的作者形象。在这篇文章中,王加兴指出,作者形象主要有两种表现形态:"第一,指整部作品中叙述人的叙述结构,用维诺格拉多夫本人的话讲,就是作者的一种语言面具;第二,体现为作者和人物的视角结构,指作品中作者和人物各自的视角、各自不同的声音以及它们之间的相互关系。"②总的来讲,作者形象表现为作品中叙述人的叙述结构和作者与人物的视角结构及其相互关系。由此可以看出,王加兴对作者形象理论的阐释更为系统化,他的这一系列关于作者形象的论文的主要思想及内容大都体现在其专著《俄罗斯文学修辞特色研究》及《俄罗斯文学修辞理论研究》中。③

除了白春仁和王加兴两位教授对作者形象所做的系统研究之外,国内涉足作者形象问题的还有黄玫教授。她在《俄罗斯文艺》2008年第5期发表了《文学作品中的作者与作者形象——试比较维诺格拉多夫和巴赫金的作者观》一文。该文较为详细地比较了两位学者对"作者"范畴的界定及各自的阐释。黄玫指出,维诺格拉多夫主要从文学修辞学的角度出发,而巴赫金主要从哲学美学出发,但两者都认为,作品中不可能没有

① 王加兴:《论作者形象与风格的关系》,《中国俄语教学》1996年第5期。

② 王加兴:《从视角结构看〈黑桃皇后〉的作者形象》,《解放军外国语学院学报》1999年第3期。

③ 关于作者形象问题的探讨,可参见王加兴:《俄罗斯文学修辞特色研究》,北京:北京大学出版社,2004年;王加兴:《俄罗斯文学修辞理论研究》,哈尔滨:黑龙江人民出版社,2009年。

作者的存在,他是审美的主体。但这一作者并非现实生活中的作者其人,而是化解于作品中的作者的情志、立场和功能。两位学者的研究出发点尽管不同,但是得出的结论却是一致的:“作者的立场和态度问题是理解作品整体结构的钥匙。”[①]在黄玫教授看来,两位学者对待作者问题,一个强调“独白”,一个强调“对话”,但二者本质上是殊途同归。

夏忠宪教授 2011 年发表在《俄罗斯文艺》上的《〈作家日记〉VS 博客——陀思妥耶夫斯基的叙事策略与话语建构》一文中也有对作者形象问题的解读。她认为,就这部作品而言,“作者形象”是指“在《作家日记》中由第一性作者创造的,以第一人称‘我’来叙述的叙事者形象(作者的不同面具),亦即作者对其自身的写照与塑造”。“作者形象”是作者的“第二自我”,与现实中的作者有着千丝万缕的联系,但两者往往有所区别。

彭甄教授是国内俄语学界为数不多的从叙事学角度对作者形象问题进行阐述的学者。他认为,“《叶甫盖尼·奥涅金》中的‘作者形象’实质上就是叙述者形象。在这部诗体小说中,‘作者形象’应修正为‘叙述者’形象。……‘叙述者’形象作为叙述角色,实质上是特定类型的叙事者形象。”[②]可以看出,彭甄认为,作者形象的实质即叙述者形象。这种观点相对来说显得有些片面,不能说明作者形象作为一个“复杂结构”的本质。

国内英语文学研究界与欧美学界对隐含作者这一概念的反应大致分为认可和持不同意见两种。迄今为止,两种意见之间的分歧依然存在。中国及欧美叙事学界出现的所有这些争论都对韦恩·布斯所提出的“隐含作者”理论的延续性产生了很大影响,“隐含作者”在中国的接受也因此显得并非一帆风顺。中国学者对“隐含作者”各有自己的阐释角度,自己的观点,这些观点大致可以分为两大类:

第一类认为:“隐含作者”有其存在的必要性和价值。此类观点中又

---

① 黄玫:《文学作品中的作者与作者形象——试比较维诺格拉多夫和巴赫金的作者观》,《俄罗斯文艺》2008 年第 5 期。

② 彭甄:《叶甫盖尼·奥涅金:叙事者形象分析》,《国外文学》2000 年第 2 期。

出现两个分支：一支强调叙述者在文学交流语境中的关键作用，但不自觉地忽视真实作者与隐含作者之间的关系在构建“隐含作者”中的作用，如刘月新提到，“读者接受作品时只应关注作品中的‘隐含作者’是否‘忠实’，将实际作者是否‘忠实’之类的问题予以悬搁”①；汪小玲指出，“隐含作者的建构有赖于小说的叙事策略，尤其是叙述者的特点”②；另一支对“隐含作者”概念作出一定的修正，既强调叙述者在叙事交流模式中的作用，同时又重视真实作者与隐含作者的关系，认为两者之间既有差异，又有密切联系，要结合真实作者的创作语境建构文本的隐含作者，如余向军、尚必武与胡全生、乔国强、薛春霞、罗朝晖、崔小清等；余向军从阅读角度谈“隐含作者”问题，他除了强调叙述者建构“隐含作者”的重要作用，同时还强调现实中的真实作者因素，强调读者必须结合作者的创作语境予以建构隐含作者，因为隐含作者毕竟与现实作者有着非常密切的联系。余向军指出，隐含作者与现实作者的“差异”实际上存在两种情况：“一是隐含作者所体现出来的艺术人格与作者的现实人格的主流方向不相符，这种不相符与‘文如其人’事实上是并不冲突的，只是因为我们对作者现实人格的丰富性认识不够而形成的一种误解。……二是隐含作者与现实作者的互补。所谓人格互补是指某些艺术家意识到自己在人格上的某种不足或缺陷，但又因先天等各种原因无法改变，不得已才借助艺术作品来弥补这种人格上的缺憾。”③因此他认为，在阅读小说时，对隐含作者构建既要注重文本内的叙述者因素，还要结合真实作者的创作语境，这样才能构建出一个丰富、完美的隐含作者。他的观点可以说是这一分支中较具代表性的。

---

① 刘月新：《试论“隐含作者”及其艺术生成》，《江海学刊》1995 年第 4 期。

② 汪小玲：《论〈洛丽塔〉的叙事策略与隐含作者的建构》，《外国语》（《上海外国语大学学报》）2007 年第 4 期。

③ 余向军：《论小说阅读中“隐含作者”的建构》，《中南民族大学学报》（人文社会科学版）2004 年第 3 期。

第二类对“隐含作者”概念的有效性提出质疑，如李建军、刘亚律、马明奎等。李建军认为，布斯与俄国同道对“隐含作者”或是“作者形象”本质及外延的限定如出一辙：都抛弃真实作者的现实语境，孤立地谈一个从作品中抽象出来的“形象”①；刘亚律明确提出，“应该把‘隐含作者’剔除出叙述交流中，由于‘隐含作者’在叙述过程中既无法抛头露面，也没有独立地位，只是作为观念性因素融进了叙述过程，因此必须把‘隐含作者’从叙述之源的宝座上驱逐出境，还其本来面目。”②

通过对“作者形象”问题的梳理发现，这一范畴是一个常提常新的术语，不同的学者从不同的学术视角对其作出不同的阐释。这也从另一个侧面证明，“作者形象”是文学研究领域颇具生命力，也极具争议的范畴。要想挖掘其本质内涵，必须推陈出新，在传统研究的基础上注入新的元素，通过新的视角挖掘作品的“作者形象”。刘娟教授指出，“认知语言学及言语交际行为理论已成为研究作者形象问题的新的理论基础。……关于作者形象的研究正在跨越传统研究领域。这不但有利于作者及作者形象理论的发展，而且对研究当代文学作品中的作者及作者形象具有重要意义。”③她还认为，在构建作者形象时，同样不能割裂人物语言、读者与作者形象的关系。“既应关注人物的语言个性与作者形象的彼此联系，也应重视作家与读者的相互关系。”④只有从科学的、新的学术研究视野出发，才能正确把握具有许多新特点的当代俄罗斯女性文学中的作者形象，才能深刻理解作品的深层含义。

---

① 李建军：《论小说作者与隐含作者》，《中国人民大学学报》2000 年第 3 期。

② 刘亚律：《论韦恩·布斯“隐含作者”概念的无效性》，《江西社会科学》2008 年第 2 期。

③ 刘娟：《作者形象在当代俄罗斯女性文学中的功能与体现》，《中国俄语教学》2013 年第 5 期。

④ 同上。

0.2 彼特鲁舍夫斯卡娅创作研究

本书选取彼特鲁舍夫斯卡娅小说作为分析材料具有特殊用意,其中原因主要有两方面:一、女性小说是当代俄罗斯文学进程中一个不可忽视的重要组成部分。彼特鲁舍夫斯卡娅是当代俄罗斯女性小说的主要代表人物之一,对其作品进行的研究也因此具有代表性意义;二、彼特鲁舍夫斯卡娅艺术世界既体现了女性小说在主题、创作特点、艺术手法等方面的共性,同时又独具特色。近年来,有许多研究者从不同角度来分析彼特鲁舍夫斯卡娅小说的艺术世界。本节内容主要包括当代女性小说和彼特鲁舍夫斯卡娅创作研究两大方面。

0.2.1 当代女性小说

0.2.1.1 “女性小说”概念的由来及其早期定位

“女性小说”这一概念,或者说范畴,抑或说是现象,在文学界和批评界产生于20世纪80年代—90年代之交。当然,在此之前也有女性进行过文学创作,但当时对她们的创作有另外的界定,如19世纪初莫斯科杂志上能看到的只有“女作家”“女诗人”等概念。19世纪40年代初,俄罗斯批评界才出现“女性文学”“女性创作”“女性审美”概念,这些概念把女性创作和纯文学区别开来。20世纪初已经出现了“女性小说”概念。楚科夫斯基(К. Чуковский)在《维尔彼茨卡娅》(1910)一文中把“女性文学”看作一个具有自己的“传统”和“约定俗成的审美”这样一个特殊现象。[①]从20世纪中叶起,女性作者的影响力急剧增加。她们中既包括著名的女诗人阿赫玛托娃(А. А. Ахматова)和茨维塔耶娃(М. И. Цветаева),也包括20世纪末的托尔斯泰娅(Т. Н. Толстая)、彼特鲁舍夫斯卡娅和乌

---

① Воробьева Н. В. *Женская проза* 1980—2000-*х годов*: *динамика*, *проблематика*, *поэтика*, : дис. ... канд. филол. наук. /Пермскийский гос. пед. Ун-т. —Пермь, 2006. С. 5.

利茨卡娅(Л. Е. Улицкая)。

但是,女性小说从产生之初起,研究界对它的理解和界定就存在差异。沃龙佐夫(Д. В. Воронцов)指出,“女性文学”(女性诗歌、女性小说、女性戏剧)概念用于两个意思:第一是作为女性艺术创作的一个传统定义(女性文学本质上就是文学中由女性创作的作品);第二是作为性别学,确切地说是性别文艺学领域的一个新概念。这两个意思自然会常常交叉。[1] 对于“女性小说”的界定,当代女作家和批评家(如尼·加布利厄皮 Н. Габриэлян, 塔·莫洛佐娃 Т. Морозова, 叶·特罗费莫娃 Е. Трофимова, 伊·萨夫金娜 И. Савкина и др.)是这样理解女性小说的:女性小说是由女性写的小说。[2]

俄罗斯国内出现的争论不仅限于对“女性小说”概念本身的界定,还有关于这一文化现象的存在与否。“存不存在‘女性小说’?”[3]“根据一切判断,国内确实出现了女性小说。”[4]“女性小说这一概念站稳了脚跟。”[5]由此可以看出,“女性小说”经历了质疑——否定——无条件的承认这样

---

① Воронцов Д. В. Категория « мужчина », « женщина » в социально-психологических гендерных исследованиях // Гендерные аспекты бытия личности, Краснодар, 2004.

② 加布利鄂良:“本书中的‘女性’小说指的是由女性写的小说”(Габриэлян К. Ева-это значит « жизнь » 〈Проблема пространства в современной русской женской прозе〉 /Габриэлян Н. // Вопросы литературы. —1996. -№ 4. -c. 31—71.);格拉西莫娃:“我将把由女性写的关于女性和为女性的作者的文学作品称为‘女性小说’”(Герасимова Н. Поэтика « переживания » в русской современной женской прозе [Электронный ресурс]. -Режим доступа: http://www.folk.ru/propp/rech/gerasimova.html);莫洛佐娃:“女性小说是由来自同一个国家,具有与男性相似的童年的女性写的小说”(Морозова Т. Дама в красном и дама в черном /Морозова Т. // Литературная газета. —1994. —29 июня. -№ 26. -c. 4.);特罗菲莫娃:“实际上,这就是文学中由女性创作的东西”(Трофимова Е. Женская литература// Словарь тендерных терминов / Ред. Денисова А. А. -М.: Информация-XXI век, 2002. -c. 97—99.)

③ Дарк О. *Женские антиномии*, Дарк О. // Дружба народов, 1991, №4. С. 257—269.

④ Абашева М. *Чистенькая жизнь не помнящих зла* , Абашева М. // Литературное обозрение, 1992, №. 5—6. С. 9—14.

⑤ Павлов О. *Сентиментальная проза*, Павлов О. // Литературная учеба, 1996, №4. С. 106—108.

一个阶段。

但必须看到,这一概念的本质内涵在一些研究者那里依然处于不确定状态。如有的文学史家在承认这一现象存在的同时,常常把女性小说放在“新现实主义传统的外围,即在自然主义和感伤主义交叉的某个地方”[①];雷德尔曼(Н. Лейдерман)和利波维茨基(М. Липовецкий)就把女性小说归为“新感伤主义”,涅法金娜(Г. Л. Нефагина)把彼特鲁舍夫斯卡娅、帕雷(А. Р. Палей)、瓦西连科(И. О. Василенко)的创作视为所谓的“别样小说”。

还有一种观点认为,女性小说的出现与后现代主义的发展有关。后现代主义从本质上来说就是要使别样的、其他的话语具有同等重要的价值,使对官方神话的解构合法化。不论如何,研究者在试图界定“女性小说”时,通常仅仅划分出其几个方面的特点,如人类中心主义、荒诞、离散性、互文性、肉体,等等,这些特点或者被解释为是文本的后现代主义属性,或者是女性理论的反映。但是,为什么20世纪末的“女性小说”是以这样的方式存在,迄今为止还没有定论。沃罗比耶娃(Н. В. Воробьева)认为,当代女性小说并非是后现代主义的产物。也许正因为这些分歧和争论,研究者们才很难为当代女性小说找到在文学进程中的合适位置。

“女性小说”这一现象本身所具有的不确定性、模糊性、边缘性特点使其逐渐成为文学界的一个热门话题,“年轻的女性小说”“新女性小说”之类的短语随之也常常用作一些女性作品文集的标题和副标题中,如:《纯洁的生活:年轻的女性小说》(1990)、《不计恶的女人:新女性小说》(1990)、《新阿玛宗人》(1991)等。在上述所提到的文集中,《新阿玛宗人》因准确选用了具有自我鉴定性质的神话因素而成为其中最为成功的文集。阿玛宗人的神话衍生了许多主题:集体、英勇、女性创作等,但阿玛宗

① Воробьева Н. В. *Женская проза 1980—2000—х годов: динамика, проблематика, поэтика*,: дис. ... канд. филол. наук. /Пермскийский гос. пед. Ун-т. -Пермь, 2006. С. 6.

人的精神最主要的是反对父权神话，摧毁对整个女性和个体女性创作的传统认识："新阿玛宗人不相信从小就听到的神话，她们也因此创作出新的神话。……'阿玛宗人'宣称：作为女人，阿玛宗人是对每个词都爱斤斤计较、吹毛求疵的人；作为母亲，阿玛宗人又是对每个词都富有同情心、关怀备至的人；作为一个爱闹事的女人，她又总是把话说到一半就打住的人。"[①]因此，反对父权神话、张扬女性创作个性就成为女性小说早期的创作定位。

0.2.1.2 女性小说的主题

与"女性小说"概念本身一样，女性创作主题在20世纪80年代到90年代初同样引起了批评界热烈的讨论。那么，为什么会产生如此强烈的争议？特罗菲莫娃(Е. Трофимова)认为，"文学是为数不多的文化阵地之一。其中'女性的东西'都显而易见地表现在情节和场景描写中，体现在女性形象和她们的行为等主题的展示中，而文学中女性作家名字的数量相对于其他文化领域来说还是很多的。"[②]但众所周知的是，在父权文化中，"女性的"和"男性的"这两个词不仅具有生理学意义，而且还被赋予一种评价色彩。正如特罗菲莫娃多次提到的那样，"所有的规范、起算点都来自男人、男性的笔法、男性的眼光。"[③]带有定语"女性的"的文学常常得到的是负面的理解，常常被贴上讽刺性的标签，而且女作家、女诗人这样的词听起来就有一种侮辱性的暗示。因此，有人建议称呼她们为阳性的作家、诗人。在后苏联时期的俄罗斯，争论仍在继续，其焦点即"女性文学"的创作问题。坚决不愿承认"女性创作"之类的言辞充斥在一些男性作家的话语中，如库兹涅佐夫(Ю. Кузнецов)："女人是执行者，不是创作者。女人没有创作出一部伟大的作品……她们的诗歌没有任何全人类

---

① *Новые амазонки*, Сост. Василенко С. В., Моск. рабочий, 1991. С. 3.

② 转引自：Пушкарь Г. А. *Типология и поэтика женской прозы гендерный аспект*: дис. ... канд. филол. наук. /Ставропольский гос. Ун-т. -Ставрополь, 2007. С. 36.

③ Там же.

的，或者至少没有任何民族性的主题。”[①]这种公开拒绝承认女性创作的观点是与社会进程的客观性、与女性积极地参与这些进程的历史现实背道而驰的。

众所周知，苏联时期的女性地位被提到了前所未有的高度，女性在社会中已经发挥着真正的主人翁作用。在大众的潜意识中，女性和男性的性别差异在社会的政治及生产活动中已经不起决定性作用，她们和男人一样积极地参与到政权机关、工厂、经济活动中。因此，苏联时期的文学中塑造了众多女性模范形象，如勤劳的生产女工、伟大的母亲等形象。但实际上，这一时期意识形态中的男权/父权话语极大地限制了萌芽于 20 世纪初的女性文学的发展，对女性作家创作的评价也以男性创作为评价标准。社会现实中给予女性表面上的平等掩盖了文学创作评价中男女作家地位的不平等。

文学“解冻”期间及“解冻文学”之后，女作家们开始认真思考自己的境遇，重新为女性创作主题定位。这一时期她们的作品大都如实地反映生活，刻画鲜活的生活场景，拒绝美化、粉饰社会现实。女性的命运以及为此所做的抗争、爱与恨的交织、集体与孤独的冲突成为女性小说创作中恒久的主题，对男权神话的解构频频出现在女性小说中。

0.2.1.3　女性小说划分

纳斯鲁特金诺娃（Л. Насрутдинова）曾试图对“女性小说”加以系统化，但这一尝试依然引起了研究界的争论。纳斯鲁特金诺娃把乌利茨卡娅的小说归为感伤主义流派，而与其有别的是，诺维科夫（В. Новиков）则把乌利茨卡娅的小说界定为“智力小说”。还有一些研究者曾对女性小说进行过年代界定方面的尝试，如阿巴舍娃（М. Абашева）和沃罗比耶娃的《20—21 世纪之交的女性小说》一文把女性小说的发展分成三个阶段：第

① Кузнецов Ю. *Под женским знаком* // Литературная газета, 1987, ноябрь, №46. С. 101—115.

一阶段(1980—1990 年)为女权主义阶段,其特点是创造自身神话(阿玛宗人神话)和“性别的战争”;第二阶段(20 世纪 90 年代末)为性别阶段,其中,性别研究已经影响到文学进程,女性小说已经开始作为总的文学空间中一个重要的独立部分而存在;第三阶段(21 世纪初)为后现代主义阶段,该阶段女性作家当代小说的典型特点是追求文体试验、仿拟、恶作剧、互文游戏。[①] 在对女性小说进行语文学研究的同时,文学研究领域出现了一个亚研究分支,即文学的性别视角研究。一些主要表现女性世界观和女性对男女相互关系看法的作品成为研究者从性别理论的角度进行研究的主要对象。研究者还从性别角度对女性小说进行分类,如普什卡莉(Г. А. Пушкарь)就根据当代文艺学研究界提出的分类原则把女性文学分为以下几类:1. 根据男性小说的模式创作的男性化类型的女性小说,这主要是苏联时期女作家的大部分作品,写的都是关于生产题材和军事题材的小说,也就是说,这种女性小说仅仅是根据其创作者的生理性别来划分的;2. 同时具有明显的女性化和男性化因素的女性小说,即雌雄同体型小说(андрогинный тип)(如托尔斯泰娅的小说);3. 在湮没层面综合了女性和男性因素的女性小说,但与第二种不同的是,这种小说同时又消灭这两种因素,把它们变为某个第三种因素。这种类型可以称为是湮没型(аннигиляционный тип)(如彼特鲁舍夫斯卡娅的小说);4. 纯女性类型的女性小说(如乌利茨卡娅的小说)。同时,后三种类型的小说在当代俄罗斯女性小说中占绝对优势。[②] 这一分类显然是依据女性小说作品中体现出的男性因素和女性因素的数量、体现的程度作出的划分。

还有一种女性小说的分类,它是根据描写的主要客体是女人还是女

---

① Абашева М. П., Воробьева Н. В. *Женская проза на рубеже XX-XXI столетии* // Современная русская литература Проблемы изучения и преподавания Сб статей по материалам Международной научно-пракгической конференции 2－4 марта 2005, г. Пермь В 2 частях Часть 1 Пермь, 2005. С. 191－201.

② Пушкарь Г. А. *Типология и поэтика женской прозы гендерный аспект*: дис. ... канд. филол. наук. /Ставропольский гос. Ун-т, Ставрополь, 2007. С. 42.

人眼中的男人来划分的。塔尔塔科夫斯卡娅(И. Тартаковская)指出,在文学作品中,描写一个与作家本人性别相对的人物时,这种描写常常会转变为对通常意义的人的塑造。[①] 此时的性别已经不再是决定性因素。这也就可以解释,为什么有的作家(特别是男作家)不论多么精湛地描写异性主人公,他对于主人公来说永远都是个外在的客体。

可以看出,尽管女性小说的分类有不同的依据,但分类标准都不同程度地受到男性因素和女性因素的制约。

0.2.1.4 女性小说反思

尽管有如此之多的分类,但是至今仍没有人明确指出女性小说在当代俄罗斯文学进程中的地位,这就形成了一种矛盾的情况:文艺理论家承认女性小说的存在,但同时又没有确定其在当代文学地图中的位置。除此之外,女性小说概念的外延和内涵、其艺术价值和审美价值都不明确。因此,20 世纪 90 年代以来,俄罗斯文学研究界再次掀起关于“新女性小说”地位的持续且激烈的讨论:到底存不存在女性小说?可不可以认为它是在 20 世纪 90 年代已完结的现象?当代文学中的女性小说究竟是什么?女性作家创作的文本有没有可能单独成为文学的一个独立领域?

90 年代初,《文学报》辟出专栏——女性小说讨论续。批评界在研究女性文本的优缺点时,总是自觉或不自觉地把这些文本与男性创作的文本相比较。因此,必须承认的是,俄罗斯批评界在这一时期与其说是在分析这个新的文学现象,倒不如说是在质疑到底有没有女性小说。女性小说的反对者坚信,文学并不是按性别特征来划分的。文学要么是好的,要么是差的,但绝没有男女之分。一些研究者完全否定“女性小说”这一术语,如季明娜(С. И. Тимина)在研究 20 世纪 90 年代小说概况时指出,“托尔斯泰娅、彼特鲁舍夫斯卡娅、波梁斯卡娅、乌利茨卡娅等作者不能被视

---

① Пушкарь Г. А. *Типология и поэтика женской прозы гендерный аспект*: дис. ... канд. филол. наук. /Ставропольский гос. Ун-т, Ставрополь, 2007. С. 42.

为是‘女性小说’作者，因为‘这种文学’与‘妇女文学’之间的差异根本就不存在。”①

而另一些研究者则相反，他们把成名于20世纪90年代初的女性小说家的创作都逐渐归入“女性小说”。这就造成一种倾向，一些批评家常常对托尔斯泰娅、彼特鲁舍夫斯卡娅、托卡列娃（В. С. Токарева）、萨杜尔（Н. Н. Садур）、乌利茨卡娅（Г. Н. Щербакова）、谢尔巴科娃（Г. Н. Щербакова）等作家等而视之。不过，也有研究者发现，类似的“集体同一性”并不适合所有人。萨特克里夫（Б. Сатклифф）指出，比如萨杜尔、彼特鲁舍夫斯卡娅、瓦涅耶娃（Л. Л. Ванеева）这些作者就“很可能不大愿意被列入任何一个‘女性书籍’中的作家”②。有的女作家本人就公开表示，不愿让自己的小说被称为专门写“纯女性问题”的“女人的小说”，拒绝承认自己的小说是女性小说，希望把其列入全人类（男性）通常的文学之列。批评界常常把彼特鲁舍夫斯卡娅的经验视为是“新女性小说”的前经验：“彼特鲁舍夫斯卡娅作品中的沧桑感已经被视为一种艺术手法并被运用到文学创作中，所有人都已经能够娴熟地使用。”③这种沧桑感在女性文本中主要表现为随处可见的折磨、畸形的爱以及令人窒息的氛围。的确，彼特鲁舍夫斯卡娅的小说（她的短篇小说，尤其是中篇小说《午夜时分》）可以被认为是20世纪90年代女性小说的一种独特的原始文本或者是常项，而其中所涉及的魔法和“巫术”主题、“现实性”和主观性的定位、对束缚在苏联时期女性身上的原型形象的解构（如模范母亲、优秀的家庭主

---

① Тимина С. И. *Современный литературный процесс* /Тимина С. И. // Русская литература XX века: Школы, направления, методы творческой работы. Учебник для студентов высших учебных заведений / Альфонсов В. Н. ,Васильев В. Е. , Кобринский А. А. и др. ; Под ред. Тиминой С. И. -СПб. : Издательство « Logos », « Высшая школа », 2002. -Гл. 8. С. 238—258. С. 243.

② Сатклифф Б. *Критика о современной женской прозе* // Филологические науки, 2000, №. 3. С. 117—132. С. 131.

③ Павлов О. *Сентиментальная проза* // Литературная учеба, 1996, №4. С. 106—108. С. 107.

妇、善良的生产女工),等等正是20世纪90年代女性小说最为显著的特点。[1] 在今天看来,显然,“女性小说”思想作为一种文学策略是成功的。这是因为,渐至90年代中期,批评界已经不再争论“女性小说”的存在权力问题,它不仅成为文学进程中一个习以为常且显而易见的事实,而且也顺利地进入文学,甚至经院研究语境中。至90年代末,“女性小说似乎逐渐形成了自己的象征性语言,它有其独特的认识艺术世界的规则,有独特的创作手法体系。”[2]然而,女性因素逐渐不再成为女性自我表现的问题,而是成为“语言的问题(严肃文学中),或者是体裁的问题(大众文学中)。一些创作手法不知不觉被奉为经典并被形式化,由此才导致女性小说这一文学流派的迅速枯竭。”[3]

今天的女性文学和当代俄罗斯文学一样,分为“下里巴人”和“阳春白雪”,而20世纪90年代初由“新阿玛宗人”确立的宣扬女权的手法逐渐变为特殊的公式,这些手法现在被认为是典型的女性手法。[4] 90年代初的女性文集中出现的性别和肉体的力量、魔幻母题等在当代女性侦探小说中已经具有了惯常的象征意义。忒尼亚诺夫(Ю. Н. Тынянов)在思考文学演变问题时称类似的上述现象为一整套体系中某一元素的“老生常谈”“毫无特色”。换句话说,是一种“自动化”:“当一种文学元素没有消失,人们都认为它的存在是习以为常时,那就表明其功能正在发生改变,变成了一种次要功能。”[5]

显而易见,20世纪80—90年代的女性小说的发展经历了“从当代文

---

① Абашева М. П. *Литература в поисках лица* (*русская проза в конце XX века*: *становление авторской идентичности*), Изд-во Пермского университета, 2001, С. 32.

② Воробьева Н. В. *Женская проза* 1980—2000—*х годовЖ*: *динамика*, *проблематика*, *поэтика*: дис. ... канд. филол. наук. /Пермскийский гос. пед. Ун-т. -Пермь, 2006. С. 123.

③ Там же. С. 123.

④ Там же. С. 124.

⑤ Тынянов Ю. Н. Поэтика. История литературы. Кино. М.: Наука, 1977. С. 274.

学中突出重围——创造典范——把典范变为公式"这样的道路。

进入 21 世纪,当代俄罗斯女性文学却出现了一个很反常的现象——女性小说概念已经不复存在。但与此同时,人们渴望阅读和创作的却恰恰正是女性小说。① 许多男性作家用女性笔名进行创作,顿佐娃(Дарья. Донцова)的书打破了西方大众文学的销售记录就是明证。也就是说,21 世纪伊始,女性小说的发展图景发生了翻天覆地的变化。新一代女作家与 20 世纪 80、90 年代老一代女性小说作者不同,她们不关注残酷的女性生活,也不为性别重要性的论断而抓狂。她们展现的是"新一代的声音",这个声音就是女性的声音。

综上,最近 30 年的当代俄罗斯女性小说可以分为两个阶段:20 世纪 80－90 年代和 21 世纪伊始的最近十年。鉴于彼特鲁舍夫斯卡娅创作语境研究的必要性,我们仅详细分析第一阶段。这一时期的女性小说主要是作为一种成功的文学创作策略,其创新体现在:1. 它形成了一种特殊的女性书写手法,即从女性自身的体验出发,运用不同于男性的语言特点和节奏进行创作;2. 与西方女权主义文学中的女主人公不同,这一时期女性小说的主人公试图摆脱苏联社会主义意识形态模式下母亲和女工的形象,力图躲进被苏联官方话语所压制的女性私密的实体空间中;3. 这一时期女性小说的作者试图创造一种新的、独特的女性试验语言,这种语言打破了常规的线性语义结构和叙述结构,构建出了独特的艺术世界图景。

0.2.2 彼特鲁舍夫斯卡娅创作研究

彼特鲁舍夫斯卡娅的创作始于小说。她的艺术体系是一个对话式开放的动态—静态模式:一方面,该体系体现了后现代语境中发展的当代文学最重要的特点——可以融合不相容的东西,一切都可以共存;另一方

---

① Воробьева Н. В. *Женская проза* 1980—2000—*х годовЖ*: *динамика*, *проблематика*, *поэтика*: дис. ... канд. филол. наук. /Пермскийский гос. пед. Ун-т. -Пермь, 2006. С. 146.

面，这一体系中还表现出作家对世界和人的看法的视野广度。因此，许多批评家、研究者试图用不同的视角，从不同的角度对彼特鲁舍夫斯卡娅的创作进行阐释。

热罗布佐娃(С. Ф. Желобцова)是最早尝试研究彼特鲁舍夫斯卡娅小说特点的研究者之一。她根据女作家第一部大部头小说集《沿着爱神之路》编撰的教材分析了一系列问题，研究了彼特鲁舍夫斯卡娅小说主人公的类型。她认为，彼特鲁舍夫斯卡娅的作品属于女性小说。热罗布佐娃明确指出，这本小说集表现出女性所特有的对现实清醒的看法，这使她的小说极尽真实。但不得不指出，热罗布佐娃关于作者立场的论述在某些时候有失偏颇，比如她提到，作家短篇小说的主人公都"试图干预惯常的生活过程"[①]，但在该教材所分析的大部分彼特鲁舍夫斯卡娅的作品中，女主人公要么屈从于命运的力量，要么选择逃避残酷的现实。同时，关于作者与主人公的相互关系问题，热罗布佐娃的某些表述有时又会表现得有些粗浅，比如她提到，彼特鲁舍夫斯卡娅"常常有意识地掩盖其主人公的一些缺点"[②]。实际上，彼特鲁舍夫斯卡娅赋予其主人公充分的价值，她不会有意地代替人物说话。

其他论及彼特鲁舍夫斯卡娅创作的教材还有：波波娃(И. М. Попова)、古班诺娃(Т. В. Губанова)、柳别兹纳娅(Е. В. Любезная)合著的《当代俄罗斯文学》。该书选取了20世纪末21世纪初俄罗斯最闪耀的几位女作家，包括彼特鲁舍夫斯卡娅、托尔斯泰娅和乌利茨卡娅等人的作品。书中关于彼特鲁舍夫斯卡娅小说诗学的论述值得一提。作者们指出，彼特鲁舍夫斯卡娅所追求的体裁的多样性是与其基本的创作任务相统一的。教材中分析了彼特鲁舍夫斯卡娅最主要的短篇小说之一——《瞭望台》。她们指出，作家拒绝"全知全能"，而是利用"旁观者"的立场做

---

① Желобцова С. Ф. *Проза Людмилы Петрушевской*, Якутск: изд-во ЯГУ, 1996. С. 24.

② Там же. С. 24.

文章,拒绝任何的“引起读者好奇心,使其预测到结局的可能性”①。“彼特鲁舍夫斯卡娅小说的读者必须能够区分叙述之‘我’和作者之‘我’。”②这一点的确很有见地。但是,要充分阐释作家动态开放的艺术世界,仅仅区分叙述之“我”和作者之“我”是不尽全面的,叙述的视角同样是一个必须考虑的因素。

2000 年以来,陆续有一些博士论文或者专著中的某些章节研究彼特鲁舍夫斯卡娅的创作,这些成果从多个角度对作家作品进行阐释。这些作品中首先应该提到的是玛尔科娃(Т. Н. Маркова)的《当代小说:建构与意义(玛卡宁、彼特鲁舍夫斯卡娅、佩列文)》以及她的博士论文《20 世纪末小说中的创作新形式倾向(玛卡宁、彼特鲁舍夫斯卡娅、佩列文)》。在这篇博士论文中,玛尔科娃揭示了当代小说中传统的和新的审美倾向相互作用的机制。在论述彼特鲁舍夫斯卡娅创作的几章中,作者研究了人物的塑造形式、时空的形成及情节的形成、体裁的构建以及女作家小小说言语模式的特点。这篇博士论文是当今彼特鲁舍夫斯卡娅创作研究成果中较有深度的研究成果之一,她不仅运用了文艺学的研究方法,而且还综合运用了语言学和语文学的研究方法。

另外一部需要特别提到的是普罗霍罗娃(Т. Г. Прохорова)的博士论文《作为话语体系的彼特鲁舍夫斯卡娅的小说》。这篇论文有两点值得注意:第一,作者认为,文学进程本身具有动态性、未完成性的特点,因此,对当代文学进程发展规律进行分析时,首先应揭示其完整性的典型特点。鉴于此,作者把彼特鲁舍夫斯卡娅的艺术世界作为一个完整的体系来研究,揭示该体系结构上的组织特点。包括普罗霍罗娃本人在内,许多批评

---

① Попова И. М., Губанова Т. В., *Любезная Е. В. Современная русская литература*, Издательство ТГТУ, 2008. С. 10.

② Там же. С. 10.

家、研究者都认为,"彼特鲁舍夫斯卡娅是一个一以贯之的作家。"[①]第二,她把彼特鲁舍夫斯卡娅小说的话语策略作为其研究的重中之重。普罗霍罗娃认为,这对于研究作为一个完整体系的作家的创作具有重大意义。她同时指出,要揭示作家艺术体系的独特性,研究其作用的机制,就必须考虑"作者—讲述人—主人公—读者"这一交际链,从而在此基础上实现对叙述结构的分析。普罗霍罗娃分析了彼特鲁舍夫斯卡娅小说中的六种话语:感伤主义话语、现实主义话语、自然主义话语、浪漫主义话语、现代主义话语、后现代主义话语,其中感伤主义话语和现实主义话语占据主要位置。上述每一个话语"都不可能保留其自身的'纯洁性'和'不可侵犯性',它们常常会产生互为反映的效果"[②]。作者从文学批评和叙事学的角度对体现在作家小说中的"作者—讲述人—主人公—读者"交际链进行了分析。但遗憾的是,综观普罗霍罗娃的整篇论文,很少或者几乎没有发现普罗霍罗娃从语言学角度去揭示这一交际链的作用机制。此外需要说明的是,普罗霍罗娃是俄罗斯国内研究彼特鲁舍夫斯卡娅创作的大家,她在俄罗斯主流刊物上发表的此方面的论文多达二十几篇,这些成果都体现在她的这篇博士论文中。

还有几篇副博士论文值得关注,它们是谢尔戈(Ю. Н. Серго)的《彼特鲁舍夫斯卡娅的小说诗学(情节与体裁的相互作用)》,库兹名科(О. А. Кузьменко)《彼特鲁舍夫斯卡娅小说中的讲述体叙述传统》及其专著《19—20世纪俄罗斯叙述传统视角下的彼特鲁舍夫斯卡娅小说》,帕霍莫娃(С. И. Пахомова)的副博士论文《柳德米拉·彼特鲁舍夫斯卡娅艺术世界的常量》。

值得一提的是,谢尔戈同样把彼特鲁舍夫斯卡娅的小说作为一个统一的体系进行研究。作家的艺术体系是一个动态的、开放的体系,用这种

① Прохорова Т. Г. *Проза Л. Петрушевской как система дискурсов*: Дис. ... доктора. филол. наук. /Т. Г. Прохорова, Казанский гос. ун-т. -Казань, 2008. С. 6.

② Там же., С. 17.

方法研究彼特鲁舍夫斯卡娅创作是非常有意义的。作者选择分析材料的一个原则就是:作家小说中是否存在后现代成分。根据这一原则,她都是选择短篇小说作为其研究材料。她认为,“中篇小说是彼特鲁舍夫斯卡娅创作中的一个传统体裁。其中的后现代成分几乎不存在,或者仅体现为精神病情节层面(如《午夜时分》《小格罗兹娜亚》)。”[①]对此我们很难认同。中篇小说《午夜时分》可以说是彼特鲁舍夫斯卡娅的成名作,是她的一个“名片”,其中体现出作家创作的许多典型特点。因此,这部作品与作家的短篇小说和童话系列一样,对于理解作家对现实世界的态度具有重要意义。既然谢尔戈把彼特鲁舍夫斯卡娅的小说视为一个系统来研究,那么仅仅研究其短篇小说是不充分,也是不全面的。

库兹名科的副博士论文《彼特鲁舍夫斯卡娅小说中的讲述体叙述传统》研究了彼特鲁舍夫斯卡娅小说叙述形式的诗学特征。库兹名科从俄罗斯文学传统(这首先体现在左琴科(M. M. Зощенко)和普拉东诺夫(A. A. Платонов)的小说中)中讲述体叙述和类讲述体叙述发展的角度对此加以阐述。她指出,彼特鲁舍夫斯卡娅创作中有两个文化现象的共存,即插科打诨和装疯卖傻(шутовство и юродство)。“作家的讲述人形象中具体化了丑角原型的记忆。……装疯卖傻成为彼特鲁舍夫斯卡娅许多主人公世界观的主导思想。”[②]乌利茨卡娅在谈到彼特鲁舍夫斯卡娅作品中的“休克疗法”效应时写道:“这是一个有才华的、做出了深刻社会确诊的作家。我总是觉得这一诊断很残酷,但却很有说服力。”[③]利波维茨基则认为,作者的“叙述语调”完全不同,是深入叙述者和主人公之间“相

---

① Серго Ю. Н. *Поэтика прозы Л. Петрушевской (взаимодействие сюжета и жанра)*: дис. ... канд. филол. наук. / Уральский гос. университет. -Екатеринбург, 2002. С. 21.

② Кузьменко О. А. *Традиции сказового повествования в прозе Л. С. Петрушевской*: Дис. ... канд. филол. наук. /Бурятский гос. ун-т. -Улан-Уде, 2003. С. 11.

③ 转引自:Кузьменко О. А. *Традиции сказового повествования в прозе Л. С. Петрушевской*: Автореф. Дис. ... канд. филол. наук. /Бурятский гос. ун-т. -Улан-Уде, 2003. С. 2.

互理解的深处”[①]。针对这些不同的观点，库兹名科认为，“如果把彼特鲁舍夫斯卡娅的叙述策略视作她对俄罗斯讲述体传统的革新，那么就不会存在类似的矛盾了。”[②]她运用独特的方法分析了作家小说中的讲述人形象，但库兹名科所指出的两种讲述人并不能穷尽作家小说中讲述人类型的多样性。

在副博士论文《柳德米拉·彼特鲁舍夫斯卡娅艺术世界的常量》中，作者帕霍莫娃揭示了彼特鲁舍夫斯卡娅作品中固定不变的主题、情节单位和构成作家创作方法基础的审美构建原则，阐述了彼特鲁舍夫斯卡娅的创作与左琴科讲述体话语中讽刺模拟传统之间的联系，论证充分有力。作者客观地指出，抒情(伤感)倾向是彼特鲁舍夫斯卡娅必不可少的叙述手法之一。很多人在 20 世纪 70 年代前后首次阅读作家作品时都会感到震惊，因为从未有人如此公开、如此淋漓尽致地描绘苏联现实。帕霍莫娃对此有自己的理解。她认为，彼特鲁舍夫斯卡娅小说的“灰暗”并不受作品中所刻画的负面现象的数量决定，而是受作者立场的特点决定，作家的创作属于后现实主义。“后现实主义话语最重要的一个外部限定特征是大量不同的审美倾向的折中式共存。也正是这种看似不相容的传统和因素构成了彼特鲁舍夫斯卡娅小说和戏剧独特性的基础。”[③]帕霍莫娃把研究的重心放在对彼特鲁舍夫斯卡娅艺术世界常量的研究上，因为“作者的艺术世界是固定的主题、宗旨和思想的综合，它们贯穿作家的所有作品”[④]。

另外一个值得一提的副博士论文是徐京娜(К. А. Щукина)的《当代短篇小说中叙述者、人物和作者的言语表现特点(以托尔斯泰娅、彼特鲁

---

① 转引自：Кузьменко О. А. *Традиции сказового повествования в прозе Л. С. Петрушевской*: Автореф. Дис. ... канд. филол. наук. /Бурятский гос. ун-т. -Улан-Уде, 2003. С. 11.

② Там же. С. 6.

③ Пахомова С. И. *Константы художественого мира Людмила Петрушевской*: Дис. ... канд. филол. наук. / Санкт-Петерпургский гос. ун-т. -Санкт-Петерпург, 2006. С. 12—13.

④ Там же. С. 10.

舍夫斯卡娅和乌利茨卡娅的作品为例)》。作者从语言学角度分析了当代女性小说几个代表人物作品中的叙述者、人物和作者的言语表现特点,并指出,当代叙述语言学中有以下叙述形式:一、传统叙述,它包括第一人称叙述和第三人称叙述;二、自由间接话语,其中的叙述者(指整个文本的叙述者或者文本重要片段的叙述者)是不存在的,或者在结构上起次要作用;三、"主观化的第三人称叙述",它是介于自由间接话语和传统叙述之间的叙述形式,徐京娜称这种形式为"主观化的第三人称叙述"。这种叙述形式的特点是,"叙述者言语和人物言语之间的界限不再分明,叙述者言语中存在有另一个意识,即人物的意识(人物风格),或者叫人物叙述场景。"[①]徐京娜的这篇论文是俄罗斯国内第一部比较系统的从叙述学和语言学结合的角度对叙事作品中各级文学形象,特别是叙述者形象及其与其他形象相互作用的特点所作的一次深入研究。但同时必须看到,由于受西方结构主义叙事学的影响,徐京娜对以上几位作家的小说主要进行的是脱离其创作语境和读者的接受语境的叙事结构分析,尽管这种研究方法有一定成效,但是对作品的阐释仍有待于进一步挖掘、深化。

中国学界对彼特鲁舍夫斯卡娅及其作品的译介和研究始于 20 世纪 90 年代。在译介方面,孙美玲选编的《莫斯科女人》(河北教育出版社,1995)是一部介绍当代俄罗斯女性作家的作品集,其中收录了彼特鲁舍夫斯卡娅、托尔斯泰娅、鲁宾娜等当代俄罗斯文坛知名作家的作品。吴泽霖选编的《玛丽亚,你不要哭》(昆仑出版社,1999)收入了彼特鲁舍夫斯卡娅、托尔斯泰娅、恰伊科夫斯卡娅等女性作家的数篇短篇小说。此外,中国的学术期刊上也散见有一些彼特鲁舍夫斯卡娅小说译文,如《外国文学杂志》1999 年第 5 期刊载了段京华翻译的彼特鲁舍夫斯卡娅的两则短篇小说:《幸福的晚年》和《灰姑娘之路》;2003 年《俄罗斯文艺》第 4 期刊载

---

① Щукина К. А. *Речевые особенности проявления повествователя, персонажа и автора в современном рассказе* : На материале произведений Т. Толстой, Л. Петрушевский, Л. Улицкой: Автореф. дис. ... канд. филол. наук / СПб., 2004. С. 10.

了陈方翻译的彼特鲁舍夫斯卡娅的四则短篇小说:《大鼻子姑娘》《手表的故事》《新哈姆雷特们》《安娜夫人,瓦罐脑袋》。除此之外,陈方还翻译了彼特鲁舍夫斯卡娅唯一的长篇小说《异度花园》(2011)。在陈方的专著《当代俄罗斯女性小说研究》附录中收入了彼特鲁舍夫斯卡娅的短篇小说《阴暗的命运》。除了译作,陈方还对彼特鲁舍夫斯卡娅的创作进行了系列研究,后文再述。

国内学者及研究者近年来在彼特鲁舍夫斯卡娅创作的研究方面给予了越来越多的关注。孙美玲的《俄罗斯女性文学翼影录》是一篇介绍 20 世纪俄罗斯女性文学的文章。这篇文章关于彼特鲁舍夫斯卡娅的论述颇有见地。作者指出,"柳·彼特鲁舍夫斯卡娅的小说揭露现实生活尖锐到令人震惊和达到冷酷的地步。无怪乎批评家称她为描写灰色生活的作家"①;"通过这些让人透不过气的小说,作家怀着深深的同情和冷静的理智,似乎向人们提出:人应该怎样生活、或者更恰当地说人不应该怎样生活。"②这是国内首篇以女性主义视角论述俄罗斯文学进程的文章,因此具有开创性意义。

另一个对当代俄罗斯女性文学状况进行研究并谈及彼特鲁舍夫斯卡娅创作的国内学者是周启超。他的论文《她们在幽径中穿行——今日俄罗斯女性文学风景谈片》介绍了当代几位著名的俄罗斯女性文学作家的代表作,勾勒出当代俄罗斯女性文学的发展脉络。这篇论文很贴切地论述了彼特鲁舍夫斯卡娅的中篇小说《黑夜时分》③的创作主线。周启超指出,女主人公一切的悲戚皆源于"爱的缺席"。"'爱的缺席'也是女作家的另一部作品《通向爱情之路》④的主旋律。"⑤作者同时指出,彼特鲁舍夫斯

① 孙美玲:《俄罗斯女性文学翼影录》,《俄罗斯文艺》1995 年第 2 期。
② 同上。
③ 本书译为:《午夜时分》。
④ 本书译为:《沿着爱神之路》。
⑤ 周启超:《她们在幽径中穿行——今日俄罗斯女性文学风景谈片》,《当代外国文学》1996 年第 2 期。

卡娅以写实主义与现代主义相结合的手法,着力展示这种荒唐的生存,这类“心肠变硬了”的女性。

陈新宇在《当代俄罗斯文坛女性作家三剑客》中对维·托卡列娃、塔·托尔斯泰娅、柳·彼特鲁舍夫斯卡、柳·乌利茨卡娅的创作特点作了分析。关于彼特鲁舍夫斯卡娅的创作,陈新宇认为,“彼特鲁舍夫斯卡娅创作的人物类型、写作方式和创作观与俄罗斯传统创作大相径庭,如果把彼特鲁舍夫斯卡娅的残酷理解为是一种创新,那么是不是女作家内心某种激愤和仇恨的交织加快了她这种创新求异的步履呢?”[①]实际上,彼特鲁舍夫斯卡娅的创作世界观远没有如此简单。

段丽君也对当代俄罗斯女性文学状况以及彼特鲁舍夫斯卡娅的创作进行了细致研究。她主要对彼特鲁舍夫斯卡娅创作的艺术特色、小说中的女性艺术形象进行分析。“强烈的戏剧性是彼得鲁舍夫斯卡娅小说显著的艺术特色之一。它主要表现在戏剧性冲突和喜悲剧混合体两个方面”[②];在《当代俄罗斯女性主义小说中的“疯女人”形象》(2005)一文中,段丽君指出,20 世纪 90 年代女性小说的创作目标是“女性通过书写自己,发出被压抑已久的呼声。”[③]段丽君的另一篇论文《当代俄罗斯女性主义小说对经典文本的戏拟》(2006)分析了女性创作的戏拟手法,这一手法鲜明体现出在以男性话语为主导的当代文学中,女性努力为自己争得一席之地,从而发出自己“声音”的思想。

提到当代俄罗斯女性小说研究,就不能不提到陈方。她的《当代俄罗斯女性小说研究》是中国俄罗斯文学界第一部系统地研究当代俄罗斯女性小说的学术专著。该书用女性主义文学理论和传统的文学分析相结合的方法,对当代俄罗斯女性文学进行了相当细致的梳理和总结,其中的一

---

① 陈新宇:《当代俄罗斯文坛女性作家三剑客》,《译林》2009 年第 4 期。

② 段丽君:《女性“当代英雄”的群像——试论柳·彼特鲁舍夫斯卡娅小说的艺术特色》,《当代外国文学》2003 年第 4 期。

③ 段丽君:《当代俄罗斯女性主义小说中的“疯女人”形象》,《南京社会科学》2005 年第 2 期。

些观点非常客观,比如陈方认为,"我们很难把某一位作家界定到某种固定的风格或流派之中,因为很多作家都在积极地进行着创作实践,同一位作家可能用不同的手法进行创作,如:彼特鲁舍夫斯卡娅在尝试了新自然主义风格、反乌托邦小说创作之后,又开始写作'给成年人看的童话',在她近期的一些作品中也能看到明显的后现代主义风格的影响……"①这是一种比较辩证地看待问题的态度。书中还归纳了当代俄罗斯女性文学中几种典型的文学风格和文学形象,这有助于我们从总体上把握当代俄罗斯女性文学的特征。另外,陈方的另一篇文章《彼特鲁舍夫斯卡娅小说的"别样"主题和"解构"特征》对彼特鲁舍夫斯卡娅的创作主题也进行了较为详细的分析。陈方指出,"彼特鲁舍夫斯卡娅对审美传统的解构体现在多个层面。首先是作者对传统男性和女性形象的解构。……爱情和家庭也是彼特鲁舍夫斯卡娅进行解构的内容。……此外,幻想、夸张、比喻等假定性的非现实主义元素的运用,也是彼特鲁舍夫斯卡娅小说创作特征的另外一个重要方面。"②这些分析有助于我们客观地理解并评价彼特鲁舍夫斯卡娅的小说创作。

随着彼特鲁舍夫斯卡娅国际声望的不断增加,中国国内对她的关注也在与日俱增,这也体现在一些学位论文中,如首都师范大学辛勤的硕士论文《生与死:彼特鲁舍夫斯卡娅小说创作主题研究》(首都师范大学,2006)、吉林大学王卓的硕士论文《论柳·彼特鲁舍夫斯卡娅作品的悖谬艺术手法》(吉林大学,2008)、内蒙古师范大学李惠的硕士论文《彼特鲁舍夫斯卡娅作品中女性形象剖析》(内蒙古师范大学,2010)。辛勤在论文中分析了俄罗斯文学传统的三大主题,即生活、死亡和女性命运,彼特鲁舍夫斯卡娅在继承和发展这三个主题的同时,还赋予它们鲜明的时代印记。③ 王卓分析了悖谬艺术手法在作家的几个创作主题,如

① 陈方:《当代俄罗斯女性小说研究》,北京:中国人民大学出版社,2007年,第37页。

② 陈方:《彼特鲁舍夫斯卡娅小说的"别样"主题和"解构"特征》,《俄罗斯文艺》2003第4期。

③ 辛勤:《生与死:彼特鲁舍夫斯卡娅小说创作主题研究》,首都师范大学硕士论文,2006年。

孤独、分裂及人物生存环境中的表现以及该手法的艺术效果。[1] 李惠从女性角度对作家作品中女主人公的生存主题、死亡主题和作家创作的艺术魅力进行分析,有助于我们理解当代“俄罗斯女性真实的生存状况和坎坷的命运变迁”[2]。

通过分析国内外彼特鲁舍夫斯卡娅创作研究现状,我们发现,国外对彼特鲁舍夫斯卡娅创作的研究已经逐渐发生方法论上的转向,即从传统单一的文学批评研究转向综合的语文学研究,这些研究同时还融合了西方的新批评理论,注重文学语篇内外现实的结合,注重文本叙事结构的分析,这有助于读者对作品的接受;国内这方面的研究单从方法论的角度看,仍然囿于传统的对几大文学创作主题的分析。相比之下,国内的彼特鲁舍夫斯卡娅研究要比国外在这方面所作的研究单薄,研究还有待进一步深入并进行行之有效地系统化、理论化。

0.3 “作者形象复合结构”假说研究思路

自20世纪八九十年代以来,当代文学,特别是当代女性小说尽管已经发展了20年之久,但直至今日,女性小说的地位仍然没有得以明确定位。这种现象出现的原因是很复杂的,作品本身出现的包括结构、思想、技巧等方面的新倾向是一个重要因素。彼特鲁舍夫斯卡娅的小说是当代女性小说中极具代表性的一个,许多研究者在进行这个阶段的女性小说研究时,都会从某个方面选取她的作品作为研究对象。前文所作的彼特鲁舍夫斯卡娅创作研究现状的分析表明,此方面的研究丰富而充实,但远远没有切入当代女性小说研究的要害——作者形象,这也是本研究的紧迫性所在。正是这种紧迫性决定了本书的研究目的,即在当代女性文学

① 王卓:《论柳·彼德鲁舍夫斯卡娅作品的悖谬艺术手法》,吉林大学硕士论文,2008年。
② 李惠:《彼得鲁舍夫斯卡娅作品中女性形象剖析》,内蒙古师范大学硕士论文,2010年。

语境下,结合作者本人因素以及文本在叙述结构和叙述策略方面的特点,综合研究小说核心,即作者形象,从而揭示作品的思想和修辞内涵。这一目的决定本书要解决的任务有以下方面:

以彼特鲁舍夫斯卡娅小说为例,分析作者形象在作者层面的表征形态。这包括两个方面:一、作者本人语境,包括彼特鲁舍夫斯卡娅本人及其创作特点分析;二、作者意识的语言表现;

以彼特鲁舍夫斯卡娅小说为例,挖掘作品中作者形象的话语形态:叙述者(或讲述人)话语、人物话语、叙述者(或讲述人)话语与人物话语的相互作用。通过分析三种话语形态,进一步揭示叙述者(或讲述人)形象与作者形象的关系;

阐明读者的不同形态在挖掘"作者形象"中的功能。

"作者形象"是文学研究中的一个重要范畴。从前文有关"作者形象"的文献分析中得知,到目前为止,学界对这一范畴依然存在诸多分歧,究其原因大概有以下方面:第一,概念界定仍未统一,俄罗斯、欧美及我国文学研究界对这一概念本身有不同的界定;第二,概念的内涵和外延模糊不清,在是否要考虑结合作者本人及其创作语境来研究"作者形象"问题上尚未达成一致;第三,对文学话语交流模式中读者的作用重视不够。针对上述情况,本书拟提出"作者形象复合结构"假说,试图从国内外作者形象研究困境中找到一条出路。

我们所理解的"作者形象"是这样的:作者形象是一个审美范畴,常常蕴藏于作品的叙述结构中,它是统摄作者、作品、读者三大范畴及其亚范畴为形式和内容统一体的一个复合结构。

根据这一概括性定义,我们可以对"作者形象复合结构"的内涵进行尝试性界定。

具体地说,"作者形象复合结构"的本质内涵是这样的:一、作者形象与作者的形象并非同一,但二者有密切的联系:真实作者本人的生平因素及作者意识都会在作品中经艺术加工后得到再现;二、作者形象不是作品中叙述者(或者讲述人)的形象,也不是作品中某个人物的形象,但叙述者(或者讲述人)形象却是作者在作品中的“面具”“脸谱”,人物的形象也是表现作者形象的一种手段;三、作者形象常常蕴藏在作品的叙述结构中,表现为运用在其中的叙述技巧及策略手段;四、作者形象还与作品中读者的在场以及作品外读者的积极阐释密不可分。

因此,根据这一界定,我们所理解的“作者形象”是一个复合结构体,由作者、作品和读者三大层次构成。这就要求研究者不能用单一、传统的研究方法去研究当代具有叙事倾向的小说,而应该从文学叙事与语言修辞相结合的角度揭示小说中作者形象的表征形态。这种研究方法和本书所提出的“作者形象复合结构”假说正是本研究的创新所在,具体体现在以下方面:

首先,现实生活中的真实作者(即作家)本人的世界观、创作的个人特点、作者意识都会潜移默化渗透在作品中。因此,要研究作者形象不能不考虑作者因素;

其次,处于创作状态的作者表现为各级叙述角色,他们是作者在作品中的“面具”,或者说是“演员脸谱”,这些角色形象是不受真实作者意志控制的;

第三,已完成的作品是集多个因素于一体的一个复杂结构,作者对作品叙述结构和叙述者的选择是体现作者形象的一个重要手段,各级叙述角色以及叙述结构的安排是作者意识的具体体现;

第四,叙事作品的话语层次分为叙述者话语和人物话语,这两个层次中所运用的叙事技巧必然体现出作者的意识、作者形象。

第五,“隐含读者”是“隐含作者”的一个理想读者,是他的“知心人”,作品在某种程度上是以理想读者为假定对象创作的,其中必然渗透着以该目标为基础的作者“第二自我”的形象;

第六,具体读者在构建作者形象过程中起“混凝”作用。通过对作品和作者两大范畴的解读,具体读者脑海中形成对体现在作品中的作者的认识,这一认识与作品和作者两个范畴相互作用,共同构筑起坚实的“作者形象”大厦;

因此,本研究所提出的“作者形象复合结构”是一个包含真实作者、隐含作者、叙述者(包括讲述人)、作品本身、作品世界中的人物、读者等各级语言主体和意识主体在内的多层次、多视角的复合结构,它以作者、作品和读者这三大范畴为主要支柱。

作者范畴包括彼特鲁舍夫斯卡娅本人的生平经历、她的创作特点、作者意识。关于作品范畴,需要说明的是,本书把作品理解为是文学交际事件,是一种特殊的话语,其中包括三个要素:信息发出者、信息、信息接受者。具体到文学作品本身,这主要指的是各级叙述角色、叙述话语和人物。因此,本书在作品这一部分主要研究叙述者话语、人物话语、叙述者话语和人物话语的相互作用,从中揭示作者形象与叙述者(或者讲述人)形象之间的关系。

除了作者、作品两大范畴之外,作者形象的构建还离不开读者。作者形象是通过读者对作者、作品两大范畴的积极阐释而产生的一个范畴,是一个三方构架的复合结构体。作品研究者作为一种特殊意义上的读者,对作者形象的建构同样应基于作者和作品两大范畴之上,它们是作者形象的两个具体“抓手”。因此,“作者形象复合结构”假说突破了以往抽象地论述作者和作者形象的局限,既强调作者和作品在构建作者形象过程中所起到的坚实的物质基础的作用,也强调了读者在构建作者形象过程中的重要功能。

我们所提出的“作者形象复合结构”假说如下图所示:

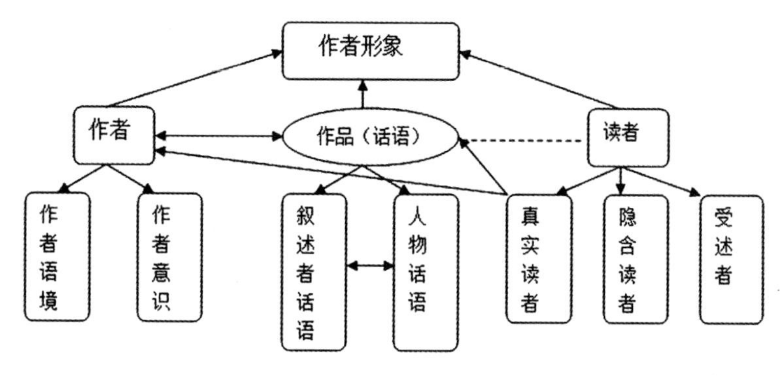

作者形象复合结构示意图

与本选题相关的文献主要有:原始文献,即彼特鲁舍夫斯卡娅本人的作品;二手文献,即彼特鲁舍夫斯卡娅传记、彼特鲁舍夫斯卡娅作品批评等;专业研究文献,即有关作者形象的相关著述和彼特鲁舍夫斯卡娅作品研究等。因此,本书主要运用历史研究法、文献研究法、文本研究法、比较研究法和语言学研究方法从叙事学角度进行研究,同时在尊重经典叙事学以文本研究为重的理念基础上,结合后经典叙事学对作者和读者因素的社会历史语境进行多维度分析。

本选题的研究目的和任务决定本书的研究框架包括三大部分:绪论、主体及结论。

第一章与下面三章为总分关系。这一章从总体上论述作者、作品和读者这三个范畴及各范畴的组成要素,同时论述这些范畴及其组成要素成为作者形象复合结构必要组成部分的必要性,并在此基础上提出“作者形象复合结构”假说。

第二章“作者形象复合结构之一——作者”包括两大部分内容:作者语境和作者意识。作者语境主要包括作家彼特鲁舍夫斯卡娅本人及其创作介绍、彼特鲁舍夫斯卡娅创作特点分析;在作者意识部分,除分析与作者意识密切相关的一个概念——作者的世界观之外,还分析作者意识和作者世界观在作品中的表现特征及言语表现手段。

第三章"作者形象复合结构之二——作品"主要论述叙述者话语、人物话语、叙述者话语和人物话语的相互作用。"叙述者话语"部分从叙述视角和叙述类型相结合的角度分析各级叙述角色,通过这些叙述角色进一步挖掘他们背后的作者形象,揭示叙述者(或者讲述人)形象与作者形象的关系。在"人物话语"中,我们根据已分出的四种引语类型:直接式引语、间接式引语、语境型引语和功能型引语,分析作者使用不同引语类型的创作意图,从而进一步揭示叙述者(或者讲述人)形象与作者形象的关系。"叙述者话语和人物话语相互作用"部分主要分析作者在行文时所运用的叙述技巧,分析这些技巧和手段的运用在表现作者形象中的功能。

第四章"作者形象复合结构之三——读者"主要从隐含读者、受述者、真实读者三个读者形态论述,廓清几个相近的有关"读者"的术语,分析虚构读者、隐含读者在作品中的表现手段,挖掘具体读者在构建作者形象中的作用。

结论部分对以上各章所分析的内容作一总结,同时指出本选题可继续进行研究的前景。

需要指出的是,由于本书所提出的"作者形象复合结构"假说是国内首次从新的视角研究作者形象的一次尝试,特别是第四章"读者"部分更是首次从语言学和叙事学相结合的角度进行的一次探索,这方面的现有文献相当缺乏,加之本书作者学术能力有限,因此,本章分析得不够深入,而这也成为本书进行进一步拓展的空间。

第一章
作者形象复合结构

文学作品是读者和作品的创作者进行交际的独特手段，是沟通作家和读者的桥梁。在审美交际中，除了作家、作品和读者这三个参与者之外，还有一个不可忽视的主体——文学作者，他有别于生平作者。“生平作者是进行写作并将作品出版的那个人。常常会有这样的情况，过了一段时间之后，生平作者已经不同意先前所表达的观点，但此时作品已经不属于他，读者也可以不去知道作家改变了看法。读者根据惯势认为，文本中体现了一个具体的人之立场。”①我们认为，这个具体的人之立场就是作者形象的主要指征，它贯穿于整部作品，像一条红线把作品的不同成分统摄起来。因此，如果把作者形象比作一个大厦的话，那么作者和作品就是构成这座大厦的两大基石，读者的积极阐释起着“混凝”作用，他把作者和作品这两大范畴中的基本要素凝固起来。作者、作品、读者共同作用，构筑起坚实的大厦——作者形象。因此，可以说，作者形象是一个由多个要素相互作用而形成的复合结构体。

下面将分别分析作者、作品、读者三大范畴及其组成要素成为作者形象复合结构有机组成部分的必要性。

---

① Шанский Н. М.，Махмудов Ш. А. *Филологический анализ художественного текста*，Русское слово，2010. С. 29—30.

1.1 作者

当代语文学在谈到作者问题时分出了“具体”作者和“抽象”(或称“隐含”)作者,同时还把作者分为作品的作者和作品世界中的作者。作品的作者一般指的是现实生活中那个有血有肉的作家,作品世界中的作者指的是体现在作品诸多层面中的、作家进行创作时(即处于创作状态)的“第二自我”(韦恩·布斯语)。施密德给抽象作者下的定义是这样的:“抽象作者是指出发出者语篇中所有标识符的所指。‘抽象’并不是‘虚构’。抽象作者不是被描述的角色(изображаемая инстанция),不是具体作者的有意创造,在叙述语篇中不能添加到其上任何一个词。他与叙述者不是同一人,但他是叙述者和整个被描述的世界进行虚构的原则。抽象作者没有自己的声音,没有自己的语篇。他仅仅是所有创作行为的类人实体,是作品意向性的人格化。”[①]作者的观念、态度、意图通过抽象作者这个类人实体表现在作品中,或者反过来说,抽象作者是作者意向、态度在作品中的人格化。

众所周知,作者形象范畴是文学作品研究的重中之重,对它的研究毋庸置疑需源自作品本身。但是,创作主体即作者在作品中的表现也是切切实实的物质的存在,忽视作品内外的作者因素,就不可能构建出科学且完整的作者形象。本书所理解的作品外的作者因素指的是现实作者(作家)个人的履历、生平、作家创作风格、特点等现实因素;而作品内的作者因素指的是作品中潜在的无处不在的作者意识及作者世界观。显然,我们所理解的作品内外的因素与上文“作品的作者和作品中的作者”本质上是一致的,它们并非是飘忽不定的影子,而是有规律可循的存在。

① Шмид В. *Нарратология*, Языки славянской культуры, 2003. С. 53—54.

1.1.1 现实作者(作家)

现实作者或者作家是否参与到作者形象的构建中,以及参与的程度如何,迄今为止,学术界对这一问题并没有完全统一的看法,就连作者形象范畴的提出者维诺格拉多夫本人也是如此。“任何个性鲜明的作家,他的作者形象都会有与众不同的样子。尽管如此,作者形象的整个结构,不是由这个作家的心理气质决定,而是由他的思辨的审美观点决定。这种思辨的审美观点,也可能是作家自己还没有意识到的(如果他思辨能力和艺术修养都不很高),但却是一定存在的。问题全在于:如何根据作家的作品来勾画出这个作者形象。一切有关作者生平事迹的材料,我都断然排除不用。”[①]很显然,维诺格拉多夫在此处认为,作者的生平事迹材料无助于构建作者形象。但是,在谈到诗人-创作者的形象时,他又这样写道:“作者形象——这是由诗人创作的基本特征而形成或者创造出来的一个形象。这一形象中有时也会体现并反映出经过艺术加工的诗人传记的成分。”[②]从这句话中又可以看出,维诺格拉多夫此时认为,作家的创作活动自然要受其生平、生活体验等因素的影响甚或是支配,这些因素不可避免地也会反映在作者形象中。这样一来,维诺格拉多夫的前后两个表述就存在不尽一致的地方。哈利泽夫(В. Е. Хализев)在谈到作者与作者艺术活动之间的关系时提的观点与维诺格拉多夫的后一个表述近似:“作者,首先作为一个独一无二的创作个性,像任何一个人一样,同时(并不取决于他在何种程度上意识到这一点)也是社会集团文化之特定部分的代表,这总是要在他的观点上、他的心理上、他的行为上打上其烙印,自然也要在他的艺术活动上打上其烙印。”[③]

当然,生活中的托尔斯泰、陀思妥耶夫斯基、果戈理等作者并不等同

① 转引自白春仁:《文学修辞学》,长春:吉林教育出版社,1993年,第250页。

② Виноградов В. В. *О теории художественной речи*, Высшая школа, 1971. С. 113.

③ [俄]瓦·叶·哈利泽夫:《文学学导论》,周启超等译,北京:北京大学出版社,2006年,第83页。

于作品中在场的作者。然而,作品中作者的形象和现实的作者的面貌是不可避免地联系在一起的。著名的俄罗斯哲学家 С. Л. 弗兰克写道:“尽管在诗人的经验性生活同他的诗歌创作之间有种种不同,他的精神个性终究还是统一的,他的作品,一如他的个人生活和他作为一个人的种种见解,也还是孕生于这一个性的深层,作为艺术创作之基础的,的确,不是个人的经验性的经历,而毕竟还是他的精神体验。”[①]而这一精神个性与作者形象在很大程度上是吻合的。帕斯捷尔纳克(Б. Л. Пастернак)认为,天才的实质“蕴藏于对现实的生平经历的体验之中〈……〉,它的根基植扎于道德鉴别力之未经雕琢的直接性之上”[②]。可以看出,作者的生平体验及社会历史语境之于作者形象的意义是重大的,“一切有关作者生平事迹的材料都断然排除不用”的做法并非无可指摘。

有的研究者为了强调作者形象与作者生平之间的密切联系,甚至认为,在某些体裁中作者形象与生平作者是重合的。“在叙事体裁中可以很容易地发现作者形象、叙述者形象和讲述人形象。在通常不具有情节的抒情诗中,常常分出作者和抒情主人公,二者一般情况下是重合的。而且,无论对于散文文本,还是对于诗歌文本来说,其中都存在作者形象,这一形象在抒情诗中多与生平作者耦合。”[③]不论这一观点是否合理,但有一点至少是明确的,即现实作者的生平经历对于作品中作者形象的形成起着不可忽视的作用。

我国学者刘娟在研究文学作品中的准直接引语时提出的一个观点与上述学者的看法有异曲同工之妙。她指出,作者在表达某一立场时,“在文本中融入自己的理解力,这一能力取决于他的生活经验、他的世界观,

① [俄]瓦·叶·哈利泽夫:《文学学导论》,周启超等译,北京:北京大学出版社,2006年,第82页。

② 同上书,第83页。

③ Шанский Н. М., Махмудов Ш. А. *Филологический анализ художественного текста*, Русское слово, 2010. С. 40.

他的审美、伦理、社会和哲学观”[①]。

在研究作者形象问题时,作者所处的时代和文学语境也是一个不容忽视的因素。利哈乔夫院士在给维诺格拉多夫《关于艺术语言的理论》一书所作的后序中指出,作者形象问题的多样性和复杂性“不仅限于‘横向’的差异,这种差异包括创作者及其个性的不同、作品及其体裁的不同。同时,该问题的多样性和复杂性还存在‘纵向’差异,即历史区别,而这种差异和区别是受文学的普遍发展、文学流派的更替、社会思想意识形态的变化等因素决定的。作者形象的发展总是受时代的审美思想和意识形态思想的变化决定”[②]。巴赫金也强调,任何一个文学作品都具有对话性“表述”的特点,这一表述通过对话性语境为他人表述构建框架。按照他的观点,作品开放性呈现在未完成的“大时间”中,读者在这一“大时间”获得自己的理解语境,它并不与其同代人的理解“重合”。[③] 巴赫金分出了不同的社会文化理解语境:“近语境”和“远语境”。近理解语境局限于所谓的“小时间”,即当代性、较近的过去。但需要指出,某些文学事件参与者的生平“小时间”仅仅是理解语境之一,而且它并不是最深刻的理解语境。远理解语境在时间上是开放性的。维果茨基(Л. С. Выготский)在研究语境问题时指出,作品的内容取决于社会语境,取决于发生接受行为的环境。

新历史主义在进行文本批评时涉及的三个语境,其中就有写作的语境,它包括“作者创作的意图、传记、社会文化、政治遭遇和它们的意识形成与话语。……从文本作者的自传、回忆录、文章、纪念品到有关作者的各种历史记录都是‘恢复’当时历史语境的依据和途径,也是认识文本的

---

① Лю Цзюань, *Несобственно-прямая речь в художественных произведениях*, Компания спутник, 2006. С. 112.

② Виноградов В. В. *О теории художественной речи*, Высшая школа, 1971. С. 217.

③ Бахтин М. М. *Эстетика словесного творчества*, Искусство, 1979. С. 302.

思想性和文学性的重要途径。”[1]同样，读者对文学作品的解读也离不开作者的写作语境。

按照申丹教授和王丽亚教授的看法，布斯在他所处的时代环境下提出“隐含作者”概念无疑是巧妙的，但这一概念却有把隐含作者与真实作者作对照，甚至对立之嫌。因此，她们认为，这忽略了“后者的经历对前者创作的影响，也忽略了创作时的社会环境的影响，这也是一种偏颇”[2]。她们还指出，“‘真实作者’虽然处于创作过程之外，但一个人的背景、经历等往往会影响一个人的创作。”[3]

因此，如果忽视作者生平、他所处的社会和文学语境，那么作者形象的研究就会显得不够全面和完善；但如果一味关注作者生平及相关史料的考证，这在某种程度上也是对作品本身的忽视，研究者很容易陷入无本之木的考究泥沼中。这两种做法都不科学。总之，在研究作品中的作者形象时，研究者既要考虑到现实作者，又要以作品为基础，考虑到所有必要的因素，这才是辩证的科学研究方法。

1.1.2 作者意识

谈到作者形象，我们还需要阐述另一个与之密切相关的范畴——作者意识。作者意识是一个文艺学研究范畴，反映作者对表现在作品艺术形象及其结构中的艺术现实的态度，它是“作者世界观的表现，这种世界观是人对客观世界以及对他在这个世界中的位置之极其概括的观点体系，也是受这些观点决定的人的基本生活立场、信念和价值定位。”[4]巴赫金也指出了作者意识的本质，“作者意识是意识之意识，是包括主人公意

① 吴波：《文学与语言问题研究》，北京：世界图书出版公司，2009年，第127页。

② 申丹、王丽亚：《西方叙事学：经典与后经典》，北京：北京大学出版社，2010年，第75页。

③ 同上书，第75页。

④ Мельничук О. А. *Повествование от первого лица. Интерпретация текста*, Изд-во Моск. ун-та, 2002. С. 52.

识及其世界的意识。”[①]

作者意识在作品中的体现问题同样与作者问题密不可分。如前所述,作者问题是20世纪后半期以来文学研究的中心问题。但是,这一问题的出现却要早得多,许多作家和文艺理论家对于作者在作品中的存在问题都发表了自己的看法。卡拉姆津曾说:“创作者总是表现在作品中,这种表现常常不受自己意志控制。”[②]萨尔蒂科夫-谢德林认为:“每一部小说作品都会将自己的作者连同其个人的整个内在世界展现出来,这一点并不会比任何一篇科研论文来得逊色。”[③]陀思妥耶夫斯基这样说道:“在镜子映像中看不到它是如何看对象的,或者最好这样说,看到的是,镜子无论如何都不是在看,而是在被动地、机械地反映。真正的艺术家是不会这样做的:不管是在图画、小说,还是在音乐作品中必定都是源自本身;他是无意识的表现出来的,甚至有违自己的意志,表现出他所有的观点、性格、发展的阶段。”[④]关于这一问题,托尔斯泰也有一段类似的话:“对艺术不甚敏感的人总是会这样认为,艺术作品是由于其中活动着的是同一些人物,一切都始于一个开端,或者描写的是一个人的生活,所以它才是完整的。这是不正确的认识。这只是不细心的研究者的观点:把任一文学作品连接为一个完整的统一体,并由此产生‘生活反映错觉’的纽带,这并非是人物和情景的统一体,而是作者对对象物独特的道德上的态度。”[⑤]关于作者在作品中的存在问题,巴赫金曾提到,“我们在任何一种艺术作品中都可以找到(接受、理解、感知、感受)作者的存在。”[⑥]

所有这些表述都暗含着一个惊人相似的观点:作者是存在于作品中的,作者是作品中无处不在的审美主体。白春仁教授认为,文学作品的结

---

① Бахтин М. М. *Эстетика словесного творчества*, Искусство, 1979. С. 14.

② 转引自:Орлова Е. И. *Образ автора в литературном произведении*, 2008. С. 3.

③ Там же.

④ Там же.

⑤ Там же.

⑥ Бахтин М. М. *Эстетика словесного творчества*, Искусство, 1979. С. 287.

构可以分为四个由浅入深的层次:辞章、形象、涵义、作者。“作者层的存在可说是无孔不入……举其大端有两点。一是作者对艺术现实的品评态度贯穿作品的始终,自然连带而来他的情感好恶。二是作者对语言艺术的态度,同样体现到作品的艺术特色中,不容异议。”[①]他指出,作品中的作者是“熔铸在作品中的艺术个性。……而所谓结构中的作者,有其特定的内涵,不可随心所欲地扩大,这内涵就是贯穿形象世界始终的作者情志,他的艺术原则和技巧。这一切当然以作者其人的人生观、文学观、个性气质为基础,但绝不会是全盘的复制。”[②]

这种无孔不入而又有迹可循的作者在文艺学研究中被称为“作者形象”。但是对这一概念还有其他的称谓,如西方的“隐含作者”,俄罗斯语文学界的“抽象作者”“作者意识”等。在对有关作者形象研究资料进行分析的基础上,我们发现,“作者形象”“抽象作者”“隐含作者”“作者意识”等概念的内涵和外延似乎十分接近。而有的研究者,如梅里尼楚克认为,作者意识更能说明问题的本质,因此她建议用“作者意识”这个术语来取代“抽象作者”或者“作者形象”。梅里尼楚克指出,文学语篇中的作者意识范畴由以下亚范畴或者单位组成:作者意向、作者的世界模式、作品的核心思想、作者的观点。[③] 作者意向包括:作为作品总构思的战略意向和策略意向(语篇战略),后者包括作者的言语意向(语言手段的选择)、作品中结构和书写手段的选择;同时,策略指的是“语言和结构手段的总和,这些手段包括时间线、情节运动、背景描写策略的相互关系;行为、事件以及作者或者人物对行为和事件的思考等的相互关系;作者观点和人物观点的相互关系。”[④]“作者的世界模式指体现在文学作品中并受作者意向决定

---

① 白春仁:《文学修辞学》,长春:吉林教育出版社,1993 年,第 13 页。

② 同上书,第 20 页。

③ 同上书,第 56—62 页。

④ Мельничук О. А. *Повествование от первого лица*. *Интерпретация текста*, Изд-во Моск. ун-та., 2002. С. 56.

的作者关于世界的认识和知识，这些认识和知识包括作者的世界观。作者的世界模式在文学作品中是由作者观点、叙述者形象和作者塑造的人物形象构成，它通过分析语言和结构手段，即作品的结构表现出来。作品的基本思想指的是作者世界模式的核心，或者是浓缩的世界模式，是作品浓缩了的含义。”①作者的观点是“作者的立场，即他对描绘在作品中的现实片段的态度。”②

巴赫金在《文学与美学问题》中关于作者的观点问题也有很精辟的论述：“作者实现自己和自己的观点不仅仅通过讲述者以及他的言语和语言，而且还通过叙述的对象，即不同于讲述者观点的观点。在讲述人的讲述背后我们可以读到第二个讲述，即作者关于讲述人所叙述的事情的讲述。除此之外，还有作者关于讲述人本人的讲述。我们可以在两个层面清楚地感知到讲述的每个成分：即讲述人层面和作者层面。作者的眼界范围还包括具有自己话语的讲述人本人。我们可以猜到作者的重点，无论它是处于叙述对象中，还是处于叙述本身和在叙述过程中展开的讲述人形象中。如果感知不到这第二个意向重点（интенционально-акцентный）即作者层，就意味着没有理解作品。”③讲述人的叙述是以规范的文学语言、通常的文学视野为基础，叙述的每一个成分都“与这个规范的语言和视野相关，与它们对立，而且是对话性对立，一如观点与观点的对立，重点与重点的对立。……两种语言和两种视野的这种相关性、这种对话性的结合使得我们可以在作品的每个成分中都可以感知到作者的个性。作者的个性就是这样实现的”④。要真正的理解作品，必须透过话语表层挖掘出深藏在作品中的作者层，这样才能感知到作者的个性。

---

① Мельничук О. А. *Повествование от первого лица. Интерпретация текста*, Изд-во Моск. ун-та., 2002. С. 61.

② Там же. С. 61.

③ Бахтин М. М. *Вопросы литературы и эстетики*, 1975. С. 127—128.

④ Там же. С. 128.

加里佩林(И. Р. Гальперин)则用“语篇的情态性”来表示“作者的观点”①这一范畴,这两者指的都是作者意识的同一个亚范畴。“‘语篇的情态性’或者作者的观点既可以在语篇中通过表现表述②(句法的和词汇的)情态性的语言学手段实现,也可以在对主人公的描述和结论中、在不同人物观点的碰撞中、在叙述者的观点中、在语篇各部分的现实化中实现。”③

瓦尔金娜认为,表达作者对艺术世界态度的手段具有选择性,语篇的情态性就体现在表达手段的选择上。“作者对所描绘的世界的评价总是与寻找一致的表达方法密切相联。……总是存在一个对这些方法进行选择的非言语任务,这一任务的实现也就形成了语篇自己的情态性。……在这种情况下,作者的个人态度就被理解为是‘统摄言语结构整个体系的作品真谛的集中体现’(维诺格拉多夫语)。……作者形象是‘艺术家的个性在其作品中的表现’。”④瓦尔金娜也赞成用语篇的情态性来表示作者在作品中的存在。她指出,“通过语篇中作者个性的表现形式来理解作者的个性是一个双向的过程,这个过程以作者和读者的相互关系为宗旨。语篇的情态性是语篇中作者对所叙述的现实表现出的态度,是作者见解、观点、立场及其价值定位的体现。”⑤

“而与情态性范畴紧密相关的正是‘作者形象’,即语篇的结构标志”⑥。瓦尔金娜为作者形象下的定义是这样表述的:“表现在语篇(作品)言语结构中的对描绘对象的个人态度也就是作者形象。”⑦尽管这一

---

① Гальперин И. Р. *Текст как объект лингвистического исследования*, Наука, 1981. С. 113—116.

② Высказывание,也可译作话语。——本书作者注

③ Мельничук О. А. *Повествование от первого лица. Интерпретация текста*, Изд-во Моск. ун-та., 2002. С. 62.

④ Там же. С. 59—62.

⑤ Валгина Н. С. *Теория текста*, Логос, 2003. С. 59.

⑥ Там же. С. 59.

⑦ Там же. С. 63.

定义过于简单化，但却强调了作者形象与作者对艺术现实的态度之间的密切联系。

伊里恩科(С. Г. Ильенко)则具体指出了作者在作品中有两种存在方式："作者既可以是外显的存在，也可以是隐含的存在。第一种情况下使用的是纯语法形式：如使用第一人称代词和相应的动词形式、呼告读者、插入结构、面向读者的纯疑问结构和修辞性疑问结构、感叹词等；第二种情况下很难拿出一个表达作者存在方式的清单，只可以讲作者在创作语篇中所起作用的结果。"[①]他还提出了两种适于表现"作者行为"的方法：1. 把被描写的事物作为现实的或者假想的来描绘，如动词假定式、具有非现实连接词类型如"как будто"、带连接词"как"的比较从句等类型的从属句；2. 对被描写的事物从客观化的立场或者从共同体验的立场来描绘，如插入结构、疑问句、插入语等。[②]

有一个小典故同样可以说明作者意识在作品中不容忽视的重要地位。有一位德国斯拉夫学者，他是 20 世纪 90 年代中期在俄罗斯再版的苏联作家词典的作者，在文学家之家的一个小展厅举行的词典推介会上，他很客气地建议彼特鲁舍夫斯卡娅："当您再写作时，记得我给您说的：西方不喜欢不好的结局。""我写作的时候，不但记不得您说的，我连自己都会忘记。"彼特鲁舍夫斯卡娅这样反驳道。彼特鲁舍夫斯卡娅的回答从一个侧面表明，作家在作品中的存在不是那个实有之我，即现实中的作家，而是一个处于创作状态的作家的第二自我。这并不说明，现实中的那个作家与作品是脱钩的。实际上，现实作家会以不同的形式体现在作品的诸多层面，而这些形式从某种意义上讲正是作者意识在作品中的物质表现。

在文学作品研究中，与"作者形象"概念较为接近的还有"抽象作者"。

---

① Ильенко С. Г. *Текстовая реализация и текстообразующие функции синтаксических единиц*, Л.: Наука, 1988. С. 15.

② Там же. С. 15—16.

施密德指出,“抽象作者在作品中不是外显的,而是内隐、潜在的存在的,具有创作的痕迹、征兆,读者根据这些创作痕迹和征兆可以发现作者存在于语篇中。”[①]抽象作者是“所有叙述手法和语篇特点的融合点,是其中语篇形象的所有成分都具有意义的那种意识。”[②]文学作品中作者的存在不在于创造出自己的形象,而表现在“反映作者意识和作者对现实的态度的某种世界模式的塑造中,这种浓缩形式的意识和态度可以作为作品的主要思想表现出来”[③]。抽象作者是现实的,但不是具体的。

从绪论和本小节关于作者问题的梳理中得知,不同研究者给“作者在作品中的表现”这一问题冠以不同的称谓,如“抽象作者”“隐含作者”“作者意识”,等等。那么,这些不同的称谓与作者形象之间存在什么样的关系？有的学者如梅里尼楚克认为,作者意识与作者形象是等同的,可以互相替换。但我们认为,两者之间存在密切联系,作者意识是作者形象的直接体现,但这并不说明二者是等同的。抽象作者是俄罗斯叙事学界的术语,隐含作者是欧美叙事学界的称谓,二者在本质上是相同的,它们都是研究作者形象不可缺少的重要内容。但不论这些称谓之间是同一抑或是涵括关系,我们能够明确的一点是:“作者形象”不能用某个概念去简单地替换,因为这是一个内涵丰富、外延广泛的范畴,研究者出于不同的目的对其所作出的阐释或者定义只可能被视为是作者形象复合结构体的一个剖面,是仅仅从这个剖面来反映的“作者形象”。鉴于作者形象范畴的复杂性、多层面性,因此,本章我们仅从“作者形象”的一个剖面即作者意识角度去挖掘它在作品中的具体化或者客观化。作者意识是作者形象的直接表现之一,它并未也不可能穷尽作者形象研究。

---

① Шмид В. *Нарратолоогия*, Языки славянской культуры, 2003. С. 53—54.

② Мельничук О. А. *Повествование от первого лица. Интерпретация текста*, Изд-во Моск. ун-та, 2002. С. 50.

③ Там же. С. 52.

1.2 作品

叙事作品的典型特征就是具有复杂的交际结构。施密德分出了叙事作品的三个结构:作者交际、叙述者交际和第三个可选择的结构,即"当被叙述的人物首先是作为叙述角色出场。" 同时,"三个交际结构中的任何一个结构都可分出两个方面:发出者方和接收者方(получатель)。接收方分为两个方面:接收者和接受者(адресат и реципиент)。接收者是信息发出者发出信息的对象,他所指的那个人,而接受者是实际的接收者,发出人也许并不知道他。"[①]也就是说,作者交际层面的双方是作者和读者,叙述者交际层面的双方是叙述者和受述者,叙述角色层面的双方是进行叙述的人(可以是叙述者,也可以是讲述人)和他的言语对象。但是我们认为,每个层面除了这两个方面,还有一个不可忽视的方面,即双方进行交际的媒介——"信息"本身。具体到每个层面则分别是:作品、叙述者话语、人物话语。这样一来,每个交际层面就都包括三个基本要素,而这三个层面的所有要素恰恰是构成叙事作品叙述交流结构必不可少的成分,也是我们进行叙事分析的骨架。

本书所理解的作品是一个特殊的交际事件,它是一种特殊的话语,是处于"作者——作品——读者"这一叙事交流模式中的中间环节,是一切研究的基础。作者——作品——读者交际链还关涉其他相关的范畴,如"真实作者""隐含作者""真实读者""隐含读者""叙述者""讲述人""主人公"等。作者的意识决定着交际链中各成分之间的相互关系及其性质,决定着言语主体的叙述策略,这一意识体现在话语的叙述结构中。前文已经提到,作者意识从一个特定角度看与作者形象是吻合的,而且是作者形象研究的一个重要方面,但二者并不等同。因此,我们对作者形象的研究

① Шмид В. *Нарратология*, Языки славянской культуры, 2003. С. 39.

离不开对作品叙述结构的研究。

作者形象范畴有以下主要特征:一、叙述的方式;二、叙述的形式和叙述者的类型;三、叙述者的情态立场与作者的立场是否一致;四、叙述者对所描述的客体所知信息的多少;五、作者形象、作者的“面具”(叙述者、讲述人)和人物之间关系的性质。[①] 施密德认为,叙事作品的外部交流模式为:作者——被描述的事物——读者,内部交流模式则表现为:虚构叙述者——被叙述的事物——虚构读者。[②] 在我们看来,叙事作品表层结构的三个重要因素即是叙述者、叙述话语、叙述接受者,叙述话语是叙述者发出信息、叙述接受者接收信息的物质载体,是叙事表层结构在形态上的主要成分。“叙述话语顾名思义也就是在形式上是由某个叙述角色发出的言语行为。小说中能够承担这项任务具有这方面功能的角色只有两类:叙述者和人物。”[③]因此,叙述话语自然而然也就由叙述者话语和人物话语两部分组成,我们对作品中作者形象的研究也主要从这两方面及其相互作用的方面进行。

1.2.1 叙述者话语

叙述者话语是由叙述者实施的言语行为。在叙事作品中,对叙述者话语进行研究主要借助于叙述视角和叙述类型这两大范畴。在文学作品中,如果对同一故事所采用的叙述角度不同,就会产生大相径庭的叙述效果。因此,要研究文学作品中的视角问题,首先要弄明白视角是什么。对于这个问题,巴赫金、沃洛什诺夫(В. Н. Волошнов)[④]、维诺格拉多夫等人都作出了一系列论述。这些论述奠定了文学作品中视角问题研究的基

---

① Геймбух Е. Ю. *Образ автора как категория филологического анализа художественного текста*, Дис. ... канд. филол. наук. Российская акад. образования, исследовательский центр преподавания русского языка, 1995. С. 57.

② Шмид В. *Нарратология*, Языки славянской культуры, 2003. С. 63.

③ 徐岱:《小说叙事学》,北京:中国社会科学出版社,1992年,第118页。

④ 其思想较多地受到巴赫金的影响,也有学者认为,他就是戴着“面具”的巴赫金。——本书作者注

础。尽管视角并不是他们专门的研究任务,但却是他们研究某个作家及其创作的工具和方法。较早地结合小说对视角进行分析的是俄国作家兼评论家 K. 列奥契耶夫,他提出"小说作者和叙述者的'视角'问题,并且研究了视角在作品中的体现"[①]。在叙事作品中,有时甚至在抒情作品中常常透过视角[②]来理解和叙述事件。

首先了解一下各大词典中对"视角"的定义。《世界文学术语词典》是这样给"视角"下定义的:"视角——叙述者对叙述的态度。许多批评家认为,叙述决定着艺术方法和作品中人物的特征。视角可以是内部的,也可以是外部的。如果叙述者是作品中出场人物之一,那么就是内视角,此时叙述是以第一人称进行的;外视角是没有参与到事件中的那个人的外部立场,此时,叙述通常是以第三人称进行的。"[③]《朗文诗学术语词典》中对视角的定义是:"作者所保留的对于所描写的事件来说物理的、抽象的或者个体的透视。物理视角指的是包括时间角度在内的观察角度,在这一角度下研究整个故事;抽象视角指的是内部意识和保留在叙述者和叙述本身之间的情感态度的透视。"[④]《现代批评术语词典》中视角的定义是:"这是用在文学作品理论和批评中的一个术语,它用于指出故事叙述的立场。"[⑤]托尔马切夫(B. M. Толмачев)这样定义:"视角是'新批评'的一个重要概念。它描述作品的'存在方式',作品是作为一个本体论行为或者对于现实和作家个性来说独立自主的结构(……),是精读小说文本的全套工具。"[⑥]《文学理论》中关于以上定义提出了如下观点:1. 从这些定义中得知的不是视角是什么,而是视角所描述的对象是一个自给自足的结

---

① 转引自白春仁:《文学修辞学》,长春:吉林教育出版社,1993 年,第 264 页。

② Точка зрения 有时也译为"观察的角度""观点","视点"等,即作者态度。

③ 转引自:Тамарченко Н. Д. *Теоретическая поэтика: понятия и определения*, РГГУ, 1999. С. 192.

④ Там же. С. 193.

⑤ Там же. С. 194.

⑥ Там же.

构;2.作品只有从对其来说外部的视角,但绝不是从人物的视角来看才是自给自足的结构。因为人物看到的是对他来说自己的现实世界,而不是“结构”,人物自己就是这个结构的一部分。①

从另外的思考角度,或者可以说从与上述看法相反的思路对“视角”作出解释的是科尔曼。他指出,“视角是意识主体和意识客体之间确定的关系。”②从这个概念可以看出,“此处没有任何客体的自主性,包括人物的自主性,客体和人物没有独立于作者的独立性:描绘的客体不仅以一种‘固定了的’关系与主体有关,而且它好像显然是不具有意识的。这一定义对于描写内位性场景和外位性场景、说明‘主体’与对象的关系以及‘主体’与另一个主体的关系来说,乍一看都同样适用。这种研究方法的基础就是所创作的对象完全从属于创作者这一思想:叙述者和人物视角的‘主体性’仅仅是作者兼创造者意识的间接表现,整部作品就是这一意识的‘异在’。”③在科尔曼的理解中,视角是意识与意识之间的关系。作品中的叙述者意识、人物意识没有任何独立性,它们都是作者意识的产物及间接表现。科尔曼强调的是作者意识的决定性和独立性,忽略甚至无视作品中叙述者和人物视角对作者视角及作者意识的影响。

提到视角,就不能不提到乌斯宾斯基(Б. А. Успенский)的《结构美学》。视角问题在这本书中占据重要地位,它是艺术作品结构的核心问题。乌斯宾斯基说道:“要研究文学作品中不同的视角,也就是作者进行叙述所持的立场,研究这些视角或立场之间的关系(确定它们之间的相容性或者不相容性,一种视角向另一种视角的可能转换),就必须假定该文学作品的结构是可以描述的。”④乌斯宾斯基把视角分为四个层面,即意识形态层面、语言层面、时空层面和心理层面。意识形态视角是从一定的

---

① Под ред. Тамарченко Н. Д. *Теория литературы*. Том 1, ACADEMA, 2004. С. 216.

② Там же. С. 216.

③ Там же. С. 217.

④ Успенский Б. А. *Поэтика композиции*, Искусство, 1970. С. 10—11.

世界观角度对对象的看法;语言视角主要表现在作者运用不同的语言描写不同的主人公,或者在描写时运用他人言语中这种或那种形式的一些成分;时空视角指的是“可以与人物的位置重合、在时空坐标中固定了的讲述人的位置”;[①]关于心理层面视角,乌斯宾斯基指的是对于作者来说两种可能性之间的区别:即“根据某种个体意识,即运用某个主观的视角、理解的材料,或者以他所知道的事实为依据,力图客观地描写事件”[②]。但乌斯宾斯基还指出,这四个层面并没有穷尽视角的种类,这种分类不具有绝对性。他还指出,“视角对立具有普遍的‘贯穿性’,体现在上述四个层面。我们可以有条件地称这种对立为‘外视角’和‘内视角’的对立。”[③]

关于视角的分类,我们还要再次提到科尔曼。他同乌斯宾斯基一样,都很重视语言视角,但科尔曼在划分时空视角和意识形态视角问题上有不同于乌斯宾斯基的观点。他把时空视角分为两个独立的变体:空间视角(科尔曼称之为物理视角)和时间视角(时间上的位置);把意识形态视角也分为两个可能的变体:直接评价视角和间接评价视角,前者指的是处于文本表层明显的意识主体和意识客体的相互关系,后者则指的是在具有明显评价意义的言辞中未被表现出来的作者评价。

施密德是这样理解视角的:“由内部和外部因素所构成的、影响对事件的理解和表达的各种条件之交叉点。”[④]他指出,应该从三个方面去理解这个定义:作为视角客体的事件、理解和表达、视角的不同层面。[⑤] 施密德也划分了视角的不同层面,与乌斯宾斯基不同的是,他把时空层面分为两个独立的层面,同时去除了心理层面,取而代之以感知层面。因此,他的视角分类就包括了五个部分:感知视角、意识形态视角、空间视角、时间视角和语言

---

① Успенский Б. А. *Поэтика композиции*, Искусство, 1970. С. 80.

② Там же. С. 108.

③ Там же. С. 172.

④ Шмид В. *Нарратология*, Языки славянской культуры, 2003. С. 121.

⑤ Там же. С. 121－127.

视角。

《文学理论》一书的作者们非常重视言语主体和视角在切分语篇组分中的作用。“言语主体概念和视角概念是语篇切分为多个组分的基础。前者是为了发现片段的界限，后者是为了理解切分出的语篇成分与它的语境之间的关系，或者是为了理解片段的功能。”[1]因此，他们认为，在文学作品语篇的结构研究中，视角研究是其中的一个非常重要的环节。但是，所描绘世界之内和之外的主体的位置、态度和立场具有完全不同的含义，因此，术语“视角”在这两种情况下是不可能用于同一个意义的。该书作者们最后给“视角”所做的定义是：“文学作品中的‘视角’指的是所描写世界（时间、空间、社会意识形态环境和语言环境）中‘观察者’（叙述者、讲述人、人物）的位置，这一位置一方面决定着观察者的视野（无论是从‘容量’方面，即眼界、知晓信息的程度、理解的水平，还是从对被理解的事物的评价来说），另一方面表达了作者对这一主体及其视野的评价。”[2]

在西方叙事理论中，视角还被称为“视觉角度”(angle of vision)、“眼光、透视”(perspective)、“叙述焦点”(focus of narration)等。在《叙述话语》中，热奈特提出“聚焦”(focalisation)这一术语，其优越性在于，它的所指比较明确，不会像“视点”“透视”等术语一样，既可指观察角度，又可指立场、观点。

我们所理解的视角应该是一个功能性的范畴，它通过言语和结构手段表现作者对作品艺术世界的意识评价态度，通过视角组织起来的语境是表现作者形象范畴的一个手段。

“视角”范畴常常与叙述类型或者说叙述者类型密不可分，有时则与视角模式有机联系。前文提到的各种词典和文学理论文献中对此也都有

---

① Под ред. Тамарченко Н. Д. *Теория литературы*, Том 1, ACADEMA, 2004. С. 212.

② Там же. С. 222.

论述。如《理论诗学:概念与定义》中就指出,随着视角的变换,根据与时空的关系可以分出:对已发生的事进行远距离的客观观察者的视角("他"型叙述)和事件发生时刻或者回顾性的近距离事件参与者的视角("我"型叙述);根据阶梯式位置的所辖范围可以分出:全知叙述者的作者型视角,"我"型叙述者对正在发生的事所采用的见证人外视角。这种叙述者知道的要比人物少,叙述者此时退居进行体验的人物之后,因此,读者的体验是通过人物进行的(如准直接引语、内心独白等);变换性视角被分为事件的不同人物型参与者或者旁观者的视角。[①]

《世界文学术语词典》中提出了视角的内外之分,指出,"如果叙述者是作品中出场人物之一,那么就是内视角,此时叙述是以第一人称进行的;外视角是没有参与到事件中的那个人的外部立场,此时,叙述通常是以第三人称进行的。"[②]内视角也可以是多种多样的:"这首先是主要主人公的第一人称叙述,这种叙述具有自传性;但这也可以是不重要的人物、非主人公的叙述,这种叙述有很大的优越性。次要人物能够从外部描写主要主人公,也可以伴随主人公并讲述他的事迹。"[③]顾名思义,外视角就是叙述者从故事的外部进行观察。"处于故事之外的更高一层的意识从同样的距离观察着所有主人公,此处的叙述者类似于上帝:他掌控着过去、现在和未来,熟知所有人物的内心思想和感情。"[④]但这种全知视角的主要不足就是,不能尽可能近地接近事件发生地点,但这种不足在叙述者的有限全知视角中得到弥补,这种叙述往往仅从一位主要人物的视角讲述故事。"变换性视角可以增加不同的理解方式并使之对立,还可以拉近

① 转引自:Тамарченко Н. Д. *Теоретическая поэтика: понятия и определения*, РГГУ, 1999. С. 191—192.

② Там же. С. 192.

③ Там же.

④ Там же.

读者与舞台的距离或者使读者远离舞台。”[1]《文学理论》中分出‘我’型叙述和‘他’型叙述，即我们常说的第一人称叙述和第三人称叙述。前者常常是事件参与者对事件的叙述，后者是一种有距离的叙述。

多利宁(К. А. Долинин)在《文学语篇的阐释》一书中也对叙述者类型作出区分：1. 不与作者对立、处于情节空间之外的叙述者(或称为“作者型叙述者”)；2. 不与作者对立，处于情节空间之内的叙述者，处于这一空间的中心(亚型 A，如果这不是主要主人公，那么是中心人物)或者边缘(亚型 B，与其说是出场人，不如说是见证人)；3. 与作者对立的叙述者，即杜撰的讲述人，他位于情节空间之外，是虚假的或者冒充的作者；4. 叙述者是杜撰的讲述人，他处于情节空间之内，处于情节空间的中心(亚型 A)或者处于边缘(亚型 B)。[2]

施密德对叙述者的分类则别出心裁。他提出了多个分类标准，由此产生多个叙述者类型。如下表[3]所示：

分类标准	叙述者类型
描写方式	外显叙述者—隐含叙述者
故事性质	同故事叙述者—异故事叙述者
故事框架层级	第一级叙述者—第二级叙述者—第三级叙述者
表现程度	强表现叙述者—弱表现叙述者
人称性	人称叙述者—无人称叙述者
类人性	类人叙述者—非类人叙述者
同质性	同一叙述者—分散叙述者

① 转引自：Тамарченко Н. Д. *Теоретическая поэтика: понятия и определения*, РГГУ, 1999. С. 191—192.

② Долинин К. А. *Интерпретация художественного текста*, Просвещение, 1985. С. 185.

③ Шмид В. *Нарратология*, Языки славянской культуры, 2003. С. 78.

续表

评价的表达	客观叙述者—主观叙述者
掌握信息的情况	全知叙述者—有限叙述者
空间	无处不在叙述者—有限位置叙述者
内省	内在叙述者—外在叙述者
职业	职业叙述者—非职业叙述者
可靠性	可靠叙述者—不可靠叙述者

需要说明的是,此表中的第一级、第二级和第三级叙述者并不表示叙述者的重要性程度,而仅仅是指出他们在作品语篇叙述结构中的位置和功能。另外,故事叙述者与非故事叙述者(диететический, недиегетический)的对立与热奈特《叙述话语》中"同故事叙述者和异故事叙述者"的提法不谋而合。但施密德认为,热奈特关于叙述者分类中的一系列术语需要作出修正。因此,修改后的叙述者基本类型各名称的相互关系如下表[1]所示:

热奈特的术语	施密德建议的术语
故事外异故事叙述者	第一级异故事叙述者
故事外同故事叙述者	第一级同故事叙述者
故事内异故事叙述者	第二级异故事叙述者
故事内同故事叙述者	第二级同故事叙述者
元故事异故事叙述者	第三级异故事叙述者
元故事同故事叙述者	第三级同故事叙述者

施密德认为,传统的"第一人称叙述者和第三人称叙述者"两分法常常会引起诸多误解。因此,这种分法应该被"故事叙述者和非故事叙述

① Шмид В. *Нарратология*, Языки славянской культуры, 2003. С. 83.

者"两分法所取代。语法形式不应该成为对叙述者进行分类的基础,因为,"事实上,任何一个叙述都是以第一人称进行的,即使语篇中语法人称没有明显地表现出来。并非是第一人称形式的存在,而是第一人称形式功能上的隶属性是叙述者的区别性标志:如果'我'仅仅属于叙述行为,那么叙述者就是非故事叙述者;如果'我'时而属于叙述行为,时而属于被述世界,那么叙述者就是故事叙述者。"[①]

徐京娜指出,当代语言学中有以下几种类型的叙述形式:1.传统叙述,其中还分出第一人称形式的叙述和作者型叙述,即第三人称形式的叙述;2.自由间接话语,其中的叙述者(在整个文本或者文本的重要片段中)是不存在的,或者在结构上起着次要作用。如果在传统叙述中叙述者是类似于说话人的人,那么在自由间接话语中,起这一作用的则是人物,而且,人物取代了叙述者;3.有一种特殊的叙述形式,它介于自由间接话语和传统叙述之间,徐京娜称之为"主观化的第三人称叙述"。[②]

多利宁、施密德、徐京娜仅对叙述者类型或者叙述类型做出了区分,但这并不影响读者对文学作品中叙述视角和叙述类型的判断。因为一般情况下,文学作品中叙述者类型与叙述类型基本吻合,而叙述视角则要根据语篇中意识的主体归属进行判断。

欧美叙事学界也对视角模式进行了划分,划分出的模式总的来说是统一的,但也存在一些问题:他们都划分出了内视角和外视角,但在划分内外视角各自所包含的细类上出现了分歧。他们所分出的外视角包括:1.全知视角;2.选择性全知视角,仅揭示一位主要人物的内心活动;3.戏剧式或摄像式视角,故事外的第三人称叙述者像是剧院里的一位观众或像是一部摄像机,客观观察和记录人物的言行;4.第一人称主人公叙述中

① Шмид В. *Нарратология*, Языки славянской культуры, 2003. С. 83.

② Щукина К. А. *Речевые особенности проявления повествователя, персонажа и автора в современном рассказе : На материале произведений Т. Толстой, Л. Петрушевский, Л. Улицкой*: Автореф. дис.... канд. филол. наук / СПб., 2004. С. 4-7.

的回顾性视角;5.第一人称叙述中见证人的旁观视角。内视角则可以分为以下四种:1.固定式人物有限视角(可简称为“固定式内视角”或“固定式内聚焦”);2.变换式人物有限视角(可简称为“变换式内视角”或“变换式内聚焦”);3.多重式人物有限视角(可简称为“多重式内视角”或“多重式内聚焦”);4.第一人称叙述中的体验视角,叙述者放弃目前的观察角度,转而采用当初正在体验事件时的眼光来聚焦。

热奈特在《叙述话语》中提出了零聚焦、内聚焦和外聚焦三大视角模式,其中零聚焦指无固定视角的全知模式,内聚焦又分为固定式内聚焦、变换式内聚焦和多重式内聚焦,外聚焦指的是戏剧式视角和摄像式视角两种。但这种分法存在一定的问题:第一,容易使诸多相关范畴的界限模糊不清;第二,内聚焦与外聚焦的划分原则是相互矛盾、不统一的。

申丹详细分析了上述视角模式的利弊和功能,认为这些模式相互分歧的原因在于分类标准的对立。她提出自己的视角分类:“1)零视角或无限制型视角(即传统的全知叙述);2)内视角(它仍然包括热奈特提及的三个分类,但固定式内视角不仅包括第三人称‘固定式人物有限视角’,而且也包括第一人称主人公叙述中的‘我’正在经历事件时的眼光,以及第一人称见证人叙述中观察位置处于故事中心的‘我’正在经历事件时的眼光);3)第一人称外视角(即固定式内视角涉及的两种第一人称〈回顾性〉叙述中叙述者‘我’追忆往事的眼光,以及第一人称见证人叙述中观察位置处于故事边缘的‘我’的眼光);4)第三人称外视角(同热奈特的外视角)”。[①]

当西方叙事学的视角研究如火如荼之时,我们发现,这些研究大多没有进一步挖掘隐含在作品中深层次的东西,即作者形象或者隐含作者(西方常用的叙事学术语),也没有揭示作者形象和作品叙述结构之间的内在关系。“叙述形式和叙述类型是语篇中表现作者形象的外壳。叙述形式

① 申丹:《叙述学与小说文体学研究》,北京:北京大学出版社,2004年,第218页。

是表现叙述主体的纯语言学范畴,而叙述类型是形式的意义,是所选择的描写体系之内容上的意义。”[①]当然,仅仅把叙述类型或者叙述者类型简单化为“第一人称叙述(者)”和“第三人称叙述(者)”的确缺乏科学的说服力,难以涵盖其中诸多相关的现象或者说概念。叙述者和讲述人就是这些现象或概念中很重要的两个。

叙述者是较具争议的一个概念。斯坦泽尔(Franz K. Stanzel)把叙述分为作者型叙述和“我”型叙述,而把叙述者相应地称为叙述者和“我”型叙述者,前者处于作品艺术世界之外,而“我”型叙述者与小说中的其他人物一样处于小说艺术世界之内。但事实上,斯坦泽尔的这一两分法在俄罗斯叙事学理论中有更明确的称谓:两种叙述者分别被称为“叙述者”和“讲述人”。我们认为,叙述者是告知读者关于事件和人物行为等信息的人,透过他的视角记录时间的进程,描写人物外貌和事件的环境,分析主人公的内心状态和行为缘由,说明主人公的性质类型(如精神面貌、气质禀性、对道德规范的态度,等等)。同时,他既不是事件参与者,也不是对于某个人物来说的描绘的客体。叙述者是去人格化(无人称)的主体,他的视角与作者兼创造者接近。与主人公相比,叙述者是更中性的言语要素的承载者,是通用的语言和修辞规范的承载者。叙述者的特殊性同时还表现在,他的视野范围之广是无所不包的,他的话语可以是面向读者的,即言语的指向性可以在所描绘的世界之外。需要强调的是,叙述者不是一个具体的人,而是一种功能。可以这样说,他是一个“无形体的、无处不在的叙述灵魂”。这一功能可以附着在一个人物身上,或者说这一灵魂表现在这个人物身上。[②] 申丹、王丽亚认为,不能简单地把叙述者界定为“一个人。……应该将‘叙述者’理解为一个语言学范畴的主语,因为叙述

---

① Геймбух Е. Ю. *Образ автора как категория филологического анализа художественного текста*, Дис. ... канд. филол. наук. / Российская акад. образования, исследовательский центр преподавания русского языка. М., 1995. С. 60.

② 转引自:Тамарченко Н. Д. *Теоретическая поэтика: понятия и определения*, РГГУ, 1999. С. 239.

者是通过语言来展现的一个功能。”[①]

讲述人是“描述的人格化主体和/或者言语实体化的承载者,他与一定的社会文化环境和语言环境有关,也正是从这些环境的立场来塑造其他人物。”[②]叙述者和讲述人的共性在于,他们都起着作品与读者之间进行沟通的中介作用。

但从许多文献中我们不难发现,有一些研究者常常不加区分地使用这两个术语,因此造成一定的混乱。在两者的区分问题上,我们比较赞同施密德对两者的解释。“从词的用法来讲,叙述者(повествователь)一词表示从意识形态角度看某种客观的、无个性的、与作者较为接近的‘角色’(инстанция)。为了强调这种接近,也常用作者—叙述者(автор-повествователь)来表示。术语‘讲述人’(рассказчик)经常表示多少‘主观的’、有个性特点的、与某一个主人公重合或者属于被叙述的事件世界的人。与修辞上中性的叙述者相比,讲述人具有某种典型的、具有语言外貌标志的特征。”[③]施密德认为,客观的“叙述者”与主观的“讲述人”之间有一个广大的过渡类型的范围,在这些类型之间划分出清晰的界限是不可能也是不合适的。鉴于“叙述者”与“讲述人”意义的模糊使用及赋予它们的不同特征,他建议使用较为中性的叙述者(нарратор)一词,它指的是“不论哪种类型的叙述之功能的承载者”。[④] 也就是说,在施密德的理解中,“повествователь”指叙述者,“рассказчик”指讲述人,“нарратор”指包括叙述者和讲述人在内、具有广大过渡类型的叙述者。

我们认为,施密德的以上区分较为合理,但由于汉语发音的独特性,所以“нарратор”和“повествователь”在汉语里就都被翻译为叙述者,因此容易造成概念上的混淆。本书用叙述者[1]来表示施密德的“нарратор”之

---

① 申丹、王丽亚:《西方叙事学:经典与后经典》,北京:北京大学出版社,2010 年,第 79 页。

② Тамарченко Н. Д. *Теоретическая поэтика: понятия и определения*, РГГУ, 1999. С. 242.

③ Шмид В. *Нарратология*, М.: Языки славянской культуры, 2003. С. 64.

④ Там же. С. 65.

义,既指俄罗斯语文学中的"作者—叙述者"(即我们通常意义上的叙述者),也指"讲述人"及其他进行叙述的角色。在不做任何说明的情况下,叙述者即是指普通意义的叙述者(повествователь)。由此可以看出,前文提到的叙述者话语从严格意义上讲应为"叙述者[1]话语"。我们作出这种区分仅仅是权宜之计,这样做便于阐释叙述者[1]与作者形象的关系。

叙述者[1]话语由于处于统摄整体的位置,因此,它既担负着连缀故事情节的任务,同时也对文本的背景材料进行分析介绍,为作者形象在价值评价方面作出铺垫,为整个叙事文本的风格定下叙述基调。因此,叙述者[1]话语研究在作者形象研究中占据着不可或缺的地位,而叙述者(或者讲述人)形象与作者形象之间的关系又是叙述者[1]话语研究中的重中之重。

维诺格拉多夫曾经说过,"在文学史上,'作者形象'具有不同的内容,不同的面具,不同的表现形式。这一形象的结构是与文学流派风格体系的发展以及这些流派的个人变体有机联系的。"①也就是说,作者形象的研究不能离开它在作品中的面具,即叙述者、讲述人的研究。"小说中作者形象总模式是通过描写文本不同主体的相互关系形成的。这些关系有:现实作者与作者形象、作者形象与作者的'面具'(叙述者,讲述人)、叙述者(讲述人)和人物这三种。"②同时,作者形象的结构与文学流派及其发展有密切关系,具体到作家个人来说,对其作品叙述结构的分析有助于揭示作品中的作者形象。"艺术文本中除了有明显存在的讲述人,作家,还有一个人,那就是作者形象。本质上,可以从三个方面来理解作者:生平作者、文学作者(或者作者形象)、作者—叙述者。"③不论不同的研究者

① Виноградов В. В. *О теории художественной речи*, Высшая школа, 1971. С. 184.

② Геймбух Е. Ю. *Образ автора как категория филологического анализа художественного текста*, Дис. ... канд. филол. наук. / Российская акад. образования, исследовательский центр преподавания русского языка, 1995. С. 51.

③ Шанский Н. М., Махмудов Ш. А. *Филологический анализ художественного текста*, «Русское слово», 2010. С. 37.

对作者形象作何种界定,或者有多少种界定的方法,它永远都与讲述人、叙述者范畴密不可分。

1.2.1.1 彼特鲁舍夫斯卡娅小说中的讲述人形象与作者形象

讲述人形象问题是彼特鲁舍夫斯卡娅艺术体系的中心问题,就连女作家本人也总是力图寻找一个合适的讲述人。她认为,讲述人必须能够恰当地反映处于转折时期的人的意识。因此,本小节拟从彼特鲁舍夫斯卡娅小说中的讲述体传统入手,深入分析女作家小说中的讲述人形象,揭示作者形象与讲述人形象之间的关系。

彼特鲁舍夫斯卡娅的许多小说继承了左琴科的讲述体(сказ)叙述传统。两个作家创作的接近除了表现在主题层面之外,还表现在他们对待语言的态度。两位作家创作中都有对语言传统的"解构"和"游戏",主要体现在三个层面:1. 在修辞层面,这种解构表现在:彼特鲁舍夫斯卡娅的作品和左琴科的小说一样,充满了破坏感,破坏存在的完整性;2. 在语义层面,主要表现在解构俄罗斯文学中传统的"家庭情节",这种解构反映出当代俄罗斯很多普通人生活中的孤独感,苏联神话中个人与社会之间坚不可摧的关系遭到严重破坏。在两个作家的小说中,我们都很难找到"健康的家庭";3. 在语用层面,对于读者的接受来说,陌生化主体的形象,即人物或者讲述人的形象值得关注。此处的陌生化更为贴切的理解应该是"指对事物昨天的面貌进行变形式解读,即破坏读者对事物惯常的认识。"①

彼特鲁舍夫斯卡娅小说中的讲述人形象是一个很特殊的现象。这是因为,讲述体本身就是对"无所不知的作者"外貌的破坏,但是彼特鲁舍夫斯卡娅除了继承左琴科讲述体叙述传统之外,还使用了其他使讲述人陌

---

① Кузьменко О. А. *Традиции сказового повествования в прозе Л. С. Петрушевской*: Дис.... канд. филол. наук. /Бурятский гос. ун-т. -Улан-Уде, 2003. С. 19.

生化的手法,其中就包括讲述人类型的选择。女作家小说中的讲述人通常是女性,她们行为怪异,有着自己独特的一套行为方式和世界观,如在《新鲁滨逊们》中,具有讲述权力的是一个18岁的姑娘,她不仅对事物有新奇的理解,而且同时,她对事物的认识还停留在十分稚嫩的阶段。因此,彼特鲁舍夫斯卡娅的讲述体就是"自己的"和"他人的"语言在相对年轻的人(例如孩子)或者意识处于非正常状态的人意识中的一个大杂烩,而这一切都是彼特鲁舍夫斯卡娅有意为之:讲述人稚嫩的意识恰恰是处于迷茫中的当代人意识不成熟的表现。

彼特鲁舍夫斯卡娅小说中讲述人的知识水平都很高,如《自己的圈子》中的女主人公、《午夜时分》中的安娜。但即使这样,严肃的语气和标准的语言仍然不是讲述人的"面孔"。实际上,这些讲述人还有另外一个很不体面的特质,如躁狂症患者(指《自己的圈子》中的女讲述人),写作狂(安娜的女儿阿廖娜对她的称呼)。还有一个重要的特点,这些女性讲述人毫无隐私意识可言。如安娜在偷看女儿阿廖娜的日记的同时还打上批注的例子足以说明这一点:阿廖娜的日记是一个绝对隐私的东西,但是安娜却在即兴之处在括号中注上自己的见解。

> Он спал рядом со мной, ел (комментарии излишни—**А. А.**)
>
> — пил чай(*рыгал, мочился, ковырял в носу*—**А. А.**)
>
> — брился (*любимое занятие*—**А. А.**)
>
> — читал, писал свои курсовые и лабораторные, опять спал и тихо похрапывал, а я его любила нежно и преданно и была готова целовать ему ноги—что я знала? Что я знала? (*пожалейте бедную*—**А. А.**) («Время ночь»)

这一点在《女讲述人》[1]中也有充分体现。

---

① 也有译为《讲故事的女人》。笔者认为,《女讲述人》更符合作者构思的巧妙,不仅突出女主人公不加选择地"рассказать",而且还强调了作者选择她作为讲述人的特殊用意。

Она может это все рассказать одно за другим, пока задают вопросы. При этом у нее нет такого вида, будто она стесняется отвечать на некоторые вопросы или не хотела этого делать, но внезапно решила все-таки рассказывать дальше: будь что будет. Нет, она с видом полнейшего равнодушия выкладывает все, что у нее есть за душой. Допустим, зимним вечером на остановке она может ответить, что у нее есть один архитектор, но он что-то говорит, что им необходимо расстаться на месяц, пока он будет в доме творчества и оценит все, чтобы после этого месяца встретиться с ней и уже окончательно решить насчет всего, что будет. А на вопрос, любит ли она его, Галя спокойно говорит, что конечно, но что из этого выйдет, вот вопрос. (« Рассказчица »)

但值得注意的是,讲述人的立场和形象是与他(她)周围主人公的行为直接相关的,而且讲述人的负面特质常常以过分夸张的姿态呈现出来。然而,如果把彼特鲁舍夫斯卡娅的讲述人视为是扮演小丑角色的人,那么,他们行为中的一切非常规因素也就可以理解了。

《自己的圈子》中女主人公扮演的就是一个小丑角色,单是她的外表就成为她的"朋友们"讥讽的对象:他们"笑话"她的体型,笑话她的白泳衣,因为她穿的白泳衣很透,所以她很不完美的体型常常被一览无遗。因此,朋友们常常以此为笑资。然而,女主人公扮演小丑角色只不过是遵守"自己的圈子"中的规则而已,因为这里的每个人都要扮演自己的角色。

彼特鲁舍夫斯卡娅在这篇小说中十分准确地捕捉到近些年的社会文化趋势:"在不知名的团体中,每个人都生活在许多不认识的人们中间,用不同的方式适应这种状况……一种保护性的反应即掩盖起自己的真情实感，这种掩盖已经成为一种代代相传的传统。”[①]女主人公选择扮演小丑，掩盖自己的真实情感，她的狂欢行为逻辑决定了作品情节的发展：她对儿子未来的安排所产生的结果将会在她死后出现，即在“狂欢时空之外”，因为“自下而上的、从负面到正面的运动仅仅指可见的行为和事件——坠落、下降等，但主要是从未来这个角度形成”[②]。这一视角也就解释了《自己的圈子》中女主人公一系列行为的意义。在得知自己致命的病情之前，她把自己与“自己的圈子”对立起来。开始时这种行为的确给她带来精神上的满足。但当她得知自己的病情之后，她做出了一系列常人不可想象的行为：当着圈中“好友”的面打了自己的儿子。因为她深信，他们所有人都不愿意看到孩子的鲜血，他们可以毫不畏惧地互相厮杀，但是孩子对他们来说却是再神圣不过的了。应该说，女主人公的预见是精确的，她的确达到了自己的目的：“自己的圈子”接纳了她的儿子。在女主人公的意识中，很自然地区分开了“神圣的东西”和“罪恶的东西”，因此她对奇迹的出现深信不疑。她也深信，她的儿子一定会原谅她。在这一点上她完全正确。在女主人公的潜意识中，“笑、耍宝是与世界和命运中的嘲弄对抗的唯一手段。”[③]

彼特鲁舍夫斯卡娅小说中的讲述人形象形成了作家艺术体系的中心，因此受到研究界持续的关注。她的讲述人挣脱了强压在人头上的意识形态因素和文体规约的羁绊。主人公对社会角色及其社会局限性的不接受形成了特殊的、具有时代印记的“语法库”和“词汇库”。讲述体使主人公可以有自己的声音，可以宣告自己参与了时光如梭的生活，就如《自己的圈子》中的女讲述人所思考的：

Десять ли лет прошло в этих пятницах, пятнадцать ли,

---

① 转引自：Кузьменко О. А. *Традиции сказового повествования в прозе Л. С. Петрушевской*: Дис. ... канд. филол. наук. /Бурятский гос. ун-т. -Улан-Уде, 2003. С. 50.

② Там же. С. 50.

③ Там же. С. 52.

прокатились чешские, польские, китайские, румынские или югославские события, прошли такие-то процессы, затем процессы над теми, кто протестовал в связи с результатами первых процессов, затем процессы над теми, кто собирал деньги в пользу семей сидящих в лагерях,-все это пролетело мимо.

因此,彼特鲁舍夫斯卡娅小说中有这么一种倾向:讲述人仅仅是一个普通的在说话的人,他没有意识形态上的倾向性,不是什么民族或者团体的代言人。对于主人公来说,生存是他成之为人的唯一可能。主人公的声音中好像在宣布一条律令:我在说,因此我是存在的!我们可以发现,在讲述人声音的背后还有另外一个声音——作者声音,或者换句话说,站在讲述人形象背后的还有作者形象。讲述人形象的多面性使讲述体结构更具现实意义,维诺格拉多夫曾就这一点谈道:“讲述体仅仅象征、表示它是口语叙述独白的形式,这并不决定讲述体的言语构成。……讲述体建构讲述人,但是它本身是作家的建构。或者,确切地说,讲述体中呈现出的不仅是讲述人的,而且还有作者的形象。”①

在彼特鲁舍夫斯卡娅的小说中,主人公的立场是独立的,并不受作者立场的干扰。从某种意义上讲,女作家作品中女主人公的叙述同时也是作者的独白,这一点在小说《这样的姑娘,世界的良心》中得到证实:“我告诉她了一切,就像现在告诉你的那样。我就是这样的人,我诉说的时候会感到轻松一些。”作者立场通过女主人公兼讲述人表现出来。

关于讲述人形象与作者形象的关系问题,我们可以用维诺格拉多夫的话来作为总结:“讲述人是作家的言语产物,且讲述人形象(假冒成‘作者’的人)是作家文学才能的一种表现形式。讲述人形象身上存在的作者形象被视为是作者所创作的舞台形象中的一个演员形象。”②从维诺格拉

① Виноградов В. В. *Проблемы русской слилистики*, Высшая школа, 1981. С. 35.

② Там же. С. 122.

多夫的表述中我们看出：首先，讲述人形象是作者塑造的，因此，前者的存在并不排斥后者，作者形象就像一个演员形象一样存在于讲述人形象身上；其次，作者形象和讲述人形象不仅存在于作品的结构中，而且，作者形象处于作品结构层级中的最高层，凌驾于讲述人形象之上。

1.2.1.2 彼特鲁舍夫斯卡娅小说中的叙述者形象与作者形象

"叙述话语顾名思义也就是在形式上是由某个叙述角色发出的言语行为。小说中能承担这项任务具有这方面功能的角色只有两类：叙述者(隐含作者——叙事主体同文本世界的中介者)和人物(文本中故事世界的主体)。因此，所谓叙述话语，具体地讲也就包括'叙述语'(即由叙述者发出的言语行为)和'转述语'(由人物发出但由叙述者引入文本的言语行为)。"①换句话说，叙述者在叙述话语中占据主导地位，他既是自己言语行为的发出者，也是人物话语引入文本的引导者。叙述者的语言处于统摄作品叙述话语的位置，因此，相对于人物语言具有更为重要的意义。"它既担负着连缀故事情节填补叙事空白的任务，也暗中起着分析、介绍文本的背景情况与材料，为隐含作者的评价作出铺垫。"②可以看出，叙述者的一言一行对于挖掘作者形象起着至关重要的作用。

① *Как забыть это ощущение удара, когда от тебя уходит жизнь, счастье, любовь, думала женщина Юля*, ② *наблюдая в гостях, как ее муж сел и присох около почти ребенка, все взрослые, а эта почти ребенок. А потом он поднял ее и пошел с ней танцевать*, ③ а по дороге сказал своей сидящей Юле, показав глазами на девушку: «Гляди, какое чудо вымахало, я ее видел в шестом классе»,—и радостно засмеялся. ④ Дочка хозяев, действительно. Живет здесь. ⑤ *Как забыть, думала Юля на обратном пути в вагоне метро, когда*

---

① 徐岱:《小说叙事学》,北京:中国社会科学出版社,1992年,第118—119页。

② 同上书,第119页。

пьяноватый муж (слуховой аппарат под видом очков) важно начал читать скомканную газету и вдруг смежил усталые глазенки под ярким светом. Ехали, приехали. ⑥ *Он сел с той же газетой в туалете и, видимо, заснул, пришлось его будить стуком, все было мелко, постыдно, а что в быту не постыдно, думала Юля.* ⑦ *Муж храпел в кровати, как всегда когда выпьет.* ⑧ « Господи,—думала Юля,—ведь ушла жизнь, я старуха никому не нужная, за сорок с гаком, пропала моя судьба ». (« Где я была »)

各斜体小段部分是叙述者的叙述语,①④⑤小段是对女主人公奥莉娅内心的深层透视,②是叙述者对奥莉娅丈夫行为的描写,⑥⑦显然是叙述者借故事内人物的感知对丈夫酒后及平时行为的描述,③⑧小段是叙述者对人物话语的转述,丈夫的直接引语和奥莉娅的直接内心独白揭示了夫妻之间没有任何的心灵交流。整个叙述语段平稳、细腻,带有阴柔的女性特点,这也是这篇小说的叙述风格。正是靠叙述者叙述语的这种“整合”与“统摄”魅力,小说整个文本的叙述特色才得以像一条“红线”一样统一起来,贯穿全篇,而这种“整合”与“统摄”正是作者形象在文本结构和文本修辞中所履行的功能,读者对夫妻两人,特别是女主人公随后的生活历程产生了浓厚的兴趣,这显然同作品中心思细腻的叙述者形象所折射出来的作者形象密不可分,但我们并不能因此认为,叙述者形象与作者形象是等同的。

“托尔斯泰《战争与和平》这部小说中的作者形象可以作为叙述者的典范,他不参与各种事件,但是却知道同时发生在不同地点不同时间的所有事;西蒙诺夫的《生者与死者》中作者形象能够预测未来事件的叙事特征……这种类型的叙述者好像具有无所不包、无限广阔的视角,具有不会引起任何怀疑而证实一切真相的权力。”①叙述者形象与作者形象的关系由此可见一斑。

在彼特鲁舍夫斯卡娅非讲述体的、“中立”叙述的小说中存在更为复杂的声音层级:即讲述人的背后存在着某个叙述者,他通过讲述人出现在文本中,讲述人是叙述者的面具,而非作者的面具。讲述体叙述中的一些结构技巧也被彼特鲁舍夫斯卡娅运用到非讲述体叙述的小说中。在《午夜时分》中,作者先给出一段序,以此证明她没有“参与”到小说中。作者在这部小说中对叙述者[1]的分级设置也很具特色:女主人公安娜好像是一个具有双重身份的角色:一方面,她是整个文本中故事的讲述者,处于文本故事之内,扮演讲述人的角色;但另一方面,从相对意义上来讲,她在阅读女儿日记的那个片段中又充当叙述者的作用,只不过是第二级叙述者,而连缀整个故事情节为整部小说的作者是第一级叙述者。因此,彼特鲁舍夫斯卡娅小说中的叙述者好像是“叙述的源头、担保人和组织者,是分析者,注解者,是擅长辞章的人”②。因此,在作为讲述人的安娜所讲述的小故事中,在她的每一个对白中都会“对位(контрапункт)似地发出叙述者的声音,这一声音与作者有着密切的关系”③。

实际上,从有关作者形象的理论中可以得知,作者形象是位于作品诸多结构范畴之上并统摄这些范畴的一个抽象的复合结构体。因此,研究者通过捕捉作品中的叙述者形象,可以进一步揭示站在其背后的作者形象。

1.2.2 人物话语

语言艺术作品是由作家根据其创作意图创作并完成的,作品言语组

---

① Шанский Н. М., Махмудов Ш. А. *Филологический анализ художественного текста*, «Русское слово», 2010. С. 37.

② 转引自:Кузьменко О. А. *Традиции сказового повествования в прозе Л. С. Петрушевской*: Дис. ... канд. филол. наук. /Бурятский гос. ун-т.-Улан-Уде, 2003. С. 57.

③ Там же.

织的不同成分与作家的意识处于一种极为复杂的关系中。文学作品是一种“杂语”,文本的言语组织中既有作者的话语,也有非作者话语,巴赫金称后者为“他人话语”:“我把任何一个他人用自己(即用我的母语)或者任何一种别的语言说出或者写出的话语都理解为是他人话语(表述、言语作品)。在这个意义上,除了我自己本人的话语,所有的话语(表述、言语作品和文学作品)都是他人话语。”[①]这是一种从广义上理解的他人话语。他人话语还有狭义的理解:它是“另一个人的话语,或者是作者本人的话语,但它是作者早前在别的条件下说过的。另一个人的话语或者作者本人的话语可以通过不同的方式引入语篇”[②]。巴赫金给他人话语下了这样的定义:“‘他人话语’是话语中之话语,表述中之表述,但同时又是关于话语之话语,关于表述之表述。”[③]他人话语既保留自己的结构和语义的独立性,同时又不损坏已接受它的语境的言语结构,它可以作为特殊的言语成分进入作者话语及其结构中。瓦尔金娜在《现代俄语·句法》中对他人话语是这样理解的:“引入作者叙述中的另一个人的表述构成他人话语。”[④]作者(此处指作者—叙述者)话语和他人话语的相互渗透和相互作用是显而易见的,二者共同构成作品的叙述话语。

前文提到,叙述话语具体地讲包括叙述者话语和人物话语,或者换另外一种说法,叙述语篇包括叙述者语篇和人物语篇。那么,根据这个观点,整个叙事作品就是由无数个叙述者语篇和无数个人物语篇共同构成的一个言语整体,两者之间有密切的联系。当代文学作品中有一个明显的趋势,即作品中叙事因素在不断增强,而与之相对的是,作者对被描述的事件所表现出的态度越来越弱。即使当代文学作品的作者要表达自己

① Бахтин М. М. *Эстетика словесного творчества*, Искусство, 1979. С. 347.

② 转引自:Лю Цзюань, *Несобственно-прямая речь в художественных произведения*, Компания спутник, 2006. С. 190.

③ Бахтин М. М. (под маской), Фрейдизм. *Формальный метод в литературоведении. Марксизм и философия языка*, Статьи (2000). М., Лабиринт, 2000. С. 445.

④ Валгина Н. С. *Современный Русский Язык Синтаксис*, Высшая школа, 2004. С. 381.

的观点，那么也“不是直接通过自己的叙述实现，而是通过他的人物的叙述”①。由此可以看出，人物话语在当代叙事作品中占据着极其重要的地位。

人物话语在叙事作品中是以不同的方式转述出来的，这些由人物发出但由叙述者引入文本的言语行为在西方叙事学中被称为“转述语”，而叙述者话语被称为“叙述语”，整个叙事作品就是由无数个叙述语和无数个转述语共同构成的一个言语整体，作者形象完全可以通过这无数个叙述语和转述语表现出来。实际上，这些不同的人物话语转述方式在俄罗斯语文学研究中被称为引语，西方语言学研究也有这样的称谓。作者选择何种引语，最终取决于他的创作意图，而这种选择受作品中无处不在的作者形象决定。

在文学作品中，作者—叙述者话语、讲述人话语和人物话语构成了叙述话语的多样性，但它们之间并不是彼此孤立的，而是有机地结合在一起。起统摄各个话语为有机统一体的正是作者形象。因此，研究者在研究文学作品，特别是叙事小说中的话语时，他的中心任务就是：通过作者使用在文本中的不同话语形式，揭示作者运用这些形式的意图，从而揭示作者形象。

在“他人话语的转述形式中，一个表述对另一个表述的积极关系被表现出来，而且不是在主题结构中，而是在语言本身的固定结构形式中。因此摆在我们面前的是话语对话语的反应现象，然而这一现象迥异于对话”②。这段话中隐含着一个重要的观点：他人话语的不同转述形式（普通意义上的引语）可以反映出话语主体与客体之间的某种关系，揭示出作者使用某一种转述形式的意图。他人话语转述形式的表现方式是多种多

① Михайлов Н. Н. *Теория художественного текста*. Учебное пособие, ACADEMA, 2006. С. 154.

② Бахтин М. М. (под маской), Фрейдизм. *Формальный метод в литературоведении. Марксизм и философия языка*. Статьи (2000), Лабиринт, 2000. С. 446.

样的。在俄罗斯传统的语言学中,他人话语的转述方式即引语有三种,直接引语、间接引语和准直接引语。但是,当代俄罗斯小说中出现了越来越多的他人话语的转述方式,其中很多是传统的三种引语类型难以解释的。鉴于这种情况,我们在此有必要重新认识引语现象。

引语是语言学界一个传统话题,其历史可追溯到古希腊时期。“在柏拉图的《共和国》第三卷中,苏格拉底区分了‘摹仿’(mimesis)和‘讲述’(diegesis)两种方式:‘摹仿’,即直接展示人物话语;‘讲述’则是诗人用自己的言词来转述人物话语。这大致相当于后来直接引语与间接引语的区分。”[①]引语研究经过长足发展,其理论不断得以深化和系统化。特别是近半个世纪以来,随着哲学发展的语言学转向,话语分析的兴起,引语进入更多的研究领域,逐渐成为修辞学、文学修辞学、语言哲学、叙事学、文体学等学科的主要研究对象之一,研究者就这一问题发表并出版了一系列的论文及专著。前人的这些研究成果无疑为我们的引语研究提供了翔实的资料,但这些研究也存在一定的问题,如引语的界定、分类等问题至今依然没有统一的标准。因此,对引语进行系统研究就具有了现实意义。

1.2.2.1 俄罗斯学界的引语观

巴赫金在《马克思主义与语言哲学》中谈到他人话语问题时将其分为三大类:直接引语、间接引语和准直接引语,并且区别了直接引语的两种变体:有准备的直接引语和物化的直接引语。前者属于从间接引语产生直接引语的情况;后者则可以把作者语境主观化,把它渲染成主人公的语气。巴赫金认为,“准直接引语是最重要和在句法上最具模式化的形式”[②],并对其作了重点分析。他特别指出,修辞性疑问句和修辞性感叹句在语境中具有一定的局限性,虽然在形式上很接近准直接引语,但由于没有人物声音和主人公声音的“言语干扰”,因此,只能被称为“被替代的

---

① 申丹:《小说中人物话语的不同表达方式》,《外语教学与研究》1991年第1期。

② [俄]巴赫金:《周边集》,李辉凡等译,石家庄:河北教育出版社,1998年,第493页。

直接引语”。巴赫金把间接引语模式分为直观分析变体和词语分析变体:前者是转述他人言语直接风格的最好手段;后者相对于前者来说具有无可比拟的优势,其个性被赋予了主观的风格,赋予了思维和说话的风格,作者对这种风格的评价是一种非自由行为。[①] 可以说,巴赫金的分类具体、细致,但较为抽象。

施密德对引语的研究主要从语篇干扰的角度进行。他的引语研究主要分为三大部分:1.关于直接引语:直接引语的两种变体(直接内心独白和准直接内心独白)都不属于语篇干扰的范畴。而有一种形式,它是把人物语篇中的个别词穿插到具有叙述者特点的叙述语篇中,这种形式被施密德称为“直接称名”,其中就含有语篇干扰现象。2.关于间接引语:施密德分出了间接引语的两个变体:叙述者型间接引语和人物型间接引语,前者中人物话语受到作者的加工,后者中的叙述者力图直接呈现出人物话语的几乎所有特点。施密德把间接引语的人格化称为“自由间接引语”,同时指出了自由间接引语的七种区分性特征。叙述者型间接引语、人物型间接引语和自由间接引语都可以被视为是间接引语的变体,其中都有不同程度的语篇干扰现象。3.关于准直接引语:准直接引语是语篇干扰现象最复杂、最普遍、也是最重要的表现形式。施密德给准直接引语下的定义是这样的:“它是叙述语篇的一个片段,转述某个被描述的人物的话语、思想、情感、认识或者仅仅转述语义立场。同时,人物语篇的转述既不用图示符号(或者它们的变化形式)表示,也不用插入语(或者它们的变化形式)表示。”[②]

关于施密德所称的“自由间接引语”,瓦尔金娜有自己的观点。她认为,在直接引语和间接引语融合的情况下,从句保留了人物话语的所有特点。瓦尔金娜把这种混合的引语形式称为半直接引语。[③] 而这种引语的

---

① [俄]巴赫金:《周边集》,李辉凡等译,石家庄:河北教育出版社,1998年,第483—492页。

② Шмид В. *Нарратология*, Языки славянской культуры, 2003. С. 224.

③ Валгина Н. С. *Современный Русский Язык Синтаксис*, Высшая школа, 2004. С. 384.

本质与施密德的“自由间接引语”在本质上是相同的。

索科洛娃(Л. А. Соколова)也为准直接引语研究作出了重大贡献。她详细研究了准直接引语基本的修辞功能及其使用原因,把准直接引语称为“准作者引语”。但是,准直接引语在她的研究中不是作为与直接引语和间接引语并列的句法结构,而是作为一种“混合了作者和主人公主观层面的陈述方法”。[①]

乌斯宾斯基在《结构美学》中也提到了准直接引语问题,但他的观点与我们对准直接引语的传统认识有所不同。他把准直接引语定义为“讲话人在言语过程中改变作者立场时作者立场的滑动”[②],即句子开始时是间接引语的形式,而结尾时是直接引语的形式。乌斯宾斯基以果戈理作品中的一句话作为例证:“Трактирщик сказал, что не дам вам есть, пока не заплатите.”但我们认为,这种形式更接近施密德所定义的自由间接引语。

米哈伊洛夫(Н. Н. Михайлов)在引语问题上的研究出发点与施密德有共同之处,他从人物语层向叙述者语层的渗透入手,同样研究了直接引语、间接引语和准直接引语。米哈伊洛夫指出,直接引语是最传统的他人话语转述方式,通过标点符号(引号、冒号和破折号)很容易识别。他特别强调,“独白、对话和多人对话是直接引语的三种组织方式。……它们仅仅从表面上与语言交际中的自然话语相似,但本质上是对这种自然话语的艺术仿拟。这种仿拟间接地反映作者对艺术世界中所发生的事件的态度。直接引语是以对话形式表现出来的作者的独白。”[③]而间接引语是作者用自己的话转述的人物的话语,它与直接引语的主要区别并不是标点符号,而是作者叙述中修辞上的变化。米哈伊洛夫认为,人物语层越来越

---

① Валгина Н. С. *Современный Русский Язык Синтаксис*, Высшая школа, 2004. С. 222.

② Успенский Б. А. *Поэтика композиции*, Искусство, 1970. С. 50.

③ Михайлов Н. Н. *Теория художественного текста. Учебное пособие*, ACADEMA, 2006. С. 154.

排挤叙述者语层的倾向通过准直接引语表现出来。

综上得知,俄语界学者对引语的分类大致分为:直接引语、间接引语和准直接引语。他们的分类之间的区别主要在于三大类型引语下分出的细类,或者叫引语的亚类型不统一,对有些类型的称谓不一致,如对准直接引语的称谓。格沃兹杰夫(А. Н. Гвоздев)称其为“自由间接引语”或“准直接引语”[①],乌斯宾斯基也把准直接引语称为“自由间接引语”,但与其他研究者界定的自由间接引语的内涵存在明显区别。而在施密德的分类中,“自由间接引语”和“准直接引语”是两个完全不同的引语类型。还有的学者如索科洛娃称准直接引语为“准作者引语”。引语在名称和分类上存在一定的混乱,三种传统的引语类型在解释当代叙事作品,特别是在解释彼特鲁舍夫斯卡娅小说中的引语现象时表现得力不从心。因此,鉴于以上情况,我们有必要重新对引语作番细致梳理。

1.2.2.2 欧美及国内对引语的分类

我们先看一个例子:

(1) —и вдруг этот молодой человек небольшого роста, добрый и верный, ①он говорит: ②“А мои дети, Тиша и Тоша, всюду вместе, один еще ползает, а другой уже ходит”. (« Невинные глаза »)

我们不禁要问,所引的例句中到底是①和②小段共同构成的引语,还是仅②小段是引语,抑或是②小段中的话语为引语?再或者把它们叫做转述语?在回答这一连串的问题之前,我们有必要对引语概念有一个清晰的认识。

引语在汉语中常被界说为一种修辞技巧或手段,它也叫“引用、重言、援引、用典、引经”等。在国内外语学界,引语的称谓也不尽一致。有人称

① Гвоздев А. Н. *Очерки по Стилистике русского языка*, Просвещение, 1965. С. 563.

为“转述语”[①],有人称为“话语指”[②],也有引语和转述语两者兼用的研究者。[③]

黄友指出,“学界一般用‘引语’来指称我们所说的‘转述语’”[④]。申丹在分析“人物话语表达形式的分类”一节中对前人所做的分类作了详细分析,此处使用的是“引语”这一概念,而在后文论述“中国小说叙述中转述语的独特性”时写道:“在上面几节中,我们重点探讨了以英语为代表的西方语言中转述语的问题”[⑤]。按照推理,我们认为,作者前后使用的两个术语“引语”和“转述语”应为同一语言现象。申丹在《对自由间接引语功能的重新评价》一文中对一些概念作了澄清,特别指出转述语(reported speech)与引导句(reporting clause)是属于两个不同层次的概念。[⑥] 至此,我们才对转述语或引语有了较为清晰的认识。我们平时常常提及的直接引语、间接引语及准直接引语等仅仅是人物话语的转述形式,而并非人物话语本身。因此,由例(1)所引出的几个问题便迎刃而解。①是引语的引导句,②是被再现或被转述的人物话语,即引语或转述语。至于②小段是叫引语还是转述语,笔者认为,转述语更能体现人物话语被转述、被再现的性质,因此更倾向于使用转述语。但鉴于俄语界的表述常规,我们在大多数情况下仍使用“引语”一词,在特殊需要的地方则用“转述语”一词。下面我们就来分析一下引语的分类问题。

法国叙事学家热奈特把人物话语(口头表述的或“内心的”)分为三

---

① 可参看黄友:《转述话语研究》,上海:复旦大学出版社,2009 年,第 2 页;赵毅衡:《当说者被说的时候——比较叙述学导论》,北京:中国人民大学出版社,1998 年,第 152－163 页。

② 同上。

③ 申丹:《叙述学与小说文体学研究》(第三版),北京:北京大学出版社,2007 年,第 288－330 页。

④ 黄友:《转述话语研究》,上海:复旦大学出版社,2009 年,第 27 页。

⑤ 申丹:《叙述学与小说文体学研究》(第三版). 北京:北京大学出版社,2007 年,第 288－330 页。

⑥ 申丹:《对自由间接引语功能的重新评价》,《外语教学与研究》1991 年第 2 期。

类:叙述化话语或讲述话语;间接叙述体的转述话语;戏剧式转述话语。[①]赫纳地提出,转述语有五种:叙述独白、替代语、独立式间接语、再现语、叙述模仿。[②] 英国批评家佩奇(Norman Page)提出,小说中人物话语有八种表达方式:1. 直接引语,使用引号“原原本本”地记录人物话语;2. 被遮覆的引语,也称言语行为叙述体,人物话语内容经过概括性介绍;3. 间接引语,人称、时态、时地状语都要进行相应的变化;4. “平行的”间接引语;5. “带特色的”间接引语,保留人物话语的色彩;6. 自由间接引语,人称和时态与正规的间接引语一致,没有引导句,转述语本身为独立的句子。这与俄语中的准直接引语一致;7. 自由直接引语,“原本”记录人物话语,但不带引号和引导句;8. 从间接引语“滑入”直接引语。该分类可谓详尽,但缺乏统一的分类原则。英国文体学家利奇(Geoffrey Leech)和肖特(Michael Short)在对佩奇的分类作了有序归类以后指出,“自由直接引语”也可以是仅省略引号或仅省略引导句的表达形式,同时把“滑入”型引语和“带特色的”间接引语排除出他们的五种分类之外。[③] 申丹在详细分析佩奇对人物话语表现形式的八分法、利奇和肖特对该八分法的有序归类、热奈特对人物口头或内心话语表达方式的三分法之后,虽然没有明确给出自己的人物话语表现形式分类,但她指出了三个代表观点各自的利弊,并在后文对不同人物话语表现形式的功能与特点一节中间接默认了这样的分类:直接引语、自由直接引语、间接引语、自由间接引语、言语行为叙述体。赵毅衡认为,上述分类都太复杂,缺乏明显的分类依据。因此,他建议把引语分为直接式与间接式、引语式与自由式。而且,引号并非直接式转述语的必要条件。由此,他分出了两个副型:1. 用引号,无引

① [法]热拉尔·热奈特:《叙事话语.新叙事话语》,王文融译,北京:中国社会科学出版社,1990年,第115—116页。

② 转引自:赵毅衡:《当说者被说的时候——比较叙述学导论》,北京:中国人民大学出版社,1998,第152页。

③ 申丹:《叙述学与小说文体学研究》(第三版),北京:北京大学出版社,2007年,第290页。

导短句;2. 无引号,有引导短句。[①] 综合国内外学者的观点及俄语语言的特点,我们认为,至少可以把人物话语的转述形式分为五类:直接引语、间接引语、自由直接引语、自由间接引语(俄语界常称为“准直接引语”)、言语行为叙述体。

1.2.2.3 引语问题思辨

请再看下面例子:

(2) Потом, сколько-то времени спустя, ①он рассказывает, что младший уже ходит, но молчит, ②а Тиша комментирует: “Тося хотет катету”(Тоша хочет конфету). (« Невиныые глаза »)

(3) ①То есть у Тоши на голове корона, а на плечах мантия. ②Откуда, скажите, у этого ангела знание, как одеваются принцы? (« Невиныые глаза »)

(4) Немедленно среди друзей семьи разносится и этот маленький скандал, ①и то, как Катерина ставит вопрос ②или ты меня берешь, или я ухожу с детьми. (« Невиныые глаза »)

(5) Он рисовал портрет Гали①и говорил ей иногда, ②что никто ей не говорил, ③как она похожа на греческую богиню с этими своими волосами, глазами, носом, и ртом, и подбородком, и шеей, и ушами? (« Невиныые глаза »)

(6) Тут же попутно она может ответить и на вопрос об этом инженере, своем новом мальчике, . . . (« Рассказчица »)

(7) Потом, правда, ① она все-таки узнала, ее вызвала к себе инспектор отдела кадров и сказала ей, ②добавив, что они постараются ее как-то трудоустроить, потому что у заведующего большие связи. (« Рассказчица »)

---

① 赵毅衡:《当说者被说的时候——比较叙述学导论》,北京:中国人民大学出版社,1998 年,第 152 页。

（8）①Так она и жила，мужу своему однажды，правда，сказала，что уходит к любимому человеку（образовался и такой），②на что этот несчастный муж ответил，что уходить не надо，③（буквально）« люби нас двоих ».（« Жизнь это театр »）

鉴于俄语学界对引语范畴中的直接引语、间接引语的概念及功能的认识基本一致，我们在此没有举出直接引语和间接引语的例子。以上各例均为彼特鲁舍夫斯卡娅短篇小说中较为典型且大量出现的句子类型，但这些语言现象并不能用俄语学界对引语所作的三分法来解释，因为上述(2)—(8)例中的任何一句都既不是典型的直接引语，也不是典型的间接引语，但它们依然是人物的话语。那么，要进行合理解释，突破口在哪里？欧美及国内英语界的相关研究是否可以给我们某些启示？

现在我们对(2)—(8)七个例句进行详细分析。

例(2)中①小段是间接引语，②小段是直接引语。但在该语境中，①②小段之间应为并列关系，它们应属于更高一级的句法层次。如：Было так：я встал в шесть，а он в восемь. Вот почему он опоздал на урок. 但此例句中两个小段在句法形式上却有差异。如果用乌斯宾斯基意义上的"准直接引语"作者立场的"滑动"来解释则看似合理：该句是从间接引语"滑入"直接引语。但是从乌斯宾斯基的分析可以看出，"滑入"时间接引语引导句的主语应与直接引语的省略了引导句的主语一致。但是此例中①小段的主语是 он，而②小段的主语是 Тиша。显然，用"滑入"型引语来解释例(2)也是行不通的。

例(3)中①小段是叙述者的叙述语，②小段从形式上判断，它是不带引号和引导句的自由直接引语，这一点毋庸置疑。但这一话语究竟属于"谁"？我们认为，可以有两种解释：一种是，话语属于叙述者，受话人可以是隐含读者，也可以是现实读者，这一话语是叙述者的叙述干预；另一种是，话语属于故事中的某一人物，可以认为是他/她的自言自语。但不论是属于谁，都不影响我们把该句判定为自由直接引语。

如果我们撇开例(4)中①小段及其前的部分,那么很容易判定②小段为直接引语。但是我们看到,①②小段之间没有任何的标点符号,且②小段之前是名词“вопрос”。根据句法常识,②小段应为“вопрос”一词的非一致定语,它并非以定语从句形式出现。那么,人物话语是否可以作为非一致定语?就我们所掌握的有限资料来看,答案是否定的。

从总体的句法结构上看,例(5)应为间接引语。但如果我们细分①②③小段就会发现,这三个小段应为三个叙述层级:①②小段分别为叙述的第一、二层级,属于传统的间接引语的引导句,且②小段不仅充当第二叙述层级间接引语的引导句,同时还作为①小段中引导词补语的一个组成部分并以说明从句的身份出现。③小段是②小段的补语,为人物话语的一部分,但该小段保留了人物话语的诸多特征,如用词、语气、疑问语调等,因此属于佩奇所说的,而被利奇和肖特排除出引语类型的“带特色的”间接引语。

例(6)是个较为特殊的转述语现象。这是因为,该类型转述语在俄罗斯学界和国内俄语界没有专门研究,至少笔者目前还没有发现相关论著。但在欧美及国内学界已有学者提及这类现象,前文我们已有介绍,在此不作赘述。例(6)中女主人公只是回答了“附带着回答了关于这个工程师,也就是自己的新男朋友的问题”,在此,叙述者仅仅是对她的话语内容作了概括性的介绍,但是回答的具体内容是什么,即她的话语到底是什么,我们却不得而知。这种表达形式佩奇称为“被遮覆的引语”,也即利奇和肖特所命名的“言语行为叙述体”。

例(7)中①小段根据上下文语境,我们可以判断出来,女主人公知道了她将被机构裁员给裁掉,并且人事部检查员也告诉了她此事,但此处叙述者仅用了高度概括的“узнала”和“сказала”两个词一笔带过,因为她所知道的内容对塑造其人物形象并没有太大的影响。②小段中的转述语部分则保留了人物话语的众多特色,特别是口语词“как-то”和形象性的表达“большие связи”。因此②小段应为“带特色的”间接引语。只是①②小段之间用的是并列连接词“и”，说明我们应该把两者看作一个整体。那么作为整体的例(7)的类型归属也是一个疑问。

例(8)中①小段为“正常”的间接引语，但其间夹杂有叙述者的注释性话语，但这并不妨碍把其归为间接引语。②小段为间接引语毋庸置疑，但③小段与②小段同为从句形式的间接引语的并列成分，只是它是以直接引语形式出现的。在传统的引用类型中，并没有对此类现象有所解释。不过，瓦尔金娜称这种由间接引语过渡到直接引语的现象为“半直接引语”。

通过对以上例子的详细分析可以看出，这八个例子中人物话语的表达方式存在以下四种情况：能够确定下来的有(1)(3)(5)(6)(8)，它们分属于直接引语、自由直接引语、“带特色的”间接引语、“被遮覆的引语”或“言语行为叙述体”、半直接引语。部分确定的有(2)，两可型的有(7)，完全不能确定类型的有(4)。

我们认为，对于第二种和第三种情况，可以根据具体语境作出相应判断，且不必拘泥于句子的句法形式。比如，例(2)中①小段采用的间接引语无疑拉大了年轻的父亲与读者的距离。而②小段的直接引语具有强烈的音响效果，生动，直接，孩子发音不清的话语特色更增添了他的童真，潜在地与本篇小说主题《纯洁无瑕的双眼》相呼应。①②小段人物话语的不同表达形式巧妙地调节了叙述的明暗度。本书把像例(2)和(7)这样的很难判断其类型归属，然而在语境中又具有特殊的修辞效果的他人话语转述方式称为语境型引语。至于最后一种情况，它是我们引语研究中的新现象，无法用传统的引语理论来解释。但是，如果结合视角理论，问题便迎刃而解。《纯洁无瑕的双眼》是传统的全知型叙述模式，但此处叙述视角由全知型的叙述者短暂地转到了处于该故事非中心位置的人物身上，尽管叙述声音仍然是叙述者的，但却是从人物的视角进行感知。此处作者独具匠心地把卡捷琳娜的话语直接置于“问题”之后，可以鲜明地刻画其随便、不负责任的性格。在例(4)中，人物话语直接作为句中某一句子成分的从属成分，本书把这类人物话语转述方式称为功能型引语。

综上，我们拟对俄语引语重新分类。我们认为，俄语引语可以分为四类：1. 直接式引语，它包括直接引语、自由直接引语和直接引语形式的直接内心独白；2. 间接式引语（与赵毅衡的前两类分类相似），它包括间接引语、自由间接引语（又名"准直接引语"）、"带特色的"间接引语（也可称为半直接引语，因其总的句法形式仍然是间接引语，所以归为间接式引语）、"被遮覆的引语"或"言语行为叙述体"以及准直接引语形式的准直接独白；3. 语境型引语，即前文出现的部分确定型例(2)和两可型例(7)；4. 功能型引语，如例(4)，它不以言说动词的补语即说明从句的形式出现，而仅作为句中某个词或短语的非一致成分。

不同的人物话语转述方式与作者形象之间存在密切联系。在现实主义的作品中，由于教育、职业、年龄及出生地点等的不同而造成的人物语言所具有的个性特点使其与作者话语具有明显的可区分性。当叙述转由讲述人进行时，人物语言的转述方式受讲述人形象与作者形象之间的关系决定："当讲述人形象与作者形象接近时，人物的语言就如在作者叙述中一样是可以区分的；但当由于典型的语言手段的差异而使讲述人形象与作者形象相差甚远时，人物语言就接近讲述人语言，因此也就变得平淡，没有自己的个性。"[①]但我们认为，上述关系反过来表述更贴切：人物语言的转述方式反映了讲述人形象与作者形象之间的关系：人物语言与讲述人语言的差异明显时，讲述人形象与作者形象是接近的；反之，两种形象则相差甚远。同理，叙述者语言与人物语言之间的关系同样可以反映出叙述者形象与作者形象之间的关系亲疏。人物语言与叙述者或者讲述人语言之间关系的亲疏所反映出的叙述者形象或者讲述人形象与作者形象之间的关系是本书引语与作者形象研究的理论依据。因此，引语研究对于揭示隐藏在叙述者形象和讲述人形象背后的作者形象具有重大意

---

① Горшков А. И. *Русская стилистика*, АСТ, Астрель, 2006. С. 202.

义,可以反映出前两者与作者形象之间或一致、或背离的关系。

1.3 读者

众所周知,作家在创作作品之初必定会考虑他作品的受众组成,这一点不仅是由所讲述的内容需要吸引读者这一任务决定,而且还受如何吸引读者,也即叙述风格本身决定。因此,作者把自己视为是与读者很亲近的人,他很看重后者的观点,认为读者符合社会先进分子的道德审美典范。有时,作者视读者为自己的知心人,甚至把后者自身发展水平抬得过高。所以,在俄罗斯很多经典作家的作品中不会出现极不入流的词汇或表达,尽管现实生活中这样的词汇和表达大量存在。这一切表明,读者以某种方式在影响着作家的创作,这一影响会以不同的形式体现在作品中。因此,以作品为中介,作者与读者之间就产生了间接的对话。

对话理论是巴赫金众多理论中的一个,它的本质从根本上说是开放性、未完成性,是“一个人准备去进行‘平等地’交流沟通的情愿性,是对他人的立场、见解、看法作出积极回应的一种才能,也是引起他人对自己的表述和行为进行回应的一种能力。……对话性的交流可以是直接的(通常有双方参与),也可以是通过间接的文本(经常是单向的,读者同作者之间的交际即是如此)”[①]。其中,读者与作者之间间接的对话性交流的基础便是对作品的阐释。

语言学研究中常常认为,语言是交际的手段,是思维的工具。在言语交际模式中,言语处于言语发出者和言语接收者之间,即言语发出者——言语——言语接收者。巴赫金认为,“不同科学体裁和艺术体裁的作品就其本质而言……是言语交际的单位。”[②]按照上一个交际模式,我们可以

---

① [俄]瓦·叶·哈利泽夫:《文学学导论》,周启超等译,北京:北京大学出版社,2006年,第151页。

② Бахтин М. М. *Эстетика словесного творчества*, Искусство, 1979. С. 254.

复制出作品在言语交际模式中的图示:作者——作品——读者。“作品的作者在风格、世界观及其作品构思的所有方面都表现出他的个性。这一处在作品中的个性印记产生了特殊的内部界限,从而使这一作品与在该文化领域的言语交际过程中与其有关的其他作品区别开来。”[①]这样一来,作品就处于与其他作品的对话中。“作品是言语交际链上的一环。与对话的对语一样和其他作品—表述相联系。”[②]

作品与其他作品处于动态的对话关系中。因此,读者对一部作品的解读需要抓住这部作品中的核心,即作者形象,这样才能把这部作品与其他作品从本质上区分开来。而在这个解读的过程中,读者自身就是一个非常重要的因素。不同时代的读者由于所处的社会历史环境和文化环境的不同,自身所具备的文学素养的差异,对同一部作品会解读出不同的作者形象,但这并不说明这部作品中有多个不同的作者形象,而仅仅说明:一、读者自身存在文学素养方面的差异;二、不同读者解读作品的角度是不同的。同时还需要说明的是,一个读者对作品中作者形象的理解或者说接受仅仅是这一问题的一个侧面,这一理解并不一定就是完成的,它同样处于与其他读者对这一作品进行理解的对话性关系中。“诠释者不应当奢求掌握关于一部作品和这部作品背后的作者的全部真相。理解永远是相对的……在诠释中总是有不理解在场。”[③]而处于作品核心地位的作者形象正是通过读者对作品应该持有的积极应答性立场才能构建的一个范畴,因此,在作者形象的复合结构中,读者范畴同样是不可或缺的因素。

在叙事作品中,叙述者并不是孤立存在的,与之相对应的一个范畴是叙述接受者,他是叙述者信息发出的对象,即接受信息的一方,他与隐含读者一起共同构成叙事作品内部交流模式中的信息接收方。但需要指出

① Бахтин М. М. *Эстетика словесного творчества*, Искусство, 1979. С. 254.

② Там же.

③ [俄]瓦·叶·哈利泽夫:《文学学导论》,周启超等译,北京:北京大学出版社,2006年,第149页。

的是,叙述接受者在文本中是显性存在的,而隐含读者是隐性存在的,这二者与现实读者一起构成叙事作品完整的叙事交流模式,即内部和外部交流模式。因此,可以看出,读者是以三种方式存在于作品内外的:作品内的是叙述接受者,即我们常常在作品中看到的"我亲爱的读者""各位看客"等角色;隐含读者,即隐含作者预设的理想的读者;现实读者,即现实中真正阅读作品的人。

对读者不同角色的考虑体现出典型的后经典叙事的立场。读者作为叙事交流模式中的一个重要环节,他在作品中的在场及功能不能被含糊地一概而论甚至被忽视,更不能无视读者的不同形态:虚构读者可以显性地表现在作品中;抽象读者在作品中的在场主要借助于表现在作品中的叙述者对受述者的态度体现出来;处于小说文本之外的具体读者对作品的阐释产生一种不容忽视的逆动力,对于构建作品的作者形象起着重大作用。

那么,读者在构建作者形象过程中到底起着什么样的作用?维诺格拉多夫曾言:"可以从不同的方面去理解和研究作者形象。在研究一个因作品而对之产生兴趣的作家时,一个善于深思的艺术家会塑造一个该作家的形象——一个完整的、独特的形象。这一形象同时是作家的研究者或者崇拜者创造性意识的印记,而且同时是研究客体本身艺术特点的客观特性之反映。"[①]可见,进行理解的读者在塑造作者形象时加进了自己能动性的创作因素。因此,读者的建构作用是不容忽视的。刘娟教授谈到,"作家不仅仅是在写作,他在创造让读者接受的产品。作家在创作文本时竭力寻找能够完全感染读者的方式。"[②]任何一个表述,包括作品,它的完成并不意味着创作过程的终结,这一过程会在读者的接受中得到延续。

---

① Виноградов В. В. *О теории художественной речи*, Высшая школа, 1971. С. 156.

② Лю Цзюань, *Несобственно-прямая речь в художественных произведениях*, Компания спутник, 2006. С. 104.

那么,读者又是如何参与到积极的应答性理解作品的过程中的?

巴赫金曾就读者在解读作品时的立场问题批判了有些研究者对“听者”和“读者”的误导性阐释:“实际上,听者在对话语的意义进行接受和理解时,同时还占据着对言语积极的应答立场:同意还是反对(完全或者是部分地),补充、接受这一话语还是准备执行,等等;且听者的这一应答立场是在他从一开始,有时甚至是从开始听取和理解说话人第一个词的整个过程中形成的。任何对活的言语、活的表述的理解都具有积极应答性。”[1]换句话说,读者或者听者并非消极的说话人言语的接受者,而是占有积极的应答立场、对所接收的信息进行积极阐释的人。

哈利泽夫指出,理解分为两个层面:“首先,这是对事物直觉的领悟,是将事物作为整体来‘抓住’;其次,在直接理解的基础上,继这一理解之后,解释产生并得以确立,这种解释经常是分析性的,它用术语‘诠释’来表示。”[2]同样,读者对作品的接受也分为两个方面,这首先是对作品的那种朴素的、未加分析的认识;其次,读者会对所获得的这种朴素认识加以整理、思索,分析他所体验到的各种情感生成的原因。“读者的直接冲动和智慧,与作品作者的创作意志之间绝非简单地相关。在这里,既有接受主体对艺术家—创作者的依赖性,又有前者对于后者的独立性。”[3]也就是说,读者对作品“真谛”的领悟、理解既要在充分认知作家的基础上进行,同时又要有自己积极的应答性立场,能动地作出反应。

并不是所有的研究者对叙事作品外部叙事交流模式中的两个主体——作者与读者之间的关系都表达地像哈利泽夫一样客观。有的学者过分强调作者的主导性,如斯卡弗迪莫夫(А. П. Скавдимов),“无论我们怎么大谈艺术作品接受中读者的创作,我们总还是知道,读者的创作是第二性

① Бахтин М. М. *Эстетика словесного творчества*, Искусство, 1979. С. 246.

② [俄]瓦·叶·哈利泽夫:《文学学导论》,周启超等译,北京:北京大学出版社,2006年,第149页。

③ 同上书,第155页。

的,它在其方向和界限上还是要受制于接受的客体。还是作者在引领读者,作者要求那种体现于循着他的路径去感知的顺从。"[①]博涅茨卡娅(Н. К. Бонецкая)也断言,由作者贯注于作品中的意义,乃是经久不易的常数。[②]

也有的学者对此持相反观点,如波捷布尼亚。他认为,"(一旦作品完成)语言艺术作品的内容'已不是在艺术家心目中,而是在理解者心目中发展'……'一个艺术家的功勋,并不在于在创作时他心中得以构思的那点最基本的内容,而在于形象本身具有一定的弹性',形象能够'激发出极为多样的内容'。"[③]这一观点在巴特的"作者之死"理论中被发挥到极致。这类见解尽管有失偏颇,不自觉地过分夸大了读者的能动性,但从另一个侧面强调了读者在文学交际链中的地位,强调了他在构建作者形象时的重要作用。

白春仁教授从文学交际的角度同样强调了读者在文学鉴赏中的重要性。"文学这个概念,不仅是说它的本体——艺术成品,放大开来还包括它的运动——文学创作和文学欣赏。由作家到作品,再由作品到读者,构成文学交际的过程。……在创作和接受的两端上,作者和作品的关系,作品和读者的关系,不留痕迹却无处不在地左右着修辞……交际的角度虽然会超出作品扩及艺术交流的全程,但我们可以把作者和读者认作是作品中潜在的要素。"[④]实际上,作者与读者之间的关系是对话性的,也只有这种关系才能使作品得到积极的阐释。这就要求读者既要具有审美趣味,又要对作者及其作品持有浓厚的兴趣,具有感悟作品艺术价值的能力。

---

① 转引自:[俄]瓦·叶·哈利泽夫:《文学学导论》,周启超等译,北京:北京大学出版社,2006年,第156页。

② 同上。

③ 同上。

④ 白春仁:《文学修辞学》,长春:吉林教育出版社,1993年,第5—6页.

当今的文学研究明显地具有阐释学倾向，它把作者与读者的关系视为是对话、交谈、会晤性的关系。穆卡尔若夫斯基(Я. Мукаржовский)的表述也许更恰当地表达出这一思想："作品之整一是由艺术家的创作意图所设定好的，但环绕着这个'轴心'，会有一组组'联想性的观念和情感'聚集，它们是由读者在阅读时产生的，并不取决于作者的意志。"[①]换言之，读者在接受一部作品时，如果能够做到既能领悟作者的创作意图，又能做到积极地、富有创造性地诠释作品，此时他才是一个理想的读者，才能够真正地理解作品。

1.4 "作者形象复合结构"假说

根据绪论中有关作者形象的研究和本章前文分析得知，"作者形象"是一个有着多层次、多范畴的复杂结构，因此对它的研究不应该仅局限于其中的某一个范畴。鉴于此，我们拟提出"作者形象复合结构"假说，试图从以往作者形象研究的藩篱中找到一条出路。

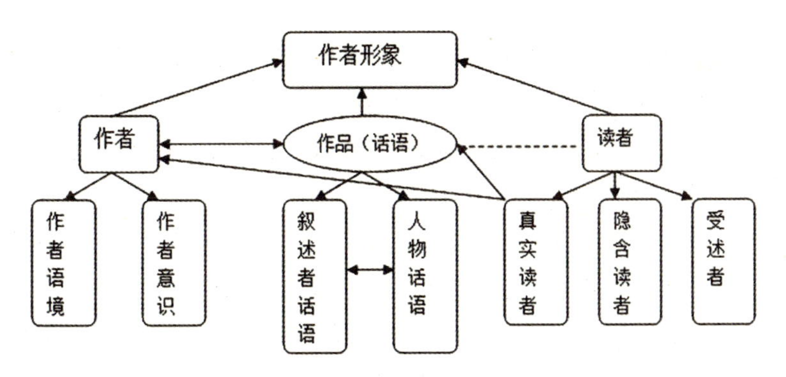

作者形象复合结构示意图

① [俄]瓦·叶·哈利泽夫：《文学学导论》，周启超等译，北京：北京大学出版社，2006年，第156页.

图解：

作者形象包括三个基本范畴，或者说三个基本层次，即作者、作品和读者，三者共同作用，从而构建成为一个复合结构体，各范畴之下又包含各自的亚范畴。作者创造作品，作品同时又反映出作者及其两个基本要素——作者语境和作者意识，作者和作品之间是互相作用的关系，因此用双向实心箭头表示。

作品与读者之间的关系相对复杂：作品中常常出现的诸如“我亲爱的读者”“敬爱的读者”之类的称呼并非现实中真正的读者，而是叙述者的对应体——受述者，是叙述者的叙述所面对的对象，它常常是被动地出现在作品中。隐含读者是处于创作之时的作者（隐含作者）所预设的理想读者，它并不直接出现在作品中。而真实读者是真正对作品进行阐释的人，他以作者和作品为依托，通过对这两大要素的积极解读构建出作者形象。但他处于作品之外，在作品中没有具体质实的表现。因此，作品和读者之间用虚线连接，表示二者之间存在一定的关系，但并不是互为创造的关系。

作者范畴包括作者语境和作者意识两大要素，前者主要指真实作者（作家）的履历及创作语境，后者主要指体现在作品中的作者的意识及世界观。当代叙事作品可以被视为是一个话语，它包括叙述者话语和人物话语，二者既互相独立，同时又互相影响，因此用实心双向箭头连接。读者范畴中的三大要素——受述者、隐含读者和真实读者对于生成作者形象同样具有重要作用。受述者和隐含读者是显性或隐性地体现在作品中的两个因素；文学作品的研究者作为特殊的读者，同时也是作品的真实读者，是处于作品之外的因素，他对作品的解读以及由这一解读而生成的作者形象主要依托作者和作品这两大范畴。

作者形象复合结构中的各成分之间并不是孤立存在的，（如作者意识在叙述者话语和人物话语中都有充分体现），它们之间相互作用，共同构成一个多层面的复合结构体。这一结构体呈金字塔格局，处于“塔顶”的是作者形象，而处于“塔底”构成金字塔“基座”的是三大范畴中的各个必要组成部分，读者对作者范畴和作品范畴中各要素的“混凝”作用构成了作者形象这一坚实的大厦。

作者形象的复合结构理论本质上并不与维诺格拉多夫的作者形象是“作品思想和修辞的核心”这一思想相违背，因为从广义上说，作者范畴正是作品思想的物质依据，是后者具体质实的体现；而叙述者话语和人物话语中运用的各种叙述策略也正是作品修辞的核心所在。研究者作为特殊的读者，对这两者的研究及升华构建出统摄作品诸多范畴的最高统帅——作者形象。

1.5 “作者形象复合结构”假说与彼特鲁舍夫斯卡娅小说

绪论中提到，我们所理解的“作者形象”是这样的：作者形象是一个审美范畴，是统摄作者、作品、读者三大范畴及其亚范畴为形式和内容统一体的一个复合结构。作者形象常常蕴藏于作品的叙述结构中。这一理解也可以被视为是“作者形象”的一个概括性定义。根据这一定义，“作者形象”本质上就成为由多方面因素共同作用而形成的一个“复合结构体”，其本质内涵与生平作者、叙述者[1]、叙述结构中的叙述技巧及手段、读者等要素密不可分。这一复合结构包括作者、作品、读者三大范畴及其诸多亚范畴，既考虑到作者自身及其个性中的创造性因素，也注重作品文本本身，同时也不忽视读者的阐释作用。

“作者形象复合结构”假说是国内作者形象研究领域的一个新的研究视角，是国内首次综合文艺学、修辞学、语文学、叙事学等学科在该领域所做的一次尝试。因此，本书选取彼特鲁舍夫斯卡娅小说为例来论证“作者形象复合结构”假说的合理性及普适性。

彼特鲁舍夫斯卡娅是当代俄罗斯女性作家中较具代表性的一个。在俄罗斯文学进程中，显而易见的是，“彼特鲁舍夫斯卡娅的创作是 20—21

世纪之交国内文学最为重要也最为夺目的现象之一。彼特鲁舍夫斯卡娅的小说和剧本之所以吸引着文艺学家和批评家持续的关注也是不足为奇的。然而,无论是在20世纪80年代末她的作品已蜚声海内外之际还是今天,批评界对其艺术世界的评价一直都针锋相对。一些研究者认为,彼特鲁舍夫斯卡娅的创作属于自然主义流派;另一些人认为,它是批评现实主义传统的继续;还有一些研究者认为,它是新现实主义的典范;第四类则认为,彼特鲁舍夫斯卡娅的创作属于后现代主义。"[①]可见,作家的艺术特色并非立刻得到了批评界的理解。早在20世纪80年代末,当创作艺术已经成熟的彼特鲁舍夫斯卡娅渐获成功后,许多人依然停留在对她的艺术世界的表层认知层面,如彼特鲁舍夫斯卡娅"敢于展现'停滞'时期及改革初期的社会现实"。[②] 社会语境的改变使批评家和读者能够看清彼特鲁舍夫斯卡娅的另一个面貌。雷德尔曼和利波维茨基在20世纪90年代初就提出了后现实主义的假说,也正是在这一视角下,他们研究了彼特鲁舍夫斯卡娅的创作。作家作品中的一些早前曾经被视为是现实主义和自然主义的创作特点(如对生活黑暗面的关注),现在则开始被研究者们用后现代主义的视角来解读。

不同的研究者对彼特鲁舍夫斯卡娅的小说持有不同的,甚至截然相反的观点,这种现象说明:彼特鲁舍夫斯卡娅的创作本身极其复杂,读者(包括研究者)很难从某一个角度去把握其作品的艺术世界。这些针锋相对的观点还表明,要把握彼特鲁舍夫斯卡娅小说中的作者形象,必须综合考虑多方面的因素,分析作品不同层面所体现出的包括语言、修辞、结构等方面的特色,重视作者与读者的对话,这样才能构建出一个完整的彼特鲁舍夫斯卡娅小说的作者形象。

---

① Прохорова Т. Г. *Проза Л. Петрушевской как система дискурсов*: Дис. ... доктора. филол. наук. /Т. Г. Прохорова, Казанский гос. ун-т. -Казань, 2008. С. 6.

② Давыдова Т. Т. *Сумерки реализма* (*о прозе Л. Петрушевской*) // Русская словесность, 2002. №7. С. 32—37.

综合绪论和上文分析得知：

第一，彼特鲁舍夫斯卡娅的小说具有明显的叙事性、自传性；第二，彼特鲁舍夫斯卡娅小说的艺术世界本身极其复杂，单一的用某种文艺学或者语言学的视角都不足以揭示彼特鲁舍夫斯卡娅的创作特色；第三，彼特鲁舍夫斯卡娅的创作具有独特的形式和内容上的特点，叙述结构独具特色；第四，很难给彼特鲁舍夫斯卡娅的创作定性，很难把她的创作归为某一个文学流派，因为她的创作从不拘泥于传统的创作手法；第五，彼特鲁舍夫斯卡娅小说中较为强调读者的建构作用。

彼特鲁舍夫斯卡娅小说的以上特点与我们所分析的"作者形象复合结构"假说的本质内涵暗合。因此，我们认为，彼特鲁舍夫斯卡娅的小说是证明"作者形象复合结构"假说的最佳例子。

第二章
作者形象复合结构之一——作者

2.1 作者语境

通俗地讲，语境指言语环境，包括语言因素和非语言因素。语境这一概念最早由英国人类学家马林诺夫斯基(B. Malinowski)在1923年提出，他区分出两种语境，一是"情景语境"，一是"文化语境"。[①] 同时，语境也有狭义和广义之分。狭义的语境指口头言语中的前后话和书面语中的上下文，广义的语境指言语发出者发出言语时刻所处的环境，包括自然环境和社会环境。本章所论述的语境主要指广义上的，确切地说是文化语境。生活在一定的自然环境和社会环境中的人所进行的一切活动都要受到自然和社会因素的制约和影响，作家的创作活动也不例外。这些因素的影响以间接形式反映在作品的作者形象中。作者语境是作者范畴中的亚范畴之一，是构成作者形象必不可少的一个组成部分，主要包括作家本人生平及其创作语境。

2.1.1 彼特鲁舍夫斯卡娅其人

2010年10月28日至31日，"世界奇幻大会"(World Fantasy Convention)在美国俄亥俄州哥伦布市举行，其间公布了获得"世界奇幻奖"(World Fantasy Awards)各奖项的获奖名单。2009年，英国企鹅出

---

① 转引自王建华:《关于语境的构成与分类》,《语言文字与应用》2002年第3期。

版社出版了俄罗斯当代著名作家彼特鲁舍夫斯卡娅的短篇小说集《有一个曾设法杀死邻居孩子的女人》的英文版。也正是因为该文集,女作家荣膺“世界奇幻奖”所设的“最佳个人文集奖”,成为第一个获得该奖项的俄罗斯人。这一标志性事件使彼特鲁舍夫斯卡娅一夜之间在奇幻文学界家喻户晓,来自东欧的多家知名出版社竞相邀约出版其作品,也让更多研究者对彼特鲁舍夫斯卡娅的创作产生了浓厚的兴趣。

彼特鲁舍夫斯卡娅生于1938年5月26日,是俄罗斯著名的小说作家、剧作家、童话作家,同时还是多才多艺的歌唱家兼诗人。从年轻时起,她就被冠以“特立独行的太太”的称号,这一特点无论是在其仪表(总是戴着宽边帽)和日常行为中,还是在高龄依旧笔耕不辍不断出版的作品中,都体现得淋漓尽致。但是,作家的童年是不幸的。出生后不久,彼特鲁舍夫斯卡娅的外祖父母被莫名镇压,继而她的父亲也离家出走。所以,从很小的时候起,未来的女作家不得不在艰难的“社会”这所学校里“体验生活”。半年里,她不停地辗转于各个亲戚家。她第一次能够填饱肚子是在战争时期的乌法保育院。在这里,她必须学会“竖起每一根毛发”生活,必须本能地伸出随时保护自己的刺。就如她自己所说,莫斯科大学新闻系毕业后,她带上“一把吉他,口袋里装了十个子儿就去征服处女地了”。后来她担任莫斯科多家报社的通讯记者、多家出版社的撰稿人,1972年起任俄罗斯中央电视台编辑。她很早就开始写诗,为大学生晚会写剧本,但此时还没有认真考虑过从事创作。因为她知道,编辑部不会接收涉及生活阴暗面的小说和剧本,即使这些作品中并没有持不同政见者对政府和现存体制的攻击,但如果是用“街头语言”写的,那么,这些作品同样不会被接受。彼特鲁舍夫斯卡娅深知,通往读者的道路是漫长的,她必须得像同时代的许多作家一样“为时务”而写作。评论界对彼特鲁舍夫斯卡娅创作的态度显得比较矛盾:一方面,官方评论赞成作家“文学应接近生活”的立场,但与此同时,当这个苏维埃现实的、未被粉饰的生活努力要挤进高雅文学殿堂的时候,评论家又对彼特鲁舍夫斯卡娅百般苛刻。也许正是由于这个原因,彼特鲁舍夫斯卡娅初期的剧本都不是在专业舞台,而是在业余小剧院的舞台上演的,而且很快就被禁演,而她的第一部小说集也仅仅是在公众呼声的风口浪尖上才于1988年面世。

作家的短篇小说创作始于60年代中期,她的第一个作品是发表于1972年《阿芙乐尔》杂志上的短篇小说《穿过旷野》,这是对一对天造地设的青年男女在一次偶遇时进行的心理素描。此后十多年间,彼特鲁舍夫斯卡娅的小说再未得以出版,而她的小说《自己的圈子》也只是在20年后的1988年才得以在《新世界》发表。在《第九卷》[①]中,彼特鲁舍夫斯卡娅写道,1968年,她给《新世界》杂志带来了她前期的一些小说(《这样一个小姑娘》《诺言》《女讲述人》《克拉丽萨的故事》)。特瓦尔多夫斯基(A. T. Твардовский)是这样批示的:"这些作品很有才华,但实在太阴暗,可不可以更明快些。—A. T.""不能发表这些作品,但不能失去与作者的联系"。[②] 这是彼特鲁舍夫斯卡娅的许多作品不能发表的原因之一。

彼特鲁舍夫斯卡娅的小说在70年代初到80年代末大约20年间几乎再没有出版,这其中还有另外一个原因:其创作主题过多涉及社会负面现象。这些小说的主题有关于自杀的《流感》,有描述精神失常的《不朽的爱情》,有描写卖淫现象的《科谢妮亚的女儿》。这些小说都写于60年代末至80年代初,作家在作品中描写的现代生活没有宽敞的住房,没有像模像样的客厅。她的主人公都是渺小的、受尽生活折磨的人,他们住在几家合用的房子里,默默地或者闹哄哄地遭受着各种痛苦。作者让读者看到各种各样的不幸,看到不道德的存在,看到生存意义的缺乏。彼特鲁舍夫斯卡娅的语言是独具特色的,她的每一部作品都不在乎什么文学常规。例如,如果说左琴科的作品中作者是以讲述人的名义出现,而普拉东诺夫在全民语的基础上创造了自己的语言,那么彼特鲁舍夫斯卡娅则常常是

---

① 带有作家自传性质的一部小说。

② 130 *лет спустя*: *Людмила Петрушевская*, http://blog.atm-book.ru/?p=120, html, 2010-08-13/2010-10-23.

在没有讲述人的情况下，通过打破口语中常见的语言规则来创造一种独特的彼特鲁舍夫斯卡娅语言。这种对语言常规的违反是独特的，既不属于讲述人，也不属于人物，它们有独特的作用，即再现口语中出现的彼时彼刻的场景。

20世纪80—90年代之交，彼特鲁舍夫斯卡娅主要进行小说创作。《新世界》杂志登载了她的中篇小说《午夜时分》(1992，同时，该作品还获得当年度布克奖提名)、短篇小说、童话等。从20世纪80年代中期起，彼特鲁舍夫斯卡娅的剧本开始广泛上演。从1988年起，她的小说也开始陆续出版。90年代期间，作家开始尝试新的体裁，发表了长诗《卡拉姆津》(1994)和几个散文短篇系列。也正是在此期间，彼特鲁舍夫斯卡娅对"奇幻"小说越来越感兴趣。她是焦普费尔基金(фонд Тёпфера)普希金奖的获得者(1991)。在此之后，她还陆续获得了多家出版社的文学奖项：《新世界》(1995)，《十月》(1993，1996，2000)，《旗帜》(1996)，《星星》(1999)。除此之外，她还斩获了更高级别的"凯旋"奖(2002)、俄罗斯国家奖(2002)。作家20多年间所创作的小说被收录在《沿着爱神之路》(1993)一书中。

在创作主题方面，彼特鲁舍夫斯卡娅的创作素材大都源自生活本身，其文本充满大量的生活细节。彼特鲁舍夫斯卡娅利用"中性创作手法"(即前文的"湮没型"女性小说类型)艺术地研究生活，特别关注人际关系中的疏远、冷漠、残酷等现象。因此，在读者的意识中形成大量琐碎现实的形象，尽管这些形象不总是令人愉快的，然而却真实可信。从创作之初开始，她的创作主题几乎没有改变过，如死亡及与之相关的生理现象、家庭生活内幕、贫困、为身体的存活所做的斗争等。正因为如此，许多读者，甚至包括有的研究者，对彼特鲁舍夫斯卡娅的作品常常抱有负面态度，认为她的作品艰涩难懂，没有审美快感可言。但是，彼特鲁舍夫斯卡娅创作的初衷绝不仅仅是为了揭露苏联和俄罗斯社会及体制的黑暗。相反，她热爱自己的国家，热爱这个国家的人民。然而，现实中的人际关系冷漠到令人麻木的地步。“……我们路过这些普普通通的人,连正眼都不瞧他们一眼,但他们却注视着我们。每一个人都是一个巨大的世界。每个人都曾是一个可爱的婴儿、柔嫩的孩子,眼睛似星星般明亮,天真的笑容,奶奶、父母对他疼爱有加……”[①]彼特鲁舍夫斯卡娅作品中的冷漠绝非作者的本意。恰恰相反,她以作品中人际关系的冷漠来警醒人们:每个人都曾经是父母的宠儿,每个人也都是家族世代相传之链条上不可缺少的一环。因此,每个人都需要去关注别人,理解他人,也需要被关注和被理解。“理解——意味着原谅。理解——意味着怜悯。”[②]

戏剧爱好者开始知道她的名字是在20世纪70年代末。从70年代初开始,彼特鲁舍夫斯卡娅开始作为一个戏剧家展开自己的创作。她的名字首先与继承瓦姆比洛夫(А. В. Вампилов)传统的“新浪潮”戏剧密不可分。她是70、80年代戏剧界后瓦姆比洛夫“新浪潮”戏剧非名义上的领袖,在俄罗斯戏剧界复兴了批判现实主义传统,并把这些传统和文学游戏传统结合,使用荒诞成分进行创作。她尝试了偏好趣闻轶事的“短剧”体裁,创作了独幕剧《音乐课》(1973)、《琴查诺》(1973)、《斯米尔诺娃的生日》(1977);四部系列独幕剧《科隆比娜的房子》,包括《楼梯间》(1974)、《爱》(1974)、《行板乐曲》(1975)、《科隆比娜的房子》(1981);五部系列独幕剧《布鲁斯老太》,包括《起来,安楚特卡》(1977)、《我为瑞典加油》(1977)、《一杯水》(1978)、《长椅——奖》(1983)、《房子和树》(1986)。与上述独幕剧有内在联系的是多幕剧《一条潮湿的腿,又名朋友的见面》(1973—1978)。彼特鲁舍夫斯卡娅剧本中说明人物特征的主要手段就是语言。这种语言具有录音机式的效果,使现代人生动的口语特点得以再现,从而揭示他们典型的心理特征。但是,由于戏剧本身固有特点的影响,这种语言同时也会受到一些改变,从而变为荒诞化的语言。观众通过

---

① Петрушевская Л. *Девятый том*, М.: Эксмо, 2003. С. 31.

② Там же. С. 32.

舞台上录音机式的口语，仿佛看到了自己身边栩栩如生的现实生活场景，这就是彼特鲁舍夫斯卡娅剧本的显著特点。惯常的戏剧叙述结构在彼特鲁舍夫斯卡娅戏剧中被模糊了，没有“黑与白”的冲突，没有对主人公单一的终结性评价，人物都是在相当自然的环境中得以认识、解读。

彼特鲁舍夫斯卡娅打通剧本通往舞台的道路是艰难且漫长的。她的戏剧《三位蓝衣姑娘》(1980)两年之内经受了三次审查。这是一部对契诃夫的《三姊妹》进行改编而来的剧本。也正是从这部剧本开始，彼特鲁舍夫斯卡娅的戏剧创作逐渐开始向后现代主义转向。她的游戏性诗学原则在《科隆比娜的房子》(1981)中小试牛刀，其中借助于意大利戏剧《德尔·阿尔特》的游戏面具揭示了苏联社会的道德瓦解。1985 年，这部戏在“现代人”剧院为作者彼特鲁舍夫斯卡娅带来巨大成功，得到公众的一致认可。很多剧院渐渐不再惧怕上演她的作品。由此，彼特鲁舍夫斯卡娅的艺术人生达到一个新的高度。

综观彼特鲁舍夫斯卡娅生活及创作之路，我们可以作出如下总结：她是“别样小说”的领军人物之一，其戏剧作品如生活的“现场录音机”，她是遨游在童话世界中的现代人，是唱着 20 世纪流行歌曲的多才多艺的诗人老太太。

2.1.1.1 “别样小说”的领军人物

与传统的主流意识形态所宣扬的爱情观、价值观不同，彼特鲁舍夫斯卡娅的小说反映的大多是社会生活的阴暗面，对人类的永久主题如爱情、婚姻家庭以及生死所进行的解构和颠覆。她与托尔斯泰娅、别耶楚赫等被并称为俄罗斯“别样小说”的领军人物。

“文学不是检察院”是彼特鲁舍夫斯卡娅著名的文学创作观。从 20 世纪 80 年代末起，彼特鲁舍夫斯卡娅的作品吸引了世界范围内越来越多的读者关注，并逐渐成为他们的精神财富。有时，她的作品甚至会引起文学爱好者和职业评论家之间的激烈辩论。

“残酷的生活斗争”是彼特鲁舍夫斯卡娅小说中一个非常重要的主

题。她认为,日常生活就是为生存所进行的残酷斗争。因此,她的小说中经常会有对"真实的令人打冷战的现实"[①]的细致描写,对死亡(病死、自杀、凶杀、难产死亡等)毫不吝啬的刻画。因此,其作品风格充满了灰暗的色调,如《瞭望台》《去一个美好的城市》、系列短篇小说《东斯拉夫人之歌》等。

"母爱"是彼特鲁舍夫斯卡娅小说中着力描写的另外一个非常重要的方面。她小说中描述的母爱有两种表现形式:一种是传统的母爱表现形式:充满了温情、温馨和呵护,如短篇小说《通向美好的城市》《新哈姆雷特们》等,浸满的母爱温情令人不禁为之动容;另外一种则与上一种背道而驰:尖酸刻薄、粗鲁、疼痛、憎恨、折磨等等。但作品中这种常态的表现形式表达的却是隐藏在人物内心深邃的母爱,如中篇小说《午夜时分》、短篇小说《自己的圈子》等。

"修辞复调"是彼特鲁舍夫斯卡娅作品语言的"标签",她可以把"语言垃圾"运用到小说中,却能令人难以置信地使文本明白易懂;能够娴熟敏捷、毫不拖沓地从一种讲话方式转换到另外一种讲话方式,同时又能避免文字游戏。可以证明这一点的作品有很多,如上文提到的中篇小说《午夜时分》、短篇小说《自己的圈子》《东斯拉夫人之歌》等。

彼特鲁舍夫斯卡娅是俄罗斯"奇幻小说"界的独领风骚者。获得"世界奇幻奖"这一殊荣对于她来说完全出乎意料,因为她本人从未把自己定位为奇幻作家。在俄罗斯,彼特鲁舍夫斯卡娅的作品常常被冠以"恐怖""胡扯"的代名词,总会引起读者心中莫名的不快。然而在欧洲和美国,尽管其作品也会引起类似的感受,但欧美人却用不同于俄罗斯人的方式解读她的作品。因此,彼特鲁舍夫斯卡娅在欧美享有盛誉。"俄罗斯之声"记者塔季亚娜·卡尔佩琳娜表示,彼特鲁舍夫斯卡娅是"本地栽花异域香"的作家。她的作品风格独特,既有对令人惊悚的场景的细致刻画,又

---

① 陈方:《彼特鲁舍夫斯卡娅小说的"别样"主题和"解构"特征》,《俄罗斯文艺》2003 年第 4 期。

有安徒生式的光芒普照。除了获得“世界奇幻奖”的英文版文集《有一个曾设法杀死邻居孩子的女人》,这些特点在《来自地狱的音乐》《两个王国》《新区》等作品中都有极为详尽的体现。

2.1.1.2　戏剧作品中的“现场录音机”

彼特鲁舍夫斯卡娅的戏剧作品大多创作于苏联时期的70年代初至80年代末。与当时主流的戏剧创作主题和诗学特征相比,她的戏剧作品不啻为异类。她以极其细腻、逼真的笔触,描写了现实生活中的诸多场景。与主流剧作家不同的是,她从不粉饰现实,即使现实是那么令人沮丧甚至痛心,她也从不为迎合主流意识形态而虚构生活中不存在的正面人物。她的戏剧作品中常常呈现出掩盖在华丽的社会主义外表下普通人日常生活的艰辛画面。其笔下所描绘的现实生活图景,以高度的真实尖刻地嘲讽着所谓“发达社会主义”的神话,如《待客之道》《琴查诺》《三位蓝衣姑娘》等。作家对人们道德和精神层面的细致刻画表明,在日渐紧张的生存压力下,人与人之间的关系冷漠到了极致,人们已逐渐背离传统的道德价值观。她还通过对酗酒现象的描绘揭示了人们精神上的空虚和本性的迷失,如《一杯水》《待客之道》《琴查诺》等。同时,作家对女性和儿童的精神生活和命运给予了持久关注,作品中描写了他们身体上的遭遇和心理上的痛苦,如《一杯水》《琴查诺》《斯米尔诺娃的生日》等。

彼特鲁舍夫斯卡娅戏剧作品中充斥着反主流、反传统的戏剧语言以及各种后现代修辞手法,这也就不难解释为什么20世纪70年代至80年代许多剧院(甚或是业余剧院)必须半地下地上演她的作品。她的剧本好像是“录制了现代人口语”的磁带,被称为“现场录音式的”作品,它们把人们的现实生活场景再现到了极致。作品的结构是模糊的,没有泾渭分明的“黑白”冲突,没有对主人公众口如一的评价。

90年代初,苏联解体以后,随着社会和思想意识形态的变化,人们的思维方式也得到了前所未有的解放。彼特鲁舍夫斯卡娅在戏剧创作上的突破和创新,逐渐得到了读者和评论界的认可和高度评价,她因此也被一致公认为是“当今俄罗斯戏剧界最具代表性的剧作家之一”①。

2.1.1.3 遨游在童话世界中的现代人

近些年来,彼特鲁舍夫斯卡娅的童话作品在法国、西班牙、葡萄牙和德国相继出版。特别是在“世界奇幻奖”刚刚公布之后,来自东欧国家出版社的出版邀约纷至沓来,这至少从一个侧面说明,彼特鲁舍夫斯卡娅的童话作品得到了超越国界的认可。

彼特鲁舍夫斯卡娅认为,真正能够丰富人类存在价值的方式就是关注儿童。作家的同行德米特里·贝科夫(Дмитрий Быков)在接受“俄罗斯之声”采访时称,“今天的彼特鲁舍夫斯卡娅在孩子们中的知名度要远远高于在成年人中的知名度。”②她以充沛且丰富的情感进行创作,只有儿童才能对此作出恰如其分的评价并对她充满深深的谢意,而成年人往往紧锁心门,有时对于作家唤起其内心良知的尝试甚至报以仇恨和愤怒。

彼特鲁舍夫斯卡娅童话作品分为两类:儿童类和成人类。儿童类童话作品继承了传统童话作品在语言、结构、人物形象及风格上的特点,有完美的结局。这类故事使用讽刺性模拟的手法,“向孩子们揭示了童话世界生活秩序的完美与现实世界秩序的糟糕混乱之间的尖锐对立,旨在鼓舞孩子们确立透过现实展望未来的信心,从而理解生活的美好与崇高”③。彼特鲁舍夫斯卡娅认为,讲故事的人应该是残酷的,因为孩子未来的生活规划都取决于他。难怪德米特里·贝科夫说,“在彼特鲁舍夫斯卡娅童话故事中长大的孩子永远不会自高自大”④。这类童话作品有:

---

① 潘月琴:《试论彼特鲁舍夫斯卡娅戏剧创作的基本主题及诗学特征》,《中国俄语教学》2010年第1期。

② Татьяна Карпекина: *Людмила Петрушевская*-“*миссис антибанальность*”, http://rus. ruvr. ru/2010/10/29/30164215. html, 2010—11—28.

③ 唐逸红、徐笑一:《浅析柳德米拉·彼特鲁舍夫斯卡娅的童话创作》,《俄罗斯文艺》2009年第2期。

④ Татьяна Карпекина: *Людмила Петрушевская*-“*миссис антибанальность*”, http://rus. ruvr. ru/2010/10/29/30164215. html, 2010—11—28.

《幸福的小猫们》《大鼻子姑娘》《女孩的梦》《金发王子》《神奇的眼睛》等。

在成人类童话作品中,彼特鲁舍夫斯卡娅巧妙地把残酷与温情结合起来,从而激起人们对那些不幸的、被生活排挤的人的慈悲之心。该类作品同时涉及了几个童话传统:首先,以动物作为主要主人公:作家公然与故事中的主人公(动物们)展开戏谑的、讽刺性的对话,如《野生动物童话》;其次,使用英国作家刘易斯·卡洛尔(Льюис Кэрролл)作品中常用的英国式的荒谬手法,叙述荒诞世界里发生的荒诞故事,如《光明城》《两个王国》;再就是彼特鲁舍夫斯卡娅式的童话,也即作者独一无二的创作风格。代表这一特点的童话作品有很多,如《酷》《普罗博卡》等。作家童话创作中展现的这种多才多艺使得她的作品成为当代俄罗斯文坛的“彼特鲁舍夫斯卡娅现象”,也因此引起了越来越多的语文学家对她的作品进行深入细致的研究。

2.1.1.4　唱着20世纪流行歌曲的多才多艺的诗人老太太

很多人都知道作为小说作家、剧作家和童话作家的彼特鲁舍夫斯卡娅,但作为歌唱家兼诗人的她却鲜为人知。她不仅曾经从事过音乐方面的活动,而且还在实验歌剧院演唱过,在学校合唱团接受了多年的专业训练(她著名的剧作《莫斯科合唱》的题材正是由此而来,该作获得了多项戏剧奖)。出于对卡巴莱(Кабаре)[①]歌舞表演的喜爱,彼特鲁舍夫斯卡娅开了一家名为“一个作家的卡巴莱”的小剧院。其中的节目种类繁多,主要演唱20世纪的流行歌曲,演奏各国的经典旋律,如《凋零的叶子》《粉红色的生活》,还有被称为《最后一个星期日》的波兰探戈《疲惫的太阳》。在这个剧院的剧目中,既有写于战前波兰的《猫》,也有50年代最古老的摇摆舞,还有意大利及美国的歌曲,甚至有30年代芝加哥舞台剧中的狐步舞《老太你别急着过小路》,等等。

2010年12月3日,彼特鲁舍夫斯卡娅携其首张专辑在文学博物馆

① 西方国家有音乐、歌舞助兴的餐馆或酒吧。——本书作者注

自己的“世界奇幻奖”颁奖仪式上亮相。在颁奖仪式上同时展出的还有其他多项奖章、水彩画作品和纯手工制品。来自英国伦敦《金融时报》的记者和摄影师一行专程对此做了现场录制。在颁奖典礼上,她不仅作为一个作家,而且还作为一个艺术家登台致辞。

她的唱片《不要习惯于下雨》(首次发行量为 10 万张)唱响全世界。很少有作家会获得音乐大奖,而彼特鲁舍夫斯卡娅做到了——她是 2010 年度最佳“金滴水嘴”(Золотая Горгулья)独立奖得主。但令人遗憾的是,没有一个外国记者对她的歌曲的歌词作出适当的评价,而这对于彼特鲁舍夫斯卡娅的“卡巴莱”来说却是极为重要的,因为那些曲目都是 20 世纪的流行歌曲、经典旋律。而被她幽默地称为自由译作、非自由译作和半自由译作的那些作品,实际上都是她的原创诗作。彼特鲁舍夫斯卡娅的歌常常是小型的舞台戏剧,其歌曲恒久不变的主题永远是高涨的激情、滑稽而又徒劳的爱情、偶然的约会、完全走样的生活以及突然的永别,如老歌《猫》,等等。

作家彼特鲁舍夫斯卡娅还进行诗歌创作。她的作品集《曲解的悖论》包括以下内容(尽管诗人不认为其中的作品是诗):“曲解的悖论”“短小的史诗”“卡拉姆津乡村日记”“城市日记”四个系列。她不仅运用传统和自由诗学相结合的形式,同时还根据古代民间小调、民间滑稽戏和流浪江湖的百戏艺人常用的手法创作出自己独有的、彼特鲁舍夫斯卡娅式的诗歌创作风格,并将其娴熟地运用到该作品中。作品充满了悖论意象,关于这一点仅从该书的书名便可得知——“生活好比是按照一些滑稽可笑的规律构建而成的。”[①]

综上可以得知,彼特鲁舍夫斯卡娅本人的生活及创作道路并不是一帆风顺的,但是作家并非像其作品中展现的那种灰暗格调一样是一个阴郁、毫无生气的人。相反,她是一个对生活充满了热爱、对现实极具独特

① Петрушевская Л. С. *Парадоски*, СПб.: Амфора, 2008. С. 4.

洞察力的人,是当代俄罗斯不可多得的作家。作家生平及创作道路的曲折无疑会对她的小说创作产生深远影响,这一影响自然会体现在作品中,读者对这一影响的抽象总结对于构建出作品中作者形象的一个重要剖面起着至关重要的作用。有的读者对彼特鲁舍夫斯卡娅创作的误解源自没有真正地抓住作品的精髓、核心——作者形象。

2.1.2 彼特鲁舍夫斯卡娅的小说创作

2.1.2.1 彼特鲁舍夫斯卡娅小说的语言

很多人读彼特鲁舍夫斯卡娅的作品都会有这样一种感觉,好像作者本人的声音是从嘈杂的人群中传出,而后又飘向大街上的人群声中。彼特鲁舍夫斯卡娅不回避把很随便的口语音节引入作品,她很喜欢也很善于倾听人群中的话语。在一次采访中她指出:“我们被夹在人群中。人群在说话。人群中的人们是不可能克制自己的,因而不停地说啊,说啊。……噢,我们伟大的、强力的、真实的、自由的口语,它说到什么算什么,但却从不说谎。这个语言从来都不肮脏。”[①]因此,这也就不难解释,为什么她的小说中总是充满了“场景式”语言。

“文学不是审查机关”是彼特鲁舍夫斯卡娅著名的创作观。她指出,“作者的作用不是努力地唤起各种情感,而是自己不能远离这些情感。作者应该成为情感的俘虏,然后力图从中挣脱出来,并最终写出点什么,以求解脱。也许那时,这些思想和感受就会沉淀在文本中,并且只要以他人的眼光(进行理解的人的眼光)深入字里行间,这些思想和感受就会重新出现。”[②]这一点很吸引读者和观众(指戏剧观众)。因此,很多研究者认为,彼特鲁舍夫斯卡娅的创作属于“自然主义流派”,指出,她作品中表现出的就是自然主义式的真相。的确,最普通不过的生活以特有的节奏和

---

① Лейдерман Н. Л., Липовецкий М. Н. *Современная русская литература*, М.: ACADEMIA, 2003. С. 519—520.

② Радзишевский В. *Прямая речь Людмилы Петрушевской*, http://magazines.russ.ru/druzhba/2003/10/radz.html, 2003—10/2010—10—23.

语言出现在彼特鲁舍夫斯卡娅的小说中,这让一些研究者有充分的理由认为,彼特鲁舍夫斯卡娅的创作的确属于“录音机式的现实主义”。就连彼特鲁舍夫斯卡娅本人有时也会有意提到类似的说法:“我的工作场所在广场上,在街上,在海滨浴场,在人群中。他们正在给我口述话题,有时也会有整句整句的话。关于这一点连他们自己都没有意识到。”[①]遗憾的是,研究者并没有发现彼特鲁舍夫斯卡娅的另外一番话:“但不管怎么说,我仍然是个诗人。我看到了你们每一个人。你们的痛苦就是我的痛苦。”[②]2000年夏,在俄罗斯电台的一次采访中,彼特鲁舍夫斯卡娅说道:“我选择自然,但要给它一种新的颜色。”[③]斯特洛耶娃(М. Строева)曾经认为,彼特鲁舍夫斯卡娅的作品是“自然主义的真相”。后来,斯特洛耶娃又指出,正是“童话”经验使女作家如此敏锐地看到生活的丑陋,“使她不把现实认作绝对的必要,除了生活,还有某个将会有的生活。”[④]最近这些年,彼特鲁舍夫斯卡娅都在紧张地为成年人创作童话。还是在那次广播节目中,她指出:“小说要有悲伤,而童话则要有光明。”[⑤]

苏史琳娜(И. К. Сушилина)认为,要研究彼特鲁舍夫斯卡娅的创作,就不能在时间上与之较为接近的文学语境中进行,而应该在俄罗斯经典文学传统的轨道中研究。[⑥] 她认为,这一传统中与彼特鲁舍夫斯卡娅最为接近的作家首先是契诃夫(А. П. Чехов)。彼特鲁舍夫斯卡娅的创作与契诃夫的创作在类型上非常接近,主要表现在以下方面:1. 主题(中等

---

① Радзишевский В. *Прямая речь Людмилы Петрушевской*, http://magazines. russ. ru/druzhba/2003/10/radz. html, 2003—10/2010—10—23.

② Там же.

③ Там же.

④ 转引自:Сушилина И. К. *Современный литературный процесс в России*, М.: Изд-во МГУП, 2001, С. 130.

⑤ В. Радзишевский *Прямая речь Людмилы Петрушевской*, http://magazines. russ. ru/druzhba/2003/10/radz. html, 2003—10/2010—10—23.

⑥ 转引自:Сушилина И. К. *Современный литературный процесс в России*, М.: Изд-во МГУП, 2001. С. 130.

知识分子的日常生活）、体裁（篇幅不长的短篇小说形式）和言语要素（口语）、作者视角（不存在作者对主人公明显的态度表达，拒绝对主人公评头论足）；2. 对艺术的意义和使命的理解。在这一意义上，契诃夫的观点与彼特鲁舍夫斯卡娅对文学的态度竟然出奇地接近："艺术家不应该是想当然的法官，而只应是公正的见证人。我听到两个俄罗斯人关于悲观主义的谈话，这些话乱七八糟，不能解决任何问题。我应该把这个对话以听到什么就表达出来什么的方式表达，而对这个对话作出评价的应该是陪审员，即读者。我的任务只是做个有才华的人，善于把重要的证词和不重要的证词区分开来，善于说明人物并用他们的语言说话。"[①]

在契诃夫的这段表述中，明显地表现出作家对创作所持的去意识形态化的态度。在彼特鲁舍夫斯卡娅的创作中，我们同样能够发现类似的态度。她拒绝对自己的主人公评头论足，而是让读者自己沉入生活的洪流之中去感受。

彼特鲁舍夫斯卡娅独特的对话式语言具有杂糅的语法、搞笑的修辞错误，这种语言反映了人与人之间关系的改变、错位、不正常。彼特鲁舍夫斯卡娅主人公语言中的反常性表现出他们所能达到的最大限度的自由，揭示了在各种生活状况的约束中，他们只有在语言中才能感受到自己是自由的，只有在话语中才能表达自己的"我"。

彼特鲁舍夫斯卡娅的叙述语调最大限度地接近日常话语的语调，充满了俄罗斯人在排队、吸烟室、办公室和实验室中的话语成分，充满了家中吵架时和友好的节日酒宴时的话语成分。但彼特鲁舍夫斯卡娅一定会对这种接近日常话语的语调进行某种改变，而且这一改变丝毫不是源于普通的讲述体，而是有意地对其加以夸大，并为它增添某种逻辑上或者语法上不正确的，但又难以察觉的成分。这些改变有时出现在作者兼叙述

---

① 转引自：Сушилина И. К. *Современный литературный процесс в России*, М.: Изд-во МГУП, 2001. С. 130.

者的话语中，有时出现在所谓的独白中。因此，作者和主人公之间的距离无形中缩小了。彼特鲁舍夫斯卡娅作品中的修辞变化形成一种形而上学式的"穿堂风"效果：极端细致、详细说明的场景在不失具体事实的同时，突然变成劝谕寓言、比喻性寓言，这种劝谕寓言好像透过具体的情境从内部照亮了人们的灵魂。

2.1.2.2 彼特鲁舍夫斯卡娅小说的时空

文学作品中的艺术世界与现实世界紧密相连。离开空间和时间，作品的艺术世界也就不复存在。而艺术世界中的时间和空间同样是彼此联系、密不可分的，它们是反映现实存在的两种形式。巴赫金提出了"时空体"概念来表示二者之间的密切关系。关于时空体概念，巴赫金是这样界定的："文学中艺术地运用的时间和空间关系本质上的相互联系，我们称之为时空体(就是直接翻译的时空)。……时间和空间是密不可分的，时间好像是空间的第四维。此处的时空体指的是文学的形式内容范畴。时间标志在空间中展开，空间通过时间得以理解。"[①]他认为，时间和空间关系具有情感性和评价色彩。在《长篇小说中的时间形式和时空体形式》中，巴赫金指出："时空体可以是田园诗式的、神秘剧式的、狂欢化式的，有道路时空体、门槛时空体(危机和转折)、还有每天都是无聊透顶的生活的外省小城时空体。"[②]这些时空体类型大量出现在彼特鲁舍夫斯卡娅的小说中，如《我到过哪里》《黑大衣》《一位迷人的女士》中的道路时空体，《自己的圈子》《宛如霞光中的花朵》中的门槛时空体等。除了以上几种时空体类型，大城市的生活时空体同样是彼特鲁舍夫斯卡娅小说中的一种重要类型，它具有影响女性的紧张的生活节奏，近乎赤贫的生活以及濒临生存边缘的境况的特点。这种类型在《午夜时分》《永远不再》中体现得尤为

---

① Бахтин М. М. *Формы времени и хронотопа в романе*//Бахтин М. М. *Вопросы литературы и эстетики*, М.: Худож. лит., 1975. С. 234－407.

② 转引自：Пушкарь Г. А. *Типология и поэтика женской прозы гендерный аспект*: дис. ... канд. филол. наук. /Ставропольский гос. Ун-т. Ставрополь, 2007. С. 133.

充分。彼特鲁舍夫斯卡娅的小说常常让人感到时空的惊人浓缩,时间有时甚至会浓缩到瞬间,而主人公的生活空间也如此地封闭、狭隘,以至于变成了一个"点"。因此,读者不论读作家的哪部小说,他们的神经永远都紧绷着。

彼特鲁舍夫斯卡娅的小说极为关注主人公毫无出路的生存状况。作品中的日常生活现状刻画得越细致入微,读者所产生的关于主人公生存状况恶劣程度的无以复加感和荒谬感就越发强烈。普罗霍罗娃在《作为作者世界图景组成部分的时空体——以彼特鲁舍夫斯卡娅小说为例》一文中指出,"在这个世界上,人是害怕孤独的。但主人公的孤独是另类的,是处于人群中的孤独,是处于满屋人中的孤独,是在亲戚朋友中的孤独。彼特鲁舍夫斯卡娅作品中的时间和空间特色恰恰与此有关。"[①]需要指出,"文学在对时间和空间的把握上具有独特性。"[②]下文就以彼特鲁舍夫斯卡娅小说为例来分析其中的空间和时间特点。

A. 彼特鲁舍夫斯卡娅小说的空间

空间在造型艺术和文学艺术中所呈现的特质是不同的。在造型艺术,如雕塑、绘画中,空间是直接的,是切切实实可被感知的,也是直观的。但是在小说中,空间是间接地、通过联想而被感知接受的。哈利泽夫认为,文学中的空间图景有不同类型:"封闭的空间形象与开放的空间形象,地球空间形象与宇宙空间形象,现实可见的空间形象与想象中的空间形象,关于身边的物体的概念与远处的物体的概念。"[③]现实空间与文学中的空间图景之间存在什么样的关系?雅科夫列娃(Е. С. Яковлева)对这一问题有自己独特的阐释:"俄语语言意识中,空间图景不简化为任何一

---

① Прохорова Т. Г. *Хронотоп как составляющая авторской картины мира (на материале прозы Л. Петрушевсой)*: Международная конференция Языковая семантика и образ мира, Казань, 1997.

② 转引自:[俄]瓦・叶・哈利泽夫:《文学学导论》,周启超等译,北京:北京大学出版社,2006年,第272页。

③ 同上书,第273页。

个物理—几何原型:空间不是简单的一堆客体的装载物,而是相反,它是由这些客体构成。因此,在这个意义上,空间对于客体来说是次生的。"①

显然,现实中的空间和文学艺术中的空间有很大差异。那么,空间有哪些类型?不同的学者对这一问题的回答是不同的。较具代表性的是以下分类:1. 玛特维耶娃(Т. В. Матвеева)分出了客观空间和主观空间,概念空间(逻辑抽象层面客观空间的变体)和艺术空间(塑造空间艺术形象的主观空间的变体);2. 帕宾娜(А. Ф. Папина)把空间分为现实艺术空间和非现实艺术空间;3. 尼科琳娜(Н. А. Николина)则把空间分为开放空间和封闭空间,扩展空间和压缩空间(这是就人物或者某个所描写的客体而言的),具体空间和抽象空间,人物实际可见的空间和想象的空间。②

当然,不同的研究者根据不同的标准可以划分出更多的空间类型。但是,对我们的研究而言,重要的不是空间类型的多少,而是哪个或者哪些空间类型有助于本书研究。就本书而言,艺术空间(不同学者的命名并不相同,如上文所列的非现实空间等)的意义显得尤为突出。

尼科琳娜给文学语篇的艺术空间下的定义是:"空间是语篇空间形象的体系,是语篇事件在空间上的组织,这种组织与作品的时间组织密不可分。"③艺术空间与艺术时间在文学语篇中构成一个统一体,是作者创造的审美现实的形式,是反映作者创作意图的手段之一。"文学语篇中的艺术空间可以分为叙述者(讲述人)空间和人物空间,两者的相互作用使整部作品的艺术空间变得多维、立体、丰富。"但必须看到,叙述者空间和人物空间的地位是不同的,前者对于形成语篇完整性、达到语篇内部统一起主导作用。④ 叙述者视角的移动有助于统摄故事描写角度,对于语篇的叙述结构起着不可忽视的作用。然而,文学语篇的艺术空间与作者形象

① 转引自:Болотнова Н. С. *Филологический анализ текста*, М.: Флинта, Наука, 2009. С. 178.

② Там же. С. 179.

③ Николина Н. А. *Филологический анализ текста*, М.: Академия, 2003. С. 145.

④ Там же. С. 149.

是如何产生联系的？尼科琳娜指出，“语篇中被再现的事件的空间特征通过作者（叙述者、人物）的接受表现出来。”[1]这样，文学语篇的空间与作者形象之间就形成了一种间接的反映与被反映的关系，它们之间的中介就是作者（叙述者、人物）的接受。

彼特鲁舍夫斯卡娅作品中呈现的大多是封闭的、狭小的空间形象，她的主人公总是被限制在苏式宿舍楼里：公用厨房、洗澡间、走廊和门厅。她们总是试图躲进自己的寸土之地并固守其中。对于她们来说，这些狭小封闭的空间就是拯救、存活的同义词，是一个特殊的圣地，她们乐于生活在这样的空间中。

彼特鲁舍夫斯卡娅作品中充满了厄运来临之感。她小说中的主人公都生活在狭窄的世界里，几乎很少有与外界空间的充分接触，因为她们关注的重点不在外界，而在于为自己和家庭成员争取到哪怕是一点点的额外空间，如《午夜时分》中，安娜为了让自己的女儿阿廖娜和儿子的生活空间更宽敞，不惜一切手段赶走阿廖娜的丈夫。

城市空间是彼特鲁舍夫斯卡娅女主人公的居住环境，作家有时仅通过寥寥数笔就勾画出这种环境，如《一位迷人的女士》中通过打出租车这个常见的生活场景描绘出这样一种空间环境：一个男人坐在出租车后座上，脸对着车窗外的上方露出告别的笑容。他的笑容是笑给车外一位年轻的“迷人的女士”的，他就要和她永远告别了。读者所得知的关于他和她的情况都归为一点：告别。这个场景没有展开，而是受到了作者的高度浓缩。彼特鲁舍夫斯卡娅根据“打出租车”这个情景补充了许多细节，使读者明显地感受到生活中的场景都淋漓尽致地表现了出来。彼特鲁舍夫斯卡娅小说中情节的浓缩似乎表明：叙述者内心正在经历着一种不同寻常的波澜，好像正是这种内心的波澜使小说不能彻底展开，使叙述者不能平稳地叙述事件，只有通过一个巨大的平台才能仔细思考一些琐碎的细

---

① Николина Н. А. *Филологический анализ текста*, М.: Академия, 2003. С. 149.

节。这种情况在《雷击》中也有鲜明体现。

莫斯科、彼得堡这样的大城市是男作家笔下的女主人公非常向往的城市空间,它们象征着俄罗斯人民对祖国炽热的爱之聚焦的地方。但是,这一象征在彼特鲁舍夫斯卡娅小说中被无情地去神话化了。女作家作品中的女性不再像契诃夫剧本里的女主角那样向往莫斯科,因为她们自己就住在这里。她们在这里接受良好的教育(如《自己的圈子》中的人物都拥有大学学历),在这里工作,而这些都是契诃夫笔下的女性梦寐以求的。但是,生活在梦想空间中的彼特鲁舍夫斯卡娅的女主人公们生活得比契诃夫的三姊妹更加灰暗:她们没有美丽的梦想,没有体面的工作,从来不参加娱乐活动,没有奢侈品,就连收藏一套茶具都要考虑是否有它们的容身之所。生活在城市大空间的女主人公们在自己狭小的空间里时刻忍受着孤独、贫穷、被抛弃的痛苦。她们的母亲所住的公寓房拥挤不堪,她们的男朋友不提供住所,所以,她们只能挤在母亲又破又挤的房间,睡觉时连四肢都不能伸开。可以说,她们实际上并没有栖身之所,过着难以想象的窘迫生活。彼特鲁舍夫斯卡娅小说中所呈现的城市空间彻底瓦解了苏联主流意识形态所宣扬的女工神话。

女作家作品中呈现的城外空间与乡村题材的小说中所描写的空间是有区别的,如在生活方式和居住环境上表现出来的差异。而且,女主人公对这种生活方式和居住环境的态度也完全不同。“我们用不很多的钱买下了我们的房子,它就那么长久在那里空着,父母为我的健康考虑,打算只在六月末去那里一次,是去那里摘草莓,然后八月份回到城里。……买来这个房子似乎是为了逍遥自在,我们就住在这座房子里,经常用,但从未做过任何修缮。”“这个房子位于莫拉河后一个偏远荒芜的村子里,而且只有带上足够多的食物才能去这所房子”。尽管故事空间发生在城外,但是,空间内部即乡村房子内部的结构和布置的功能几乎与城市住房的内部空间布局如出一辙。“女孩的房间里有个儿童床,一个折叠床,一个装有全家人东西的上了锁的小衣柜,地毯,放书的书架……”(《新鲁滨逊们》)。而在乡村题材的小说中,空间结构呈现出地道的农村格局。

彼特鲁舍夫斯卡娅的小说《穿过旷野》结尾时等待主人公的是"温暖的房子",房子里的朋友们围坐在桌子旁,吃着热乎乎的饭菜。房子和朋友的温暖使主人公久经磨难的心也感到温暖起来。女讲述人认识到,"明天,甚至就在今天,又会有人使我被迫地远离温暖和光明,再次把我一个人丢下,我被迫走在雨中泥泞的旷野上"。小说中这个开放的自然空间和故事空间类似于人和人类的生活之路:风雨交加、电闪雷鸣、光秃秃的不毛之地。尽管在这片土地上已经播下种子,但暂时还没有长出任何东西。自然、各种经历、死亡等与主人公的无数次交锋考验了人在面对生活带给他的一切时所能施展的所有力量,小说的隐喻意义由此得以体现。

在《青涩的醋栗果》中展现的艺术空间也值得一提。这一空间通过对比表现出来,把孩子们所理解的神话般漂亮的结核病疗养院大楼与同样美丽的大自然及莫斯科的住宅进行对比。在小说的开头,读者看到的是一种俄罗斯经典文学作品中常见的空间抒情描写,这种描写具有高雅的浪漫风格。女主人公承认,这是一个梦幻般的幸福世界,有无数的小瀑布和青铜器上雕刻的花纹,是一个充满了神奇而伟大的爱情世界。但这个浪漫的世界在莫斯科那种环境下,在几家合住的拥挤的公寓和邻里之间是不可能存在的,在堆满了书架的女主人公的房间也不可能存在。那个梦幻般的世界在她的这个"睡觉都要在桌子底下的地板上睡"的地方怎么可能会存在?

女作家笔下的女主人公大都缺少成长和发展所需要的足够空间,这种令人窒息的狭窄空间与男权文学中广阔的空间形象形成鲜明对比:前者是门庭、走廊、公用厨房、洗澡间,而后者是红场、宽阔的大街、宏伟的建筑、苏联战争时期点缀城乡的英雄纪念碑。彼特鲁舍夫斯卡娅小说中的空间被压缩到了极致,这不能不说是对男权文学中空间形象的一种讽刺。从普希金到索尔仁尼琴(A. Солженицын),不论是作家本人还是他们笔下的主人公,无不为幅员辽阔的俄罗斯而欢欣鼓舞。但是,在彼特鲁舍夫斯卡娅那里,这种豪迈之情荡然无存,她对男权文学空间形象的解构也正体现在此,她作品中所呈现的空间形象特征反映出作者本人对艺术世界和社会存在的嘲讽,唤醒人们认清社会现实。这正是作者形象在彼特鲁舍夫斯卡娅作品中的表现形式之一。

B. 彼特鲁舍夫斯卡娅小说的时间

在语篇理论中,时间是这样一个范畴,即“借助于这个范畴,语篇内容与时间轴发生关联”①。研究者们同样也对时间进行了分类,他们分出现实时间和感知时间(主观理解的时间)、客观时间和主观时间。② 关于客观时间,玛特维耶娃是这样界定的:“当语篇事件与实际时刻、时期、个人生活的进程产生联系时,相对一致地反映在语篇中的实际时间就是客观时间。”③按照通俗的理解,主观时间应该与个人对时间的理解有关。勃洛特诺娃认为,“主观时间与个人对客观时间模式的理解密切相关。”④

波捷布尼亚把时间分为现实时间和艺术时间。当然,众所周知,宏观世界中的现实时间有单维性、连续性、不可逆性、有序性的特点。但在艺术时间中,所有这些特征都可能受到改变,它可能是多维的、可逆的、不连贯的、无序的,这与文学作品的本质有关。

尼科琳娜指出,“艺术时间是集有限时间和无限时间、个体时间和普遍时间为一体的统一体。”⑤作者对艺术时间的安排决定了语篇结构中时间视角的多样性。同上,艺术时间还是“作品审美现实及其内部世界的组织方式,是与表现作者观念、反映作者世界图景密切相关的一个形象。”⑥可见,艺术时间与作者形象之间就产生了一种间接的反映关系。具体到彼特鲁舍夫斯卡娅小说,其中的艺术时间同样反映出作者对艺术现实的

---

① 转引自:Болотнова Н. С. *Филологический анализ текста*, М.: Флинта, Наука, 2009. С. 173.

② Там же.

③ Там же.

④ Там же.

⑤ Николина Н. А. *Филологический анализ текста*, М.: Академия, 2003. С. 124.

⑥ Там же. С. 122.

态度，体现出作者的世界图景。

与空间范畴一样，在时间范畴中，对本研究意义重大的并不是时间的分类，而是哪种或者哪些时间类型。很显然，主观时间(或者感知时间)是本部分主要探讨的对象。如前所述，文学语篇中的时间和空间都是有情感性的，都具有评价色彩。

在彼特鲁舍夫斯卡娅的小说中，女主人公的内部空间是通过循环往复、周而复始的事件展开的，时间在女作家的文本中就是一些同类型事件的重复性、生活圈子的连续性。“圈子”的语义内涵要么体现在小说的标题中，如《循环》《自己的圈子》，要么在小说的开头就表现出来，如“朋友们一到周五就会聚在玛丽莎家”(《自己的圈子》)。彼特鲁舍夫斯卡娅常常把描写命运力量和致命境况的语句放在一个永远重复的语境中，这就赋予这些句子更为深刻的含义，如“但是一切照旧，塔吉亚娜开始埋怨一些思想和感情的重复，抱怨她有这样的感觉，好像她被赶进了一个需要她不断转圈的黑暗的笼子里。她抱怨总是在一个协会圈子和一个人际圈子里兜圈。”(《循环》)

女作家小说中时间的象征意义十分独特。她小说中的主人公遭受着各种痛苦：善、爱、友谊和母爱。尽管这些情感都是美好的，但它们却以变形的形式体现出来。因此，女主人公感受到的是无尽的折磨、痛苦，而这一切都反映出生存世界的危机状况。从生活的两个平行的时间流“日”和“夜”中，作家选择了“午夜时分”。中篇小说《自己的圈子》中的人物在晚上聚会；《午夜时分》中安娜·安德里阿诺夫娜晚上写笔记；《王国》中的母亲和女儿急于在晚上九点就关灯睡觉，以便早点进入自己的王国——梦乡；《布拉吉》的女主人公在晚上永远消失了。“夜”是人的居住环境，它字面上指作品中的行为时间，但这个时间的象征意义却暗指主人公生存状况的黑暗，是它摧毁了人身上人性的东西。

节奏是时间的表现形式之一。与现实中常常碰到的边陲小城那种单调乏味的生活不同，女性小说中展现的常常是大城市中影响女性的紧张的生活节奏。然而,女性在这种环境中却比男性更能承受紧张节奏带来的生活压力。即使这种生活转到别墅,生活的节奏依然没有改变,因为别墅也是城市生活的标志。彼特鲁舍夫斯卡娅小说中女主人公的生活也正是通过一种扭曲的时间形象表现出来,其中的时间好像是被切成许多部分,与独立、散乱而又无关紧要的事件相关。在《雷击》这篇小说中有这样一段话:“继而,已经完全不知道这些奇怪的关系为什么依然继续着,因为穿梭于两地的旅行已经结束了。结束的还有其他事情,如祖波夫的老母亲的死亡,玛琳娜自己主动去参加了她的葬礼。而其他重大的事情也没有什么。也就是说,玛琳娜和祖波夫的确曾有过一些事,但它们都已经是另外一回事了,已经不是玛琳娜和她前夫的关系的事,也不是为祖波夫的住宅弄到家具的事。”显然,彼特鲁舍夫斯卡娅的时间被一些无数次重复的词、大量的插入语拖滞,影响了事件的进程,故事时间因此难以很流畅地发展。比如,在这篇小说中,某一段中“可能”一词出现了六次,“正是”“这样”“最主要的是”等词也多次重复出现。

彼特鲁舍夫斯卡娅小说中的时间不仅常常表现为状态的变化(常常是反常的变化),还表现为主人公地位的变化,家庭和个人生活的骤变。在《自己的圈子》中,女主人公呆在谢尔日和玛琳娜的家时,家中充满了录音机的声音和阵阵大笑声,她此时强调说:“现在,她(指玛琳娜,本书作者注)是我的亲戚。您可以想象一下,但关于这一切都还早着呢!我的亲戚现在既有玛丽莎(玛琳娜的小称——本书作者注),还有谢尔日本人。就如塔尼亚说的,当参加我丈夫和谢尔日的妻子玛丽莎的婚礼时,我们的生活这种可笑的结局简直就是一种近亲之间的性关系。”

中篇小说《午夜时分》中,故事时间被讲述人的注释性说明、插入性事件不停地打断,时间流也显得不很流畅。这样的例子在这篇小说中俯拾皆是,特别是女主人公安娜·安德里阿诺夫娜在读女儿的日记时无数次的插话更是让时间像凝固了一般。“从和萨沙分手到现在已经过了两年,不算多,但是因为谁都不知道萨沙和我在一起住过。我们睡在一张床上,但他连碰都没碰过我!(我的注释:指安娜·安德里阿诺夫娜——本书作者注:这都是胡说八道,我这里一切都安排就绪了:让小孩坐下来,开始抚摸他的双手,劝他用鼻子呼吸,对,轻轻地,对对,就是这样用鼻子。别哭,哎,要是还有个人在身旁烧水就好了!……)""我们睡在一张床上,他没有碰我!我当时什么都不知道。(安·安·注释:下流无耻,真是下流无耻的东西,卑鄙!)我当时不知道是什么,也不知道怎么样,甚至还有些感激他没动我,我已经倦于照顾孩子了,整日弯腰照顾吉玛,所以腰总是疼,流了两个月的血,我没有办法向任何的女朋友可以问问是怎么回事,她们中还没有人生过孩子,我是第一个,我想,事情本就该这样吧(蠢啊,你真是蠢啊!要是告诉妈妈,我会马上就猜到,这个无耻的人是害怕她再怀孕啊!)我想,事情就应该是这样的,我不能那样等等之类的。他睡在我身边,吃东西(安·安·注释:没必要注释),喝茶(安·安·注释:打着饱嗝,撒尿,抠鼻孔),刮胡子(安·安·注释:最爱干的事),看会书,写他的学年报告和实验报告,又睡了,并不时轻轻地打鼾,而我是那么的爱他,忠诚于他,时刻可以吻他的双脚。我知道什么?我知道什么?(安·安·注释:可怜下这可怜的姑娘吧!)我只知道一件也是唯一的一件事:第一次,他提议晚饭后我们散会步。……"在这段摘录的短短的一段话中,女主人公的插话达七次之多,变形了的时间是这篇小说的一个典型特征:时间不再像故事时间那样顺序流淌,而是不断地被讲述人的插话、回忆等打断,甚至在正常进行的故事时间流中会插入另一层面的故事时间。

彼特鲁舍夫斯卡娅小说中的时间常常表现为以下形式:具有隐喻意义的"夜"、紧张而又单调的生活节奏、主人公在生活中的地位以及家庭关系的骤变、反常进行的时间流等。同时我们发现,女作家小说中的故事时间很少发生在白天。这并非是巧合,而是作者特定创作意图的体现。作品中呈现的这些时间特征,或者叫时间形象,与空间形象一样,同样反映出作者(叙述者)对现实的批判态度:白天对于彼特鲁舍夫斯卡娅的女主人公来说是奢侈的;紧张单调的生活节奏对于她们来说是必然的,因为她们没有体面的工作,不得不为了生计而奔波;主人公地位和关系的骤变表明,看似亲密的亲戚朋友关系根本就没有想象中那么坚不可摧,人与人之间是冷漠的;反常的时间流与紧张的生活节奏恰恰构成鲜明对比。时间的所有这一切表现形式无不反映出彼特鲁舍夫斯卡娅对现实的暗讽态度。因此,艺术时间是作者形象的另一种表现形式。

总之,彼特鲁舍夫斯卡娅小说中的时间和空间独具特色:叙述语流因不断被多次跳到"前台"的叙述者打断而显得异常缓慢,时空被浓缩为一个时间点和空间点,叙述者不断地对所述事件作出注释,表明自己的立场,这一切都反映出站在叙述者背后的作者的态度,从而有利于挖掘蕴藏于作品中的作者形象。

2.1.2.3 彼特鲁舍夫斯卡娅小说的主题

A. 反乌托邦

乌托邦最初的理解是指完全理性的理想共和国。反乌托邦是乌托邦的反义词,两者都是文学和电影艺术中的一种体裁和流派,只不过后者反映的是反面的理想社会。反乌托邦具体来说主要是反全权主义,反专制制度。

研究者关于乌托邦与反乌托邦本质的观点分为两大类:一类观点认为,反乌托邦是乌托邦的变体(В. Чаликова, В. Шестаков, Г. Морсон),另一类观点认为,反乌托邦是具有独特历史及传统的独立体裁(Н. Арсентьева, А. Зверев, Б. Ланин)。在文学研究及文学批评中,有一系列近义的术语:消极乌托邦、讽刺性乌托邦、想象中之暴政国(与乌托邦相对)、反乌托邦等,这些都说明了反乌托邦体裁界限的模糊不清。即使在一些术语词典中,关于反乌托邦及其特点的界定也并非十分清晰。

《文学百科词典》给出如下界定:"反乌托邦、消极乌托邦是与建立符合某种社会理想的社会有关的,危险的、致命的且不可预见的后果的反照

(通常是在文学散文中)。”[①]在《大百科词典》中,反乌托邦的定义是这样的:“在文学作品和社会思想中是这样一些关于未来的认识,这些认识与乌托邦相反,否定建立一个理想社会的可能,断言:任何把理想变为现实的尝试都必将导致灾难性的后果。”[②]

从历史发展的眼光看,反乌托邦选择了一种特殊的与乌托邦论战的形式,且是作为对乌托邦的修正而出现的。反乌托邦使乌托邦理想灌输到现实生活逻辑中,并勇敢地呈现这一试验的结果。反乌托邦中的模拟事件在时间和空间上都受到严格的局限,即都发生在一个独立的、封闭的、与世界其他地方隔离的地方所发生的巨大的灾难(战争、革命、生态灾难等)之后。叙述通常以第一人称进行,未来的图景好像是叙述者兼主人公直接从内部进行描绘的。因此可以说,“经典的反乌托邦是未来的艺术模型,它展示出通过程式化、时空体和主体体制的特别形式进行乌托邦式社会变革的可能的后果。”[③]乌托邦理想的悖论就在于:视为绝对的思想不可避免地要变为其对立面,而反乌托邦则揭开了这一悖论。

20 世纪反乌托邦保留了其固有的警告功能,保留了其结构中最重要的元素:程式化形式、时空体、主体体制。经典乌托邦的诸如“个人性”与“人类中心论”之类的特点为当代作家在文学空间中研究未来问题提供了可能。当代反乌托邦的具体形式多种多样:长篇小说、中篇小说、短篇小说、寓言、富有哲理的童话,等等。由此可以看出,反乌托邦是在与许多体裁的交叉中逐步发展的。

反乌托邦文学的开山之作应该被视为是扎米亚京的《我们》,这部小说与英国作家赫胥黎(Aldous Huxley)的《美丽新世界》和乔治·奥威尔

---

① 转引自:Маркова Т. Н. *Формотворческие тенденции в прозе конца xx века*: дис.... доктора. филол. наук./Уральский гос. Ун-т., Екатеринбурк, 2003. С. 291.

② Философия: *Энциклопедический словарь*, М.: Гардарики. Под редакцией А. А. Ивина. 2004. 此处文献源自:http://dic.academic.ru/dic.nsf/enc_philosophy/2013-5-17.

③ Маркова Т. Н. *Формотворческие тенденции в прозе конца xx века*: дис.... доктора. филол. наук./Уральский гос. Ун-т., Екатеринбурк, 2003. С. 291.

(George Orwell)的《一九八四》并称为反乌托邦三部曲。这些小说有一个共同的主题:生活在大一统王国(理性的理想社会)的主人公的思想逐渐发生变化,成为一个希望可以独立思考、有独特个性的真正的人。当做为人的最后一点存在价值(即幻想)被理性的大一统剥夺之后,主人公身上最后的人性也就荡然无存,他好像一部机器一样存活着,没有人性和自由可言。此时成为"机器"的主人公当然不会再去争取民主和自由了。这类反乌托邦主题的小说更为鲜明地反映出作者的态度,揭露现存社会和现有制度的诸多弊病,以看似理想的社会中的集权映射现实社会的政治制度和国家体制的不理想。因此,可以这么认为,反乌托邦是最为明显地表现作者形象的主题之一。这一主题在彼特鲁舍夫斯卡娅的小说《新鲁滨逊们》中得到了深化。

20世纪末,在存在主义危机的大环境下,许多当代作家开始紧张地寻求拯救人类之"我"的方式。《新鲁滨逊们》正是这一大环境的生动写照。"反乌托邦先前的保护个体个性,反对社会大一统的人类中心论被现象学的对待人的态度取而代之。人个体的、独立之'我'成为可选择的、社会的、历史的个性,同时也变成20世纪末众多艺术家研究的客体。如彼特鲁舍夫斯卡娅《新鲁滨逊们》的小说情节就是有由卢梭主义的从文明社会逃离到大自然的思想生发而来的。"①

新的鲁滨逊式的生活方式包含了两个不相容的特质:田园诗及末世论。小说正是从一个城市家庭到荒无人烟的乡间开创新的生活这一画面展开的。在小说《新鲁滨逊们》中,作家描写了一幅主人公逃离现实、逃离亿万人生活着的大都市,来到了一个荒芜废弃的小村子生活的画面。

但这里也并非他们想象中的世外桃源。村子里住着三个老太太,她们已经习惯了生活在饥饿、寒冷和贫穷中,她们已经与这种生活妥协了,

---

① Маркова Т. Н. *Формотворческие тенденции в прозе конца xx века*: дис.... доктора. филол. наук./Уральский гос. Ун-т., Екатеринбурк, 2003. С. 296.

孤独也已经成为她们习惯性的生活方式。村里居民的生存状况是严峻的,毫无出路可言:有人努力地要活过来,而有的人已经倦于无休止的为毫无意义的生存而斗争。

故事的主人公是这么一个年轻的家庭,他们什么都有:孩子、面包、水、爱。生活对于他们而言还没有结束,但是需要为此而斗争,与一切阻碍它的东西抗争。他们应该期望得到更好的东西,而不是去考虑任何不好的事情。在这种残酷的时刻,他们不能是软弱的人,不能是消极被动的人,否则就要为此付出巨大的代价。生活可以教给人们一切,可以教会人击败许多对手,也因此许多生活的教训会永远留在脑海中。所以,人应该有强大的意志力来对抗生活。但是,《新鲁滨逊们》中的主人公逃跑了,他投降了,他无力克服汹涌袭来的各种困难。当然,他这么做并没有什么不对,因为没有别的出路,他只能与世隔绝;然而从另一方面来说,他却是个无力与现状抗争的人。

男主人公好像对他独自处于"天涯海角"感到十分满意:现在除了自己,他不用依赖任何人。他再也看不到村子外发生的事情,他为自己的逃离而感恩命运。他们什么都有,但同时又什么都没有,他们所没有的最主要的东西就是未来,这也正是这篇反乌托邦小说的悲剧性意义所在:社会发展暂时停止,他们孤立于周围的世界,孤立于其他人。但是,这样的生活不会有任何好的结局,因此是不可取的。这篇小说描写的世界是毫无人性的,但彼特鲁舍夫斯卡娅努力向读者展示的正是这样一个简单的道理:是我们自己把世界变成了现在这个样子,我们自己才是有罪的,我们应该改造这个世界。彼特鲁舍夫斯卡娅在小说中表达了自己关于建设新的、有别于另一种生活的理想——人不应该逃避,不应该投降,也不需要没有意义的生活,人需要的不仅仅是生存。我们所有人都应该一起努力,为得到更好的生活而奋争。只有那样,世界才会有所改变。

这个反乌托邦小说的主题——逃离文明,逃离谎言、残酷、暴力,同时自我孤立于专制的极权制度之外。主人公不想顺从极权制度,顺从这个总是让人变成祭品的恐怖体制,因而从思想上与之对立。主人公认为,这个体制基本的矛盾是个人与他所处的文明之间的冲突,而文明的最终目的就是使生活在其中的人们绝对的不自由。他意识到了这一点,所以只有选择逃离。当来到这个被上帝遗忘的地方之后,他们开始建立新的生活和自己私人的小文明,希望在这里没有人打扰到他们,没有人来破坏他们如此努力达到的和谐。然而事实上,他们的结局注定是悲剧性的:看起来他们好像什么都有:有象征未来的莲娜和纳伊金这两个捡来的孩子,有阿尼西亚这个取之不尽用之不竭的人民智慧宝库,拥有私有财产、食物等等,但他们的存在却没有任何意义,因为他们没有真正的未来。

也许,正是"食物"这两个字才表现了作品的真谛。与世隔绝和完全脱离实际,这或许不是最可怕的。如果每个人都把生活仅仅视为温饱,那么活着还有什么意义可言？人与极权的冲突在彼特鲁舍夫斯卡娅的作品中得到了深化。作品主人公从大一统的苏联体制中逃了出来,希望逃到没有极权、充满自由的理想王国。荒芜蛮夷之地看似是主人公理想的栖息之所,但是却到处都暗藏着某种威胁人的未名力量。现实的残酷、那些象征苏联极权制度的难以名状的力量使主人公的乌托邦理想一次次破灭(如他们种的粮食一次次被盗抢;家园一次次被偷袭,不得不重新找更为隐蔽的地方造房建屋;一次次面临被人追捕),苏联极权像一双无形的黑暗之手时刻准备着把新鲁滨逊们抓回那个没有自由、民主和缺乏人性的国家。

从反乌托邦的发展进程以及对《新鲁滨逊们》的分析可以看出,反乌托邦或者反乌托邦小说的要素或者特征如下:否定大一统、理想社会的残酷现实、灾难性后果、理想破灭等。彼特鲁舍夫斯卡娅通过小说中的反乌托邦主题鲜明地表现出她对作品内外现实的态度。她的反乌托邦小说总是警醒人们:无论在任何情况下,人都不应该囿于自我世界,如果每个人都创造一个自己私人的小世界并封闭于其中,好像是贝壳中的海螺,默默地活着,睡觉,吃饭,那么未来有可能就会是这样。这样的前景难道不令人害怕吗？因此可以说，反乌托邦主题与作者形象之间产生的是一种直接联系，是反映与被反映的关系。

B. 彼特鲁舍夫斯卡娅艺术世界的永恒主题：爱与恨、生与死

彼特鲁舍夫斯卡娅的作品可被视为是描写女性从幼年到暮年生活的一套百科全书：从《薇拉历险记》《克拉丽萨的故事》《科谢妮亚的女儿》《王国》《谁答复》《秘密》《卫生》，到创作于 1990 年的“东斯拉夫人之歌”系列小说集，再到 1992 年的中篇小说《午夜时分》等。这一系列的作品反映了女性从童年、幼年、青年、中年直到暮年坎坷的生活经历，沿袭了她戏剧创作中主题层面（爱与恨、生与死等）的传统。

“死亡”是她作品中必不可少的主题。臆想存在（生命）的界限都在漏洞处，或者说在过渡地带。因此，只有对于旁观者来说，死亡才是存在的。将死的人自己只是到了另一个王国，到“其他可能的花园”，即到另一个现实中，尽管这个现实并不是很快，也不迥异于以前的现实。可以这样说，死亡本身在这里只是相对于生而言缓慢的异化，而且异化地如此之慢，以至于是生还是死都让人感到可疑。

死是人的意识的另一个界限，在这个界限之外，人的意识就变为神话：离开合理的可认识的生活，人迁居到“自己的世纪之歌”中，到冥府，到“新区”或者“有奇怪邻居的大理石镶面的豪华住房”里。彼特鲁舍夫斯卡娅作品中主人公的天堂是按照他们王国的规则安排的：天堂就是“吃得好”“不需要钱”（《海神波塞冬》）的地方，是“商店里有他们想要的一切”，“国外城市汹涌澎湃的真正的生活”，“冰箱里总是塞得满满的”（《两个王国》）。

彼特鲁舍夫斯卡娅作品中的此世与阴间、现实与超现实处于一种漫射状态，中间有一段很长的过渡。她的很多主人公都好像是一些处于非死非活状态的人，或者读者根本分不清楚主人公是已经死了还是仍然活着，她们好像是处于阴阳两世之间的过渡地带。主人公在这些相互排斥的空间中游刃有余地来回穿梭，通常甚至自己都不清楚穿越了哪些界限。

他们好像还没有发现自己已经死了,或者已经继续活着了。他们的确穿过了存在的隔板和墙壁。

彼特鲁舍夫斯卡娅的整个诗学都主张,“必须认识到,生活就是一个十足的悲剧。”[①]她作品中的自然性必须要以死亡范畴的存在为前提,确切地说就是必须要有生命的死亡、消逝。对于她来说,如果按照定义,自然周期所描述的和在远古原型中变得冷酷无情的生命逻辑必然是凄惨的,这一点十分重要。

最新的《东斯拉夫人之歌》,最新的到达天堂的方式——“到国外结婚”,使人想起一个神话母题——“与死亡的婚姻”。因此,在《两个王国》中划出人世间层面和形而上学层面之间的界限实际上是不可能的。感染错合原则是《两个王国》中不同层面重合的根据:“现实的”和“形而上学的”情节就像口语中两个概念的融合一样,形成不合情理,但可以被所有人所理解的话。这是彼特鲁舍夫斯卡娅短篇小说中构成可理解性的惯常方式。

彼特鲁舍夫斯卡娅的每个人物所经历的命运总是清晰地归为确定的原型:孤儿、丈夫或妻子、杀人犯、破坏者、妓女。“所有的‘新鲁滨逊们’、‘新格利弗们’和其他的人物,无一不是出自这些原型之列。这些形象只是同一些命运原型在文化上的间接表现。”[②]通常,彼特鲁舍夫斯卡娅只要一表现人物,就总是会确定一个原型,他或她的整个存在都会简化为此。彼特鲁舍夫斯卡娅对不同原型之间怪诞费解的相互转化表现出浓厚的兴趣。同时,人们对自然的依赖在今天的生活环境中所发生的巨大变化也时常给作家带来创作的源泉。令人难以想象的是,她对永恒的阐释恰恰就表现在这种瞬间的骤变上。

那么,到底是什么促使彼特鲁舍夫斯卡娅对自然作出这种神话式解

---

① Лейдерман Н. Л., Липовецкий М. Н. *Современная русская литература*, М.: ACADEMIA, 2003. С. 526.

② Там же. С. 521.

读？有研究者认为，在末世论语境中阐释自然是她最主要的诗学原则之一，这也许是对这一问题所给出的最合适的答案。[①] 因此，她的小说中最常见的场所就是生与死之间的门槛，其主要冲突就是孩子的降生和人的死亡，这些通常是不可分割、融为一体的。甚至在描绘十分普通的场景时，彼特鲁舍夫斯卡娅也总是让这一场景先转变为临界场景进行描述。

“爱”在彼特鲁舍夫斯卡娅的小说中是另一个常见的主题。但是，彼氏小说中的“爱”，如母爱、上辈对下辈的爱、男女之爱，等等与通常人们意识中的爱的表现方式却大相径庭，它们常常表现为那种扭曲的、变形的爱。在她的作品中，占据各种角色中心位置的常常是母亲和孩子。较好地描写这一主题的小说有：《自己的圈子》《科谢妮亚的女儿》《圣母的机会》《帕尼娅的可怜心脏》《母亲的问候》《小戈罗兹娜娅》《永远不再》，还有中篇小说《午夜时分》。也正是女作家的这部《午夜时分》使人们看到了一种极尽复杂而又充分地阐释了母子之间关系的方式，而这种方式对于彼特鲁舍夫斯卡娅来说是典型的。

像其他小说一样，彼特鲁舍夫斯卡娅在这部中篇小说中把日常生活冲突描写到极致。日常生活在她的小说中处于与阴间交界的某个地方，它要求人必须付出巨大的努力才会不致使自己陷入这一阴间。作者从卷首语就开始再三强调这一主题。从卷首语中我们得知，叙述者安娜·安德里阿诺夫娜已死，她自认为是一个诗人，死后留下了“桌边纪事”，这些笔记也构成了小说的主干，小说也是以“作者的死亡”（此处指“桌边纪事”的作者，即安娜——本书作者注）而告终。尽管作者并没有直接宣布叙述者的死亡，但通过情节可以猜测到这一点。

彼特鲁舍夫斯卡娅的小说情节大多以不可逆的损失为基础，这篇小说同样如此。母亲与子女失去联系，丈夫离妻子而去，祖母被送到遥远的

① Лейдерман Н. Л., Липовецкий М. Н. *Современная русская литература*, М.: ACADEMIA, 2003. С. 519.

精神病人收容所。女主人公安娜的女儿阿廖娜断绝了与母亲的一切联系，最可怕的是女儿从安娜那里抢走了外孙。主人公生存境况与很多小说中一样，丝毫没有得到改善的趋向，一如既往地极其紧张。从外表看，这完全是知识分子家庭的生活（母亲在报社编辑部兼职，女儿读完大学，而后在一个科研所工作）。但实际上，这种生活永远都处于十足的贫困状态：七卢布就已算是一大笔钱了，而一个免费的土豆已经被视为是命运的礼物。在这个小说中，吃饭总是件大事，因为每一小片面包都要精打细算。

《午夜时分》中的爱是痛苦的爱，痛苦、折磨即是爱的表现。正是这种理解决定了母亲和孩子们，首先是与女儿之间的关系。而且，彼特鲁舍夫斯卡娅作品中祖母——母亲——女儿毫厘不差的互相重复，一个跟着一个步前人后尘，甚至在一些琐事上都表现出惊人的一致：安娜猜忌折磨自己的女儿阿廖娜，就好比安娜的母亲西玛猜忌折磨她一样；阿廖娜的“堕落”（在安娜看来）完全类似于年轻时代安娜本人所做的冒险事；甚至小孩和祖母心灵上的接近（阿廖娜和西玛，季玛和安娜）都如此的相似，就连母亲抱怨女婿仿佛“过大”的胃口的说辞都代代相传：“母亲老是公开指责我丈夫。”不仅如此，小说人物自己也发现了这种重复性。但奇怪的是，没有一个人努力从已有的错误中吸取些什么教训，没有谁愿意做任何走出这样一个怪圈的尝试。一切都无休止地重复，而造成这一切的根源就是主人公的盲目无知或者社会境况所产生的压得人喘不过气来的重负。

田园诗原型关于命运的重复现象有另外的解释：“代与代之间位置的统一弱化了个人生活之间和同一生活不同阶段之间所有的时间界限。位置的统一拉近并融合了摇篮和坟墓、孩提和暮年，决定了所有时间界限的弱化，这种弱化有助于凸显对于田园诗来说典型的时间的周期性。”[①]根

---

① Бахтин М. М. *Вопросы литературы и эстетики*, М.: Художественная литература, 1975. С. 267.

据这种逻辑,我们面前的不是三个人物,而是一个,是处于不同年龄阶段(从摇篮到坟墓期间)的一个女性人物。因此,要想使后人吸取前人的经验是不可能的,因为人物之间的距离基本上是不可能存在的:这些人物都是周而复始循环的时间流上的一个点,他们互相流向对方,他们不属于自己,而是属于这个循环往复的时间流,带给他们的只有损失,只有破坏,只有失去。而且,彼特鲁舍夫斯卡娅强调各代之间这种统一的实体性即:摇篮是"香皂、夹竹桃、熨平的襁褓的味道",坟墓是"我们的排泄物和尿过的衣服"。[①]

各代生活中的重复标志构成彼特鲁舍夫斯卡娅《午夜时分》和其他小说的重要悖论:原来,家庭中自我破坏性的东西似乎反倒是家庭顽强生存下来且循环往复的形式。彼特鲁舍夫斯卡娅有意识地模糊时间、历史、社会语言集团的标志,这一秩序本质上是外时间的,是永恒的秩序。

也许正是因为这一点,安娜的死必然要在她脱离了依赖关系链之时来临:当她发现阿廖娜把三个孙子都带走的时候,她没什么人可牵挂了,所有的和仅存的存在的意义、生命的价值瞬间都荡然无存。可以这么认为,她正是死于对自己的孩子们和孙子们繁重的依赖中,这种依赖也是她那可怕的存在的唯一意义。阿廖娜在整部小说中都憎恨(而且是毫无理由的)安娜,然而在母亲死后,她却试图出版安娜的笔记。她总是称呼母亲为写作狂,现在却赋予这些笔记另外一番意义。这种做法在文学传统中已经成为老生常谈的手段,但是在彼特鲁舍夫斯卡娅的小说中却具有特殊意义:"它既象征着代与代之间的和解,也是对联系母亲和女儿的超出个人狭隘利益之秩序的一种承认。'笔记'本身正是由于这一秩序的超个人性,要求人走出家庭的藩篱,才使其也具有了普遍意义。"[②]

彼特鲁舍夫斯卡娅小说中的人物要想站稳脚跟只有一个办法——依

---

① Лейдерман Н. Л., Липовецкий М. Н. *Современная русская литература*, М.: ACADEMIA, 2003. С. 524.

② Там же.

附,依附于孩子,依附于弱者,依附于可怜的人,依附于"让自己变得更弱或者境况变得更差"的人或事。尽管这一解决方案并不预示着幸福,但这是唯一可能的走向心灵净化之路。没有这种净化,难以克服的生存圈子就没有意义。这种净化典型的例子就是《自己的圈子》中的母亲。母亲深知自己将不久于人世,因此,在一次圈里人的聚会上,她当着众多朋友和前夫的面狠狠地打了自己亲爱的儿子。她希望以此换取圈内人对儿子的同情,希望儿子在自己死后可以在复活节时去看望她,原谅她,理解她的良苦用心。换句话说,母亲牺牲了自己今天对孩子的爱,自己对他最后的爱抚,以此换取圈内朋友们的同情,从而让他们在她死后可以照顾自己的儿子。这种母爱是被扭曲了的、痛苦的爱。彼特鲁舍夫斯卡娅通过女主人公无奈的、最后的抉择淋漓尽致地再现了她以及她所在的圈子的生活现状。

不论是剧本,还是短篇小说、中篇小说,彼特鲁舍夫斯卡娅作品中的大多数主人公都没有战胜自己封闭的圈子,但她创作的目的就是要让主人公意识到,自己的存在是"不完美的",从而促使他们探索走出绝境的出路。彼特鲁舍夫斯卡娅使读者的注意力转向实际的,而非虚构的存在的意义。她的小说基本上都是反意识形态的,她否定社会主义现实主义文学的定型和神话创作成分,让自己的主人公淹没到具有各种各样的细节和问题的日常生活环境中。尽管小说中揭示了各种各样的问题,尽管作者的立场是客观公正的,但是主人公的声音,他生动的语调仍然会引起读者的体验与回应,而这正是彼特鲁舍夫斯卡娅的意图所在。爱与恨、生与死的主题尖锐地揭露了社会中存在的问题,从一个方面反映了彼特鲁舍夫斯卡娅对男权文学中这类主题的解构,反映出该类作品中的作者形象。

2.2 作者意识

2.2.1 彼特鲁舍夫斯卡娅小说中的作者意识及其表征

有的研究者认为，当代文学的一个典型特点就是它的自传性。[①] 列米佐娃(M. Ремизова)指出，当代小说中"叙述的主要主人公总是(或者几乎总是)讲述人。而且，讲述人部分地或者完全与作者重合。甚至在借某种有意的手法使作者和叙述者之间产生距离时，也不过是一种虚假的脱钩，是艺术手法上的约定。并且对于读者，甚至对于作者本人来说，他们都很清楚是谁在叙述和叙述的谁。在这种情况下，首要的也是最终的构建艺术文本的意向也正是讲述自己。尽管情节甚至与作者本人的生活履历不完全相符，他的声音依然是最主要的，也是最有分量的。从一开始，主要的声部就属于他，也只能属于他。"[②]不论讲述人是否与作者重合，他的身上都会留有作者本人的痕迹——作者意识。

通过研读当代女性小说，特别是彼特鲁舍夫斯卡娅的许多带有自传性质的小说作品，我们发现，这些小说中的讲述人在很大程度上比较接近作者，作者的意识也鲜明地体现在作品各个层面。罗戈娃(K. A. Рогова)指出，"与 20 世纪 20 年代的讲述体有别，'新浪潮'小说讲述体中的讲述人与作者本人最大限度地接近。而在 20 年代的讲述体中，讲述人主要体现在'方言'言语形式中。"[③]当代小说中讲述人与作者的接近增加了文本中作者兼人物的可信性。作家在成为小说的主要人物后，就会"把作者对

---

① Щукина К. И. *Речевые особенности проявления повествователя, персонажа и автора в современном рассказе* (*на материале рассказов Т. Толстой, Л. Петрушевской, Л. Улицкой*): дис. ... канд. филол. наук. /Санкт-петербурский гос. Ун-т. -СБП, 2004. С. 105.

② Там же. С. 105—106.

③ Рогова К. А. *О некоторых особенностях стиля «другой» литературы-литературы «новой волны»*. // Problemi di Morfosintassi delle Lingue Slave, №3. —Bologna, 1990. С. 14.

作品的思考、作品与现实的关系、整体上的创作过程等引入文本中。这些作者的注释(即作者的超文本)就构成了所研究的作品中特殊的亚结构"[①]。在文学传统中,作者关于作品的构思、创作过程、作品与现实的关系、作者的注释性文字等一般不会出现在作品中,这些是处于叙事交际模式之外的因素,而在彼特鲁舍夫斯卡娅的中篇小说《午夜时分》及《三种旅行,又名梅尼普可能》中,这些文本外因素则体现得非常明显。下文拟以这两篇小说为例,分别分析以上文本外因素与作者意识之间隐性关系的体现。

2.2.1.1 作品与现实的关系

在《午夜时分》的卷首语中,作者说明了小说素材的来源,即女主人公安娜·安德里阿诺夫娜的桌边纪事,也正是她的这本日记构成了小说的主体。

> Мне позвонили, и женский голос сказал:—Извините за беспокойство, но тут после мамы,—она помолчала,—после мамы остались рукописи. Я думала, может, вы прочтете. Она была поэт. Конечно, я понимаю, вы заняты. Много работы? Понимаю. Ну тогда извините.
>
> Через две недели пришла в конверте рукопись, пыльная папка со множеством исписанных листов, школьных тетрадей, даже бланков телеграмм. Подзаголовок
> « Записки на краю стола ». Ни обратного адреса, ни фамилии. (« *Время ночь* »)

这是《午夜时分》的卷首语,作者首先在这里交代了作品素材的来源,点明了作品与现实的关系:这是一位已故的、曾经是位诗人的母亲生前的

---

① Рогова К. А. *О некоторых особенностях стиля « другой » литературы-литературы « новой волны »*. // Problemi di Morfosintassi delle Lingue Slave, №3. —Bologna, 1990. С. 14.

类似于桌边纪事之类的手稿。

女主人公安娜·安德里阿诺夫娜在小说中数次强调她与现实中的安娜·阿赫玛托娃的关系:都是诗人,名字也一样,只是父称有那么一点点的差别。

> Я поэт. Некоторые любят слово «поэтесса», но смотрите, что нам говорит Марина или та же Анна, с которой мы почти что мистические тезки, несколько букв разницы: она Анна Андреевна, я тоже, но Андриановна. Когда я изредка выступаю, я прошу объявить так: поэт Анна-и фамилия мужа. (« *Время ночь* »)

不过,差别并不仅限于此。在整部小说中,安娜·安德里阿诺夫娜一直说自己是个夜间写作的诗人,但具体有什么作品并没有告知读者,直到小说最后也没有说出她的哪怕一首诗的名字,仅仅提到她的一本书即将出版。因此,可以说,安娜·阿赫玛托娃是被世人公认的成功的诗人,而安娜·安德里阿诺夫娜则是一个不知名的自诩为诗人的人。“小说文化上的继承性首先体现在两个安娜的对比中:公认的‘神圣的’阿赫玛托娃(还有‘卡列尼娜’)和未被公认的‘罪恶的’安娜·安德里阿诺夫娜。她的姓氏不为人知,彼特鲁舍夫斯卡娅以出版者身份赋予女主人公发出声音的权力。‘神圣的’阿赫玛托娃对于安娜·安德里阿诺夫娜来说就是后者未实现的同貌人。”①

作品与现实的关系体现在:不断地提到安娜·安德里阿诺夫娜与现实中安娜·阿赫玛托娃的各种联系;彼特鲁舍夫斯卡娅个人现实生活中的事件在作品中的复制;整部小说都憎恨安娜的女儿阿廖娜,在母亲死后主动约彼特鲁舍夫斯卡娅阅读母亲生前的手稿,等等。

在《三种旅行,又名梅尼普可能》中,作者不时地跳出文本,作品与现

---

① Науменко, Requiem по Анне (“*-А это вы можете описать?*”). http://www.proza.ru, html, 2009—06—27/2012—08—30.

实的联系表现得更为明显。作者在开篇指出,这是“幻想与现实”大会报告的会议札记,继而作者不断地穿行于三种旅行之中。

> Как это, погодите (*ПЕРВОЕ ПУТЕШ ЕСТВИЕ*): один старый человек очень хотел куда-то уйти.
>
> *Я ведь еще не написала это*!
>
> За всю свою длинную жизнь он и на море побывал, и в особенно любимых им горах, и на севере, и на юге. А я это не написала! Не успела!
>
> И теперь (*ТРЕТЬЕ ПУТЕШЕСТВИЕ*)......(«Три путешест вия, или Вазможность мениппеи»)(注:斜体为本书作者所加)

处于第三种旅行中的作者,实际上也是这部小说的主人公之一。她忽然想起第一种旅行中那个老人,想起自己是在写小说。这个逻辑似乎有些反常,作者既是写作小说的人,同时也是这部小说的主人公。而她潜意识中是要把第一种和第二种旅行中出现的人物作为主要主人公的,然而不知不觉地,自己却成为了这一角色。所以在小说中多次出现作者这种顿悟性质的内心独白。

不仅如此,作品中还多次提到这部小说体裁——梅尼普体,如紧接着上面所引的例子之后出现:

> ...я подумала о великом Данте, о его остроумной идее разместить своих врагов сразу в аду!
>
> Этот жанр называется «Мениппея», рассказ, действие которого происходит в загробном мире.

小说中多次提到作者正在参加一个国际性大会,提到大会的主题、宗旨,提到自己的大会报告等。

> И это тот доклад, который я, видимо, тоже уже не успела прочесть на конференции «Фантазия и реальность»!

> Но, поскольку наша конференция «Фантазия и реальность», созванная, по-моему, с одной исключительно целью-заполнить этот пустующий зимой отель-посвящена как раз теме фантазии, то мне будет позволено здесь поговорить о каком-то одном аспекте мениппеи, о проблеме перехода из реальности в фантазию.

与传统文学相比,彼特鲁舍夫斯卡娅小说中多次出现的作品与现实的关系使读者更为相信讲述人的言辞,作品中故事的可信度更高。

彼特鲁舍夫斯卡娅在作品中不时地呈现作品与现实之间的关系,这反映出其构建作品时的战略意向和策略意向,也反映出包括作者观点、叙述者形象及人物形象在内的作者的世界模式及该模式的核心,而这些被反映出的内容正是作者意识的核心要素。因此,作品与现实的关系与作者意识之间就建立起一种间接的反映与被反映的关系。

2.2.1.2 作者(叙述者)的注释

注释是指"对已有作品中的词语、内容引文、出处等所作的说明,也就是一种讲解。注释一般是针对作品的疑难处来进行说明,目的在于能使人们更准确、更完整地理解作品。注释需要注释者去搜集资料,进行考证、推敲、理解吃透原作品"[①]。对于文学作品来说,注释主要指的是文学的接收者对文学文本含义的揭示。童庆炳教授认为,文学解释有两条路线。"文学解释的目的就是要寻找文本的原始意义,即寻找作者赋予文学文本的意义。"[②]这是文学解释的第一条路线。"解释者不要去追求什么文本的原始意义,每个人都可以按照自己的理解去解释文学文本,甚至包括'误解'。"[③]这是文学解释的第二条路线。此处所涉及的注释或解释指的是文学接收者对文学文本的再创造,它与作者(叙述者)的注释有本质

① http://www.baike.com/wiki/%E6%B3%A8%E9%87%8A.html, 2014-6-22.

② 童庆炳:《谈谈文学解释》,《语文建设》2009年第10期。

③ 同上。

的区别。我们认为,两者的根本区别在于是否有作者意识的参与。很显然,在一般的文学注释或文学解释活动中,体现出的是接收者的积极能动性,或者说体现出接收者的文学参与意识;而在作者(叙述者)的注释活动中,体现出的是作者构建作品时的策略意向,体现出作者意识。在当代许多文学作品中,作者(叙述者)的注释有不同的表现形式。我们以彼特鲁舍夫斯卡娅的《午夜时分》《科谢妮亚的女儿》为例来分析说明。

与传统文学不同,彼特鲁舍夫斯卡娅作品中的注释性话语常常是叙述者话语中的一个独立部分,有时夹杂在叙述语流中,有时单列出来。读者往往通过书写手段就能辨认出来作者的注释性话语,如使用括号标注、单独成行或段、插入语等。这在《午夜时分》中表现得十分突出。安娜·安德里阿诺夫娜在把女儿的日记引入自己的笔记时,不断地插入自己的注释性文字。

> *Я стояла под душем с совершенно пустой головой и думала: все! Я ему больше не нужна. Куда деваться? Вся моя прошлая жизнь была перечеркнута. Я больше не смогу жить без него, но я ему не нужна. Оставалось только бросить себя куда-нибудь под поезд.* (Нашла из-за чего—А. А.) *Зачем я здесь? Он уже уходит. Хорошо, что еще вчера вечером, как только я к нему пришла, я позвонила от него м.* (Это я. —А. А) *и сказала, что буду у Ленки и останусь у нее ночевать, а мама прокричала мне что—то ободряющее типа «знаю, у какого Ленки, и можешь вообще домой не приходить»* (что я сказала, так это вот что: «ты что, девочка моя, ребенок же болен, ты же мать, как можно» и т. д., но она уже повесила трубку в спешке, сказав: «ну хорошо, пока» и не услышав «что тут хорошего»—А. А.). («Время ночь»)(注:此处斜体表示阿廖娜的信的内容。)

这样的注释在整个引文中随处可见。

> *...я научилась откликаться, я понимала, что веду его в нужном*

направлении, он чего-то добивался, искал и наконец нашел, и я замолчала, все

(все, стоп! Как писал японский поэт, одинокой учительнице привезли фисгармонию. О дети, дети, растишь-бережешь, живешь-терпёшь, слова одной халды-уборщицы в доме отдыха, палкой она расшерудила ласточкино гнездо, чтобы не гадили на крыльцо, палкой сунула туда и била, и выпал птенец, довольно крупный)

сердце билось сильно-сильно, и точно он попадал

(палкой, палкой)

наслаждение, вот как это называется

(и может ли быть человеком, сказал в нетрезвом виде сын поэта Добрынина по телефону, тяжело дыша как после драки, может ли быть человеком тот, кого дерут как мочалку, не знаю, кого он имел в виду)

— прошу никого не читать это

(Дети, не читайте! Когда вырастите, тогда—А. А.).

И тут он сам забился, лег, прижался, застонав сквозь зубы, зашипел «ссс-ссс»,... («Время ночь»)(注:斜体部分为女儿阿廖娜的日记内容。)

这些注释性文字一方面表现出叙述者的心情——急不可耐地要揭露事情的本质,本能地保护女儿免遭伤害(尽管她的焦急于事无补);另一方面,这些注释使叙述的速度和时间流都变得异常缓慢。注释手段表现出作者(叙述者)在文本构思及创作过程中的积极干预意识,是表现作者意识的一种直接方式。作者对艺术世界中的事件态度借助这一手段鲜明地表现出来。

... Я отрываю Тиму от Дениса с его машинкой, Тимочка озлоблен, но ведь нас сюда больше не пустят, Маша и так размышляла, увидев меня в дверной глазок! В результате веду его в ванную умываться ослабевшего от слез, истерика в чужом доме! Нас не любят поэтому, из-за Тимочки. *Я-то веду себя как английская королева, ото всего отказываюсь, от чего ото всего: чай с сухариками и с сахаром! Я пью их чай только со своим принесенным хлебом, отщипываю из пакета невольно*, ибо муки голода за чужим столом невыносимы, Тима же налег на сухарики и спрашивает, а можно с маслицем (на столе забыта масленка). « А тебе? »—спрашивает Маша, *но мне важно накормить Тимофея: нет, спасибо, помажь потолще Тимочке, хочешь, Тима, еще?* Ловлю косые взгляды Дениски, стоящего в дверях,...(« Время ночь »)(注:斜体为本书作者所加。)

叙述者兼主人公的安娜即使在她极度饥饿的时候仍然保留着应该保存的尊严,这是自己可怜的、最低限度的尊严。知识分子所共有的这一特点在《科谢妮亚的女儿》中也有鲜明体现,作者在小说一开始就明确表明自己的立场。

Всегда, во все времена литература бралась за перо, чтобы, описывая проституток,—оправдывать. *В самом деле, смешно представить себе, что кто-либо взялся бы описывать проститутку с целью очернить ее. Задача литературы, видимо, и состоит в том, чтобы показывать всех, кого обычно презирают, людьми, достойными уважения и жалости.* В этом смысле литераторы *как бы* высоко поднимаются над остальным миром, беря на себя функцию единственных из целого мира защитников этих именно презираемых, беря на себя функцию судей мира и защитников, беря на себя трудное дело нести идею и учить...(« Дочь Ксени »)(注:斜体为本书作者所加。)

此处的作者俨然是一个公正、善良的形象,正视社会现实,给予边缘人物(此处指妓女)充分的关注,发现他们的价值,因为每个人都有存在的权利。作者立场是鲜明的——文学应该为现实服务,作家应该承担起自己作为真正的人的使命,而不是高高在上并一味地指手画脚。

作者的注释性话语还包括使用插入语、插入结构等手段。

Лине, *короче говоря*, было все равно, настолько она второй раз уже не сопротивлялась ни болезни, ни смерти. (« Два царства »)

Она, *правда*, знала, что все может случиться—по своей прежней жизни,—в том числе и то, что моложавый, моложе ее Вася кого-то полюбит и уйдет. (« Два царства »)

Они тоже его не спрашивали. *По его мнению*, что-то действительно начиналось, не могло не начаться, он чувствовал это уже давно и ждал. Его охватила какая-то оторопь. (« Гигиена »)

从表面上看,插入语和插入结构对于句子意义的变化并不产生太大作用,对表达人物思想也不会有影响。但是,从语用角度看,这些语言插入现象在句子中并不是可有可无的。有时,语句的语用意义恰恰建立在这些插入语和插入结构上。范晓,张豫峰等人指出,"插入结构是在句中添加某些语用意义的成分。"[①]我们认为,除了可以添加语用意义,插入结构还体现出作者—叙述者的态度。上述三个例子中的斜体部分不但在语用上起着连贯前后文和解码提示的作用,同时还体现出作者对上述例子中人物的态度:前两例中的女主人公对现在的处境表现得很淡然,对一切都泰然处之,"короче говоря""правда"表现出作者对她的肯定;在最后一例中,"по его мнению"表明,紧接着的观点仅仅是小说中的爸爸的看法,至于作者是否也这么认为,读者并不能断定。作者—叙述者对人物持保留态度,至于故事中到底发生了什么则有待读者自己去发现。因此,作者的注释性话语同样能够鲜明地反映作者形象。

2.2.1.3 生活体验的相似性

生活体验可以被视为是生命个体在生活中不断地经验自身、他人和

① 范晓、张豫峰:《语法理论纲要》,上海:上海译文出版社,2003 年,第 384 页。

他物的过程。狄尔泰认为,“与生命有关的经验是一条活生生的溪流”[①],而“我”是这一变化万端的体验流中的永恒中心。在狄尔泰看来,“一切都与之相连,它是真正的主体,是作为自身的真正个体……认为个体的生存状态所具有的重要意义是非常独特的,是我们可以毋庸置疑地加以确定的唯一一种内在固有的价值。”[②]由此看来,每个生命个体的生活体验都不尽相同,因此,其生存状态所具有的意义也是独一无二的。

《午夜时分》中女主人公的生活体验部分地与彼特鲁舍夫斯卡娅履历的重合散见于这部小说的多个地方。如女主人公安娜是报社的兼职编辑,彼特鲁舍夫斯卡娅本人也在报社担任过这个职务;安娜的儿子住过监狱,彼特鲁舍夫斯卡娅儿子的好朋友也住过,她的一个女牙医朋友的儿子,确切地说是前夫的儿子23岁那年第一次被抓住进监狱;[③]安娜生前自诩为是位诗人,而彼特鲁舍夫斯卡娅则是名副其实的诗人。正如萨尔蒂科夫-谢德林说:“每一部小说作品都会将自己的作者连同其个人的整个内在世界展现出来。”[④]作者对现实中的存在事件和文学作品中艺术事件的态度是作者意识的积极体现,这无疑会体现在作品中。作者与讲述人之间的距离越接近,这种体现就越不容易被发现,但作品世界中的存在却会无意识地出卖自己的作者。

> Я поэт. Некоторые любят слово « поэтесса », но смотрите, что нам говорит Марина или та же Анна, с которой мы почти что мистические тезки, несколько букв разницы: она Анна Андреевна, я тоже, но Андриановна. Когда я изредка выступаю, я прошу объявить так: поэт Анна-и фамилия мужа. (« *Время ночь* »)

---

① 朱松峰:《狄尔泰为海德格尔“指示”了什么——关于生活体验问题》,《江苏社会科学》2006年第3期。

② 同上。

③ 可参见:Петрушевская Л. С. *Девятый том* , М. : Эксмо, 2003.

④ 转引自:Орлова Е. И. *Образ автора в литературном произведении* , 2008. С. 3.

安娜非常看重自己的诗人身份,因此多次在小说中提及。

Я поэт, я всегда и во всем дома. Но тут меня не оказалось, и дверь Андрею открыл город Тернополь. Что за вопросы были, я не узнавала.

... —А что такого? Изголодался этот, я поняла. Но тебе тоже надо маленького во чреве кормить. Он, кстати, будет вносить деньги на еду или будет пожирать твое? У меня заработки сама знаешь, *поэт* много не наработает.

......

С того все и началось, дни и ночи счастья, когда*я-поэтесса* после пединститута и выгнанная из газеты со стажем журналистской работы за роман с одним женатым художником, отцом троих детей, которых я всерьез собиралась воспитать, дура!

......

Там, наверху, на третьем этаже, *я была непризнанной поэтессой*, а мой алкоголик заведующий был суровым,...

Бьет на роскошь, но в дальнейшем тоже оформила выступление на три копейки, как и я. Низшая категория.

—Вы кто, *я поэт*, —говорю я, чтобы обозначить специализацию.

—Я, —говорит лисий хвост, —я сказительница, они меня так называют. (« Время ночь »)

不论是有意,还是潜意识中无意地,安娜时刻不忘自己的诗人身份,有时甚至为此感到自豪,如与另一位和她一起去学校为孩子们演讲的老太太攀谈时,她主动先介绍了自己的身份。因为她自认为,与这个老太太的身份相比,诗人应该比后者的不论什么身份都要显得有分量一些。

Алена пользуется алиментами, но Андрею-то надо подкинуть

ради его пяты （потом расскажу）, ради его искалеченной в тюрьме жизни.

……

Я говорила все это лишь для того, чтобы взбодрить ее, шокировать, сердце мое обливалось кровью, мать в маразме, сын в тюрьме, помолитесь обо мне, как писала гениальная.（«Время ночь»）

生活体验的相似拉近了彼特鲁舍夫斯卡娅与安娜的距离,即作家本人与叙述者的距离,使读者对作品作者形象的把握显得更切实际,同时也更容易。因此,相对来说,具有自传性质的小说中作者形象表现得更为直观一些。

在具有自传性质的回忆录中常常存在叙述者与作家本人生活体验的极度相似的现象,而这是受该体裁本身特点决定的。而在以虚构为文学创作基本原则的一般文学作品中,叙述者或者人物与作家本人生活体验的相似则反映出作者意识的积极参与:作者试图以自己的生活体验来引导读者,激发后者的积极阐释,揭示生活的本真,从而达到作者与读者的对话。

2.2.1.4　作品构思与创作过程的展现

作品构思和创作过程是处于作品之外的因素。一般来说,作家不会在作品中表明作品是如何构思、如何创作的,也不会指出选用何种体裁。但是,在彼特鲁舍夫斯卡娅的《三种旅行,又名梅尼普可能》中,这些作品外的因素却多次出现。作者在安排小说结构、创作小说的过程中多次跳出故事层面,"穿越"到话语层面,这些并非作家故弄玄虚,而是作者意识的巧妙体现。

ЖАНР МЕНИППЕИ

Будущий доклад

Я бы назвала этот переход как-нибудь просто, трансмарш. И я бы предположила, если бы осталась в живых（тут я снова поздоровалась с дверью, с лобовым стеклом и затем с Александром), что тип трансмарша может быть разный.

...

ТРЕТЬЕ ПУТЕШЕСТВИЕ

Снова серия поцелуев: боковое окно—Александр-тоже окно...

...

ЖАНР МЕНИППЕИ

Будущий доклад (Тезисы)

1. Существует такой вариант: читатель понял, что переход (трансмарш) совершен, герой уже ушел в загробный мир, а герой все никак не догадается (как в вышеописанном случае).

2. Или герой уже догадался и испугался, а читатель еще не догадался, но уже боится.

3. Или автор прямым текстом говорит о трансмарше (В «Божественной комедии» Вергилий сразу сообщает Данте: «Я не человек, я был им» и дальше: «Иди за мной»).

4. Бывает и хуже-читатель ничего не понял.

...

Но самое замечательное—что можно смешать все типы трансмарша, и тогда вас поймет только очень тонкий и умный читатель (не тот, из пункта № 4 «Тезисов»).... («Три путешествия, или Вазможность мениппеи»)

《三种旅行,又名梅尼普可能》中有一个值得注意的部分,我们很难分清楚其中进行叙述的是作者还是叙述者,因此姑且称之为作者—叙述者。作者—叙述者在这一部分首先指出小说的体裁——梅尼普体,并对这一体裁作以独特的阐释。其次,作者—叙述者在这一部分公开表述了自己的创作原则以及对作品的构思，强调读者在作品创作中不可忽视的作用。这种强调意在突出作者在创作过程中对作品构思的思考，是作者意识的典型体现。以下例为证：

ОБРАЩЕНИЕ К ЧИТАТЕЛЮ

—О мой читатель,—повторяла я, трясясь и временами прыгая в стороны, как жрец религии вуду, находящийся в трансе,—о мой читатель! *Я еще в самом начале своей литературной деятельности знала, что он будет самым умным, самым тонким и чувствительным. Он поймет меня и там, где я скрою свои чувства, где я буду безжалостна к своим несчастливым героям. Где я прямо и просто, не смешно, без эпитетов, образов и остроумных сравнений, без живописных деталей, без диалогов, скупо, как человек на остановке автобуса, расскажу другому человеку историю третьего человека. Расскажу так, что он вздрогнет, а я-я уйду освободившись. Таковы законы жанра, который называется новелла.*

И свои жуткие, странные, мистические истории я расскажу, ни единым словом не раскрывая их тайны... Пусть догадываются сами.

Я спрячу ирреальное в груде осколков реальности.

(*Но мне, честно говоря, долго пришлось ждать своего читателя. Меня запретили сразу, после первого же рассказа! Моя первая книжка вышла спустя двадцать лет.*) (« Три путешествия, или Вазможность мениппеи »)

...

ОБРАЩЕНИЕ К ЧИТАТЕЛЮ

Ну что ж, я их понимаю-в литературе я тоже не пользовалась ничем, никакими подсобными средствами, выскакивала на опасную дорогу и гнала вперед на дикой скорости, пугая своих случайных пассажиров (*вас, читатели!*). (« Три путешествия, или Вазможность мениппеи »)(注:斜体为本书作者所加。)

彼特鲁舍夫斯卡娅游刃有余地穿梭于《三种旅行,又名梅尼普可能》中的故事层面和话语层面,无形中使自己与讲述人无限地接近,甚至几乎达到合二为一的程度。"小说中运用讲述人与作者的接近这一手段的目的并不仅限于增强讲述人的可信性,它还可以增强文学语篇的涵义深度:作者总是高于自己,即讲述人。作者与讲述人最大限度地接近同时还赋予叙述以讽刺色彩(从旁人的立场看自己)。讽刺被视为是一种'走出神圣化了的认识之庇佑'的手段,这些认识不仅仅存在于不久前的过去,而且也形成于当下的认识。"[①]

如前面所提到的许多伟大作家所言,作家在创作作品时总会以各种各样的方式完全不受自己意志控制地出现在作品中。勃洛夫斯基(В. В. Боровский)说过,"最有才华的作者的创作必定会表现出他的个性,因为艺术创作就在于艺术家完全个性化的对外部客观材料进行再加工。"[②]这里更多的指的是作者的个性及其生平履历在作品中的表现。"也许,这也是最为接近作者形象概念的。作者形象即是'艺术家的个性在其作品中的表现'(维诺格拉多夫语)。"[③]但是本书的目的并不是研究作者的个性,而是旨在研究作者个性如何体现在文本中,通过哪些指征可以发现作者的存在。我们认为,这其中最为重要的指征就是作者意识。

作者对作品的构思过程及创作过程以作品有机组成部分的形式展现在作品中,以此实现了作者意识在作品中的具象化。这是因为,正如第一章"作者意识"小节中所述,作者意向是作者意识的重要组成部分,而作者

① Рогова К. А. *О некоторых особенностях стиля «другой» литературы-литературы «новой волны»*. // Problemi di Morfosintassi delle Lingue Slave, №3. —Bologna, 1990. С. 15.

② 转引自:Валгина Н. С. Теория текста. М.: Логос, 2003. С. 62.

③ 同上。

意向就包括作为作品总构思的战略意向和策略意向。作品的构思及创作过程显然分属于作品的战略意向和策略意向，因此前者在作品中的展现自然就反映出作者的意识。

2.2.2 作品中表现作者意识的思想手段——作者世界观

关于作者意识在作品中的反映问题，勃鲁霍夫（Б. Л. Борухов）曾专门著文《理据诗学导论》。他认为，文学语篇中存在一些解释作者个性的规律，这些规律可以作为“语篇的那些特点仅对于该作者、对于他的个人风格是典型的”的理据。[①] 在勃鲁霍夫的模式中，作为个人规律并在其基础上实现理据的是世界观规律，而艺术作品则被视为是世界观模式。

勃鲁霍夫理论中的世界观指“引入体系的个人或者集团的体验经验。”[②]百度百科名片中的解释是这样的：“世界观是人们处在不同时间不同位置时对身边事物的认识，指处在什么样的位置、用什么时间段的眼光去看待与分析事物，是人对事物的判断与反应。…… 作为一个人来说，世界观又总是和他的理想、信念有机联系起来的，世界观总是处于最高层次，对理想和信念起支配作用和导向作用；同时世界观也是个性倾向性的最高层次，它是人的行为的最高调节器，制约着人的整个心理面貌，直接影响人的个性品质。”[③]文学创作是作家的一个重要行为，它当然也受到世界观的制约和影响。因此，文学作品就成为在作家世界观指导下所创作的能够体现作者意识的作品。托尔斯泰常常重复他最爱说的话：“艺术作品的价值不在于立意的统一，不在于对出场人物的加工润色等等，而在

---

① Борухов Б. Л. *Введение в мотивирующую поэтику*. // Филологическая герменевтика и общая стилистика / Отв. ред. Богин Г. И. —Тверь: Тверской государственный университет, 1992. С. 15.

② Там же. С. 15.

③ 百度百科名片，世界观，http://baike.baidu.com/view/14084，html，2012—9—1.

于贯穿于整部作品的作者对生活之态度的清晰、确定。”[1]综合上述理论，我们可以推导出这样一个观点：作者意识是作者世界观的集中体现。这是因为，作者个性、个人风格是作者意识必不可少的重要组成部分，它们鲜明地体现在艺术作品中，而艺术作品是世界观的模式化，是受世界观制约和指导而创作的作品，因此，作者意识和作者世界观之间就产生了间接联系，后者起主导和支配作用。因此，本小节将以作者世界观为切入点来研究作者形象在作品中的体现。

已形成的世界观是一个体系，“世界观诸范畴、反映世界观主要方向的独特的体验成分是世界观成素和主要组件。每个人世界观诸范畴的组合都是独一无二、具有个性特色的(尽管个别范畴会有重合)。这些范畴也正是世界观运作的规律和原则，也就是说，是文学语篇的运作规律。因此，论证分析的途径应该是这样：从艺术家文本到语篇中模式化了的世界观范畴的解构，再从范畴到论证语篇(与前面的途径是相反的)。”[2]根据勃鲁霍夫的观点，“词语、形象、主题和语篇的其他成分(直到形式上的成分)的一定组合是相应范畴的标记。某个范畴起作用的地方，语篇中也会出现这一范畴的标记。相反，当我们碰到某些词、主题、形象，等等时，这对于我们来说也是一个标记，即世界观的某个范畴也参与了语篇的诞生。”[3]通俗地讲，世界观由多个范畴组成，各范畴有相对于其他范畴来说固定的词语、形象、主题和语篇等组合的标记，作品中出现了这些标记的地方就可以理解为是世界观相应的某一范畴参与到了文本中。

对这一问题作出研究的还有卢京(В. А. Лукин)。他认为，“作为整体的语篇已经预先决定了单个词语(符号)的语义承载/内涵(смысловая

---

① Виноградов В. В. *О теории художественной речи*, М: Высшая школа, 1971. С. 184.

② Борухов Б. Л. *Введение в мотивирующую поэтику*. // Филологическая герменевтика и общая стилистика / Отв. ред. Богин Г. И. —Тверь: Тверской государственный университет, 1992. С. 15—16.

③ Там же. С. 16—17.

нагруженность)。……根据某个符号的容量(объем)和特性,它越是接近整个语篇,就越是有理由认为它对框架语篇(母本)而言是关键符号。"[①]卢京还指出,"弄清关键符号的重要性的最终目的在于确定语篇核心的、主导的符号。"[②]

库哈凌科(В. А. Кухаренко)认为,"作品的思想和/或者它所起的审美功能是艺术作品的主导思想,探索这一主导思想必须从作品的语言材料出发。"[③]库哈凌科还指出,"如果把现实化理论和显性理论的基本原理结合起来,就能得出下面的结论:用于反映作者观点的作品思想(概念)之语言手段的现实化在我们所发现的一系列现实化用法中占据着首要的、主导的地位。以此为出发点,不仅可以揭示作者的评价体系,从解码—阐释中勾勒出一个正确的道路,还可以对所有其他的标记进行分级排列并从功能上进行确定。"[④]

从勃鲁霍夫、卢京、库哈凌科的表述得知,研究者们把显性概念作为对于某个语篇、某个作者及作者的个人风格来说一个典型的、核心的思想,这一思想通过语言表现出来。因此,研究者借助于这些语言手段就可以评判作者的评价体系,评判作者的世界观。在本书中,我们姑且用"доминанта"(显性,优势)一词表示作者世界观的显性要素,指的是通过语言表现出来的、反映作者观点的作品主要思想,它主要"借助于母题形成。母题的区别性标志就是'物质上'形成母题的那些成分,即词语、句子的重复。"[⑤]什库琳娜(Н. В. Шкурина)指出,"母题的基础常常是贯穿整部

---

① Лукин В. А. *Художественный текст: Основы лингвистической теории и элементы анализа*, М.:«Ось-89»,1999. С. 84—85.

② Там же. С. 112.

③ Кухаренко В. А. *Интерпретация текста*, М.: Просвещение,1988. С. 13.

④ Там же. С. 13.

⑤ Шкурина Н. В. *Мотив как средство создания эстетического единства произведения* // Художественный текст: Структура. Язык. Стиль. Сб. ст. / Под ред. Роговой К. А.. — СПб, 1993. С. 62.

作品的固定的语词形象,这一形象由艺术家本人把其作为一个突出关键词固定下来。这个关键词根据语义或者联想近似性或对立性而进入不同的语言联系并不断地重复,从而创造出作品语言层面的稳定性和致密性。”①因此,显性要素通过构成母题的语义和词汇的重复表现出来。作者世界观的显性要素是作者在语篇中得以表现的最鲜明的标志。那么,世界观、显性要素、母题和关键词之间的关系就一目了然:

关键词→母题→显性要素→世界观

文学语篇中世界观的形成途径

我们称这一图示为“文学语篇中世界观的形成途径”。对该图应作如下理解:母题是由贯穿语篇并多次重复的、反映作品核心思想的关键词构成;母题表现作者及其世界观的显性要素,是世界观在作品中的物质指征和向导;显性要素则是世界观最直观的表现。因此,母题是这一链条中最具重要意义的关键一环。研究作品中的作者形象,必须以母题为研究基础之一,通过揭示母题的语言表现手段,即通过关键词来挖掘作者形象。

彼特鲁舍夫斯卡娅小说中世界观的显性要素分散在整部作品,其中表现出的母题有多个,最主要的是爱与恨的交织、孤独与集体的对立。

2.2.2.1 母题之一:爱与恨的交织

爱与恨的交织在《午夜时分》中表现得尤为突出。读者在这部小说中常常可以体会到两个相互对立的世界观要素,即爱与恨(любовь⇔ненависть)。这种爱常常是母性之爱。这部小说的一个独特之处在于,母爱常常又与孤独交织在一起。小外孙吉玛是安娜生活和存在的唯一意义。因此,当安娜的女儿阿廖娜把吉玛带走后,她陷入了彻底的孤独,其生活也因此失去了存在的意义。尽管小说并没有明确交代女主人公安娜

---

① Шкурина Н. В. *Мотив как средство создания эстетического единства произведения* // Художественный текст: Структура. Язык. Стиль. Сб. ст. / Под ред. Роговой К. А.. — СПб, 1993. С. 62.

的死亡,但是,也正是在女主人公安娜生命中仅存的生活意义瞬间消失殆尽之时,她的生命彻底走向了终点。小说中的母性之爱是深沉的,但它常常表现为一种扭曲的、变形的爱。安娜心底深藏的母爱何其强烈,可是表现出来的爱却如此残忍,以至于她最亲近的人——她的儿子和女儿都因无法忍受而离开了她。

> Ау, Алена, моя далекая дочь. Я считаю, что самое главное в жизни-это*любовь*. Но за что мне все это, я же безумно ее *любила*! Безумно *любила* Андрюшу! Бесконечно.(«Время ночь»)(注:斜体为本书作者所加。)

当阿廖娜把她的朋友们带到家里后,他们吃光了安娜买回家的东西,拿走了她唯一的茶壶,所以安娜只能用锅烧开水,以面包就茶做晚餐,吃的就如儿子在监狱里吃的牢饭一样。但即使这样,安娜的女儿阿廖娜还是这样说道:

> —Мать *рехнулась*,—так она объясняла гостям мои проходы из кухни с кастрюлькой кипятка.
> («Время ночь»)

安娜对女儿和儿子的爱是为了保护他们的利益不受"外人"侵犯,此处的外人当然指的是她的女婿,即阿廖娜的丈夫。安娜不希望阿廖娜被骗,她从心底里深深地爱着女儿。但饱受母亲扭曲的"爱"折磨的阿廖娜对此并不理解。

> —*Ты что, желаешь мне смерти*? —обливаясь слезами (все еще), спросила она.
>
> —*Чего тебе умирать, живи со своим пащенком будущим, но учти*! Если ваша семья состоится только при условии его прописки, тогда я, честно говоря, не знаю, стоит ли такая семейка жертв со стороны Андрея, которому негде будет приткнуться, и со стороны

мамы в психбольнице?

Она легко-легко плакала в те времена, слезы лились просто струями из открытых глаз, *светлые мои глазки, что вы со мной наделали, что вы со мной все наделали!*

Хочу ее обнять, она, как ни странно, не отстраняется. *Держу ладонь на ее плече, хрупенькое такое, дрожит.*

—Хорошо,—говорит она, —*я знаю, что я тебе не нужна с моим ребенком, что тебе нужен этот преступник всегда. Так? Ты хочешь, чтобы я умерла? Или как-то рассосалась? Так вот, этого не будет.* Смотри, что-нибудь случится с дорогим, Андрюша загремит уже на много больше лет.

(«Время ночь»)

阿廖娜对母亲安娜行为中表现出来的写作狂倾向甚为反感,甚至为母亲写的诗感到羞愧。安娜本人也承认,自己的诗确实不是什么好诗。但安娜宁愿用自己这些写作狂性质的诗赚取微薄的收入来默默接受阿廖娜所干出的“一切好事”,希望她们“自己人”待在一起,愿意养活阿廖娜和她的孩子们,只要阿廖娜把她那个无耻的丈夫撵出家门。

... Пощади, девочка моя, гони его в три шеи, мы сами! Я тебе во всем пойду навстречу, зачем он нам? Зачем?? Жрать в три горла все твое? Чтобы ты перед ним танцевала на карачках, вымаливая очередное прощение? Но я сказала одно:

—Пусть подлец идет работать, едет куда-то в тайгу, я не знаю. В мире. Где его папа вкалывал. Все равно тебе сейчас спать с ним нельзя! Я его кормить больше не намерена.

Она без слез:

—Этого не будет. Он мой муж. Всё. А ты пиши свои *графоманские стихи!*

—Графоманские, да. Какие есть. Но этим я кормлю вас! —ответила я без обиды. (« Время ночь »)

阿廖娜终于和丈夫离了婚,迅速地又和大她 15 岁的科研副院长谈起恋爱。但对于阿廖娜的新任“丈夫”,安娜同样表现出十足的不满。此时的阿廖娜对母亲的恨已经明显地表现出来。

> ... Ма-ма, как ты не понимаешь, у нас будет ребенок, и он снимает нам квартиру. —Вам-это тебе, а сам? —Ма-ма! Не приведу же я его сюда к тебе! И тебя туда я не возьму,—вдруг сказала онас *застарелой ненавистью*,—Тимочку приеду и заберу, но *не тебя*! *Не тебя*!
>
> *Она не взяла меня*. Но алименты она взяла. (« Время ночь »)

爱—恨这对显性范畴在小说的结尾得到进一步深化。女主人公安娜和她的孩子们在各种生活事件中常常互相排斥、折磨,在恍惚中她终于能够完完全全一个人待在自己的房间。此时的夜是寂静的,这种情形也是她一直梦寐以求的。但这一时刻的静是死一般的,她此刻是孤独的。

> Я решительно поднялась к себе и вошла в комнату своей дочери, и там при свете включенной лампочки *никого не оказалось*. На полу лежала сплющенная пыльная соска. *Она их увела*, *полное разорение*. *Ни Тимы*, *ни детей*. Куда? Куда-то нашла. Это ее дело. Важно, что живы. *Живые ушли от меня*. *Алена*, *Тима*, *Катя*, *крошечный Николай тоже ушел*. *Алена*, *Тима*, *Катя*, *Николай*, *Андрей*, *Серафима*, *Анна*, *простите слезы* (« Время ночь »)

但是,读者会发现,在离开安娜的人的名单中为什么会有她自己的名字?这显然并非彼特鲁舍夫斯卡娅的失误,而是具有一定的创作意图:女主人公现在已经成为一个无名氏,那个安娜,也就是她的亲人所熟悉的安娜已经被漆黑的夜吞没了！

综观全篇我们发现，爱与恨是作者在《午夜时分》中要表达的世界观的两个主导要素，女主人公那种反常的母爱折射出彼特鲁舍夫斯卡娅在这部小说中的创作主题：爱与恨的交织。爱与恨这两个要素也是构成这一母题的两个关键词。

爱与恨的交织在《自己的圈子》中也有淋漓尽致的刻画。在小说伊始，作者—叙述者便把自己的性格和处事方式告知读者，为后文故事的发展做出铺垫。

> Я человек жесткий, жестокий, всегда с улыбкой на полных, румяных губах, всегда ко всем с насмешкой.

当年轻貌美但举止轻浮的莲卡不明就里地坐到女主人公“我”丈夫的腿上时，并没有看“我”，而是望着“我”的好朋友玛丽莎。

> Она села как-то на колени и к моему Коле, Коля, худой и добрый, был буквально раздавлен весом Ленки и физически и морально, он не ожидал такого поворота событий и только держал руки подальше и бросал взоры на Маришу, но Мариша резко отвернулась и занялась разговором с Жорой, и вот тут я начала что-то понимать. Я тут начала понимать, что Ленка дала маху, и сказала:
>
> —*Лена, ты дала маху. Мариша ревнует тебя к моему мужу.*
>
> Ленка же беззаботно скрючила рожу и осталась сидеть на Коле, который совершенно завял, как сорванный стебелек. Тут, я думаю, началось охлаждение Мариши к Лене, которое и привело к постепенному исчезновению Ленки Марчукайте, особенно когда та в конце концов родила мертвого ребенка, но это уже было потом.

此时，“我”已经完全看清了事情的本质：“我”的丈夫和“我”的好朋友之间已经存在了超越朋友的关系。然而,“我”轻描淡写的嘲讽态度却掩盖了内心无比的愤恨。女主人公“我”的行为方式与开篇呼应。但是,“我”并不是一个冷若冰霜、残酷无情的人。在得知自己罹患与母亲一样的不治之症时,我表面上表现出冷酷的恨,然而这其中真正的含义却是深沉的母爱。

> ... и я наконец открыла дверь им всем, и они все увидели Алешу, который спал, сидя на ступеньках.
>
> Я выскочила, подняла его и с диким криком “Ты что, ты где!” ударила по лицу, так что у ребенка полилась кровь, и он, еще не проснувшись, стал захлебываться. Я начала бить его по чему попало, на меня набросились, скрутили, воткнули в дверь и захлопнули, и кто-то еще долго держал дверь, пока я колотилась, и были слышны чьи-то рыдания и крик Нади:
>
> —Да я ее своими руками! Господи! Гадина!
>
> И кричал, спускаясь по лестнице, Коля:
>
> —Алешка! Алешка! Все! Я забираю! Все! К едреней матери куда угодно! Только не здесь! Мразь такая!
>
> Я заперлась на засов. Мой расчет был верным. Они все, как один, не могли видеть детской крови, они могли спокойно разрезать друг друга на части, но ребенок, дети для них святое дело.

这样,在“我”生命的最后时刻,“我”唯一的儿子不能留在身边,而以此换来的是他在“我”死后的生活终于安置妥当。“我”以沉重的代价达到了自己的目的:“我”的房子将会登记在阿廖沙的名下。前夫和他现在的妻子玛丽莎,也就是和“我”的女友收留了阿廖沙,他们将来会寄居在阿廖沙的(本书作者注)房子里。这样,阿廖沙未来的生活是有尊严的。从本质上看,表面上残酷的恨却与“我”内心炽热的爱紧紧地交织在一起。

Алеша, я думаю, приедет ко мне в первый день Пасхи, я с ним так мысленно договорилась, показала ему дорожку и день, я думаю, он догадается, он очень сообразительный мальчик, и там, среди крашеных яиц, среди пластмассовых венков и помятой, пьяной и доброй толпы, он меня простит, что я не дала ему попрощаться, а ударила его по лицу вместо благословения. Но так лучше-для всех. Я умная, я понимаю.

“我”对儿子的爱转变为祈求在死后得到儿子的理解、原谅。母爱的表达与在《午夜时分》中一样,是通过一种畸形、扭曲的方式,与恨交织在一起,两者共同反映出作者在这两部小说中的创作主题,折射出作者的世界观。

总之,爱与恨的交织是彼特鲁舍夫斯卡娅小说中常见的母题之一,透过这个母题,读者可以发现,作者细腻地展现了苏联社会现实中知识分子生活的无奈,哪怕是在生命的最后关头都要为人的尊严而“战”。这样,作品中的作者形象逐渐清晰地展现在读者面前。

2.2.2.2 母题之二:孤独与集体的对立

孤独与集体(одиночество ⇔ коллектив)的对立是彼特鲁舍夫斯卡娅小说中另外一个重要的母题,在很多小说中都有鲜明的体现,如在上节所提到的《午夜时分》中,安娜的孤独和爱与恨的母题呈现出一种复杂的关系。孤独与集体的对立这个母题在《青涩的醋栗果》中刻画得非常深刻。其中,孤独、集体这两个含义上对立的要素还与其他在语义上与之相关的义素联系在一起(本书中把这些语义上与显性要素接近的语义成分称为“母题变体”),如孤独常常与鄙视、驱逐主题交织在一起。

Так ребенок, как *Робинзон Крузо*, *должен обеспечивать себя необходимым*, *в хозяйстве все время прорехи*: *калоша пропала*. (...) *Воспитательница Галина Ивановна пока дает большую калошу*, *и*, *хлопая и волоча подошву*, *девочка ходит позади всего класса* как *отщепенец*, грешная душа, в разных калошах. («Незрелые ягоды крыжовники»)

Коллектив не любит, когда кто-то ведет себя *изолированно, не так*, опаздывает, не так одет. *Коллектив*-а девочка воспитывалась в *коллективах* с детского садика-карает сурово. Он издевается, молотит по голове, щипает, подставляет подножку, он отнимает что только можно у слабых, дразнит. Бьют прямо в нос кулаком, вызывая кровянку. Дико смеются при виде большой калоши. (...)

С коллективом, стоглазой гидрой, надо быть осторожной, имеется много приемов, как избежать ловушек. Надо не доверять никому своих мыслей. Если кто узнает твои мысли, конец, сразу расскажет *другим. Все будут смеяться за спиной.* («Незрелые ягоды крыжовники»)

Из-за калоши произошла беда, девочка стала изгоем, последней в классе. («Незрелые ягоды крыжовники»)

Здесь, в одиночестве, одна среди чужого объединившегося племени, девочка защитила себя, написав сочинение об осени. («Незрелые ягоды крыжовники»)

小说中的"狩猎"场面是"被逐出集体"这一母题变体发展的高潮,同时也是它情节发展具有隆重意义的结尾。此处的"狩猎"用于转义,指的是一群男孩子对 12 岁的女主人公的围捕。祭品⇔猎手这组对立的母题变体要素丰富了孤独⇔集体这组母题,也丰富了"孤独、孤立、被抛弃⇔集体、所有人、其他人"这组显性要素。

Как волки инстинктивно отрезают дорогу живому существу, *стягиваются в узел вокруг жертвы*, так и *они* вдруг остановились перед *девочкой* в густых зарослях на тропинке, преградили путь, тени, неразличимые в темноте. («Незрелые ягоды крыжовники»)

Что было в их двенадцатилетних головах, в их пустых еще сердцах, в их незрелых организмах, в их неспелых ягодах крыжовника вокруг сосков-одно: чувство коллективного гона, схватить! (« Незрелые ягоды крыжовники »)

与“捕捉、追捕”这个母题变体相呼应的还有另外一个变体要素——“孩子所特有的残酷”。

Деловито, как гурьба хирургов, руководствуясь чувством необходимости *или единым инстинктом при виде жертвы*, они, в конечном итоге, должны были *ее разорвать на части буквально руками и закопать остатки*, так как потом надо было скрыть результат охоты. Перед тем проделавши все, что можно проделать с попавшим в собственность живым человеком. Что называется словом « *глумление* ». (« Незрелые ягоды крыжовники »)

Она шла, тоже улыбаясь той же поганой улыбкой, когда ей пришлось обернуться на мой топот. Я ворвалась в дом, зареванная, в соплях, но *никто* ничего не спросил, почему я так орала. *Им* было это откуда-то понятно, *они тоже* произошли от темных времен пещер, *каждая* была потомком такой *ловли и охоты*. Дети понимают жизнь и легко принимают ее простые правила. Они готовы именно к пещерному существованию. Они портятся страшно быстро, возвращаясь к тому, *древнему способу жизни*, с сидением *кучей* перед очагом, с *коллективной едой всем поровну*, *вожакам больше*, *последним и слабым меньше или ничего*. С *общими* самками. Без постели, без посуды, есть руками, спать на чем стоишь, курить *вместе*, пить тоже, выть *вместе*, *не брезговать другими*, их слюной, выделениями и кровью, носить *одинаковую* одежду. (« Незрелые ягоды крыжовники »)

《青涩的醋栗果》中与女主人公相对而立的托利克健硕的体格外形成为进行“围捕”最为有利的外部条件，况且，他总会有两三个“跟班”，他们的出现是“围捕”主题的具体体现。

> Это был*самый развитой* среди детей, *самый вооруженный для охоты*-Толик.
>
> Он стал*загораживать мне дорогу*, причем *Толик никогда не ходил один, с ним постоянно было двое-трое дружков*.
>
> Он*загораживал* мне дорогу, шаря своими лучистыми, черными, роскошными глазами по моему лицу, по туловищу, по ногам. Он глуповато улыбался, и его телохранители, стоявшие всегда на расстоянии, охраняли территорию мрачно. Им было не до улыбок. Не они охотились. (« Незрелые ягоды крыжовники »)

可以看出，这篇小说中作者世界观的一组显性要素即：孤独、孤立、被抛弃⇔集体、所有人、其他人，这些要素通过“祭品⇔猎手”这一组母题变体得到丰富、发展。“多个范畴的同一组合参与到的并非是一个，而是多个作者创作的语篇的产生过程中，并且这个组合把同一些规律性重复的标记‘分发’到这些语篇中。我们几乎在任何一个艺术体系中都会碰到这样的重复，而这就是世界观作为生成装置运作的不可避免的结果。”[①]这就形成这样一个推理：关键词形成母题，母题形成世界观的显性要素并鲜明反映出作者的存在，确立读者对语篇涵义的接受与作者世界观之间的联系，成为语篇中作者世界观的独特“向导”。我们可以通过彼特鲁舍夫斯卡娅的其他小说来说明“孤独”与“集体”这一组显性要素是如何实现的。

---

① Борухов Б. Л. *Введение в мотивирующую поэтику*. // Филологическая герменевтика и общая стилистика / Отв. ред. Богин Г. И. —Тверь: Тверской государственный университет, 1992. С. 20—21.

А будет и тепло, и светло, в следующий только раз, но снова соберутся *все*, и придет серьезный *двенадцатилетний*, которого *уважают* за равенство в виде принесенной комбинации, он также *не изгой*, *не отверженный* в этом мире, в этой комнате, где живут *мать и дочь*, прошедшие перед тем школу борьбы друг с другом. (« Дочь Ксени »)

在小说《科谢妮亚的女儿》中,母亲和女儿是被人鄙视的妓女,而与她们对立的则是享用她们所提供服务的 12 岁男孩。然而,他并不是一个被群体所抛弃的人,也不是被排斥的人。"孤独"与"集体"这一组显性要素基本上并未明显地表现在文本中,读者只能从总的内容中把它们抽取出来。

我们还可以在彼特鲁舍夫斯卡娅的小说《王国》中找到类似的情形。这篇小说中依然出现了"孤独"与"集体"这一组显性要素的对立,但是此处的"集体"是通过否定形式实现的。

... Девочке и впрямь все равно, она тихо играет на полу в свои старые игрушки, и *никто на свете* не знает, как они живут *вдвоем* и как мать все обсчитывает, рассчитывает и решает, что ущерба в том нет, если то самое количество денег, которое уходило бы на обед, будет уходить на вино—девочка сыта в детском саду, а ей самой не надо ничего.

И они экономят, гасят свет, ложатся спать в девять часов, и *никто* не знает, какие божественные сны снятся дочери и матери, *никто* не знает, как они касаются головой подушки и тут же засыпают, чтобы *вернуться в ту страну*, которую *они* покинут опять рано утром, чтобы бежать по темной, морозной улице куда-то и зачем-то, в то время как нужно было бы никогда не просыпаться . (« *Страна* »)

“没有一个人”此处相当于“所有人”。“所有人”这一显性要素在这里通过抒情性重复而具有了现实化意义。动词短语“返回到那个王国”潜在地使母女俩的现实世界与她们梦中理想的世界对立起来，动词“返回”暗指她们已经把那个梦境中的王国当成了她们常在的空间，现实与虚拟的对立鲜明地体现出来。“没有一个人”知道母女俩的生活，她们与整个他人的世界是对立的。

> Несколько раз в году *мать с дочерью* выбираются в гости, сидят за столом, и тогда мать оживляется, громко начинает разговаривать и подпирает подбородок одной рукой и оборачивается, то есть *делает вид, что она тут своя. Она и была тут своей*, пока блондин ходил у ней в мужьях, а потом *все* схлынуло, *вся прошлая жизнь и все прошлые знакомые*. (« Страна »)

“孤独”与“集体”这一对显性要素还通过“自己的”和“他人的”之间的对比得到发展和充实，因此就形成了：

孤独、被抛弃、他人的（即不是自己的）⇔集体、所有人、自己人

“被排斥的和被鄙视的”这一母题变体在作者的亚文本，即议论文学的任务和目的语境中进行。

> Всегда, во все времена литература бралась за перо, чтобы, описывая проституток,—оправдывать. В самом деле, смешно представить себе, что кто-либо взялся бы описывать проститутку с целью очернить ее. Задача литературы, видимо, и состоит в том, чтобы показывать всех, кого обычно *презирают*, людьми, достойными *уважения и жалости*. В этом смысле литераторы как бы высоко поднимаются над остальным миром, беря на себя функцию единственных из целого мира защитников этих именно *презираемых*, беря на себя функцию судей мира и защитников, беря на себя трудное дело нести

идею и учить. . . . . . («Дочь Ксени»)

从这段话中我们可以抽取出作者世界观的几个关键词:被鄙视的人、鄙视、怜悯。

显性要素"孤独"在话语层面是通过叙述者实现的,如《青涩的醋栗果》中的叙述者。彼特鲁舍夫斯卡娅其他许多客观叙述的小说中常常会碰到这样的叙述者,他创造自己的、非作者的元文本(指对某一文学文本的各种各样的加工,包括作家的创作、读者的阅读、评论家的评论等),也正是这个元文本像一根红线贯穿了女作家的许多小说。

> *Но все в этом мире куда-нибудь девается с глаз долой, все, все в этом мире, и иногда не найдешь следов, да икто будет искать.* («Детский праздник»)
>
> *Кто скажет, как живет тихая, пьющая женщина со своим ребенком, никому не видимая в однокомнатной квартире.* («Страна»)

在小说《玛尼娅》中,叙述者的元文本出现在语篇的强势位置——结尾。

> Так что все кончилось совершенно так, как все и предвидели, но все кончилось настолько именно так, настолько точно и безо всяких отклонений, без особенностей, что у всех осталось чувство какой-то незавершенности, какое-то ожидание чего-то большего. *Однако ничего большего не произошло.* («Маня»)

通过研究作者世界观的显性要素,研究者和读者对作品的理解可以达到新的高度。借用博金(Г. И. Богин)的话来说,"理解不仅是再现作者思维创造出的语篇内容,而且还要把被理解的内容的一系列特点改造为另外一系列特点,因为作者的活动方式和进行理解的受者(реципиент)的活动方式是不同的。"[①]因此,不同的人对同一个文本可以有不同的理解,也就可以揭示同一文本的不同涵义。理解的本质并不在于镜像式准确地再现作者所创作的东西,"语篇即使在作者创作完成之后依然存在,它参与到人们的社会活动之中,语篇创作之时作者的意图和计划仅仅是语篇中被理解的内容的其中一个方面。"[②]

因此,从上述分析我们可以得出结论:语篇关键词构成母题,而母题表现作者及其世界观的显性要素,同时确立读者接受和作者世界观之间的联系,是作者世界观在语篇中独特的"向导"。显性要素则是世界观的直接指征。正是由于研究者注重作者世界观显性要素才使得小说研究有可能达到一个新的认知水平。同时,从上述分析我们还可以得知,彼特鲁舍夫斯卡娅小说中世界观的显性要素包括:爱⇔恨;孤独、被抛弃、他人的(即不是自己的)⇔集体、所有人、自己人。通过把握语篇中的显性要素来揭示作品中的作者意识是构建作者形象的一个有效手段。

2.2.3 作品中表现作者意识的语言手段

在不同类型的语篇中,作者意识的表现形式是不同的,这些形式的选择取决于语篇总的特征、目的和功能。这些表现形式可以是"有人称的(即言语主体是直接表现出来的,是人格化了的)、无人称的、人称与无人称兼而有之的"[③]。但相对于其他类型的语篇来说,文学语篇中作者意识的表现形式更为多样,也更为复杂。瓦尔金娜指出,"自然,寻找文学语篇中叙述主体的表现形式无疑是最为复杂、最为令人痛苦的事。"[④]言语主体可以是作者本人,讲述人,叙述者,出版者以及不同的人物。总的来说,作品中表现作者意识的语言手段包括:人物直接引语、关键词的重复、叙述语言特征的改变、互文等。

---

① Богин Г. И. *Филологическая герменевтика*, Калинин.: КГУ, 1982. С. 53.

② Там же. С. 60.

③ Валгина Н. С. *Теория текста*, М.: Логос, 2003. С. 95.

④ Там же. С. 60.

2.2.3.1 人物直接引语

前文曾经提到,语言手段,包括言语形式的选择,叙述的言语组织都属于作者构建作品的策略意向,而这一策略意向是作者意识的重要组成部分。因此,根据这一观点,最能体现人物的“纯”声音、反映主人公看法和观点的直接引语是实现作者意图的主要手段之一。[①] 本节仅从人物直接引语在文中的配置情况,即作者在语篇中安排的直接引语的多少来分析作者意识的体现。至于直接引语的具体修辞功能,我们将在本书第三章中专节论述。

我们在戏剧或者电影对白中看到的常常只是人物的对话,但是仍然能够感知到作者的存在,这其中很大一部分原因就是,作者对语篇中对话的组织结构安排体现了作者策略意向。

作者有时为了实现特定的目的,在小说中会安排非常少甚至不安排人物的直接引语。

—Папиросы вот передать, печенье.

—Иди, иди,—говорят женщины, находящиеся в толпе. —Там она с милиционером, может быть, разрешат.

—Только печенье и папиросы.

—Конечно, иди, иди. —Как будто только что, первый день подсудимая является подсудимой и... (« Дочь Ксени »)

《科谢妮亚的女儿》中只有这么几句短短的直接引语,主人公的话语被淹没在嘈杂的人群声中。由于女主人公是妓女,她的特殊身份在“常人”鄙视的眼光中显得格外夺目,而她的声音又常常湮没在强大的社会声

---

① Щукина К. А. *Речевые особенности проявления повествователя, персонажа и автора в современном рассказе: На материале произведений Т. Толстой, Л. Петру шевский, Л. Улицкой*: Автореф. дис. ... канд. филол. наук / СПб., 2004. С. 125. 鉴于“人物话语的表达形式”中直接引语形式还混合有叙述者或者作者声音问题,是一个相对复杂的范畴,因此,我们将把该问题放在第三章专节论述。

音的洪流之中。因此，作者的这种安排是有其特殊用意的：女主人公在“营业”第一天曾试图勇敢地面对生活，走进生活，但是很快她就被强大无情的社会所吞噬，只能整日地躲在自己简陋的小屋，外界再也听不到她的声音。而在《王国》中，没有一句人物的直接引语，女主人公和她的女儿只有在晚上，在梦中才能进入自己的“家园”，现实和现实中的家根本就不是她们的栖身之所，她们拼命地想逃离这个现实，因此一大早起床奔跑在冰冷黑暗的大街，去做各自该做的事；晚上早早地关上灯，早早地睡觉，进入那个期待已久的“家园”——梦乡。两个女主人公——母亲和女儿只有在梦中才感到自己是存在的，因此，现实中她们是没有声音的。

在《午夜时分》的尾声部分，女主人公安娜的直接引语越来越少，直至消失。她的直接话语最后一次出现是从精神病院接出她母亲时：

—Будьте добры，вы с той ли стороны заехали，а то мне трудно бабушку выводить，я понимаю，мне уже никто не поможет，я бы взяла такси，но пенсия，вот в чем вопрос，только послезавтра，не могли бы вы сказать，где мы находимся，у меня топографический кретинизм，ха，ха，ха，вечно не понимаю，как добраться-какое место.

—Приехали，приехали，то，то.（« Время ночь »）

从这部分开始，文中开始大量出现安娜的内心独白和准直接引语，她的意识开始逐渐地模糊，紊乱，她根本就没有意识到自己现在已经濒临死亡。之后出现的直接引语中已经没有了她的声音，它已经完全被他人的声音所吞噬。

Где-то мы стояли，на каком-то мосту，серым днем，ближе к вечеру，у обочины. Справа дымили огромные трубы，под мостом проходили железнодорожные пути，открывались огромные производственные дали. Мимо проехал незнакомый трамвай приглушенно по снегу，стояли на той стороне какие-то кирпичные дома, шли небольшие осадки. Я все дрожала. Где мы находимся? (« Время ночь »)

—Ложите ее давайте, чего там,—сказал мужской голос, и бабулю у меня перехватили под мышки. Я повернулась и шла следом, волоча чемодан. (« Время ночь »)

—Нуподписывайте,—сказал мне санитар и подсунул мне бумажку. (« Время ночь »)

安娜越来越感到自己的“孤独”,她只能“无声”地表达这一点。

Закон. Закон природы. Старое уступает место молодым, деткам.

...

Теперь я проснулась среди ночи, мое время, ночь, свидание со звездами и с Богом, время разговора, все записываю.

В квартире полная тишина, холодильник выключен, издалека тупые, глухие удары:...

Ни Тимы, ни детей. Куда? Куда-то нашла. Это ее дело. Важно, что живы. Живые ушли от меня. Алена, Тима, Катя, крошечный Николай тоже ушел. Алена, Тима, Катя, Николай, Андрей, Серафима, Анна, простите слезы(« Время ночь »)

现实世界轰然倒塌,女主人公体会到了一种无尽的孤独感,女儿带走了安娜生活中的一切希望——与她相依为命的吉玛。她最终被可怕的寂寞吞噬了,她被他人,包括阿廖娜、吉玛、卡佳、安德烈、尼古拉、谢拉菲玛以及安娜本人抛弃了,此时的她已经没有名字,她被漆黑的夜吞噬了。

《午夜时分》中女主人公的命运无疑是悲剧性的。这种悲剧在《我到过哪里》中的表现同样是通过直接引语配置的变化实现的,只不过与《午夜时分》中的情况相反,《我到过哪里》中是从直接引语的缺乏到直接引语的极其丰富的情况,在现实世界中几乎听不到女主人公的直接引语,而在阴阳两世的“过渡地带”则出现了她大量的直接引语。

女主人公尤利娅在找到阿尼娅老太太之前，没有说过一句话，甚至是在出车祸而她自己对此浑然不知之时也是如此。

> Юля нашла даже и кое-что для самой бабы Ани, теплую кофту, и через два часа уже бежала по привокзальной площади, едва не попав под машину (вот было бы происшествие, лежать мертвой, хотя и решение всех проблем, уход никому не нужного человека, все бы освободились, подумала Юля и даже на секунду оторопела, задержалась над этой мыслью), —и тут же, как по волшебству, она уже сходила с электрички на знакомой загородной станции и, таща на себе походный рюкзак, продвигалась знакомой улочкой от станции на окраину поселка, в сторону речки. (« Где я была »)

而在她已经意识昏迷、处于“过渡地带”而找到阿尼娅老太太的时候，尤利娅竟然激动地几乎热泪盈眶，直接引语大量出现。

> —Ну здравствуйте, Бабаня! —воскликнула она чуть ли не со слезами. Приют, ночлег, тихая пристань встречала ее. Бабаня стала еще меньше ростом, ссохлась, глаза, однако, сияли в темноте.
>
> —Я вам не помешала? —довольно спросила Юля. —Я вашей Мариночке привезла Настенькины вещи, колготки, рейтузики, пальтишко.
>
> —Мариночки нет уже, —живо откликнулась Бабаня, —все, нету больше у меня.
>
> Юля, продолжая улыбаться, ужаснулась. Холод прошел по спине.

—Иди，иди，—сказала Бабаня довольно ясно，—иди отсюда，Юля，уходи. Не нужно мне.

—Я вам тут привезла всего，накупила，колбасы，молока，сырку.（« Где я была »）

当尤利娅抱着美好的，也是最后的希望来投奔阿尼娅老太太后，遭到后者的拒绝，她发出了无助的呐喊：

Юля заплакала и забарабанила кулаком в дверь，крича：

—Анна Сергеевна！Але！Это я，Юля！Юля！Пустите меня！

Постояв и послушав в мертвой тишине（только где-то как бы посыпалось что-то，как земля，струйкой），Юля сказала：

—Хорошо，я ухожу，вода у вас под дверью в банке. Хлеб и сыр в большом клапане рюкзака впереди. И колбаса там же.（« Где я была »）

阿尼娅老太太的家是女主人公自认为最理想的栖息之所。在那里，她会受到热情的接待，喝上热乎乎的茶，有人倾听她说话，甚至还会给她铺好铺盖。但是，这个理想所在却拒绝接纳她，尤利娅对事物的看法、观点随之也发生变化。这篇小说的一个独特之处就在于对比，这种对比是在两个层面进行：直接引语在文中多少的对比以及理想和现实的对比。而且，后者是通过前者实现的。这种对比揭示出女主人公理想的王国根本不理想，更衬托出现实的残酷。因此，借助于直接引语在作品中配置情况的对比反映出作者对现实的讽刺态度。

从以上实例分析得知，语篇中人物直接引语的配置属于作者的权限范围，体现了作者的策略意向。在上述所举的含有直接引语的语篇片段中，作者的主要任务就是对人物在不同时期的观点及内心状态加以对比。这一对比使读者更容易理解作者的意图，从而有助于其构建作品的作者形象。

2.2.3.2 关键词的重复

在当代女性小说中,作者对艺术现实一般很少直接评价,但是作者的态度却反映在语篇系统的不同层面,如在内容层面通过语义显性要素表现出来。因此,"对语篇进行语文学分析时,必须揭示语篇的关键词,发现语篇中高频出现的词汇单位,揭示对于作者意识来说这些词汇单位所表示的概念的特殊意义。"[①]尼科琳娜指出,关键词在语篇中最有效的表现方式就是重复。"内聚性(когезия)决定着语篇语义连续统的连贯性,而重复是内聚性和相干性(когерентность)的基础,是创造相干性最重要的手段。"[②]文学语篇中存在对于表达语篇意义和理解来说关键的符号,它们对确立语篇内语义关系和组织读者接受起着极为重要的作用。勃洛克(А. А. Блок)就曾说道:"任何一首诗都是在语词的尖峰上展开的一块锦。这些带着韵律的语词闪烁着光芒,有它们便有了诗。这诗越晦涩,这些词语便离文本越远。"[③]可以看出,勃洛克在诗歌语篇中分出了一些特殊的符号,这些符号在语篇中起着结构作用,浓缩了诗歌的内容,而且还是创作诗歌内容的条件和作者意向的信号。实际上,关键词这一术语并不仅仅指的是词语,还可以是词组,甚至可以是某一个或几个句子。

关键词具有一系列的本质特征,这些特征有:1)高频重复使用;2)强大的信息表达能力和统摄语篇主要内容的能力;3)把语篇两个内容层面(纯事实层面和概念层面)作以对比,通过这种对比获得该语篇独特的审美意义。[④]

关键词构成语篇中的语义综合体:围绕这些综合体分出与之相近的

① Николина Н. А. *Филологический анализ текста*, М.: Академия, 2003. С. 114.
② Там же. С. 34.
③ Там же. С. 129.
④ Там же. С. 129—130.

同义单位、与之相关的词语以及同根词。① 这些词在语篇中某个语境下的重复通常并不是偶然的。关键词以重复为基础,构成语篇语义的主导思想即母题,同样也可以形成对于语篇阐释来说极为重要的贯穿性对立要素,即前文我们提到的世界观的显性要素。与上一节不同,本节对关键词的研究主要从关键词如何体现作者意识的角度进行,而上一节则主要是以关键词作为作者世界观在语篇中的标识符,通过挖掘作品中的母题建立起世界观显性要素与作者意识之间的关系,从而揭示作者形象。在这一部分里,关键词与作者意识的关系主要通过前文作者世界观中各要素之间的联系体现出来,是一种间接的反映与被反映的关系。

为了便于论述,我们仍以《午夜时分》为例。关键词的重复在《午夜时分》中表现为爱与恨的对立,在《青涩的醋栗果》中表现为孤独与集体的对立。但是,"爱"在《午夜时分》中的重复还表现出特殊性,包含了不同的观点和态度。

> Ау, Алена, моя далекая дочь. Я считаю, что*самое главное в жизни-это любовь*. Но за что мне все это, я же безумно ее любила! Безумно любила Андрюшу! Бесконечно. (« Время ночь »)
>
> Мне стало так хорошо, тепло и уютно, *я прижалась к нему, вот это и есть любовь, уже было не оторвать*. Кто там дальше шуршал, мне уже было все равно, он сказал, что мыши. (« Время ночь »)
>
> —Он что, разошелся с женой? —Ма-ма, не в том дело. —*Ах вот как, будешь любовь женатого мужчины*. —Ма-ма, как ты не понимаешь, у нас будет ребенок, и он снимает нам квартиру. —Вам-это тебе, а сам? —Ма-ма! Не приведу же я его сюда к тебе! И тебя туда я не возьму, —*вдруг сказала она с застарелой ненавистью*, —

① Николина Н. А. *Филологический анализ текста*, М.: Академия, 2003. С. 130.

Тимочку приеду и заберу，но не тебя！Не тебя！（« Время ночь »）

Налилась опять ненавистью ко мне. Встала，ни тебе спасибо，ни наплевать，Тиму ни в грош и укатила с коляской. Пешком волокла с четвертого этажа эту коляску с толстенькой девочкой，отсутствие лифта—наше проклятие.（« Время ночь »）

“爱”与“恨”这两个关键词在《午夜时分》中多次重复，而且“爱”在不同人物的语块中出现，在这一个词中融合了两种不同的观点和理解。第一个片段中出现的爱是主人公安娜对子女深沉而自发的母爱；第二个片段中的爱是女儿阿廖娜所理解的男女之爱；第三个片段中的爱是含有安娜反讽意义的所谓的“爱”，具有明显的人物观点和评价，也因此激起阿廖娜心中的恨；第四个片段中阿廖娜的恨逐渐加深，对母亲的怨恨以及母女之间的关系已经紧张到不可调和的程度。所有这些关键词的重复并非偶然，而是作者意识的体现，因为关键词是构成作者世界观显性要素不可缺少的成分。在这一片段中的同一个关键词上体现出人物的不同观点和不同人物的观点，这种不同观点在同一语篇片段中的出现和对比是作者实现策略意图即作者意识的方式之一。

在《自己的圈子》中，题目便点明题旨“圈子”。女主人公在所谓的“自己的圈子”中所感受到的人间冷暖也在关键词“圈子”的多次重复中得到淋漓尽致的体现。

Тут все равно ажиотаж，образовали отдел у Ливановича，нашего Сержа ставят завом，причем без степени. В наших кругах понимающее ликование，Серж серьезно задумался над своей жизнью，те ли ему ценности нужны，решил，что не те. Решил，что лучше останется у себя в Мировом океане，все опять в шоке：...（« Свой круг »）

Эта ядовитость Анютиной матки имела хождение в нашем кругу，и на Анюте и Андрее лежала печать обреченности. У всех у нас уже были дети，у Жоры трое，у меня Алеша，и стоило мне не появиться в доме Сержа и Мариши недели две，как по рядам проходила весть，что я рожаю в роддоме：так они шутили над моим телосложением. У Тани был сын，. . . (« Свой круг »)

“圈子”在这篇小说中不仅多次出现在女主人公的话语层面，而且还体现在她的意识，甚至可以说是在她的日常生活存在状态中。在第二种情况下，“圈子”与其说是一种直义上的概念，倒不如说是一种不可避免的“命数”的“轮回”，这又何尝不是另一层面的难以走出的“怪圈”！

. . . . . . а недавно дед умер，мой отец，а моя мать умерла три месяца перед тем，за одну зиму я потеряла родителей，причеммать умерла от той болезни почек，какая с некоторых пор намечалась и у меня и которая начинается со слепоты. (« Свой круг »)

В этот день у меня было исследование глазного дна，которое показалоначинающуюся наследственную болезнь，от которой умерла мама. Вернее，доктор не сказала окончательного диагноза，но капли прописала те самые，мамины，и назначила те же самые анализы. (« Свой круг »)

这种外显的和潜在的“圈子”的重复同样属于作者的权限范围，是作者策略意向的体现。

女主人公在得知自己的病情的“致命性”之前，表面上始终置身于“自己的圈子”中，但读者已经可以明显地感觉到她的被“孤立”状态。

Все замерли，а Серж сказал тут же，что относится ко мне резко отрицательно，. . . (« Свой круг »)

—Я к тебе отношусь резко отрицательно！—заявил он，вспомнив формулировку Сержа，. . . . (« Свой круг »)

这种狭义的“圈子”和广义的“圈子”(命运的轮回)在某种意义上体现

出作者的世界观主题——命数:人在命中注定的命数面前无力回天,但是却可以通过某些力量影响“圈子”里的人的命数。此处指的是女主人公通过廉价的代价换取了儿子阿廖沙在她死后的安定生活,换取了“圈内人”对阿廖沙的关心、照顾。“圈子”在小说中的多次重复无疑更增添了宿命的神秘性,深化了“圈子”的广义意义——命运的轮回。因此,该作品中借助关键词“圈子”的重复使作者意识得到鲜明体现。

2.2.3.3 叙述语言特征的改变

主人公语言特征的改变同样属于有利于实现作品思想的作者的策略意向。本小节将以彼特鲁舍夫斯卡娅《我到过哪里》为例,详细分析其中叙述语言的特色及其变化。

在故事开始,叙述的语言带有典型的俄罗斯知识分子的语言特征。

> *Как забыть это ощущение удара, когда от тебя уходит жизнь, счастье, любовь*, думала женщина Юля, наблюдая в гостях, как ее муж сел и присох около почти ребенка, все взрослые, а эта почти ребенок. (« Где я была »)
>
> Утром Юля в одиночестве приготовила семейный завтрак и вдруг сообразила, что надо пойти куда-нибудь. *Куда-в кино, на выставку*, даже рискнуть в театр. *Главное, с кем, одной идти как-то неловко...... третья собиралась уходить, стояла на пороге, заболела какая-то очередная престарелая родня. Эта подруга была одинокая, но всегда веселая, бодрая, святая.* Мы не такие. (« Где я была »)

故事的开始表面上与其说是女主人公在向生活发问,倒不如说是俄罗斯知识分子的一个永恒的、永远未真正解决的哲学命题:“怎么办?”叙述的语言也是有条不紊的、典型的知识分子“文绉绉”的用语:主从复合句、副动词、前置词短语,等等,如 наблюдая, как... в одиночестве 等,叙述是平稳的、流畅的。一系列看似陈述却暗含疑问的内心独白揭示出女主人公的矛盾心态。第二段的最后一句笔锋一转,“我们不是这样的人”骤然使读者从对女主人公的同情转到了现实层面,“双声性”使此处的叙述语言明显区别于前后文:“我们不是这样的人”既像是处于故事层面的女主人公尤利娅的内心独白,又像是处于故事外,即话语层面的叙述者对现实所作出的概念性总结。由此,我们可以看出叙述语言前后特征的改变:前面部分是处于话语层面的叙述者较为书面化的语言,偏重于书面语体,而最后一句话则可以被视为是处于故事层面的女主人公和处于话语层面的叙述者从不同的视角出发所做出的论断,偏重于口语语体。同样的情形还出现在尤利娅离家出走前:

> Вот! Когда ты всеми заброшен, позаботься о других, посторонних, и тепло ляжет тебе на сердце, чужая благодарность даст смысл жизни. Главное, что будет тихая пристань! Вот оно! Вот что мы ищем у друзей! (« Где я была »)

作者的注释常常会打断平缓进行的叙述语流,但同时又常常是对主人公生活事件的客观评价,这种评价通常是“双声性”的。

> Юля нашла даже и кое－что для самой бабы Ани, теплую кофту, и через два часа уже бежала по привокзальной площади, едва не попав под машину (вот было бы происшествие, лежать мертвой, хотя и решение всех проблем, уход никому не нужного человека, все бы освободились, подумала Юля и даже на секунду оторопела, задержалась над этой мыслью),—и тут же, как по волшебству, она уже сходила с электрички на знакомой загородной станции и, таща на себе походный рюкзак, продвигалась знакомой улочкой от станции на окраину поселка, в сторону речки. (« Где я была »)

这一片段可以说是这篇小说的关键,其中的叙述特色尤为明显。括号之前是处于正常生活状态的女主人公尤利娅,但仅仅两个小时后,她差一点就与现实世界阴阳两隔。作者的注释也暗示了人在面对危机时所能选择的一条出路——死亡,死可以让人远离尘世间的种种烦恼。后文叙述语言中的插入语“就像施魔法一样”更加证实了尤利娅此时的状态:她完全没有意识到发生在她身上的一切,她模糊的意识中依然在继续着她的离家计划,但语言特色的改变告诉读者,她正处于生死交界,命悬一线,但生存的意识依然顽强的状态。在这个片段的叙述者语言中,叙述语言是平缓的、客观的,括号中及其之后的片段中,女主人公尤利娅本人已经处于即将发出自己声音的过渡阶段,因此作者迫不及待地跳到前台,不时作出评论性注释,因此叙述语言主观化的程度更多一些。

> Тропинкапружинила, тут почва сырая глина, так, теперь улица разветвляется, нам надо левей, мимо забора врачей. Так прозывались их соседи, действительно муж работал в санэпиднадзоре, и они по субботам выкачивали выгребную яму и поливали накопившимся добром свой сад, якобы преследуя экологически чистые цели (на самом деле чтобы не нанимать машину), и по окрестностям плыл смрад, какой всегда несется от натуральных органических удобрений. Такой же гнилой ветерок веял и сейчас (вот откуда запах кладбища). («Где я была»)
>
> Юля с трудом досталатяжеленную лестницу из-под дома, установила ее, полезла по трухлявым перекладинам, рухнула с третьей, совсем разбила ноги (сломала?). («Где я была»)

此处读者遇到神话诗学中常见的语言形象:道路或者路途。女主人公解决生活中问题的道路对她来说是如此艰难。因此,在她发生车祸之后模糊的潜意识中出现了诸如“软绵绵”“潮乎乎的黏土”“大街分叉”“污水坑”“郊区”“腐烂的有机肥料发出的臭味”“梯子”等形象,这些形象在大都市莫斯科的现实生活中都是很难见到的。叙述语言中所出现的这些形象的隐喻性意义不言自明:女主人公正处于严重昏迷状态,用中国的古话讲,她的“一条腿已经踏上了黄泉路”。“神话诗学中几个固定的空间形象:路途(道路);几个非常重要的空间点和局部客体:门槛、门、楼梯、桥等。这些与时间和空间的切分有关的形象富于隐喻性地呈现出一个人的生活以及生活的几个决定性的危急时刻,呈现出人在‘阴’‘阳’两世交界处的探索。这些形象表现出一种运动,指明运动的界限,象征着选择的可能性。这些形象广泛运用于诗歌和小说中。”①“艺术空间是作者创造的审美现实的一种形式。”②在尤利娅意识清醒时,此类语词没有一个出现在叙述语言中,但是,在她处于深度昏迷状态时,这些词却频繁出现。也就是说,这一片段中所用语词的修辞特色与前文相比发生了较大变化。

Обратный путь по зарубкам вверх был еще тяжелей, руки не слушались, цепляясь за зарубки,...

Добравшисьдо станции, она села на ледяную скамью. Было дико холодно, ноги закаменели и болели как раздавленные. Поезд долго не приходил. (« Где я была »)

此处再次出现的“返程的路”“车站”的形象替代了前文叙述中的“软绵绵”“潮乎乎的黏土”“大街分叉”“抽污水坑”“郊区”“腐烂的有机肥料发出的臭味”“梯子”等形象,加强了与现实的联系。前者的隐喻意义是很明显的:女主人公似乎要开始恢复意识,用通俗的话讲,她在“阎王殿门前徘徊了一圈又回来了”。

И тут Юля проснулась *на каком-то ложе. Опять открылось (вот оно!) бескрайнее белое пространство, как снега кругом.* Юля застонала и перевела взгляд к горизонту. Там оказалось окно, наполовину заслоненное голубой шторой. В окне стояла ночь и

① Николина Н. А. *Филологический анализ текста*, М.: Академия, 2003. С. 103—104.

② Там же. С. 102.

сияли далекие фонари. Юля лежала в огромной темной комнате с белыми стенами под одеялом как под грудой развалин. *Правая рука не поднималась, придавленная каким-то грузом.* Юля *подняла левую руку и стала разглядывать ее.* (« Где я была »)

叙述者语言中一系列表示意识清晰的动词和短语的出现,暗示着女主人公在经过长时间的昏迷后逐渐地远离了死神,脱离生命危险,意识逐渐恢复。

作者在这篇小说中不断地改变叙述语言特色,鲜明地表达出女主人公在处于不同的状态(存在和异在,阳世和阴间)时所面临的问题以及出现问题时的解决之道。人在面临日常生活中出现的问题时,“岔路”即选择是一个永恒的问题,死亡当然是解决问题的方法之一。但是,面对问题,人不能仅选择消极的死亡,而是需要去勇敢地解决。因此,小说中的女主人公即使在出了车祸意识模糊的状态下依然积极地去解决不断出现的问题。小说的最后一句话是富有深意的:

Ищите, ищите, говорила она, не плачьте, я тут. (« Где я была »)

但是,我们还应该从另外一个角度来看待女主人公的“死”,尽管这是一个未实现的行为。女主人公尤利娅在面对生活中丈夫的“背叛”时,曾经一晃而过的念头就是死亡,死亡是摆脱痛苦免遭折磨的最好出路,是打破生活恶性循环、减轻痛苦的方式;但是同时,“死亡”也被认为是宣布自己存在、吸引他人注意到自己的一种恐怖的方式。

综上所述,我们发现,叙述语言特征的改变主要通过语体、叙述语气的客观性与主观性、修辞特色等方面进行。在这篇小说中,叙述语言特色的改变同样属于作者的策略意向,属于作者意识的范畴。这种手段的运用旨在表明作者的世界观模式之一,即生与死的对立统一,同时表现出作者对现实的嘲讽态度。

2.2.3.4　互文

“多引文性可以说是后现代主义语篇的一个典型的识别性特征。多引文性是‘已经有过’现象和所有的话都已经说过这一意识的结果。”①狂欢游戏的伪装性本质、等级戒规界限的打破在很大程度上决定了类似作品中的互文性。“互文性”(Intertextuality,又称为“文本间性”或“互文本性”),这一概念首先由法国符号学家、女权主义批评家朱丽娅·克里斯蒂娃(Ю. С. Кристева)在其《符号学》一书中提出。在朱丽娅·克里斯蒂娃提出这一术语之前,“互文性”概念的基本内涵在俄国学者巴赫金的理论诗学中已初见端倪。巴赫金在《陀思妥耶夫斯基诗学问题》一书中提出了“复调”理论、对话理论和文学的“狂欢化”理论。在陀思妥耶夫斯基的作品(如《白痴》)中,狂欢节中的情节与场面随处可见。其基本内涵是,每一个文本都是其他文本的镜子,每一文本都是对其他文本的吸收与转化,它们相互参照,彼此牵连。

彼特鲁舍夫斯卡娅小说中的后现代主义话语相当重要,其中也表现出不同程度的互文性。列别杜什金娜(О. Лебедушкина)指出:“在彼特鲁舍夫斯卡娅的小说中,在她独白化了的主人公的有意简化的言语中可以揭示从普拉东到索洛古勃再到贝科特等人在内的整个世界文学。”②

文学语篇结构中的互文联系多种多样,有参考其他作品的题目、追忆往事,等等。一字不差的或者经过变化的引文常常还“表达出作者的评价态度”,然而,“作者的评价常常并非直接表现出来,而是通过形象的对比和认识。”③

彼特鲁舍夫斯卡娅有这样一些作品,它们的题目是以一些新“老”人物命名的。因此,题目本身就表明了互文性的存在,如《新鲁滨逊们》《新格利弗》《新浮士德》等。尽管彼特鲁舍夫斯卡娅本人并没有把这几个作

---

① Прохорова Т. Г. *Проза Л. Петрушевской как система дискурсов*: Дис. ... доктора. филол. наук. /Т. Г. Прохорова, Казанский гос. ун-т. —Казань, 2008. С. 256.

② Лебедушкина О. *Книга царств и возможностей* /Лебедушкина О.// Дружба народов. 1998. №4. С. 199—207.

③ Николина Н. А. *Филологический анализ текста*, М.: Академия, 2003. С. 159.

品定为一个系列,但是它们之间的内在联系却是显而易见的。这种联系的表现就是:这些题目都是同一类型,题目中都提到了大家耳熟能详的文学人物,彼特鲁舍夫斯卡娅也因此展开了与上述作品的原型及其作家之间的对话。这些作品原型和作家的选择本身同样也是值得注意的:这些作品原型都是18世纪西欧文学及文艺复兴时期的产物,其典型特点就是相信可以把人、生活和世界变得更好,而彼特鲁舍夫斯卡娅的很多作品却大多是在"价值贬值、信仰危机、所有真理的相对性以及理智资源的枯竭"①时期创作的。因此,在彼特鲁舍夫斯卡娅所关注的上述作品(《鲁滨逊漂流记》《巨人传》《浮士德》)中表现出的不仅有理智地对待生活的思想,还有对社会要求应该遵循的规则、规范的相对性的理解。彼特鲁舍夫斯卡娅小说题目中的"新"字迅速就会使读者产生这样一种印象:这些作品是对已有的熟知形象的游戏性变形。鉴于这些作品都属于这种互文类型,所以本小节仅以《新鲁滨逊们》为例来分析这种互文性是如何体现的。

小说《新鲁滨逊们》除增加了定语"新的"之外,单数的鲁滨逊还变成了复数。这实际上表明,"鲁滨逊"已经从原来的专有名词变成了现在的普通名词。而且,摆在读者面前的不再是鲁滨逊"不平凡的、传奇的历险",取而代之的是接二连三地逃难似的生存史,因为这是唯一的逃离敌对力量的方式。同时,小说中展现的不仅仅是单个人物的悲剧故事,还有所有能够自救的每个人的命运。也就是说,这篇小说讲的是所有活着的人的命运。因此,彼特鲁舍夫斯卡娅创作的不是笛福所创作的乌托邦式神话,而是一部反乌托邦小说。在笛福的《鲁滨逊漂流记》中,读者和鲁滨逊一起看到的是一些愉快的发现,看到的是鲁滨逊所经历的由蒙昧、蛮夷到文明的发展过程。而在彼特鲁舍夫斯卡娅的《新鲁滨逊们》中,读者和主人公们一起体验到的是那种不可避免的灾难即将降临的感受。人们不

---

① Прохорова Т. Г. *Проза Л. Петрушевской как система дискурсов*: Дис. ... доктора. филол. наук. /Т. Г. Прохорова, Казанский гос. ун-т. -Казань, 2008. С. 257.

清楚究竟是什么样的破坏性力量,但这些力量就好像是一种莫名的、不可避免的劫数一样时刻尾随着人们。因此,人们内心的恐惧感也就变得愈发强烈。

彼特鲁舍夫斯卡娅的主人公的运动矢量与我们在《鲁滨逊漂流记》中看到的主人公的运动矢量相对而立。《新鲁滨逊们》的情节是线性发展的,是一个从文明世界逃往到一个甚至不是自然世界,而是一个荒蛮、人烟稀少的地方,而且新鲁滨逊们在逃离追逐的同时,不止一次地不得不重新盖房建屋。这个小说中所描绘的场景的反常性就在于:荒无人烟的处所对于新鲁滨逊们来说仍然是一个无法实现的梦想,这也正是主人公的悲剧所在。

彼特鲁舍夫斯卡娅的《新鲁滨逊们》这篇小说是多层面的,可以从不同的角度对其加以阐释,因此也是开放性的。小说给人一种"故事是可信的、是完全符合事实的"这样的印象。如果说《新鲁滨逊们》和笛福的《鲁滨逊漂流记》有什么交汇点的话,那么首先就表现在这一层面。《新鲁滨逊们》与笛福的《鲁滨逊漂流记》的风格之间存在一种独特的游戏:两部小说都是对回忆录的模仿,是对一个接一个发生的、各方面都真实可信的事件的详细描写。另外,小说的叙述没有什么特别的感情,就好像是对所发生的事所作的拙劣叙述。故事的开头是这样的:

> Мои папа с мамой решили быть самыми хитрыми и в начале всех дел удалились со мной и с грузом набранных продуктов в деревню, глухую и заброшенную, куда-то за речку Мору (...) как Робинзоны, со всяким садовым инвентарем, а также с ружьем и собакой борзой Красивой, которая, по всеобщему убеждению, могла брать осенью зайцев в поле. (« Новые Робизоны »)

值得注意的是,起初小说中扮演鲁滨逊角色的只有父亲一个人,进行叙述的女儿并不明白他的行为,她也不知道父亲要运往"孤岛"的那些东西的价值所在。讲述人就是一个旁观者的角色,因为父亲正在做的是件有些令人吃惊的事情,她仔细地记录下了这一切。

> И отец начал лихорадочные действия, он *копал* огород, *захватив* и соседний участок, для чего *перекопал* столбы *и перенес* изгородь несуществующих соседей. *Вскопали* огород, *посадили* картофеля три мешка, *вскопали* под яблонями, отец *сходил и нарубил* в лесу торфа. У нас появилась тачка на двух колесах, вообще отец активно *шуровал* по соседним заколоченным домам, *заготавливал* что под руку попадется: гвозди, старые доски, толь, жесть, ведра, скамейки, ручки дверные, оконные стекла, разное хорошее старье типа бадеек, прялок, ходиков и разное ненужное старье вроде каких-то чугунков, чугунных дверок от печей, заслонок, конфорок и тому подобное. (« Новые Робизоны »)

这个片段中的叙述者用了一系列的几乎没有任何感情色彩的动词来记录父亲的活动,就好像父亲正在做的事情与自己没有任何关系一样。文中对类似平淡无奇的事情的罗列有很多,这些描写首先使人联想到的是笛福的《鲁滨逊漂流记》。彼特鲁舍夫斯卡娅显然是想与《鲁滨逊漂流记》保持某种联系:主人公们所做的都是完全像鲁滨逊一样的、具有历险性质的事情。但是渐渐地,所有家庭成员都成为鲁滨逊式的历险真正意义上的参与者。而且后来,他们对于在"孤岛"上掌握生存本领的态度也逐渐发生了变化,每个人都根据事先确定的角色开始行动、思考。如果说起初的女讲述人只是把整件事当做一件好玩的游戏,那么,渐渐地她发现,生活和可怕的游戏之间的界限模糊了,"哥萨克强盗"和"鲁滨逊们"之间发生的不是什么好玩的事情。下面两个例子就说明女讲述人对正在发生的事情的态度正在转变。

> Козочку мы все-таки купили с мамой, отшагав десять и десять километров туда и обратно за Тарутино, в другую деревню, но мы

шли как бы туристы, как бы гуляя, как будто времена остались прежними (...) я стала искусно шептать маме, как будто я прошу козленочк. (« Новые Робизоны »)

Тем временем мы пережили самый страшный месяц июнь (месяц ау), когда припасы в деревне обычно кончаются. Мы жрали салат из одуванчиков, варили щи из крапивы, но в основном щипали траву (...) наша козочка Рая подрастала, надо было ей подыскивать козлика, и мы пошли опять в ту же деревню, где проживала наша владелица еще одного козленка. А ведь она нам его так навязывала тогда, а мы и не знали подлинной ценности козленка! (« Новые Робизоны »)

两部小说的互文性(从某种意义上讲也是一种对话性)对比是显而易见的:我们在笛福的《鲁滨逊漂流记》中看到的是充满激情的劳动颂歌,看到的是在日常生活的重压之下积极与命运抗争的一个人,他的努力最终受到了嘉奖。然而,读者在彼特鲁舍夫斯卡娅的反乌托邦小说中感受到的是一种毫无出路的氛围,感受到的是这样一种感觉——"不论什么样的努力和远见都不能把人从对所有人来说都是普遍存在的厄运中拯救出来。除了成功,什么都不能拯救他们"[①]。然而,尽管彼特鲁舍夫斯卡娅的主人公经历了逃亡,在逃亡过程中感受到了追捕带给他们的前所未有的恐惧,但与此同时,他们的内心依然闪耀着人性的光芒。我们在笛福《鲁滨逊漂流记》中看到,主人公一系列行为的直接动机更多的是某种利益的驱使,而彼特鲁舍夫斯卡娅的"新鲁滨逊们"的行为则明显不合逻辑,他们常常以牺牲自己的利益为代价,帮助所有他们遇到的孤残儿童,如收留三岁的小姑娘莲娜,她的妈妈上吊自杀了,奶奶成了酒鬼。这个情节让我们想到了《鲁滨逊漂流记》中与之相对的情景——小男孩克苏里被变卖

① Петрушевская Л. *Два царств*, СПб.: Амфора, 2009. С. 130.

为奴。但在《新鲁滨逊们》中，小姑娘莲娜则成为“新鲁滨逊们”家庭中的一员，她和其他家庭成员一样参与到了历险式的逃亡中：

(...) девочка мочилась в кровать, ничего не говорила, (...) слов не понимала, ночью плакала часами. И от этих ночных криков всем скоро не стало житья, и отец ушел жить в лес. Делать было нечего, и все шло к тому, чтобы отдать девочку ее непутевой бабке, как вдруг эта бабка Фаина сама пришла к нам и стала, покачиваясь, выманивать деньги за девочку и за коляску. Мать без единого слова вывела ей Лену, чистую и подстриженную, босую, но в платьице. Лена вдруг упала в ноги моей матушке без крика, как взрослая, и согнулась в комочек, охвативши мамины босые ступни. Бабка заплакала и ушла без Лены и без коляски, видимо, ушла умирать. («Новые Робизоны»)

后来，“新鲁滨逊们”又收养了逃难者放在门口的一个婴儿，他们给他取名叫“拾儿”(Найден)，这个场景与笛福的鲁滨逊给那个男孩取名叫“星期五”(Пятница)的场景相似。彼特鲁舍夫斯卡娅的主人公们需要养活这些孩子，给他们治病，教育这些不幸的孩子。所有这一切都耗费了他们巨大的精力，他们需要作出巨大的自我牺牲。但主要的是，他们需要为这些孩子付出爱。小说的最后，莲娜和拾儿都融入了这个家庭，壮大了“新鲁滨逊们”的队伍。

彼特鲁舍夫斯卡娅反乌托邦小说的特点就在于：“人与极权国家”是反乌托邦小说的核心问题，但彼特鲁舍夫斯卡娅却对这个核心闭口不谈。小说中那些无处不在的、主人公竭力要免遭其害的恶势力使人想起希腊悲剧主人公所遭受的那些恶势力，能够佐证这一点的就是在小说伊始出现的河流的名称——莫拉河(Мора)。在斯拉夫神话中，莫拉是个魔鬼，是死亡、恶势力和仇恨的象征。因此，莫拉河也就成了死亡之河。

《新鲁滨逊们》表现了 20 世纪人寻找拯救自我出路的世界观。彼特鲁舍夫斯卡娅认为，与混沌力量分庭抗礼的只有家园、房子、友好团结的血缘关系。新鲁滨逊们建造的房屋使人想起“诺亚方舟”，它远离周围的世界，远离人烟，这是逃离死亡的唯一方式：

> Зима замела снегом все пути к нам, у нас были грибы, ягоды сушеные и вареные, картофель с отцовского огорода, полный чердак сена, моченые яблоки с заброшенных в лесу усадеб, даже бочонок соленых огурцов и помидоров. На делянке, под снегом укрытый, рос озимый хлеб. Были козы. Были мальчик и девочка для продолжения человеческого рода, кошка (...). была собака Красивая (...). У нас была бабушка, кладезь народной мудрости и знаний. Вокруг нас простирались холодные пространства. (« Новые Робизоны »)

这个诺亚方舟是易碎的，它很难与试图时刻吞噬整个世界的恶魔抗争。因此，唯一拯救的方式就是逃亡。这不是为了要活下来而逃亡，而是为了拯救家园和人性：

> В случае, если мы не одни, к нам придут. Это ясно всем. Но, во-первых, у отца есть ружье, у нас есть лыжи и есть чуткая собака. Во-вторых, когда еще придут! (...) нам до этого жить да жить. И потом, мы ведь тоже не дремлем. Мы с отцом осваиваем новое убежище. (« Новые Робизоны »)

小说结尾的这种开放性并不是后现代小说文本所标榜的那种完结，因为后者要求的是阐释的无限性，但是这篇小说的思想完全是明确的，没有其他的阐释空间，整篇小说充满了人道主义色彩。

彼特鲁舍夫斯卡娅在《新鲁滨逊们》中对前人文本的仿拟在某种意义上可以说是一种解构式的互文，它冲破这个被奉为经典的文本中确立的意识形态的禁锢，生动细致地描绘出了 20 世纪人的世界观以及价值状态。尽管彼特鲁舍夫斯卡娅没有明确指出极权制度对普通人的迫害，但是,读者通过这种互文关系似乎能够体会到作者的批判态度:那些时刻吞噬“新鲁滨逊们”的力量的暗中所指正是苏联社会的极权制度,它努力要使每个人都成为苏联意识形态制约下的奴隶,不允许任何人产生有个性的思想,更不允许这些思想付诸实践。这也许正是彼特鲁舍夫斯卡娅通过这部反乌托邦小说所要表明的立场。因此可以说,互文手段同样是体现作者意识的主要手段之一。

第三章
作者形象复合结构之二——作品

“作者形象不是简单的言语的主体，甚至在艺术作品的结构中通常并不提到它。这是一部作品真谛的集中体现，它囊括了人物与叙述者、一个或多个讲述人相互关系的语言结构的整个体系，通过这些语言结构而成为整个作品思想和修辞的核心，成为整个作品的焦点。”[①]从维诺格拉多夫关于讲述体中作者形象的论述中可以看出，他非常看重作品中人物、讲述人、叙述者相互关系的物质载体，即语言结构体系。只有通过解剖作品中的语言结构，才可以深入挖掘作者形象。因为，“作者对艺术现实的态度，他的立场、情绪，都不是游离于文字之外的抽象意念，而是渗透到语言之中，体现在修辞体系里面的具体化、物质化了的情志。离开了作品的语言结构、修辞体系，简言之离开了辞章，之中的态度连同整个内容，就完全荡然无存了。”[②]维诺格拉多夫有时甚至径直说作者形象是“独具一格的语言结构，它贯穿于文学作品的始终，决定着作品所有诸因素的相互联系和相互作用。”[③]姑且不论维诺格拉多夫的这种表述是否完全妥当，单就这些表述中对语言结构的强调就能看出，表现人物、讲述人和叙述者之间相互关系的语言结构必定是研究“作者形象”问题的一个极其重要的组成部分。维诺格拉多夫还认为，小说的语言结构是作者语言、叙述者语言、

---

① Виноградов В. В. *О теории художественной речи*, М. : Высшая школа, 1971. С. 118.

② 白春仁:《文学修辞学》,长春:吉林教育出版社,1993 年,第 263 页。

③ 同上书,第 263 页。

各种人物语言的统一体。① 鉴于该问题涉及以上三个范畴,因此,本章拟从叙述视角和叙述类型相结合的角度,分三个部分②来论证"作者形象复合结构"假说中的另一个要素——作品,通过分析叙述者[1]话语揭示叙述者[1]形象与作者形象之间的关系。

克里斯托弗·依舍伍德(Christopher Isherwood)在给友人的信中写道:"我的头两部小说《阴谋家们》和《纪念碑》是以第三人称写的。在这两部小说中,根据叙述的需要,我把写作角度从一个人物转移到另一个人物。在我准备写第三部小说《诺里斯先生的临终》时,我开始感到写作角度这样频繁的转移是不能令人满意的,因为这样会把读者的注意力从场景转移,而过多地关心刻意求工的叙述技巧。"③可以看出,这段话的重点并不在于作者选择了哪种人称形式叙述,而在于选择人称形式的意图,作者对人称形式的选择意在考虑对叙事文本的总体效果和全盘结构。

相比较而言,小说中最常用的是第一人称叙述和第三人称叙述。下面我们就以彼特鲁舍夫斯卡娅小说为例,分析这两种叙述类型的叙述者[1]话语中不同的叙述角色与作者形象之间的关系。

3.1 叙述者[1]话语与作者形象

3.1.1 第一人称叙述中的叙述者[1]

第一人称叙述中"我"的问题看似很简单,但实际上有很多人常常分不清楚其中的各种细类,从而导致诸多混淆。维诺格拉多夫说:"'我'人称中作者形象的类型和种类问题是尤为困难且矛盾的。"④

乌斯宾斯基在给友人的信中谈及萨尔蒂科夫-谢德林的特写风格时

---

① 白春仁:《文学修辞学》,长春:吉林教育出版社,1993年,第265页。

② 本章的三大节与上述作者语言、叙述者语言、各种人物语言并非为严格意义上的对应关系。

③ 转引自徐岱:《小说叙事学》,北京:中国社会科学出版社,1992年,第274页。

④ Виноградов В. В. *О теории жудожественной реч*, М.: Высшая школа, 1971. С. 193.

写道:“萨尔蒂科夫用自己之‘我’写作,但是要注意,他有没有用这个‘我’遮住他所描写的东西。没有。这个‘我’是旁观的我,是一个旁观观察者,而且萨尔蒂科夫无论用什么方式都无法解释这个‘我’生活的那个环境。”[①]也就是说,作者的现实之我与作品中的旁观之我是存在一定区别的,视角的不统一是这种区别的一个重要原因。同时,乌斯宾斯基还指出,视角对立具有普遍的“贯穿”性,体现在意识形态、时空、语言和心理四个视角层面。这种对立可以有条件地称为“外视角”和“内视角”的对立。[②]

众所周知,叙述形式的选择并非偶然:“第一人称叙述是有意识地审美选择的结果,而不是坦诚与自白的象征符号。选择第一还是第三人称形式绝不是毫无区别的……在这种或者那种情况下讲述的将不是同一件事,因为叙述的视角和整个叙述的组织都取决于角色的配置。”[③]

阿塔洛娃和列斯吉斯(К. Н. Атарова, Г. А. Лесскис)把划分第一人称形式和无人称形式的语法标准和语义标准结合起来。他们认为,“单数第一人称并不是第一人称形式的充分标志,因为作者也随意并广泛地把这一人称用于无人称形式中。而且,与在无人称形式中一样,在第一人称形式中,叙述者使用的还有复数第一人称形式,有时还和单数第一人称形式混用。因此,如果叙述者与单数第三人称所表示的那个人物显然是同一人的话,第一人称叙述中的单数第一人称形式就可以被单数第三人称形式所取代。”[④]

---

① Виноградов В. В. *О теории художественной реч*, М.: Высшая школа, 1971. С. 193.

② Успенский Б. А. *Поэтика композиции*, М.: Искусство, 1970. С. 145—146.

③ Щукина К. А. *Речевые особенности проявления повествователя, персонажа и автора в современном рассказе: На материале произведений Т. Толстой, Л. Петрушевский, Л. Улицкой*: Автореф. дис. ... канд. филол. наук / СПб., 2004. С. 19.

④ Геймбух Е. Ю. *Образ автора как категория филологического анализа художественного текста*: Дис. ... канд. филол. наук. / Российская акад. образования, исследовательский центр преподавания русского языка. М., 1995. С. 61.

在前人对叙述者[1]所作出的理解和分类中显然存在一定的差异。通过梳理我们认为，首先，根据叙述者[1]采用故事内人物眼光还是故事外观察者的眼光的不同，我们可以分出内视角叙述者[1]和外视角叙述者[1]；其次，根据叙述者[1]与故事之间的相互关系，我们还可以把第一人称内视角叙述者[1]分为故事内的被述之“我”和故事内的观察之“我”，把外视角叙述者[1]的叙述分为第一人称主人公回顾性叙述和第一人称见证人叙述。

指出讲述人与其他人物同处于被述世界，这是第一人称形式的基本意义。① 第一人称形式的深层含义与作者和讲述人位置的相互关系，即与叙述视角有关，作者形象与叙述者形象之间的微妙关系也就不可避免地体现在作者对叙述视角的选择上。

第一人称叙述中的叙述者[1]具有典型的特点：当他处于现在这个时空进行叙述的时候，他是处于话语层面，即故事之外的叙述之“我”，而当叙述的是他处于往事的那个时空时，他又是处于故事层面，即故事之内的被述之“我”。这两个角色分别是叙述者和讲述人。鉴于具有这个特点的第一人称叙述类型的叙述者[1]主要出现在追忆往事性质的小说中，因此，本节我们主要以突出表现了这一特点的《午夜时分》和《青涩的醋栗果》为例来分析叙述者[1]与作者形象之间的联系。

3.1.1.1　内视角中的叙述者[1]

前面在讲到视角和叙述者的分类时提到，施密德把叙述者分为故事叙述者和非故事叙述者，这种区分非常有利于本章关于内外视角中各种叙述者类型的分析。所谓的“内视角”，顾名思义，就是叙述采用故事中某个人物的眼光进行，叙述的形式采用第一人称“我”的形式。但此时的“我”会产生这样一种情况，即在元故事(диегесис)叙述中，第一人称“我”远非是单义的：“我”同时可以包含叙述者和人物，也就是说，“我”的涵义

---

① Геймбух Е. Ю. *Образ автора как категория филологического анализа художественного текста*：Дис. ... канд. филол. наук. / Российская акад. образования，исследовательский центр преподавания русского языка. М.，1995. С. 61.

在不同的语境下可以使叙述人的这个或那个实体更具有现实意义。“我”的主体性分化与叙述的双面性有关，即“我”既可以指故事层面的被述之“我”，它在功能上更接近故事内的人物，也可以指叙述层面的叙述之“我”，它在功能上更接近叙述者。但值得注意的是，在“我”一分为二为叙述之“我”和被述之“我”的同时，还存在“我”的第三个实体，即作者之“我”。因为，“在同故事叙述中，没有在第三人称范围内作者能够隐藏起来的‘无处不在’的第三人称叙述者”[①]。这样一来，按照这一观点，第一人称叙述中的“我”就有三个实体：叙述之“我”、被述之“我”和作者之“我”。

叙事学领域的学者们对第一人称叙述中“我”的这种三分法持有不同的见解。施密德指出，“必须把叙述之‘我’、被述之‘我’作为两个功能上可区分的角色，作为叙述者和人物，或者确切地说，作为原动质(актор)加以研究，……它们由身体和心理的统一联系起来，而且这种统一具有某种假设性。”[②]

林特威利特和福格尔(Я. Линтвельт, В. Фюгер)分出了两种同故事叙述类型：作者型(叙述之我＝被述之我)、作者型(叙述之我)。[③] 他们的根据是，“对于读者来说，谁是聚焦中心，是人物兼叙述者还是出场人物。”[④]因此，相应地，第一人称叙述的作品根据叙述者和叙述聚焦的功能可分为以下类型：1. 叙述者是主要的出场人物；2. 叙述者是次要人物或者是被动的观察者。

---

① 转引自：Щукина К. А. *Речевые особенности проявления повествователя, персонажа и автора в современном рассказе : На материале произведений Т. Толстой, Л. Петрушевский, Л. Улицкой*: Автореф. дис. ... канд. филол. наук / СПб., 2004. С. 20.

② Шмид В. *Нарратологоия*, Языки славянской культуры, 2003. С. 95.

③ 转引自：Щукина К. А. *Речевые особенности проявления повествователя, персонажа и автора в современном рассказе : На материале произведений Т. Толстой, Л. Петрушевский, Л. Улицкой*: Автореф. дис. ... канд. филол. наук / СПб., 2004. С. 21.

④ Там же. С. 21.

有的研究者(如徐京娜)把叙述者分为:1. 追忆型叙述者,其中叙述者处于故事空间的中心,在时间上远离所描写的事件,是主要的出场人物,叙述之我等于被述之我;2. 旁观型叙述者,其中的叙述者在空间上远离被描写的客体,处于故事空间的外围,是一个次要人物和/或者被动的观察者。①

上文我们已经对第一人称叙述者[1]分出四个类型:故事内被述之“我”、故事内观察之“我”、第一人称主人公回顾性叙述、第一人称见证人叙述。下面我们就以彼特鲁舍夫斯卡娅的作品《午夜时分》和《青涩的醋栗果》为例分析内视角中叙述者[1]的体现及其与作者形象之间的关系。

A. 故事内的被述之“我”

彼特鲁舍夫斯卡娅小说中有一部分是以第一人称“我”进行的追忆型小说。这种小说要么是叙述童年,要么是叙述处于遥远的过去的事件,小说中的叙述者是故事(диегетический)叙述者,但是却需要对他的视角做具体分析,因为故事叙述者的眼光此时有两种:一种是叙述者“我”从现在的角度追忆往事的眼光,一种是被追忆的“我”过去正在经历事件时的眼光。相应地也就分出两个“我”,用里蒙-凯南(Rimmon-Kenan)的术语来说,这两个“我”就是叙述自我和经验自我。② 很多叙事学家根据两个“我”的不同观察位置将其分为“外视角”和“内视角”(或者是热奈特的术语“外聚焦”和“内聚焦”)。为了便于理清第一人称各个“我”之间的相互关系,我们在本小节仅分析内视角中被追忆的“我”,即被述之“我”,也即经验自我。

施密德指出,“被述之我(此时此处的我〈或者我们〉)是好像从事件发生的当时理解事件的孩子,此时成年的讲述人被作者暂时抛至一边。被

---

① 转引自:Щукина К. А. *Речевые особенности проявления повествователя, персонажа и автора в современном рассказе : На материале произведений Т. Толстой, Л. Петрушевский, Л. Улицкой*: Автореф. дис. ... канд. филол. наук / СПб., 2004. С. 22.

② 术语翻译参考:申丹:《叙述学与小说文体学研究》,北京:北京大学出版社,2004,第240页。

述之'我'是个人物,是两极反应物(актор),即他是由生理和心理统一体与叙述之'我'联系起来的故事的承载者。"[①]他还提到,叙述学应该从功能上研究故事叙述者问题,必须把叙述之"我"和被述之"我"视作功能上可区分的角色(инстанции),就像叙述者和人物。[②]

被述之"我"在功能上是接近人物的,而且可以像人物一样作为两个完全不同的角色出现在叙述者的话语中:1)作为被描绘的客体,叙述者话语的对象;2)作为意识的主体,叙述者的语言从他的角度阐释正在发生的事。下面我们分别对这两种情况进行分析。

a. 作为被描绘的客体

如果被述之"我"是作为"被描述的客体",那么他的意识并不会得到充分表现,而仅仅是由叙述者从外部对其加以阐释。因此,此时的被述之"我"的话语有一个重要特点,即他的言语形式是外部的,或者说是直接式的:直接引语和对话性的直接引语。

> Он (Они) выжрали три котлеты, Алена, по-моему, осталась ни при чем. Я ей на кухне тихо даю свою порцию, говорю пока без него:
>
> —У мальчишки аппетит? Ешь тогда все мое. Она смотрит на меня спокойно-спокойно, вся взбеленившись, и вдруг начинает плакать:
>
> —Не-на-вижу! Господи, не-на-вижу!
>
> —А что такого? Изголодался этот, я поняла. Но тебе тоже надо маленького во чреве кормить. Он, кстати, будет вносить деньги на еду или будет пожирать твое? У меня заработки сама знаешь, поэт много не наработает. («Время ночь»)

安娜在叙述以前所发生的事情的时候处于故事之内,因此扮演的是

---

① Шмид В. Нарратологоия, Языки славянской культуры, 2003. С. 95.

② Там же. С. 95.

被述之“我”的角色，是被描述的客体。在这个片段中，叙述者对安娜的描写主要通过直接引语。但是，直接引语形式并不能充分地表现出被述之“我”的意识。如果要做到这一点，还需要借助于叙述之“我”的注释性话语。这种类型的“我”在彼特鲁舍夫斯卡娅的小说《青涩的醋栗果》中有鲜明体现。

Меня позвала к телефону Юлиника, жившая в соседней комнате, дочь моего деда от второго брака. Студентка ВГИКа, художница.

—*Тебя*, —*как обычно вытаращившись*, сказала она. —*Какой-то парень*.

— *Какой парень*, *ты что*, —*забормотала я*, *двинувшись в прихожую*. —*Але*!

—*Это Толик*, *Толик говорит*, *узнаешь*? —*пропел стальной голос*—*Привет*.

—*А*, *привет*, *Ленка*, —*значительно сказала я*, *глядя на Юлинику*. В прихожую вышла и моя мама. —*Ленка Митяева*, — сказала я маме. (« Незрелые ягоды крыжовники »)

在《午夜时分》中，叙述之“我”安娜对她的另外一个角色被述之“我”的内心意识的揭示也是“作为被描绘的客体”的明证。

Не важно, значит, до свидания. Но не тут-то было.

—Але! Але! А где он?

—Я не знаю.

—Он больше не работает в пожарке? Я туда звонила. Вот сука!

—Нет, он теперь в министерстве.

Пусть обзванивает все отделы кадров всех министерств.

—Да? Можно телефон? Але!

Так ее и видишь, паника на лице, уши горят.

—Это секретный телефон,—говорю я.

—Я его не знаю.

—Это говорит мама его товарища Ивана. Он унес у нас из дома кожаную куртку после его посещения без меня. Але! Вы слышите?

—Вы поищите у вашего сына, а его что, еще не посадили по делу Алеши К.? Начинается же пересмотр!

(*Это ее сын до сих пор носит Андрюшин свитер, который я купила Андрею на день рождения из последних денег.*)

—И кстати,—говорю я,—не может ли Иван вернуть мне стоимость украденных у меня вещей?

Трубка брошена. («Время ночь»)

作者通过叙述者这个中介,运用书写、排版等形式上的手法明确地区分出话语的归属,这就使得读者比较容易判断话轮中对白的归属。但是这些对白并不能完全展现被述之“我”的意识,作者因此同时使用了另一个“我”,即叙述之“我”的注释性话语(斜体部分),两者互为交替,较为充分地揭示出作为“被描述的客体”被述之“我”的内心状态。

b. 作为意识的主体

如果被述之“我”是作为意识的主体,那么不论是从外部方面(直接引语),还是从内部方面(内心言语)来说,展现在读者面前的都是十分丰满的“我”。我们仍然以《青涩的醋栗果》中的片段为例来做具体分析。

Уже прошел Новый год, я пела перед хором как солистка, затем танцевала дикий цыганский танец «молдовеняску» с бусами и в пестрой юбке, топала в тапочках с белыми носочками с такой же подружкой, и мы неслись, сцепившись руками, в вихре музыки посреди бального зала. *Все для тебя.*

Надо сказать, что Толик тоже пел под рояль, у него оказался чистый, сильный, высокий голос. Рродина слышит... Рродина знает... Как в облаках ее сын пролетает...

Тут ему было не до глумления, он старался. Он волновался. Он дал слабину, как каждый зависимый артист. Его приветствовали как-то странно, хлопали удивленно. *Царь не может хлопотать об аплодисментах*! («Незрелые ягоды крыжовники»)

这篇小说的主人公是一个12岁的、处于青春发育期的女孩,她在小说中时而是作为事件主体的"被述之我",时而又是进行叙述的"叙述之我",两者在大多数情况下是互相交织的。在这个片段中,女主人公显然是一个意识的主体,她的内心状态、所思所想不仅通过外部形式表达,而且还使用内部的言语表达形式,即准直接引语和内心独白淋漓尽致地表达出来。科热夫尼科娃(Н. А. Кожевникова)指出:"对叙述进行心理分析以及关注人物的内心世界会引起准直接引语的结构复杂化,这种复杂化可以是人物与自己的对话,也可以是人物与不在场的谈话对象的对话。对人物思维发展产生影响,而且在有的情况下决定人物行为的他人话语可以分为现实(说出的)话语和假想话语。"[①]这里的假想话语即指未说出的内心独白。

再看下面一段:

Он держал ладошку над левым соском. На лице его сияла бесовская улыбка. « У него тоже, у него тоже болит грудь! —крикнула про себя девочка. —Надо же! Не у девочек одних! Не у

---

① 转引自:Щукина К. А. *Речевые особенности проявления повествователя, персонажа и автора в современном рассказе : На материале произведений Т. Толстой, Л. Петрушевский, Л. Улицкой*: Автореф. дис. ... канд. филол. наук / СПб., 2004. С. 25.

меня одной!»(内心直接引语)

Он явно обратил на *меня* внимание, что выразилось в том, что луч его внимания уперся в мои глаза. Я, видимо, смотрела на Толика, и мысль явно читалась в этих моих глазах, какая-то важная мысль, и Купидон хотел прочесть эту мысль и уже истолковал ее в свою пользу. Но налетевшие мальчишки мигом повлекли своего кумира в столовую. Так впервые наши глаза встретились.

Мысль же моя попросту читалась так:« Неужели же и у НИХ тоже набухла грудь и болит? »

То, что Толик страдает, привело меня в экстаз. Оказывается, он прост как я! Такой же организм! Проходит ту же самую стадию! Мы вроде головастиков! (« Незрелые ягоды крыжовники »)(内心言语)

在这个片段中,被述之"我"的内心言语通过直接引语和内心独白的形式表现出来,此时的"我"是一个意识主体,她的内心世界得到充分刻画。

因此,从以上分析可以看出,被述之"我"可以从两方面得到完整刻画:外部(直接引语、直接对话)和内部(内心言语)。此时的"我"采用正在经历事件时的眼光进行叙事,读者可以明显感受到"我"被限定在自己所见所闻的范围之内。我们发现,故事内的被述之"我"与作为讲述人的"我"两者的语言在很大程度上是接近的,如都使用内心独白的形式来表示内心所思所想。因此,按照第一章我们分析得出的结论,"当人物语言与讲述人语言的差异明显时,讲述人形象与作者形象是接近的;反之则两种形象相差甚远",采用故事内被述之"我"的视角进行叙述的语篇中的讲述人形象明显不同于作者形象。

B. 故事内的观察之"我"

斯坦泽尔在《叙事理论》一书中依据观察者的观察位置将"第一人称

见证人叙述”分成两种类型:见证人的观察位置处于故事中心的为“内视角”,处于故事边缘的则为外视角。显然,这种区分有一定的道理,但是“模糊了‘内视角’与‘外视角’之间在情感态度、可靠性、视觉范围等诸方面的界限”[1]。前文我们已经有所提及,外视角指采用故事外叙述者的旁观眼光叙事,内视角则是采用故事内人物的眼光叙事。从这个角度看,外视角与内视角的主要区别就在于客观与主观。故事内的观察之“我”与故事外的观察之“我”相比,前者较为主观,带有偏见和感情色彩,而后者则相对较为客观、冷静、可靠。但这仅仅是相对而言,这要取决于此时的“我”与所观察的对象之间的关系。如果观察之“我” 不仅充当观察者,而且还是故事内的人物,与被观察的对象有密切的关系,那么其主观性的程度就要强一些;如果观察之“我”仅仅是故事的观察者,而非故事内的人物,但与被观察的对象仍然有千丝万缕的联系,那么他也很难做到像第三人称叙述者那样冷静客观,只是其主观性程度比上一类显然要弱一些。我们看下面的例子:

> Девочка оказалась среди мальчиков.
>
> *Как волки инстинктивно* отрезают дорогу живому существу, стягиваются в узел *вокруг жертвы*, так и они вдруг остановились перед девочкой в густых зарослях на тропинке, преградили *путь*, *тени*, *неразличимые в темноте*.
>
> *Девочка оглянулась и увидела*, *что и задние*, *как бы движимые некоей догадкой*, *подтянулись поближе и затормозили*, *пододвигаясь медленно*.
>
> *Как будто* они все были охвачены одним чувством, групповым соображением охотников, которое делает всех единым организмом, сбивает в кучу над одним трупом.

---

[1] 申丹:《叙述学与小说文体学研究》,北京:北京大学出版社,2004 年,第 217 页。

Эта краткая мгновенная догадка, азартная, недалекая, не глядящая вперед, не раздумывающая о будущем. *Сейчас есть цель, она движется, ее надо остановить, схватить. Все догадались об одном.*

Что было в их двенадцатилетних головах, в их пустых еще сердцах, в их незрелых организмах, в их неспелых ягодах крыжовника вокруг сосков-*одно*: *чувство коллективного гона, схватить*!

Девочка стояла во тьме деревьев, в кольце, в центре небольшой опушки. Вдали, очень далеко, на краю поля были огни спального корпуса, там еще мелькали фигурки уходящих девочек. *Благополучные, в полной безопасности.* (« Незрелые ягоды крыжовники »)

这个片段中的“девочка”不是别人,正是行使“观察”功能的“我”。但是,这个观察之“我”处于故事的中心,是故事中的一个主要人物,她的视角也就是这一片段中的叙述视角。因此,我们可以看到,这个片段中有很多从她的认知角度对自己所处的周围环境的主观体验。“像狼一样本能地”“包围了猎物”“好像”“顺利地,十分安全”等细致描述了观察之“我”对周围世界的认知,她的观察具有明显主观的感情色彩。

施密德在对普希金《驿站长》的分析中指出,叙述者的第一级、第二级并不指级的递进,此处仅指构建框架的角色。通常来说,第一级叙述者常常仅仅作为被嵌入的故事的理由,第二级的叙述者话语中所叙述的事物构成施密德所称的“被引的世界”,因为这一话语是作为第一级叙述者话语中的引文出现的。[①] 还可以从另外一个角度看叙述者的级别之分,我们以彼特鲁舍夫斯卡娅《午夜时分》的一个片段来说明这种级别的划分。

Он говорил: « Не плачь, я на тебя выйду, пиши мне до востребования, я всегда там получаю, ты меня не теряй »,—он

① Шмид В. *Нарратология*, Языки славянской культуры, 2003. С. 79.

бормотал, мотаясь по квартире, подбирая пылинки, соринки, сорвал белье с постели, постлал тщательно новую простыню и повалялся на ней, чтобы имитировать свой крепкий одинокий сон, а потом употребленное, в пятнах, белье сложил, аккуратно завернул в газету, сунул в пакет и отдал мне. « Что это? »—« Постирай ». — « А потом? » Он подумал и сказал:« В рабочем порядке ».

(*Нет бы сказать « дарю », а вот что она так упорно кипятила в баке, а потом прогладила и-что бы вы думали-вернула ему! Но правильно сделала, такие мужчины не выносят и малейшего материального урона! Да и потом это как-то неприлично, я думаю, он был прав, ничего не сказав насчет «дарю », делать такой подарок после первого свидания?! А мог бы выкинуть на улице в урну. Пожалел? —*А. А.)(« Время ночь »)

这一片段是彼特鲁舍夫斯卡娅的代表作《午夜时分》中的一段话。第一段是女主人公安娜的女儿阿廖娜信中的片段,第二段是安娜看完信之后所作的反应。此时的安娜并非是处于阿廖娜故事事件中心的人物,也不是故事的直接观察者,而是一个处于故事边缘、通过间接方式观察事件的人。她在这一片段中的地位是特殊的:首先,她是阿廖娜故事的间接观察者,处于这个故事的边缘;其次,她处于阿廖娜故事之外的更高层级,作为阿廖娜故事的叙述者,但同时又是作为第一级叙述者的叙述对象而存在的。因此,从某种意义上说,安娜仍然处于一级叙述者所叙述的故事之内,即她采用的依然是内视角。也就是说,这一片段中叙述角色的关系是这样的:一级叙述者(作者或作家)——二级叙述者(安娜)——三级叙述者(或称讲述人阿廖娜)。因此,安娜对故事内事件的反应既不像叙述者那么客观,又没有讲述人那么主观,而是介于二者之间的某个地方。如“她做的对,这样的男人连一星点儿的物质损失都不能承受!”以及之后的话语。她显然干涉不了阿廖娜的行为,从这一点上说她的反应是客观的;

但阿廖娜毕竟是她的女儿,因此,又不可能完全冷静客观地分析阿廖娜所处的现状。

总体来说,《午夜时分》的叙述结构是非常有特色的:小说文本表面上好像与作者毫不相干(如在序里就提到,摆在读者面前的是女主人公的手稿"桌边纪事"),但实际上,作者本人扮演的角色是小说的第一级叙述者。因此,小说的大框架是"个人型"叙述者"我"的叙述,表现出的是她的声音,但同时这一主框架还包括女主人公女儿的声音,即后者的日记和女主人公安娜对这一日记的"编辑、模仿",如"我立马写了篇小说,而且是以我女儿的人称写的,好像是她的回忆,她的观点。"在这部小说的结尾处,外视角和内视角融为一体:"个人型"叙述者"我"被全知型叙述者所取代,全知叙述者的话语也把主人公兼讲述人的安娜列入亡灵追荐名录中:

> Живые ушли от меня. Алена, Тима, Катя, крошечный Николай тоже ушел. Алена, Тима, Катя, Николай, Андрей, Серафима, Анна, простите слезы(« Время ночь »)

当故事的视角转为采用处于故事边缘的观察之"我"的眼光时,与人物语言相比,叙述的语言相对冷静、客观,语言中出现较多带有观察之"我"的判断性语言成分,如比较连接词"как"、语气词"как бы""как будто""как-то"等,结论性语句,如"как волки инстинктивно""одно: чувство коллективного гона, схватить!""Благополучные, в полной безопасности.""Но правильно сделала, такие мужчины не выносят и малейшего материального урона!"等。可以看出,此处作为叙述者的观察之"我"的语言迥异于故事内人物语言。因此,根据第一章有关人物语言与叙述者语言之间关系的理论得知,这一类型语篇中的叙述者形象与作者形象是十分接近的。

3.1.1.2 外视角中的叙述者[1]

A. 第一人称主人公回顾性叙述

第一人称主人公叙述一般来说都是回顾性的叙述,作为主人公的叙述者"我"从现在的眼光或者角度追忆往事时,此时的视角就可以被认为是外视角,"我"此时处于被追忆的故事之外。但是这种类型的"我"在言语层面很少有充分的表现,大部分情况下都是通过与被述之"我"言语上的相互作用表现出来。这一点依然在彼特鲁舍夫斯卡娅的《青涩的醋栗果》中有鲜明体现。

(1) Мама привезла девочку в санаторий для ослабленных детей и оставила там.

Это была осень, и дом, двухэтажный, бревенчатый, с галереями вдоль спален на втором этаже, стоял на берегу большого пруда, как многие барские усадьбы.

Вокруг простирался осенний парк с аллеями, полянами и домами, и запах палой листвы пьянил после городской гари-деревья стояли именно в золотом и медном уборе под густо-синими небесами.

В спальне девочек оказался рояль, *неожиданное сокровище, и те счастливицы, которые умели играть, играли, а те несчастные, которые не умели, старались научиться.* («Незрелые ягоды крыжовники»)

(2) *Девочка эта была я, двенадцатилетнее существо, и я буквально заставляла умеющую играть Бетти учить меня.* В конце концов удалось вызубрить песенку «Едут леди на велосипеде», левая пятерня болтается между двумя клавишами, отстоящими друг от друга как раз на расстоянии растопыренных пальцев-большого и мизинца (между до и соль), а правая под это ритмичное бултыханье (до-соль, до-соль) выделывает мелодию, блеск. («Незрелые ягоды крыжовники»)

本段(1)中的斜体部分是叙述者从现在的"我"的角度叙述故事发生时刻的事情。前文我们提到,第一人称主人公叙述中外视角"我"的眼光未必就是完全客观、冷静的,"我"从现在的眼光对过去发生的事作出的评价毕竟是对与自己有关的事情的评价,由于受到所见所闻的限制,这一评价不可避免地具有主观性色彩。如"就像地主老爷的庄园""那些会弹琴的幸福的人在弹着琴,那些不会弹的不幸的人在努力学习弹琴"等明显表现了叙述者——一个12岁的小女孩的世界观及价值观。(2)片段中的斜体部分是被述之"我"的体验。(1)(2)两部分互相交织,为"我"的主体性分化提供了必要条件。

Девочка двенадцати лет с двумя плодами крыжовника в груди. *Отличница неизвестно какой наружности, но все в порядке, валенки с калошами, расческу тоже мама прислала, ленты, заколки. При этом плакала заранее о своей будущей жизни, которая вся пройдет без бога Толика.* Девочка одевалась и, надевши новые валенки с калошами, брела вон из дортуара в заснеженный парк, на ледяное шоссе в солнечный день встречать свою маму-ибо это уже был день отъезда, праздник миновал.

Девочка оглядывалась на *волшебный замок*, где последние часы царствовал Толик, и плакала *под бледно-бирюзовым небом среди резьбы зимы, под каскадами хрусталей*, которые, ниспадали с деревьев, поскольку ветер дул ледяной и *все замерзло, в том числе и слезы. Под чашей неба бриллианты снегов.* (« Незрелые ягоды крыжовники »)

追忆往事的女主人公比故事内正在经历事件时的主人公在视野上享有优势,比后者所知更多,所见更广,对当时所发生的事件所持的态度相对成熟。如"她提前为自己未来的生活而哭泣,这种离开了她所钟情的托利克的生活终将过去",12岁的小女孩不可能这么理智地思考未来的生活,而且是如此果断地离开自己少女时懵懂恋爱的对象。"魔幻般的城堡""在冬天雕琢下的蔚蓝天空下、在水晶瀑布下""包括眼泪,一切都结成了冰""苍穹之下尽是晶莹的白雪"等描绘出成年之后的"我"对当时所经历的一切的理性思考:在疗养院里,小女孩经受了各种"遭遇",但是在现在的她看来,那是人生必不可少的一个阶段,甚至多少还带有些"神秘"色彩。因此使用了"魔幻般的城堡"的表述。但是成年的"我"觉得在其中发生的懵懂的感情"都会过去的"。显然,这一片段的叙述视角采用的是成年叙述者的视角,它较为客观、冷静,她的语言特点与人物语言特点有很大差异。因此,根据第一章有关人物语言与叙述者语言之间关系的理论,同理得知,在这种类型的语篇片段中,叙述者形象与作者形象非常接近。

B. 第一人称见证人叙述

带有旁观型叙述者的叙述是这样的:叙述者充当"观察者"关注所发生的事情,扮演主要角色的是从叙述者的立场被评价和被观察的人。此处的叙述者并非是全知全能的人,他只能从外部观察人物。这种类型的叙述常常是以第一人称进行叙述的作品,其中的叙述者通常是次要人物和/或者是被动的观察者,叙述常常聚焦在一个人物身上。这种叙述类型近似于西方叙事学中的"第一人称见证人叙述",这种旁观视角毋庸置疑是一种外视角。叙述者没有深入人物内心世界的权力和可能,他的任务就是根据人物的外部表现,如外貌、行为、语言等对其作出尽可能充分的说明。因此,这种类型的叙述者的功能就是观察和评价人物。我们现以彼特鲁舍夫斯卡娅的小说《新鲁滨逊们》为例来说明这一类型。

> *Мои* папа с мамой решили быть самыми хитрыми и в начале всех дел удалились *со мной* и с грузом набранных продуктов в деревню, глухую и заброшенную, куда-то за речку Мору. *Наш дом мы* купили за небольшие деньги, и он стоял себе и стоял, мы туда ездили раз в году на конец июня, . . .
>
> И *отец* начал *лихорадочные* действия, он *копал* огород, *захватив* и соседний участок, для чего *перекопал* столбы и *перенес* изгородь несуществующих соседей. *Вскопали* огород, *посадили* картофеля три мешка, *вскопали* под яблонями, отец *сходил и*

нарубил в лесу торфа. У *нас* появилась тачка на двух колесах, вообще отец *активно шуровал* по соседним заколоченным домам, *заготавливал* что под руку попадется: гвозди, старые доски, толь, жесть, ведра, скамейки, ручки дверные, оконные стекла, разное хорошее старье типа бадеек, прялок, ходиков и разное ненужное старье вроде каких-то чугунков, чугунных дверок от печей, заслонок, конфорок и тому подобное. (« Новые робинзоны »)

这个片段中我们所划出的斜体词可以分为三类:

(1) мои, со мной, наш дом мы, отец, нас;

(2) лихорадочные, активно;

(3) копал, захватив, перекопал, перенес, вскопали, посадили, вскопали, сходил, нарубил, шуровал, заготавливал;

如果对三类词进行抽象分类的话,我们发现:第一类是以“自我”为参考坐标、记录周围人和事的表示空间位置的词汇;第二类是反映主人公及旁观型观察者外部感受的词汇;第三类是描述主人公动作和外部行为的词汇。这三类是旁观型叙述者出现的语篇标志。

旁观型叙述者不仅仅对主人公的言行进行描写,而且他本人也作为小说的次要人物参与其中。这种类型的叙述者参与故事的主要方式有:

(1) 感知

感知,即通过叙述者的视觉、听觉、嗅觉等感官感知事物,对周围事物作出自己的评价;

Весной Марфутка, закутанная во множество *сальных шалей*, *тряпок и одеял*, являлась к Анисье в *теплый* дом и сидела там *как мумия*, ничего не говоря. Анисья ее и *не пыталась* угощать, Марфутка сидела, *я посмотрела однажды в ее лицо*, *вернее*, *в тот участок ее лица*, *который был виден из тряпья*, *и увидела*, *что лицо у нее маленькое и темное, а глаза как мокрые дырочки.* Марфутка пережила еще одну зиму, но на огород она уже не выходила и, *видимо*, собиралась умирать от голода. Анисья *простодушно* сказала, что Марфутка прошлый год еще была хорошая, а сегодня совсем плохая, уже носочки затупились, смотрят в ту сторону.（«Новые робинзоны»）

透过叙述者的观察视角，读者看到的是两个不同类型的老太太，一个不修边幅、身体羸弱；另一个冷淡、利索；而这些仅仅是我们借助于叙述者的旁观视角看到的表面现象，作者通过自己的"面具"之一，即旁观型叙述者的一些词汇向读者表达出自己的意图：尽管两个老太太是完全不同类型的人，但是，她们都是孤独的，在这个荒无人烟的村子里，孤独是她们生活中的常态。斜体词如"油亮的披巾、破布和毯子、温暖的、就像木乃伊、打算、看起来、冷淡地"等，斜体部分如"有一次，我向她的脸望去，确切地说是向透过破布可以看到的脸上的那块地方望去，看到她的脸又小又暗，而眼睛像是两个潮湿的小洞"都鲜明反映出第一人称叙述者的感知，都带有叙述者鲜明的评价色彩。

（2）内心言语

施密德指出，"如果内心言语得到扩大，那么就应该谈到'内心独白'。'内心独白'常常会错误的与准直接引语混为一谈，它可以用直接引语转述，也可以用准直接引语转述出来。前一种情况称为'直接内心独白'，后一种情况称为'准直接独白'。"[1]由此可以看出，内心独白是内心言语的扩大化，直接内心独白和准直接独白是内心言语的两种重要形式，两者分别通过直接引语和准直接引语的形式表达。

旁观型叙述者既可以用直接内心独白，也可以用准直接引语表达自己的内心言语。

---

① Шмид В. *Нарратологоия*, Языки славянской культуры, 2003. С. 211－212.

С ружьем отец охотиться боялся, он боялся даже дрова рубить из-за опасений, что нас засекут по звуку. В глухие метели отец рубил дрова. *У нас была бабушка, кладезь народной мудрости и знаний. Вокруг нас простирались холодные пространства.*

Отец однажды включил приемник и долго шарил в эфире. Эфир молчал. *То ли сели батареи, то ли мы действительно остались одни на свете.* У отца блестели глаза: *ему опять удалось бежать!*

В случае, если мы не одни, к нам придут. *Это ясно всем.* («Новые робинзоны»)

该片段中内心言语有以下类型:1. 叙述者的评价性语句,如"У нас была бабушка, кладезь народной мудрости и знаний. Вокруг нас простирались холодные пространства.";2. 叙述者内心的疑问,"То ли сели батареи, то ли мы действительно остались одни на свете.";3. 叙述者的修辞性感叹句,"ему опять удалось бежать!";4. 叙述者的独白性论断,"Это ясно всем."第一人称见证人叙述中,内心言语的出现是旁观型叙述者存在的一个重要标志,而其指标就是叙述者的评价性语句、疑问、修辞性问句或感叹句、陈述性论断等。也就是说,此时的旁观型叙述者在故事中起着人物的作用。当然,他的主要任务仍然是最大限度地描写人物。

显而易见,第一人称叙述给人一种真实感、亲切感。而且,这种叙述在结构上能够自由地穿梭于故事层面和话语层面,为叙述者在叙述时间上的转换提供很大的方便。叙述者"我"总是一个具体的人物,自由直接地出现在作品中。但我们也发现,第一人称叙述的真正重心并不在"我",而在"我"周围的其他人物,处于参照坐标中心的那个"我"其实只是一个名义上的主角,他在作品中的主要功能是充当作者着力刻画的、那些表面上屈居于次要位置的人物的工具。

至此,我们可以对第一人称叙述中的叙述者[1]与作者形象的关系作出如下总结:一、第一人称内视角中作为被述之"我"的叙述者(确切地说,此处应为讲述人—主人公)向其言语对象述说自己的故事,用故事内主观化的眼光看待周围的一切,作出的评价相对来说比较主观、片面,而作为观察之"我"的叙述者则相对客观、冷静;而作者向读者尽可能详细地介绍,使读者认为作者介绍的这些细节就是主人公的真实感受。这种叙述类型的作者显然给予读者极大的自主性,寄希望于读者的知识及感悟能力,让读者自己判断故事叙述者的评判客观与否。二、第一人称外视角主要包括主人公回顾性叙述和第一人称见证人叙述,此处的作者非常关注读者对他作为叙述者的态度,关注读者对艺术现实的态度。叙述者话语中常常出现"我"的各种形式,以此强调他在周围世界的存在。外部世界对他的态度、"我"和"我"所处的世界之间的相互关系是这种类型的作者最为关心的。作者不是去证明,而是让读者自己去检验叙述者的感受。总之,第一人称叙述类型中的作者形象似乎是一个民主的、愿意提供给他人积极应答权力的人。

3.1.2 第三人称叙述中的叙述者

与第一人称叙述相比,第三人称叙述有两个显著的特点。首先是"非人格性",叙述者是看不见摸不着的。而在第一人称叙述中,叙述者总是某个具体的人物。这种非人格性使叙述者拥有比第一人称叙述者更大的叙述权力,更多的叙述空间,既可以从外部描写人物,又可以潜入人物的内心世界,窥视他的心灵。其次是"间离性",第三人称叙述完全是"过去的",这种过去性使时间概念在这类叙述中被模糊了。"在第三人称叙述中,故事时间与阅读时间的距离常常形存实亡。正是这种时间距离的消失使得叙事主客体之间的心理空间距离被拉大,作为其具体反映的是接受心态上的相对超脱。"①因此,读者可以像一个旁观者一样,甚至可以像

① 徐岱:《小说叙事学》,北京:中国社会科学出版社,1992年,第286页。

叙述者一样对故事中的人物评头论足。

传统的第三人称叙述中的叙述者是一个全知全能的人，他既说又看，他可以从任何角度来观察事件，可以透视任何人物的内心活动，也可以偶尔借用人物的内视角或佯装旁观者，但常规视角是叙述者的外视角。“但在 20 世纪初以来的第三人称小说中，叙述者常常放弃自己的眼光而转用故事中人物的眼光来叙述。”[①]这就是我们应该谈到的“第三人称叙述的主观化”。

与作者形象密切相关的两个重要概念是无所不知和客观性，尽管两者的使用都有一定的相对性。在传统的第三人称叙述中，作者的叙述通常被认为是客观的叙述，或者是客观化的叙述。作者形象问题除了与无所不知和客观性这两个概念有关之外，还与诗歌和散文理论及它们的历史联系密切，如在散文作品研究中，有许多是研究作者形象的历史和变化的。这些研究中有一个重要的原则或者叫概念——主观化，不同国家的许多当代叙事小说研究者用其来“评价某一人物（讲述人、人物等）借助于表情或个人观点所叙述的各个部分所囊括的程度和广度。”[②]因此，要想揭示叙事作品中的作者形象，就离不开对“主观化”这一范畴的研究。

科热夫尼科娃认为，叙述主观化的情况有两种：1. 叙述转给了讲述人；2. 说话或者写作的是人物。[③] 换言之，当叙述视角转换成故事中的某个人物的视角，周围人物的言行、外表和背景等故事成分只能通过这个在场人物的感知传递给读者。戈尔什科夫指出，“把叙述转给讲述人并不是唯一的主观化的情况。它还可以存在于作者叙述范围内。这种情况表现在：作者叙述中的视角并不总是无主体的，并不总是凌驾于所描绘的现实之上，而是可以转移到某一个人物的意识领域，即叙述视角短暂地变为某个人物的视角，然后又成为‘作者的’‘无主体的’视角，或者视角转换到另

① 申丹：《叙述学与小说文体学研究》，北京：北京大学出版社，2004 年，第 202—203 页。

② Виноградов В. В. *О теории художественной речи*, М.: Высшая школа, 1971. С. 116.

③ Горшков А И. *Русская стилистика*, М.: Астрель, АСТ, 2006. С. 204.

一个人物身上,等等。"[1]视角从"作者的"领域转换到人物的领域,即主体的领域就是"作者叙述主观化"的情况,或者叫"第三人称叙述的主观化"。

许多作家采用主观化的叙述方式是因为,这种方式比从作者视角进行的"客观化的"叙述更为可信,对于读者来说更有说服力。在这种叙述形式中,叙述者言语和人物言语之间的界限变得不再清晰。"叙述者和人物作为两个不同的言语主体相对而立,但是存在一系列各种各样的可能性来部分地或者完全消除这种对立。"[2]此时的人物已经不是一个被描绘的客体,而是一个积极地进行描绘和叙述的主体,把人物的视角引入叙述者言语中的结果就是叙述的主观化。斯捷潘诺夫(С. П. Степанов)指出,叙述主观化的本质就在于"通过叙述者话语把人物作为意识主体引入。人物已经不仅仅是其直接引语的作者,而且还是进行感知、思维的人物"[3]。

在传统的第三人称全知叙述中,叙述者和人物的功能有着明确的区分:前者总是作为叙述的主体,而后者仅仅作为叙述的客体。相对于叙述者的意识来说,人物的个性、意识总是作为观察的对象,叙述者本人的意识是对这一对象进行观察的实体。而在第三人称主观化叙述中,叙述者言语中存在另一个意识,一个或多个人物的意识,

彼特鲁舍夫斯卡娅的小说中既有传统的第三人称全知叙述(尽管为数不多),也有大量的主观化叙述。我们将分别分析两种类型小说中的叙述者。

3.1.2.1　全知叙述中的叙述者

前文提到,全知叙述中的叙述者无所不知,无所不能,他作为观察者

---

① Горшков А И. *Русская стилистика*, М.: Астрель, АСТ, 2006. С. 205.

② Щукина К. А. *Речевые особенности проявления повествователя, персонажа и автора в современном рассказе: На материале произведений Т. Толстой, Л. Петрушевский, Л. Улицкой*: Автореф. дис. ... канд. филол. наук. / СПб., 2004. С. 8.

③ Там же. С. 9—10.

处于所叙述的故事之外,是传统上最常用的一种视角模式。该模式的特点就是叙述者是一个上帝般的观察者,他可以从任何角度观察事件,可以透视人物的内心活动,也可以偶尔借用人物的内视角。

Как ни странно, но любой подвиг, святое самопожертвование или счастливое совпадение на том же месте не кончаются, как роман или пьеса заканчиваются свадьбой. Жизнь продолжается и после того счастливого совпадения, когда, к примеру, человек опоздал на корабль под названием « Титаник », или после того-в нашем случае,—когда женщина родила ребенка одна, без мужа, без семьи, совершенно отчаянно решив спасти тот сгусточек жизни, о котором ей сказала врачиха, да Тридцать пять лет, полное одиночество, даже крушение, случайная связь с парнишкой двадцати лет, он после армии, вся, видимо, жизнь впереди, веселая пирушка, метро еще работало, но уже без пересадки-а парнишка обитал чуть ли не в пригороде, это раз; второе, что они танцевали, дурачились все вместе, маленький отдел в пять душ, общим хороводом, и наша Евгения Константиновна тоже взялась плясать, девушка в очках, старший редактор, а Дима-то был курьер. И третье-что Дима по-детски ошарашенно глядел на часы. (« Два бога »)

这是小说开头的一个片段。叙述者无所不知,对一切都了如指掌。但是,全知叙述者也会短暂的转用人物的内视角,继而重新转回到全知叙述者的外视角。

Они оба засели в кухне. Тихо и аккуратно, чтобы не разбудить бабку, Евгения Константиновна постелила Димке на узком диванчике что нашлось в окрестностях-чистое банное полотенце и скатерть вместо пододеяльника. Красненькую подушечку, *которая*

> *почему-то валялась на диване в кухне*, Е. К. положила ему под голову. Дала еще одно полотенце, послала в душ. Потом пошла в ванну сама. Вернулась. *Дима лежал смущенно*, *подозревая*, *видимо*, *нехорошее. Как многие девушки боятся мужчин*, *так парнишки опасаются взрослых женщин*, *это правило.* То есть Дима скованно лежал на боку, скрюченный как знак доллара, накрывшись желтой льняной скатертью до ушей. (« Два бога »)

出现在叙述者话语中的"不知怎么随便放在厨房沙发上的红枕头"显然是透过女主人公的内视角所观察到的现象,因为除了全知叙述者,只有她知道"红枕头原来不是放在沙发上的"这一事实。"吉玛不好意思地躺着,看来,他是在怀疑什么不好的事情"同样也是女主人公的感知。在短暂借用了女主人公的内视角之后,叙述视角又转到了全知叙述者的外视角:他开始对眼前的事评头论足。"正如许多姑娘害怕男人一样,小伙子同样害怕成年女性,这是惯例。"

这种类型的叙述不是按照时间或者空间变化来安排的,而是一步步进行论证:从一个普遍真理到一个典型的(且常常是负面的)例证。如上一段中"红枕头"的事在后文得到了印证。

> Почему она оставила ребенка, не сделала аборт: во-первых, в тот день, выспавшись, вся разбитая, она отворила дверь в комнату, желая поговорить с бабкой, но никого там не было. Однако палочка в прихожей стояла, и бабушкина большая сума находилась на обычном месте, на стуле. Е. К. пошла к соседке, *и та ей выложила*, *что вчера вечером*, *возвращаясь из театра*, *она увидела на пороге ее квартиры лежащую без сознания бабушку. Вызвали « скорую »*, *пока она ехала час*, *старенькая совсем уже была плоха*, *но все-таки увезли ее в больницу живую. Хорошо что выползла на порог. Думали разыскать Е. К.*, *но телефонов*

никаких не было.« Я ей под голову красненькую подушку положила, из комнаты »,—сказала с укором соседка. (« Два бога »)

在传统的全知叙述中,叙述者以权威的口吻建立起自己的道德标准,不时地走到台前对事件作出居高临下的评论。因此,这一叙述类型中叙述者的受众,即读者同叙述者一样,是最为详尽地知道有关事件信息的人。

3.1.2.2　第三人称主观化叙述中的叙述者

许多研究者在研究当代叙事小说时经常采用"主观化"原则来判断叙述者[1]话语或者人物话语中叙述视角的归属,从而揭示叙述者[1]形象与作者形象之间的关系。科热夫尼科娃在《主观化及其与当代叙事小说风格的关系》中指出,"如果抛开主体(即作者)创作意识与客观现实的关系问题不谈,那么就可以分出主观化作品的三个基本类别:1. 主观化叙事小说。这类小说通常有以第一人称进行叙述的讲述人,而且他同时是主人公;2. 主观化、自我揭示和自我分析占主要地位的作品;3. 把个别人物的个人视角直接引入佚名讲述人叙述中的作品"①。

对于当代小说来说,一个典型的叙述特点就是模糊性,趋向于"双层面性",双主体性,即在一个文本片段中既有叙述者言语,也有人物言语。那么,这种叙述的主观化是如何实现的?

奥金佐夫(В. В. Одинцов)在《篇章修辞学》中指出,叙述主观化的形式可以分为:1. 言语形式,包括直接引语、内心独白和准直接引语;2. 结构形式,包括认识形式(формы представления)、形象表达形式(изобразительные формы)和剪辑形式(монтажные формы)。② 戈尔什科夫基本上同意这一分类,但是认为,"主观化的形式"这一表述稍欠准确,

① 转引自:Виноградов В. В. *О теории художественной речи*, М.: Высшая школа, 1971. С. 116－117.

② Одинцов В. В. *Стилистика текста*, М.: Наука, 1980. С. 187.

"主观化的手段"更符合问题的本质。[①] 而且,他认为,"这两种手段之间没有严格的界限,因为对于作品的结构来说,语言手段是本质的,而结构手段不可避免地具有语言表现。"[②]

彼特鲁舍夫斯卡娅的许多第三人称叙述的小说存在这种叙述的主观化现象。鉴于这一特点,我们现以她的几篇典型小说为例,具体分析其中叙述者的表征形态。

A. 言语手段

a. 直接引语

前文提到,叙述主观化的语言手段包括直接引语、准直接引语和内心言语。表面上看,直接引语是主观化最鲜明的表现手段,但从严格意义上来讲,在传统的第三人称全知叙述中,直接引语不能被视为是对"作者叙述"进行主观化的手段,因为从本质上说,人物的直接引语在书写上就是与作者叙述分开的。然而,在当代小说中,这种情况并不明显,人物的直接引语和作者话语很难明确区分。

> *Где ты живешь, веселая, легкая Таня, не знающая сомнений и колебаний, не ведающая того, что такое ночные страхи и ужас перед тем, что может свершиться? Где ты теперь, в какой квартире с легкими занавесочками свила ты свое гнездо, так что дети окружают тебя и ты, быстрая и легкая, успеваешь сделать все и даже более того?*
>
> Самое главное, в каком черном отчаянии вылезло на свет, выросло и воспиталось это сияние утра, эта девушка, подвижная, как умеют быть подвижными старшие дочери в многодетной семье, а именно в такой семье была старшей та самая Таня, о которой идет

---

① Горшков А. И. *Русская стилистика*, М.: АСТ, Астрель, 2006. С. 205.

② Там же. С. 210.

речь. (« Отец и мать »)

小说一开始就用了一系列的疑问句，但是读者并不能分清楚这些问句的归属：是属于人物，还是叙述者，抑或是属于类似于抒情长诗中的抒情主人公？作者使用一系列问句的用意何在？问题随着一系列叙述技巧的运用而逐渐得到解答。

> Если же отец пытался по собственной инициативе, в свойственной ему мягкой манере уложить девочек спать, то мать начинала вырывать у него детей и*кричать, что никто пусть не спит, раз так, и все пусть смотрят на потасканного отца, который свеженький вылез из чьей-то постели с румянцем на щеках, который только что своим поганым ртищем, этой воронкой, целовал бог знает кого, а теперь лезет мокрыми губами к чистым девочкам, с которыми он тоже готов уже переспать,* — и так далее. (« Отец и мать »)

斜体部分是间接引语的外形，但说明从句却又是直接引语，整个说明从句混杂在叙述者的叙述语流中。这种形式折射出女主人公的母亲复杂的内心状态。在第三人称叙述者平稳的叙述中，读者清晰地看到生活在这样一个有着复杂关系的多子女家庭中的女主人公的境况，逐渐为小说开头一系列问句的使用解开谜团。

b. 准直接引语

准直接引语对于叙述主观化来说是最典型的言语手段，它既不完全属于作者言语，也不完全属于主人公言语。有别于直接引语，准直接引语可以毫无疑问地被视为是“作者叙述”主观化的手段。准直接引语中的代词和人称形式符合“作者叙述”，但是其中又引入了人物语言的词汇和句法特点，而且视角也转换到了人物意识领域。准直接引语的本质就在于一个表述中融合了两个声音，两种言语风格，两个观点。

Муки одиночества (*молчание длится*), *восемнадцать лет*, *и*, как мама говорит по телефону подруге, да, она торчит дома. Никого. Имеется в виду дочь. Дочь сидит дома. Да, да (Они по телефону перемывают косточки своим детям, любимое занятие у мамы и ее подруги Марьи Филипповны, страхового агента.) На день рождения девушки пришла в качестве гостей именно Марья Филипповна выпить чаю с тортом и винца, но торопилась как обычно, ушла. *Восемнадцать лет-и день рождения с мамой и ее подругой*, *затем М. Ф. убралась*, *все. Восемнадцать лет*! *Убрали со стола*. («Как цветок на заре»)

罗戈娃(К. А. Рогова)指出,像准直接引语这样具有对话性质的言语转述形式,其中"融合了三个人物样态:人物自身的、转述人物话语的讲述人的、站在讲述人之后的作者的"[①]。在这个片段的两个斜体部分中,从外形上看语句属于叙述者,但是又明显地融合了人物的意识,人物话语的语调、特点都明显地体现出来,叙述者的声音与人物声音融为一体。

c. 内心言语

内心言语并不总是能与准直接引语区分开来,有的研究者把内心言语归入内心独白的范畴。而正如前文所述,内心言语的扩大化就成为内心独白,直接内心独白和准直接独白是内心言语的两种重要形式,两者分别由直接引语和准直接引语表示。

Пела в полный голос при открытых окнах, но в безопасности, на втором этаже, за занавесками. Как бы из тени, из тайника звала кого-то в виде Далилы. *Так и надо петь* (*А. Е. говорил*), *вживаясь*

---

① 转引自:Щукина К. А. *Речевые особенности проявления повествователя*, *персонажа и автора в современном рассказе* : *На материале произведений Т. Толстой*, *Л. Петрушевский*, *Л. Улицкой*: Автореф. дис. ... канд. филол. наук / СПб., 2004. С. 42.

в образ, но успокойся, это следующий этап, пока еще надо учиться певческому призвуку, когда пиано сквозь все тутти. Летит звук, а пламя свечи не колышется!, а не драматизму. Драматизм у всех есть в природе (А. Е.), что ни поете, все у вас драма, а вот дыхание не оперто. Как дерево на корнях. Дохни всем животом! Где язык? Где твое зеркальце? У того же Шаляпина было все свободно в гортани, язык вот так (показывает ладонь плоско). Рот как грот!, ничего не загромождено. Освобождай простор! Смотри на язык!

Прижала язык, зеркальца нет. Призвук появился (?) (« Как цветок на заре »)

人物主体的意识通过斜体部分中主人公的直接内心独白一览无余地展现在读者面前。内心言语典型的句法结构,如简单句、修辞性疑问句和感叹句充分揭示了女主人公此时紧张的心情。

第三人称主观化叙述中叙述者的主要任务是观察并记录下正在发生的事件。[①] 叙述者通过一定的方式选择哪些结构成分,这在一定程度上属于作者构思,是作者策略意图的实现。在不同的言语形式中,叙述者体现出来的主观化的程度也不尽相同。一般来说,叙述者的主观化主要出现在各种各样的双主体性的言语形式中,本章的双主体性一节将作专门论述。

B. 结构手段

奥金佐夫提出的主观化的结构手段有认识手段、形象表达手段和剪辑手段。

---

① Щукина К. А. *Речевые особенности проявления повествователя, персонажа и автора в современном рассказе : На материале произведений Т. Толстой, Л. Петрушевский, Л. Улицкой*: Автореф. дис. ... канд. филол. наук / СПб., 2004. С. 42.

a. 认识手段

“认识手段是建立在这样的基础上,即视角转换到人物意识领域,对象、现象和事件是按照其看上去所呈现的样子,而不是它们‘事实上是’的样子得到描绘的。”[①]对于认识手段来说,典型的是人物对事物的认识从未知到已知、从不确定到确定的语义运动。人物对未知某事的认识通常通过两种方式表达:

(1) 不确定代词的使用

带有不确定意义的词语,如不定代词 что-то, кто-то 等,表示“物体不知道是什么物体,人物不知道到底是什么人”。这类语言手段是实现主观化叙述中的主要方式。彼特鲁舍夫斯卡娅的小说《黑大衣》中出现了大量类似的不确定意义的词汇:

> Одна девушка вдруг оказалась на краю дороги зимой в незнакомом месте, мало того, она была одета в *чье-то* чужое черное пальто. («Черное пальто»)

小说一开始就使用了不定代词“чье-то”。按照常理,一个人只可能穿自己的衣服,不可能不知道自己身上的衣服的归属。但是,随着情节的展开,此处不定代词的使用却并不显得那么突兀,反倒在某种意义上与小说标题《黑大衣》契合,因为黑色在俄罗斯人的意识中就象征着某种不可知的、常常是破坏性的负面力量。因此,“чье-то”在此处的使用有着作者的特殊意图——开篇点明题旨。

> Наконец они приехали к*какой-то* платформе, освещенной фонарями, девушка слезла, дверца за ней хлопнула, грузовик рванул с места.
>
> Девушка поднялась на перрон, села в подошедшую электричку

① Одинцов В. В. *Стилистика текста*, М.: Наука, 1980. С. 214.

и *куда-то* поехала.

Она помнила, что полагается покупать билет, но в карманах, как выяснилось, не было денег: только спички, *какая-то* бумажка и ключ.

Она стеснялась даже спросить, куда едет поезд, да и некого было, вагон был совершенно пустой и плохо освещенный.

Но в конце концов поезд остановился и больше никуда не пошел, и пришлось выйти.

Это был, видимо, большой вокзал, но в этот час совершенно безлюдный, с погашенными огнями.

Все вокруг было перерыто, зияли *какие-то* безобразные свежие ямы, еще не занесенные снегом.

Выход был только один, спуститься в туннель, и девушка пошла по ступенькам вниз.

Туннель тоже оказался темным, с неровным, уходящим вниз полом, только от кафельных белых стен шел *какой-то* свет.

Девушка легко бежала вниз по туннелю, почти не касаясь пола, неслась как во сне мимо ям, лопат, *каких-то* носилок, здесь тоже, видимо, шел ремонт.

Потом туннель закончился, впереди была улица, и девушка, задыхаясь, выбралась на воздух.

Улица тоже оказалась пустой и *какой-то* полуразрушенной. (« Черное пальто »)

大量不定代词的使用给这篇小说增添了浓重的神秘色彩。叙述者不时把叙述视角转向人物视角,透过主人公的感知向读者传递各种信息。这种人物视角有利于为故事的叙述制造悬念。

(2) 插入语的使用

在使用插入语,如 вероятно, видимо,不完全无人称句,如 казалось, представлялось 之类的情况下,从未知到已知的转变过程可能不会表现出来,但是视角转换到人物的认识领域却能充分地体现出来。

> Все началось с рождения сына, которого Лера родила в невероятных муках, но не крикнув ни разу. Ребенок тоже, *очевидно*, вынес большие страдания, потому что родился с кровоизлиянием в мозг, и спустя три месяца врач сказал Лере, что ни говорить, ни тем более ходить ее сынок не сможет, *видимо*, никогда. (« Бессмертная любовь »)

在正常的作者叙述语流中,“очевидно”“видимо”两词的使用使视角短暂地转到人物意识领域,而且人物意识中不完全确定的认识“Ребенок тоже вынес большие страдания”在现实中得到了事实上的印证:“потому что родился с кровоизлиянием в мозг”。

> Он вообще склонен был все, не стесняясь, театрализовать, он совершенно серьезно читал свои стихи с бокалом шампанского в руке и, *казалось, только и мечтал, как бы добавить ко всем этим аксессуарам еще и розу*. Однако в тот момент, когда он имел возможность читать свои стихи с шампанским в руке, роз ему не было. (« Йоко оно »)

同样,在这个例子中,叙述短暂地采用人物视角,人物的意识得以充分体现:人物的认识显得滑稽、幼稚,“только и мечтал, как бы добавить ко всем этим аксессуарам еще и розу”。当然,这种认识受到现实的无情打击——“роз ему не было”。

认识手段接近“陌生化”手法,即把熟悉的、常见的对象或者现象作为一个奇怪的、不寻常的事物或者现象进行描绘。按照什克洛夫斯基(В.

Б. Шиколовский)的解释,“陌生化指从一系列习以为常的东西之外展示对象,用新的、从其他圈子借来的言辞来讲述一个现象。”[①]戈尔什科夫指出,“理论上讲,陌生化可以反映作者的视角,但实际上常常反映的是人物的理解。”[②]第三人称叙述者在很多情况下是熟知事件情况的,他只是短暂的把叙述视角转换到了人物的内视角。因此,在人物看来,许多人和事都是不确定的,而对于作者来说,一切都在他的掌控之内,视角的转移只不过是实现他策略意图的一个重要手段。从总体上看,认识手段是实现作者叙述主观化的一个有效方式。

b. 形象表达手段

形象表达手段与认识手段近似,但除了具有认识手段所具有的特点之外,形象表达手段还“使用通过人物理解所产生的艺术形象手段”[③]。

> Девушка тихо пошла по квартире, в окна бил свет от уличных фонарей, комнаты были абсолютно пустые.
>
> Однако когда она зашла в последнюю дверь, сердце у нее громко застучало: *в углу лежала куча каких-то вещей.*
>
> *В том же углу, что и этажом выше.* («Черное пальто»)

“куча каких-то вещей”形象的归属很显然是属于女主人公意识领域的,叙述视角此时采用的是女主人公的内视角:她只知道躺着一堆什么东西,但具体是什么东西,她并不清楚。

> Когда он сказал Марусе, пришел в очередной раз и сказал со своей знаменитой улыбкой, что очень сожалеет, но больше ничего у них не будет-она чуть не покончила с собой, пошла проводила Боба до его подъезда и на обратном пути шагнула под машину, закрыв

---

① 转引自: Горшков А. И. *Русская стилистика*, М.: АСТ, Астрель, 2006. С. 216.

② Горшков А. И. *Русская стилистика*, М.: АСТ, Астрель, 2006. С. 216.

③ Там же.

> глаза，но он，как выяснилось，шел следом за ней и спас，обхватил руками，привел ее к ней же домой，трахнул，но через час все-таки удалился со своей волчьей ухмылкой：*жизнь его，видимо，протекала уже в иных мирах*，он шел навстречу своей гибели，как потом оказалось.（« О，счастье »）

“протекала уже в иных мирах”的形象属于人物意识，“видимо”一词更强调了这一意识的存在。叙述视觉短暂地转到人物视角，随后立即又改用第三人称叙述者的视角。

> Мать моя сегодня пока еще лежит（я дозвонилась еще раз в больницу，никакой такой Валечки мне не дали，такая не работает，тоже мистика），мама лежит хорошо，кушает，я это знаю，*видела，как ест，жадно вытянув вялые как тряпочки губы，беззубо чавкает，глаза матовые，не блестят，зрачок туманный и как бы впечатан в глазное яблоко*.（« Время ночь »）

这一片段中第二级叙述者安娜把视角转到作为人物的安娜的视角上，斜体部分是出现在安娜意识领域的形象。

形象手段与认识手段的不同之处在于，前者在转用人物视角之后，叙述语篇中出现了人物所理解的形象，人物意识因此得以体现。因此，形象手段同样是作者叙述主观化的另一个有效方式。

c. 剪辑手段

奥金佐夫指出，“‘剪辑’式描写的本质在于，它不仅是完全根据人物的目光形成，而且是在运动中形成的。”[1]同时，剪辑式描写中反映的不仅是所描绘场景的运动变化，而且还有人物本身的运动，他的视角在空间中不断地变换。

---

① Одинцов В. В. *Стилистика текста*，М.：Наука，1980. С. 199－202.

Больной *вышел в коридор*, не в силах больше лежать.

Он *тут же увидел, что дверь в соседнюю палату, против обыкновения, распахнута настежь, и там находится несколько врачей: один склонился над постелью, где виднелся на подушке бледный профиль спящего мужчины, другие присели около лежащей на полу женщины, а по коридору бежит медсестра со шприцем.*

Наш больной (его звали Александр) начал беспокойно ходить взад и вперед мимо открытых дверей соседней палаты, что-то его притягивало к этим двум людям, которые как будто одинаково спокойно спали, с той только разницей, что мужчина лежал на кровати, а женщина на полу.

Задерживаться у дверей было неудобно, *и больной стоял у дальнего окна, наблюдая за кутерьмой.*

Вот в палату завезли пустую каталку, вот она медленно выехала обратно в коридор, уже с грузом, на ней лежала та самая женщина, и мелькнуло опять это спящее женское лицо, спокойное и прекрасное. («За стеной»)

展现在读者面前的画面随着主人公摄像机镜头似的目光的移动以及他在空间中位置的变化而不断变化。主人公先是走到阳台,看到隔壁病房的门大开着,几个医生在病房里忙碌着,接着又看到病房里的夫妻两人都安静地躺着:丈夫躺在床上,妻子躺在地上;之后主人公站到较远的窗户旁,关注着隔壁病房里忙碌的一切;然后看到空病号车推进病房,随即又推出来,只是这时那位女士已经躺在病号车上。读者所看到的画面就是主人公的目光移动看到的画面。这种剪辑手段非常富有表现力,在俄罗斯文学中常常用到,如普希金的《黑桃皇后》、契诃夫的《伊奥内齐》(«Ионыч»,也有人译为《姚内奇》)等作品。

通俗地说,第三人称主观化叙述可以被认为是作者叙述中引入了人物意识领域的成分,叙述者与人物以及作者与人物之间复杂的动态关系在这种叙述形式中表现得尤为充分,对于揭示叙事作品中的作者形象起着重要作用。

第三人称叙述中的叙述者与作者接近,特别是在传统叙述中,叙述者话语中很少有主观评价成分,常常被视为是客观话语。而在主观化叙述的作者话语中渗透进了人物意识领域的主观成分,但总体上这些成分的插入仍然受作者意识决定。“叙述者话语指向作者认为相当有准备的读者。作者不允许有一丝怀疑读者理解所讨论问题的能力,这种理据充分的叙述类似于陈述一些哲学世界观概念,有时还涉及对生活的科学认识之类的话题。作者把自己在生活上重要的存在问题的见解委托给读者。”[①]可以得知,此时的作者是一个视读者为知己、完全相信读者能力,也因此而更为洒脱的形象。

3.2 他人话语与作者形象

在巴赫金哲学美学论中,“我和他人”的关系是一对基本的审美范畴。在这对审美范畴中,他十分强调“外位性”(вненаходимость)。也就是说,自我意识要受到他人意识的影响,在权威他人的身上从价值上意识到自己。“作者作为他所创作的世界的积极创造者,应该处于该世界的边缘,因为一旦闯入这一世界就会破坏其审美稳定性。”[②]因此,作者必须处于完全的外位才能保证审美世界的稳定自足。

文学作品中的任何一个词语、每一个言语手段都是为了最大限度地表达审美思想,塑造感染读者的一个或众多形象。巴赫金指出:“作者不是用他自己的语言在说话……而是脱离了他的唇舌的语言。……多声和

---

① Шанский Н. М., Махмудов Ш. А. *Филологический анализ художественного текста*, М.: Русское слово, 2010. С. 119.

② Бахтин М. М. *Эстетика словесного творчества*, М.: Искусство, 1979. С. 166.

杂语现象进入长篇小说，并在其中形成一个严谨的艺术体系。……他人话语是经过转述的，被故意模仿出来的，涂上一定色彩的。……无论在何处都不会与作者言语区分得一清二楚，因为两者的界限是有意摇摆不定、模棱两可的，常常出现在一个句法整体中。"[①]整部作品就是在作者话语和他人话语复杂的相互关系中形成的。按照巴赫金的说法，他人话语绝不是处于被动地位、完全隶属于作者话语的附属品，而是具有积极应答立场、参与到作品形成过程的结构成分。但也有学者对此持不同见解。尚斯基和马赫穆多夫(Н. М. Шанский, Ш. А. Махмудов)认为，"文学话语由作者话语和人物话语组成，然而这两者的划分是假定的，因为原则上这是同一主体即作者的话语。人物的对话和独白实际上是为达到作者的某个目的、解决某些具体的任务而对口语的模仿，是受作者定位限制的。"[②]尽管几位学者在作者话语和他人话语的关系问题上看法不尽一致，但是有一点可以明确：他人话语以何种方式表现出来，完全取决于作者的意图。因此，作者话语和他人话语是一种动态的、相互作用的关系。

第一章已经提到，他人话语的转述方式即为引语。很多研究者认为，引语的功能非常简单，仅仅是为了塑造人物性格。但正如巴赫金所言，"他人话语是经过转述的，被故意模仿出来的，涂上一定色彩的。"[③]这个"一定色彩"正是作者有意为之。施密德也发表过类似的观点，"哪怕是能够符合原文再现他人话语的叙述者相当严谨地转述人物语篇，力求严格地'摹仿'语篇在主题、评价和修辞方面的特征，甚至从某个人物语篇中选择一些片段和不选择另外一些片段，这些都会给转述带来某种'主观的'

---

① 转引自[俄]瓦·叶·哈利泽夫：《文学学导论》，周启超等译，北京：北京大学出版社，2006年，第307页。

② Шанский Н. М., Махмудов Ш. А. *Филологический анализ художественного текста*, М.: Русское слово, 2010. С. 117.

③ 转引自[俄]瓦·叶·哈利泽夫，《文学学导论》，周启超等译，北京：北京大学出版社，2006年，第307页。

特点。"[①]在我们看来,这个主观的特点正是作者形象的表征之一。所以,不论哪种形式的引语,其中都体现出作者的某种意图,体现出作者的立场。他人话语由叙述者引入作者语境中时,叙述者采用何种形式的他人话语转述方式完全取决于作者的创作意图,是作者形象的一种表现手段。

第一章有关引语研究的论述中已经提到,人物话语的转述方式可以反映出叙述者[1]形象与作者形象之间的关系:人物语言与讲述人语言的差异明显时,讲述人形象与作者形象是接近的;反之,两种形象则相差甚远。同理,叙述者语言与人物语言之间的关系同样可以反映出叙述者形象与作者形象之间的关系亲疏。人物语言与叙述者或者讲述人语言之间关系的亲疏所反映出的叙述者形象或者讲述人形象与作者形象之间的关系是本书引语与作者形象研究的理论依据,叙述者[1]形象与作者形象之间呈反比对应关系。为了便于表述,本书称这种关系为引语与作者形象的反比对应理论。因此,可以看出,引语研究对于揭示隐藏在叙述者形象或讲述人形象背后的作者形象具有重大意义,可以反映出前两者与作者形象之间或一致、或背离的关系。

3.2.1 直接式引语与作者形象

根据前文对引语的分类得知,直接式引语包括直接引语、自由直接引语和直接引语形式的直接内心独白,当然也包括人物之间的对话。这几种形式的共同之处在于:人物话语的特色几乎能够完整呈现在叙述者话语中,都有很强的音响效果。作者使用直接式引语的目的主要是强调人物希望表达自己思想的强烈意愿,突出人物性格,塑造人物形象。读者可以很容易地区分开直接式引语与叙述者话语。因此,根据前文有关叙述者[1]形象与作者形象关系的理论,我们认为,在含有直接式引语的语篇片段中,叙述者[1]形象与作者形象非常接近。

那么,直接式引语类型与作者形象之间的关系到底怎样?

---

① Шмид В. Нарратологоия, Языки славянской культуры, 2003. С. 197.

我们发现,在彼特鲁舍夫斯卡娅作品中,以“孩子”为主题的小说以及具有神秘色彩的童话故事和魔幻小说中,直接式引语是最常见,也是最普遍使用的类型,如:« Невинные глаза »,« Дедушкина картина »;« Чемодан чепухи »,« Девушка-Нос »,« Дом с фонтаном »,« Город света »,« Черное пальто »,« Две сестры »等。这种引语类型具有直接性、生动性的特点,对于塑造人物性格及人物形象起着重要作用。在直接式引语的三个亚类型中,直接引语所具有的音响效果最强。作者正是利用这种音响效果来安排直接引语在语篇中配置情况的,通过上下文中直接引语数量的变化揭示作者的态度,反映作者形象。因此,在有的小说中,人物在现实生活中几乎没有自己的声音,如《科谢妮亚的女儿》中,通篇只有在科谢妮亚的女儿“营业”的第一天出现了直接引语。

> И женственности особой нет, какая там женственность, когда коротковатая и полноватая, простоволосая почти, не грубятина, а стоит себе, ничем не выделяясь, в толпе, продвигается среди остальных женщин, таких же, как она,—но проститутка. Да еще в один из самых главных и незабываемых моментов в своей жизни и говорит:
>
> —*Папиросы вот передать, печенье.*
>
> —*Иди, иди,—говорят женщины, находящиеся в толпе.—Там она с милиционером, может быть, разре-*
> *шат.*
>
> —*Только печенье и папиросы.*
>
> —*Конечно, иди, иди.*—Как будто только что, первый день подсудимая является подсудимой и в первый свой день она особенно изголодалась по папиросам-без отвычки, сразу, тяжело. (« Дочь Ксени »)

整篇小说只有这一个地方使用了直接引语。作者在此处使用直接引语的用意很明显:强调女主人公在茫茫人海中的强烈诉求。女主人公的直接引语在此处产生了强大的音响效果:她在向众人呼喊!那些妇女简短的答语也有同样效果:斩钉截铁地拒绝!这种对比对于塑造人物形象无疑起到了意想不到的作用:由于女主人公的特殊身份,她的请求就像她本人一样被淹没在茫茫人海中;众多妇女简短地回答反映出社会大众对妓女职业的鄙视。《科谢妮亚的女儿》中除了此处出现了直接引语,其他地方再没有使用这一语言手段,这也暗示着女主人公的声音及她本人彻底被社会所“吞没”。直接引语数量上的变化显然是由作品立意所决定的,反映出鲜明的作者态度:实际上,人与人之间的冷漠才是真正滋生社会阴暗面和负面现象的诱因。因此,作者形象很自然地得以体现。

而在彼特鲁舍夫斯卡娅的带有神秘色彩的魔幻小说和童话故事中,直接引语却相当普遍。她的童话大多是由于人们对诸多生活现实产生不满,因而寄望于一个虚幻的神话世界的一种艺术体裁。作者赋予童话中主人公大量的直接引语,以此来向残酷的现实世界大声呐喊,从而制造出强烈的音响效果。在这一点上,魔幻小说与童话故事相近,其中的主人公由于在现实世界中被周围存在悄无声息地吞没,因此他们都希望在彼世能够发出自己的声音。大量的直接引语的使用凸显了作者的意图。

相比之下,直接内心独白或者自由直接引语的音响效果就稍微弱一些。这两种引语形式主要用于表达主人公激烈的思想活动和内心状态,目的是强调她们无助的呐喊但又无人能够对此给予关注。如在《我到过哪里》中,在女主人公发生车祸之前,语篇中没有一句她的直接引语,她的心理活动被大量的作者话语所包围。文中出现大量的直接内心独白,但是这种形式的音响效果极弱,这暗示她心中的呐喊只能是徒劳,丈夫和周围的人难以听到,更难以理解。但是,在她发生车祸意识恍惚时却出现了大量的直接引语,现实中没有任何发声的语言的她,此时却尽情地交谈,而她的交谈对象则是一个已经死去的、很多年前的老邻居。这不能不说是极大的讽刺:女主人公与生活在身边的丈夫几乎没有语言上的交流,但是却与很多年不见、已经死去的老太太相谈甚密！

Убраться и потом думать, что никто ничего не делает, все одна только она. Муж встанет расспавшийся после вчерашнего, будет смотреть на домашних неохотно, брюзжать, орать, вспоминать волшебное видение, дочь хозяев, а как же. Уйдет до ночи. Надо скрыться, скрыться куда-нибудь. Пусть сами раз в жизни. Больше нет сил.

...

Вот! Когда ты всеми заброшен, позаботься о других, посторонних, и тепло ляжет тебе на сердце, чужая благодарность даст смысл жизни. Главное, что будет тихая пристань! Вот оно! Вот что мы ищем у друзей!

...

—Что-то случилось, Бабаня?

—Да все нормально. Все нормально происходит. Иди отсюда.

Бабаня не могла так говорить! Юля стояла испуганная и оскорбленная и не верила своим ушам.

—Я чем-то обидела вас, Бабаня? Я не приезжала долго, да. Я-то вас все время помню, но жизнь...

—Жизнь и есть жизнь,—туманно сказала Бабаня.—Смерть смерть.

—Времени все нет...

—А у меня времени вагон, так что иди своей дорогой. Юля.

—Но я вам все оставлю тогда... Выложу... Чтобы обратно не тащить, Бабаня. («Где я была»)

总之,彼特鲁舍夫斯卡娅小说中直接式引语的运用体现了作者的创作目的,对于刻画人物形象、突出人物内心状态起到了重要作用,间接表现出作者对艺术现实的评价态度，从而衬托出作者形象。以直接式引语形式转述的人物话语与叙述者[1]话语的差异非常明显，直接式引语中几乎完全保留了人物话语在内容、形式、语调等方面的特点。因此，根据前文引语与作者形象的反比对应理论得知，在含有直接式引语类型的语篇中，叙述者[1]形象与作者形象甚为接近。

3.2.2 间接式引语与作者形象

前文提到，间接式引语除了间接引语，还包括自由间接引语（又名"准直接引语"）、"带特色的"间接引语（瓦尔金娜称为"半直接引语"）、"被遮覆的引语"或"言语行为叙述体"以及准直接引语形式的准直接独白。这些引语形式的共性在于：它们由于没有了标点符号、人称、时态等方面的限制，因此与作者叙述更容易融为一体。与此同时，作者在这些引语形式中的叙述干预程度都比较强。但另一方面，由于间接式引语既没有在形式上与作者叙述分开，又在人称和时态上基本与作者叙述保持一致，因此，人物话语与叙述者[1]话语的区分没有直接式引语中显得明显。根据前文引语与作者形象的反比对应理论，我们认为，在含有间接式引语的语篇中，叙述者[1]形象与作者形象之间的关系较为疏远。准直接引语在间接式引语的几种类型中较具代表性，因此本小节将以准直接引语为例，分析间接式引语与作者形象之间的关系。

鉴于欧美学者以及俄罗斯学者在准直接引语问题上存在的分歧，本部分将对这一引语形式稍加论述。

从形式上看，准直接引语是以作者或者叙述者的人称进行转述的一种引语形式，它几乎完全保留了他人表述的词汇、句法特点，保留了说话人的言语方式以及情感色彩。在准直接引语中，作者把主人公的思想、感情与自己的思想感情联结在一起。准直接引语不表现为从句形式，也不像直接引语那样有引导词，它没有典型的句法形式。瓦尔金娜指出，"这是直接被引入作者叙述并且不与后者区分开来的他人话语。……他人话语及其固有的特点都被再现在准直接引语中，但是在作者话语的背景下被突出出来。"[①]准直接引语是一种富有表现力的句法修辞手段,常常作为作者叙述与主人公话语融合的手段用于文学作品中。

我国学者刘娟教授在其俄文专著《文学作品中的准直接引语》中划分了准直接引语的四种类型:1. 单词和词组型,这种类型中准直接引语与作者话语之间的界限几乎消失;2. 简短的独立句或者是由作者引导的复合句的一部分,这种类型的准直接引语表现出人物的思想和他所作出的结论,它们作为一个简短的思想出现在作者叙述中。因此,这种类型的准直接引语中作者和人物的态度联系得更为紧密;3. 展开形式的准直接引语,"这种形式的准直接引语表达人物的内心斗争、意识的过程、心理上的体验。此处的作者好像是不存在的,最大限度地从叙述的主观评价层面消失,让位于主人公。"[②]4. 复杂化形式的准直接引语,它"可以构建为一个对话,该对话的交谈双方可以是自己跟自己或自己跟并不在场的对话人"[③]。这种形式的准直接引语中常常存在以对话形式出现在同一个话语中的两个意识的冲突。这种分类简单明了,为研究者,特别是俄罗斯以外的研究者研究俄罗斯文学语言提供了一个操作性强的识别标准。

综合前文研究者有关准直接引语的观点可以得知,国内外学者的准直接引语观有交叉的地方,如"带特色的"间接引语(瓦尔金娜的半直接引语)、施密德的"直接称名"与刘娟教授的前两种准直接引语类型有交叉的地方,如作者叙述中出现他人话语的成分,作者话语和他人话语的界限几乎消失。先分析以下几个例子:

(1) *Вот кому такие нужны*? Он мельком взглянул на нее. *Мордочка хорошенькая*, *фигурка прекрасная*, *ножки длинные*, *все как надо*. *Но лицо*! Сияет счастьем *буквально*. Как будто ее похвалили, *причем* она этого не

① Валгина Н. С. *Современный Русский Язык*. *Синтаксис*, М.: Высшая школа, 2004. С. 385.

② Лю Цзюань. *Несобственно-прямая речь в художественных произведениях*, М.: Компания спутник, 2006. С. 78.

③ Там же. С. 90.

ожидала и обрадовалась. *И* прилипла! (« Нагаина »)

在这个片段中出现了准直接引语的不同类型:"Вот кому такие нужны?"是具有典型标志即疑问句型的准直接引语;"Мордочка хорошенькая, фигурка прекрасная, ножки длинные, все как надо. Но лицо!"是单词或者短语类型的,但与巴赫金等人所举的典型例子并不完全一样,这些短语或单词是独立成句的,巴赫金所举例子中人物话语的成分出现在作者话语中;"Сияет счастьем *буквально. Как будто* ее похвалили, *причем* она этого не ожидала и обрадовалась. *И* прилипла!"这句话中斜体的词或词组恰恰是与巴赫金间接引语的词语分析变体的例子类同的,"буквально""как будто""причем""и"是典型的人物言语特点,带有明显的人物言语语调并直接出现在作者叙述中。但不论是哪种类型,它们之中都融合了作者声音和人物声音。

(2) Люди Системы не обижаются (?). Вопрос вопросов, но действительно, может ли обидеться прощающий все и всем (?) человек. (« Бацилла »)

这个例子中,人物语调鲜明地体现在作者叙述中,但同时又融合了作者的声音,作者好像直接表达出主人公的思想、感情,并把主人公意识与自己的意识融为一体。

我们可以再看几个例子:

(3) Н. представляет себе, как болен Гаврила после всего пережитого, как он (видимо) клянет себя, что не продал вовремя ту квартиру, шутка ли! *Двухкомнатная квартира в хорошем районе*! (« Вопрос о добром деле »)

(4) Лена собрала свою сумку, оставила бабке на столе деньги, подумала и оставила ей свои бутерброды. *Было жалко старуху, которая живет между двух огней-боевая Раиса и наследница, племянница во*

Владимире. (« Никогда »)

(5) *Трудно было опять идти по деревне воскресным утром....* (« Никогда »)

(6) *Достаточно взглянуть на Маню во время работы, достаточно пробыть в этой комнате хотя бы полчаса, чтобы понять, как почти умиленно относятся к Мане сослуживцы.* (« Маня »)

从上述例子可以看出,准直接引语是一种更有利于表达人物看法、体现作者态度的他人话语转述方式,其中的作者—叙述者与人物之间的关系表现得更为密切,这种关系在巴赫金有关"我和他人"关系(其本质是作者和主人公的关系)的论述中有更为详尽的阐释。"作者在塑造虚构的人物性格时,应该知道他们所知道的一切,这样才能最终刻画出具有充分价值的人物艺术形象。……作者知道主人公知道的一切,也知道主人公的一切所见、所闻和所思;作者甚至知道主人公不知道的、不理解的东西。"[①]也就是说,作者拥有无限的潜能去理解人物所理解和所不能理解的一切,可以从外部和内部描写人物,可以描写人物视野内外的一切。作者所具有的这种潜能使其在运用语言手段来描写人物时具有极大的自由。同时,在"我和他人"这一组对立统一的关系中,当"他人"作为读者或者听者来理解"我"的言语时,他并非是消极的接受者,而是具有积极的应答立场的主体。"实际上,听者在对话语的意义进行接受和理解时,同时还占据着对言语积极的应答立场。"[②]这种积极的应答立场指的就是"他人"的积极理解、阐释。"作者把自己的理解能力带进语篇,这一能力取决于作者的生活经验,取决于他的世界观、他的审美观、伦理观、社会观和哲学观。在准直接引语中,作者替人物说话,替人物思考,表达出人物的看

---

① Бахтин М. М. *Эстетика словесного творчества*, М.: Исскусство, 1979. С. 16.

② Там же. С. 246.

法，而且也表现出作者自己的观点。"[①]因此，在准直接引语中就同时存在"我自己的"和"他人的"两个意识的交锋，因为作者的思想情志，他对世界、人生、社会和艺术的一系列观点和看法都会潜移默化到被转述的语篇中，而这些观点和看法正是构成作者形象并体现在语篇中的重要成分。因此，准直接引语是最有效地表现作者观点的艺术手段，也因此与作者形象具有不可分割的关系。

以准直接引语形式出现的准直接独白也是间接式引语的一种类型，如：

> Вот теперь встает вопрос: *что это было, этот инсульт в тридцать пять лет у здоровенной, семижильной, простой и доброй бабы, которая волокла на себе мужа, дочь, учительство в школе и всегда, при всех обстоятельствах, первое что делала-смеялась. Это что у нее было, что за прием такой, что за способ-упасть и захрипеть? Так ли уж любила она своего задрипанного мужа, своего еще одного ребенка, за которым ходила половину своей короткой жизни как за больным или как за дебилом, не способным ни одеться в чистое, ни согреть себе еду, не говоря о том чтобы сварить суп или постирать что-нибудь* (*себе, только себе, не ребенку!*)? («Упавшая»)

在这个充满大量内心独白的片段中，准直接引语形式一方面表现出女主人公对目前状态的担忧与无能为力，另一方面表现出作者对人物的同情态度，人物意识与作者意识的交锋体现得更为鲜明。

综上所述，与直接式引语相比，间接式引语可以没有冒号、引号、第一人称、现在时等规约限制，因此，作者可以对人物话语进行归纳总结、概

① Лю Цзюань. *Несобственно-прямая речь в художественных произведениях*, М.: Компания спутник, 2006. С. 112.

述,可以让读者在叙述语流的平稳进行中直接接触到人物话语和人物内心独白。间接式引语的以上特点使叙述话语更为节俭,加快了叙述速度,使叙述语流自然、平稳进行。在这几种类型中,准直接引语由于集直接引语和间接引语两者之所长,所以其优势分外明显:既可以和作者叙述融为一体,又不乏直接引语的生动性、直接性;既含有作者的意识,又含有人物意识成分,因此具有较强的表现力。在间接式引语形式中,人物话语与叙述者[1]话语之间的界限不像在直接式引语中那样泾渭分明,因此,根据前文引语与作者形象的反比对应理论得知,在含有间接式引语的语篇中,叙述者[1]形象与作者形象之间的关系较为疏远。

3.2.3 语境型引语与作者形象

在前文对引语所作的分类中提到,有一种引语现象,从形式上看很难判断其类型归属,而在已有的有关引语的文献中又很难找到对这一类型引语形式的有效解释。本书把这种从形式上很难判断其类型归属,然而在语境中又具有特殊的修辞效果的他人话语转述方式称为语境型引语。语境型引语与准直接引语有类似的地方,如两者中都存在叙述者语篇对人物语篇的干扰,但两者的区别在于:语境型引语中人物话语的人称形式比较灵活,而准直接引语则采用的是作者或者叙述者[1]的人称。而且,语境型引语总体上从属于一个起统摄作用的结构,它在整个语篇片段中不是独立的,而准直接引语则相对独立。正是由于语境型引语中人物话语转述形式的灵活性,它与叙述者[1]话语之间的界限因此显得比较模糊,这就造成叙述者[1]形象与作者形象的关系难以判断,只能通过具体语境进行具体分析。我们通过具体的例子来说明。

И вот мать, у которой дочь от блондина, ①осторожно звонит и поздравляет кого-то с днем рождения, тянет, мямлит, ②спрашивает, как жизнь складывается, ③однако сама не говорит, что придет: *ждет*. (« Страна »)

在这一片段中,①小段是我们上文所分析的"言语行为叙述体",它只指出女主人公祝贺某人生日快乐这一行为的发生,但读者无从得知女主人公具体祝贺的内容、言辞、语调、表情等成分;②小段中的人物话语是一句寻常的问候,但用的并非是口语的常用表述,而是带有文绉绉的书卷气,体现出典型的人物话语特点的表述。从形式上判断,②小段是间接引语,但是从语言特色判断,它又是"带特色的"间接引语或者半直接引语;③小段同②小段类似,从总的形式判断,③小段是间接引语,但是它的后半部分又与②小段不同,"ждет"一词带有明显的人物意识和作者意识的成分,是单词型的准直接引语。然而,这个词紧跟在间接引语之后,且从句法形式上并未与之分离。因此,整个③小段的类型归属也不是很明确。综合以上分析,我们把这个片段归为语境型引语。

从这一复杂的引语类型可以看出,女主人公渴望融入他人圈子,但是又害怕遭到让她难以承受的来自他人的拒绝。因此,即使是在此刻落魄之时,她依然不放弃自己曾经有过的"辉煌"时期(那个浅黄发男人经常去她那里之时)的尊严,因此她"осторожно"打通了某人的电话,说着保留她应有自尊的话(как жизнь складывается),做着不失其尊严的事(сама не говорит, что придет: ждет.)。作者运用这一引语类型淋漓尽致地刻画了女主人公复杂的人格特征以及她性格中的极其矛盾性。

我们再看一例:

> Светлана Аркадьевна, Даша и Тема задумчиво пошли к метро, вслед за растерянными Димиными родственниками (сам Дима шел как бы тайно улыбаясь, ① и на вежливый вопрос Светланы, как экзамены, ②ответил, что все в порядке). (« Два бога »)

①小段是经过作者高度浓缩编辑过的叙述语,但第二部分又显然是人物话语,而且是对第一部分中"вопрос"一词的进一步明确、说明,起非一致定语的作用;②小段从句法结构看是间接引语,但是从句中的人物话语却带有典型的口语色彩,具有识别人物性格的区分性特征。因此,①②

小段的类型归属很难判断,故我们仍将其视为语境型引语。至于语境型引语在该片段中的功能,我们可以将①②小段稍作变化并与其变化之前的形式作一比较。

« Как экзамены? »—вежливо спросила Светлана.

« Все в порядке »,—ответил Дима.

显然,变化后以直接引语形式呈现的人物话语使叙述速度变得缓慢,因此使叙述语流显得不流畅。而且,具有较强音响效果的直接引语用在这里不但不能起到正面作用,反而不合时宜,不利于表达此时人物的状态。相比之下,变化之前的语境型引语形式一方面使读者毫无障碍地接触了人物话语,另一方面,这种形式对于衬托此时男主人公的心理状态也起到了绝好的作用:男主人公是一个还在上大学的学生,在心理上还不够十分成熟,甚至可以说,他本人还是一个"孩子"。然而,一个偶然的机会,他留宿在女主人公家,但他并不知道从此有了自己的孩子,直到有人告诉他此事并让他记下孩子出生的医院,他和自己的家人才匆忙赶到。面对这"从天而降"的孩子,他欣喜异常,但却无所适从。所以,当面对他人询问时,他显得有点紧张。因此,语境型引语的使用恰到好处地描写了男主人公此时的内心状态。人物话语融合在作者叙述中更符合此时的叙述语境,但又不像直接引语那样显得过分突兀。此处不适合使用直接引语,因为它的音响效果不适宜表达主人公此时的心情。

综合以上分析可以得知,语境型引语更适于描写人物复杂的内心波澜。当然,与其他引语类型一样,它的使用取决于作者的创作意图。至于该类型引语中所反映的叙述者形象或讲述人形象与作者形象之间的关系,应该根据具体的语境作出相应判断。根据前文引语与作者形象的反比对应理论,当含有语境型引语的语篇片段中人物话语特色成分较多时,叙述者[1]形象与作者形象之间的关系较为接近;反之则较为疏远。

3.2.4 功能型引语与作者形象

在我们所提出的引语类型中,还有一种引语类型,它不独立于作者叙述之外,而是依附于作者叙述中的某个成分,并说明、补充这一成分。人物话语直接作为句中某一句子成分的从属成分,本书把这类人物话语转述方式称为功能型引语。功能型引语中作为某一句子成分从属成分的通常是直接引语形式的人物原话,因此,人物话语与作者—叙述者话语之间的界限非常清楚。所以,根据我们常用的引语与作者形象的反比对应理论,我们认为,在含有功能型引语的语篇片段中,叙述者形象[1]与作者形象较为接近。这种引语和语境型引语一样,在俄罗斯语言学、修辞学和文艺学研究中都没有专门论述,更没有相关资料可以参考,但这类引语现象却的确存在于许多当代作家,特别是彼特鲁舍夫斯卡娅的小说中。现以彼特鲁舍夫斯卡娅的小说为例来分析功能型引语与作者形象之间的关系。

> Не бабулькам же декламировать, им прочтешь, ①они тут же читают тебе в отместку доморощенные глупости ② типа "И много девушек так сладко перещупал", тьфу! («Мост Ватерлоо»)

①小段为正常的作者叙述,②小段为"доморощенные глупости"的非一致定语,具体说明这些"胡说八道"大致是哪方面的内容。此处的人物话语以直接引语的形式出现并径直作为被修饰词的非一致定语,这种用法含有作者特殊的意图:一方面,它使读者可以直接接触人物话语,使他借助直接引语特有的音响效果揭示那些无事生非、爱嚼舌头、热衷于散播谣言并唯恐旁人无法得知谣言的老太太们的形象;另一方面,这种用法打破传统的常规叙述形式,赋予语言生动、直接的效果,有助于读者对人物产生栩栩如生的印象。

> Она прижалась к его ладони мокрой щекой. Он ее обнял, как ребенка, ①заговорил « ну что ты, ну что ты ». Дальше гладил по спине, поворачивал к себе, склонял. ②Сказал священную фразу « ну иди ко мне ». (« Два бога »)

①小段中以直接引语形式出现的人物话语作动词"заговорил"的补

语，②小段中直接引语形式的人物话语作“священную фразу”的非一致定语。与上例一样，人物话语直接出现在作者叙述语流中，这种技巧使读者产生一种“叙述平稳有序进行”的印象。在这种引语类型中，作者的叙述干预降到了最低，这有利于读者积极地理解话语主体并作出自己的评价。我们在前文曾经提到，男主人公是大学在读学生，在一次偶然留宿女主人公家中时两人发生了性关系。这一片段是女主人公从浴室出来后的场景。由于男主人公自己本身的心智还未完全成熟到足以处理和一个比自己大十多岁的成熟女性之间独处时的关系，因此，直接引语形式的人物话语直接作为他“开始说话”的内容，作为“神圣的话”的补充说明性定语更能刻画他稚嫩、单纯的形象。

> Он увидел, что санитарка, узнав его, густо покраснела, резко опустила голову и, ① пробормотав что-то вроде “я побежала, дальше нам нельзя”, быстренько пошла обратно.
>
> …
>
> Но тут же, на беду Александра, на женщину с ребенком налетела целая компания людей с цветами, все кричали о какой-то застрявшей машине, об уже купленной кроватке для ребенка и ванночке, ②и под крик “ой, какой хорошенький, вылитый отец” и “поехали-поехали” они все исчезли, и вскоре на больничном дворе остался стоять столбом один Александр с ничего не соображающим другом. (« За стеной »)

同样，在这个片段中，①小段直接出现在作者叙述中的人物话语对于刻画卫生员此时的窘态起到了画龙点睛的作用：她要拖着女主人公，并把她最后的一戈比榨干。但在碰到男主人公并被后者认出之后，卫生员慌忙间夺路而逃，直接引语直接作为动词补语描绘了她此刻紧张、急促逃掉的窘状。②小段人群中喊出的话直接作为名词的非一致定语有两方面的作用：一方面，这种用法表现出人群急于表达出此刻激动的心情；另一方面,从某种意义来说,具有音响效果的直接引语用在此处是一种暗示:人群要向世人宣告这一人性的光辉。这是因为,男主人公亚历山大与这对母子仅仅是在医院里住在隔壁的"病友",但是在整个住院过程中,亚历山大目睹了女主人公的善良品质:她为了丈夫宁愿放弃一切,甚至包括生命。亚历山大暗中决定去真心帮助这对失去了丈夫和父亲的母子,把朋友来接自己的车让给母子俩,并告诉她是卫生部派来接她们回家的。终于在四年之后,经历了诸多真诚的沟通、前期准备之后,亚历山大接回了这个他最珍爱的人——他的妻子,也就是他住在隔壁的病友——女主人公,同时还接来了女主人公四岁的儿子。上文所举片段中的场景是母子俩出院时的情景,人们情不自禁地为母子俩感到高兴,也为亚历山大的真诚感动。因此,②小段直接引语的功能性使用充分体现了作品的立意和作者构思的巧妙,突出了作者形象。

从上述分析可以得知,功能型引语中作为功能性成分的一般都为原原本本的人物话语,因此,与在直接式引语中一样,人物语言与作者—叙述者语言之间的界限分外清楚。根据前文引语与作者形象的反比对应理论得知,在含有功能型引语的语篇片段中,作者形象与叙述者[1]形象非常接近。但与直接式引语不同的是,功能型引语中叙述者与读者之间的距离很小,读者可以直接接触人物话语,叙述速度由此得以加快,叙述语流也因此变得较为流畅。

值得注意的是,本节所提到的四种引语类型在小说叙述语流中并不是孤立存在的,它们常常互相交织,相互作用。如:

> Молчаниесверху встречается с молчанием снизу, сталкивается, сплетается в воздухе, густеет, разрастается. Затыкает горло. ① Минуту, две. ②Мысли: спуститься? Или не надо. Спуститься-это значит изменить судьбу. Изменится судьба. Не спускаться-судьба останется такой как была: мама, училище, хор, ми-бемоль ваша нота, ангины. ③А. Е. говорил: надо беречь горло, а то что же за

певцы с хроническим тонзиллитом. Ария Далилы:« Открылася душа-как цветок на заре-е... для лобзаний Авроры». Только что пела:« Далиле повтори, что ты мой на-всегда! Что все-забыты муки...»④ Муки одиночества（молчание длится）, восемнадцать лет, и, ⑤как мама говорит по телефону подруге, да, она торчит дома. Никого. Имеется в виду дочь. Дочь сидит дома. Да, да⑥（Они по телефону перемывают косточки своим детям, любимое занятие у мамы и ее подруги Марьи Филипповны, страхового агента.）На день рождения девушки пришла в качестве гостей именно Марья Филипповна выпить чаю с тортом и винца, но торопилась как обычно, ушла. ⑦ Восемнадцать лет-и день рождения с мамой и ее подругой, затем М. Ф. убралась, все. ⑧Восемнадцать лет! Убрали со стола.（« Как цветок на заре»）

①小段为准直接引语,它是人物的话语,但是从作者口中说出;②小段为女主人公的直接内心独白,反映出她此时内心的纠结;③小段为人物的直接引语;④小段为准直接引语,是作者意识和人物意识的融合,括号内为作者声音存在的标志;⑤小段为“带特色的”间接引语或者称为半直接引语;⑥小段为作者叙述;⑦小段为准直接独白;⑧为准直接引语。各种类型的引语在这一片段中互相交织在一起,生动地刻画出女主人公在面对人生重大改变时激动、兴奋而又矛盾的内心状态,对于塑造人物形象起到十分重要的作用。

总之,人物话语的转述方式可以分为直接式引语、间接式引语、语境型引语和功能型引语,不同的引语类型对于揭示作者的创作意图及统摄作品修辞结构的作者形象的意义也不尽相同。这四种引语类型可以反映出叙述者[1]形象与作者形象之间关系亲疏的程度,它们所反映出的叙述者[1]形象与作者形象之间由近及远的关系如下:直接式引语——功能型引语——语境型引语——间接式引语。研究引语与作者形象之间的关系有助于研究者透过文学作品的语言形式来挖掘作品的本质——作者形象。

3.3 叙述者[1]话语与人物话语的相互作用与作者形象

"我和他人"的关系在巴赫金的《审美活动中的作者和主人公》中占有重要地位。他特别强调,他人话语是关于话语之话语。这揭示出作者—叙述者话语对他人话语所持的积极态度。巴赫金指出,"接受他人话语的不是无声的不会说话的东西,而是充满内心话语的人。他所有的体验(所谓的统觉背景)都由他内部话语的语言呈现出来,且仅涉及被接受的外部话语。话语与话语有关。在这个内部话语语境中也接受他人表述,并去理解和评价这一表述,这种理解和评价即说话人的积极定位。"①可以看出,他人言语和转述它的上下文即叙述语境之间存在一种动态的复杂关系。"不考虑这些关系,就不可能真正理解他人言语转述的形式。他人话语转述形式问题中真正的研究对象就应该是被转述的言语('他人的')和转述的('作者的')言语之间动态的相互关系。只有在这种相互作用中,被转述的言语和进行转述的言语才现实的存在、生存和形成,它们并非孤立地存在。"②由此得知,揭示作者语境和人物意识(在某种程度上也可以理解为是叙述者[1]话语和人物话语)的复杂关系对于挖掘深藏于作品修辞和叙述结构中的作者形象具有重要意义。

作者言语和他人言语动态的相互关系有两个基本方面:第一,对他人言语采取积极的态度有利于维护其完整性和真实性;第二,语言不断产生出一些更精辟透彻、更善于表达各种感情色彩的方法,从而使作者插语和

---

① Бахтин М. М. (под маской), Фрейдизм. *Формальный метод в литературоведении. Марксизм и философия языка*. Статьи (2000). М., Лабиринт, 2000. С. 448.

② Там же.

评述注入在他人言语中。① 因此,从某种意义上说,本节是前两节研究的继续,是从叙述者[1]话语和人物话语相互作用的角度来揭示叙述者[1]形象与作者形象之间的关系。

3.3.1 双主体性

当代小说中一个非常明显的叙事倾向就是言语主体之间的界限不再分明,语篇有趋向"双主体性"的趋势:语篇中言语结构手段越来越复杂,作者话语和人物话语的相互关系也不很明确。科热夫尼科娃指出,"当代文学进程中的主要特点之一就是作者叙述受到由非作者视角组织的叙述的排挤。"②在前文第三人称叙述的主观化一节中,科热夫尼科娃所指的叙述的主观化指的就是"通过不明显的方式把人物视角引入叙述者叙述中"。③ 在这种叙述方式中就鲜明地体现出双主体性的特点。斯捷潘诺夫根据这一特点,把主观化叙述类型称为是"双主体叙述,其中人物是作者的合作者(соавтор),是对叙述者话语所再现的现实进行感知、理解和评价的主体"④。徐京娜指出,双主体性指"在一个语篇片段中既有叙述者话语,又有人物话语"⑤,作者意识和人物意识互相交织,构成动态复杂的双主体关系。根据上述观点,我们认为,双主体性是主观化叙述中的一个显著特征。

从某种意义上讲,双主体性与巴赫金的双声性或者复调性有共同之处。

---

① [俄]巴赫金:《周边集》,李辉凡等译,石家庄:河北教育出版社,1998 年,第 471—473 页。

② 转引自:Андреева Е. В. *Речь героя и позиция автора в поздних рассказах А. П. Чехова*: Автореферат диссертации ... канд. филол. наук. /Санкт-Петрбурский гос. Ун-т. —Санкт-Петербург, 2004. С. 7.

③ Там же. С. 7.

④ Там же.

⑤ 转引自:Щукина К. А. *Речевые особенности проявления повествователя, персонажа и автора в современном рассказе : На материале произведений Т. Толстой, Л. Петрушевский, Л. Улицкой*: Автореф. дис. ... канд. филол. наук / СПб. , 2004. С. 61.

巴赫金在提到“双声语”问题时讲到,《别尔金小说集》中的讲述人别尔金对于普希金来说是作为一个他人的声音出现在作品结构中的。别尔金是某个社会阶层的人,有相应的精神层次和对待世界的态度,是具有个性和典型性的形象,因此就产生了作者意图在讲述人别尔金语言中的折射。所以这里的语言是双声性的。“被引入我们语言中的他人的话语不可避免地吸收了新的、我们的意向,因此,这样的他人话语就成为双声话语。”①实际上,“说话人集团中的每个成员所获得的语言都是从另一个声音、另一个语境,且充满了他人声音、他人意图的语言。”②同样,在作者叙述中,被引入的他人话语也融入了作者意图的成分,而作者叙述中出现的“带特色的”他人话语成分正是人物意识的体现。

与双声性密切相关的是被巴赫金称为“言语干扰”,而被施密德称为“语篇干扰”的一种复杂现象。施密德的语篇干扰“是一种杂糅现象,其中融合了摹仿和纯叙事(柏拉图的意义上),混合了两种功能:人物语篇的转述和纯叙述(在叙述者语篇中实现)。”③他指出,“干扰是指在叙述语篇的同一个片段中,一些特征属于叙述者语篇,而另一些特征属于人物语篇,由此而产生的语言现象。同时属于两个不同的语篇产生了这些语篇的共存效果。”④双声性、语篇干扰从某种意义上讲也是一种对话性。

“每一个划分出的表述的语义成分及整个表述都被我们引入了另一个积极的、应答的语境。任何的理解都是对话性的。”⑤按照巴赫金的观点,任何的表述,不论是内部的,还是外部的,都是言语交际链上的一环,都具有积极的立场,可以时刻作出应答反映,都有明确的指向性和针对性,都是对话性的。

---

① Бахтин М. М. *Проблемы творчества Достоевского*, Киев, NEXT, 1994. С. 94.

② Там же. С. 101—102.

③ Шмид В. *Нарратологоия*, Языки славянской культуры, 2003. С. 199.

④ Там же. С. 199.

⑤ Бахтин М. М. (под маской), Фрейдизм. *Формальный метод в литературоведении. Марксизм и философия языка*. Статьи (2000). М., Лабиринт, 2000. С. 436.

巴赫金称之为他人言语转述的“线式风格”和“绘画风格”[①]的两种形式在施密德那里得到进一步明确。施密德指出,“在纯人物语篇和纯叙述者语篇之间,存在一系列以这种或那种方式混合的渐次变化的形式,即:人物语篇有一系列渐次变化的转换形式,该人物语篇的这些转换形式在人物语篇和叙述者语篇中对各种特征进行不同分布。这种转换的层级可以有条件的用人物语篇的转换模式来表示:直接引语、间接引语、准直接引语。”[②]在第一章的分析中我们分析了四种引语类型,其中在叙述语篇中除了“纯的”(指相对意义上的)直接引语或者间接引语不存在或者极少存在干扰现象,其他形式中大多存在不同程度的叙述者语篇和人物语篇之间的干扰,语篇的双主体性自然也存在于这些类型中。

叙述者语篇和人物语篇之间存在一种对话性关系,它们互相交织、互为渗透。同时,作为叙述者语篇主体和人物语篇主体的叙述者和人物之间以及叙述者意识和人物意识之间同样存在这样一种复杂的对话关系,这就使读者很难判断语篇主体的归属,因此形成一种复杂的叙述图景。

研究者在进行语篇分析时常常会碰到不同话语类型的语篇片段。在这些片段中,有一些既含有“纯”叙述者话语,也含有“纯”人物话语;而在另外一些片段中,读者很难把叙述者语篇和人物语篇区分开来,这一种正是具有双主体叙述的语篇片段。通过前文对他人话语转述形式即引语的分析得知,在作者意识和人物意识交锋的地方就会产生语篇干扰现象,因此也就产生了语篇的双主体性。对于当代小说,特别是彼特鲁舍夫斯卡娅小说来说,实现双主体性的语言手段主要有感知、编辑以及其他表现双主体性的手段,如援引、内省和叙述者的主观化等。从上文分析得知,在双主体叙述语篇中,人物话语中的成分被叙述者^{1}转述在作者—叙述者叙述中。因此,读者从形式上已经很难区分人物话语和叙述者^{1}话语。根据

---

① Бахтин М. М. (под маской), Фрейдизм. *Формальный метод в литературоведении. Марксизм и философия языка*. Статьи (2000). М., Лабиринт, 2000. С. 448—452.

② Шмид В. *Нарратологоия*, Языки славянской культуры, 2003. С. 209.

前文引语与作者形象之间的反比对应理论，在含有双主体性特点的语篇片段中，叙述者[1]形象与作者形象之间总体上较为疏远。

3.3.1.1 感知

在当代小说中，语篇干扰是许多作家的作品中都频繁出现的语言现象。针对这一情况，施密德探究了其中的深层原因："语篇干扰的广泛使用与叙述不断加强的人格化，即视角从叙述者极（полюс）到人物极的不断转换有关。人格化不仅指叙述者洞察到人物意识（当然并不排除叙述者叙述中的人格化），还指人物的视角转换到叙述者的层级，首先是在感知层面。"①斯捷潘诺夫所定义的感知是这样一种双主体形式，其中人物是作为"对通过叙述者话语再现出来的现实进行感知性理解的主体"②。斯捷潘诺夫分析了几个语篇片段，这些片段中没有属于感知主体的人称代词。也就是说，叙述者话语中没有以任何方式提及人物，但是对现实进行感知、理解的却恰恰是人物。本书中所理解的感知与徐京娜理解的这一概念基本一致："它是人物对艺术现实的理解，这种理解被转述在叙述者的言语形式中。同时，作为言语主体的人物在上下文中可以被提及。"③除此之外，我们认为，作为言语主体的人物在上下文中既可以被提及，也可以不被提及。通俗地说，感知是人物意识在叙述者话语中的体现。在作者—叙述者语境中，人物作为意识和言语的主体既可以被提及，也可以不被提及。因此，相对来说，我们所理解的感知要比斯捷潘诺夫和徐京娜理解中的感知范围稍广一些，有以下情况：

A. 叙述中的感知

a. 感知主体未被提及

本章第一节叙述者[1]话语中，在讲到第一人称见证人叙述时谈到"旁

---

① Шмид В. *Нарратологоия*, Языки славянской культуры, 2003. С. 208.

② 转引自：Щукина К. А. *Речевые особенности проявления повествователя, персонажа и автора в современном рассказе : На материале произведений Т. Толстой, Л. Петрушевский, Л. Улицкой*: Автореф. дис. ... канд. филол. наук / СПб., 2004. С. 63.

③ Там же.

观型叙述者参与故事的主要方式”,感知就是其中的主要方式之一。感知是人物意识在叙述者言语中的反映,通过叙述者的视觉、听觉、嗅觉等感官感知事物,通过他(她)在故事空间中的位置对周围事物作出自己的评价,再通过作者(叙述者)之口表达出来。

> Весной Марфутка, закутанная во множество *сальных шалей, тряпок и одеял*, являлась к Анисье в *теплый* дом и сидела там *как мумия*, ничего не говоря. Анисья ее и *не пыталась* угощать, Марфутка сидела, *я посмотрела однажды в ее лицо, вернее, в тот участок ее лица, который был виден из тряпья, и увидела, что лицо у нее маленькое и темное, а глаза как мокрые дырочки*. Марфутка пережила еще одну зиму, но на огород она уже не выходила и, *видимо*, собиралась “умирать от голода”. Анисья *простодушно* сказала, что Марфутка прошлый год еще была хорошая, а сегодня совсем плохая, уже носочки затупились, смотрят в ту сторону. (« Новые робинзоны »)

透过叙述者在空间中所处的位置及她的观察视角,读者看到的是两个不同类型的老太太,一个是不修边幅、身体羸弱;另一个是冷淡、利索;而这些仅仅是我们借助于叙述者的旁观视角看到的表面现象,作者通过自己的“面具”之一,即旁观型叙述者的一些词汇向读者表达出自己的意图。[①] 在这一例中,叙述者“我”一方面作为故事中的次要人物对周围场景进行感知,她的理解被反映在作者叙述中;另一方面她又是进行叙述的“我”,作为感知主体的“我”所理解的内容正是通过进行叙述的主体“我”转述给读者。因此,感知的双主体性就鲜明地体现在叙述者话语中。此例中进行感知的主体“我”在作者叙述中并未被提及,这个片段中加下画线的“我”是进行叙述的“我”。

---

① 关于这部分的分析,请参阅前文第 211 页。

除了第一人称叙述中感知的双主体性以外,在第三人称叙述的主观化中也存在这种情况。我们再看以下两个片段:

(1) Тут же была небольшая из толчея двух девушек и молодого парня, а также маленькой толпы деревенских родственников-две тетки, бабка в платке, *какая-то* мятая личность типа « дядя Вася », из водопроводчиков, и-вот так *финт*-посреди всего этого *сиял своей светлой личностью Дима с букетом гладиолусов*! *Это его родня, возможно, все эти люди*! (« Два бога »)

(2) Было темно и тихо. Никто не преследовал ее, не стучал, *может быть*, незнакомцы уже ушли вниз по лестнице, таща найденные вещи, и оставили в покое бедную девушку.

Теперь можно было *как-то* обдумать свое положение.

В квартире не очень холодно, это уже хорошо.

Наконец-то найдено пристанище, хоть временное, и можно лечь *где-нибудь* в углу.

У нее от усталости болела шея и спина.

Девушка тихо пошла по квартире, в окна бил свет от уличных фонарей, комнаты были абсолютно пустые.

Однако когда она зашла в последнюю дверь, сердце у нее громко застучало: в углу лежала куча *каких-то* вещей. (« Черное пальто »)

第一个片段是女主人公在医院生了孩子之后众人来探望的场景:在和男大学生偶然同居一晚怀孕了的女主人公独自照顾孕中的自己,独自来到医院生产;而男主人公是在一位熟人的提示下记下了女主人公生孩子的医院,然后和家人亲戚一同来到医院。该片段中斜体的词、短语和句子都是透过女主人公的视角呈现在作者叙述中的她的感知:"толчея"一词说明,在女主人公的眼中,一下子涌来的这些不认识的人的确让她觉得有些拥挤;不定代词"какая-то"指明女主人公不认识人群中的这个男人是谁,“финт”透露出女主人公此时的心境:原来是这些不相干的人耍的一个小小的花招;而后面两句话显然揭示出女主人公真实的心情:吉玛是对他来说最重要的一个人。女主人公对周围境况感知、理解的内容透过叙述者之口表现在叙述者话语中,也就是说,感知的主体是女主人公,而叙述的主体是叙述者,因此,这一叙述语段中的双主体性也得到鲜明体现。显然,在这个例子中,进行感知的人物也未在叙述者[1]话语中有人称上的提及。

第二片段中插入语、语气词,特别是不定代词的频繁使用说明,作者放弃了自己上帝般的叙述视角,采用的是人物有限视角。正是这一视角的采用,人物所知、所感的局限性才充分表现出来。插入语“может быть”,语气词“наконец-то”,不定词“как-то”“где-нибудь”“каких-то”等充分说明了人物感知的局限性。

b. 感知主体被提及

上面两例中,作为感知主体的人物在作者叙述中都没有被提及。那么,是否可以由此得出结论:感知主体本人隐藏在叙述主体背后,而其意识散乱分布在作者叙述中。实际上,事实并非如此。可以作为反驳这一结论的是这样一种情况:在第一人称回顾性叙述中,当故事的视角采用被述之“我”的视角对周围环境或者人物进行描述时,感知的主体自然是故事内的人物(常常是儿童或者少年),而人物感知的内容则是通过叙述之“我”即叙述者[1]的语言被转述在作者叙述中的,此时的双主体性表现得尤为明显。举例说明:

А мне *очень важно было* выглядеть по-человечески, девочка двенадцати лет, *шутка ли*! В старшем, шестом, классе был *маленький* Толик, *ровесник по возрасту и ниже на полголовы, необыкновенной красоты. Жгучие черные глаза, маленький нос, веснушки на переносице, ресницы лохматые, вообще очи как звезды и все время улыбался-лукаво, как соблазнитель.* (« Незрелые ягоды крыжовники »)

此片段中的“мне”是处于故事内的被述之“我”。读者所了解到的艺术现实正是这一被述之“我”的感知,然而描述却是通过叙述之“我”进行的。此时的感知就具有明显的双主体性:理解的主体和言说的主体,作为故事内人物的被述之“我”的所见、所闻、所感、所触等都表现在叙述之“我”的话语中。

B. 引语中的感知

以上分析了作者叙述中实现双主体性的手段之一——感知的情况。除了作者叙述中存在这种情况,我们在第一章所分出的四种引语类型的多个亚型中也普遍存在这种情况。

巴赫金指出,“准直接引语是两种语调上不同指向的言语之干扰性融合最重要且句法上最具模式化的情况。”[①]可见,准直接引语是语篇干扰现象最贴切的语言表现手段。施密德关于准直接引语的观点与巴赫金的基本一致。在我们看来,除了叙述语篇中的“纯”(相对意义的)叙述者叙述以及“纯”直接引语和间接引语几乎不存在干扰之外,在主观化的作者叙述及人物意识和作者意识交锋且语调上是不同指向的引语类型中,感知的双主体性都会得到突出体现。以下我们仅选取最能说明问题的几种引语模式进行分析。

前文曾数次提到,巴赫金认为,作者拥有无限的可能从各个方面描写主人公,既可以深入他的内心从内部进行描写,也可以从外部描写,但这并不意味着作者可以和自己的主人公融为一体。“作品的主人公永远不可能与作品的作者兼创作者重合,否则我们不可能获得艺术作品。”[②]也就是说,人物话语不可能与作者话语重合,否则就不会产生诸如准直接引

---

① Бахтин М. М. (под маской), Фрейдизм. *Формальный метод в литературоведении. Марксизм и философия языка*, Статьи (2000). М.: Лабиринт, 2000. С. 465.

② Бахтин М. М. *Проблема речевых жанров*//*Литературно-практические статьи*, М.: Русские словари, 1986. С. 16.

语之类的现象。准直接引语的一个极为重要的特点就是作者视角、意识与人物视角、意识的冲突,外部的作者视角和内部的人物视角的交锋。但需要说明的是,尽管作者和人物并不重合,但并不意味着作者话语和人物话语之间没有相互作用,永远不会产生交集。比如我们前面提到的“作者叙述的主观化”现象:作者叙述中引入保留人物话语特色并反映人物视角和声音的语词,此时的叙述就是主观化的叙述。“反映人物主观立场的句法手段是把主人公准直接引语的结构成分引入作者叙述。因此,把人物的语词和声音引入作者叙述是文学描写中合乎规律的方式。”①

a. 准直接引语

“纯”直接引语或者“纯”间接引语成为准直接引语的一个最重要的条件就是存在干扰现象,或者存在“双声”,即其中存在作者声音和人物声音的共存现象:形式上,准直接引语属于作者,但它却包含人物直接引语的成分。结果,“在准直接引语中,作者视角和人物视角就发生了冲突,因此,可以同时听到人物声音和作者本人的语调。”②可以看出,准直接引语的一个重要特点就是:进行感知的是主人公,而把感知的内容转述出来的是作者—叙述者或者讲述人。因此,感知的双主体性在准直接引语中体现得也非常充分。

(1) Вот так кончился на самом деле этот роман, который, как всем казалось, кончился отъездом Иванова,—*но неизвестно и теперь, кончился ли он на самом деле*. (« Бессмертная любовь »)

(2) Тут до нее дошло, что пока она неподвижно стояла “на дворе”, Раиса, кормя внука, прислушивалась к звукам за стеной, как и Лена, *и сквозь чавканье, сопенье и бульканье “какава” она расслышала какие-то*

① Лю Цзюань. *Несобственно-прямая речь в художественных произведениях*. М.: Компания спутник, 2006. С. 114.

② Там же. С. 115.

логично следовавшие друг за другом шорохи, может быть, бульканье крови? Что еще? («Никогда»)

（3）*Зачем-то стоял, хотя договорились на завтрашнее утро.* Иновости-утром выяснилось, что белый плащ на спине у Далилы испачкан!（«Как цветок на заре»）

上面三个例子中，疑问语气词“ли”，不确定疑问代词“какие-то”，疑问副词“зачем-то”都具有对所感知对象的不确定性和未可知性。“不定代词的使用是进行陌生化描写和非直接称谓物或人的最简单形式，陌生化描写和非直接称谓是表现人物视角的一种重要且普遍的方式。”①第一个例子中疑问语气词“ли”的使用指出了表现在该准直接引语中的思想属于主人公；后两个例子中“какие-то”“зачем-то”的使用表明，准直接引语中有人物思想的存在。这些思想是人物感知的结果，揭示出他（她）视角的有限性，表明他对周围境况的了解并不像上帝般的叙述者一样无所不知；同时，这些感知通过作者（或者讲述人，作者的一个“面具”）之口表现在形式上属于他的准直接引语中。

> Муж встанет расспавшийся после вчерашнего, будет смотреть на домашних неохотно, брюзжать, орать, вспоминать волшебное видение, дочь хозяев, а как же. *Уйдет до ночи. Надо скрыться, скрыться куда-нибудь. Пусть сами раз в жизни. Больше нет сил.*（«Где я была»）

作者利用准直接引语可以向读者揭示主人公的思想、内心状态、感受等，从而从内部描写主人公。在本例中，作者叙述之后是准直接引语形式的人物的准直接独白，是一些独立的不完全句。这些句法上非常规的句子形式表现出女主人公在出车祸之前焦灼的内心状态，她的感知通过叙

① Лю Цзюань. *Несобственно-прямая речь в художественных произведениях*, М.: Компания спутник, 2006. С. 118.

述者之口转述出来。

b. 语境型引语与功能型引语

在前文的引语分类中,我们还分出了语境型引语和功能型引语,指出语境型引语更适于描写人物复杂的内心波澜,而功能型引语一般作为作者叙述中某个词或短语的功能性成分,突出表现人物所处的外部状态和内部心理特征,充分体现出作品的立意和作者构思的巧妙。那么,这两种引语是否能够体现感知的双主体性特征呢?我们选取几个例子来说明这个问题。

(1) Несмотря на это, Бабаню надо было накормить и хотя бы напоить. Вызвать врачей. Запереть дом. Найти как-нибудь Марину, Свету или Диму Федосьева. ① Кому тут жить, Свете беспризорной, наследнице, которая прогудит дом во мгновение ока, или тоже бездомной Мариночке, ②это не нам решать. ③Мариночку надо взять! Вот так. Такой теперь план жизни, раз уж ввязалась. ④Тебе хотелось уйти, вот и ушла от своей жизни и попала в чужую. Нигде не пусто, всюду эти одинокие. Сережа и Настя будут против. ⑤ Сережа промолчит, Настя скажет, еще новости, ты, мама, вообще куку. («Где я была»)

(2) Лина очень бы хотела поделиться мнением с подругами и мамой, ① хотя бы написать им о том, что все хорошо, лечение идет нормально, в магазинах все есть, ② но нового не купишь-первое, что безумно дорого, а второе, что здесь такого не носят, а еда непривычная, хотя есть пока много нельзя и т. д. ③Что хочет послать Сереженьке и всем посылочку, но пока нет оказии, а почтовой связи между их государствами не существует. («Два царства»)

在第(1)例中,①小段既可以理解为是准直接引语,也可以理解为是直接引语形式的内心独白,即直接内心独白;②小段可以明确断定是直接内心独白。③小段为准直接独白,④小段为自由直接引语,⑤小段为“带特色的”间接引语,即半直接引语。

在第(2)例中,紧接在叙述者话语之后的①小段是人物间接引语,但是②小段与①小段一样,都是女主人公写信的内容,其中的人物话语转述形式本应也是间接引语,但使用的却是保留了人物话语几乎所有特色的直接引语。③小段作为写信这个动作的补语,本应该以从句形式的间接引语出现,但却含有非常规句法和语言成分:第一,连接词“Что”为大写,第二,后半部分有人物话语的特色成分,如“пока нет”、倒装句等。

第一片段基本上是人物的内心独白,但其中夹杂着不同形式的引语类型,因此很难判断作为整体的语篇片段具体属于哪一种引语类型;第二片段从整体形式上看是间接引语,但其中间有直接引语,而且③小段独立成句,与句子的主体部分分离。因此同样难以判断引语类型。上两例中有一个共同特点:富有人物内心话语特色的引语穿插在作者叙述中,人物的所思所想即内心话语是属于主人公本人的,但是从形式上看,有的话语可以确定是属于作者,而有的则很难区分话语主体的归属。类似这种含有不同人物话语形式的语篇片段就属于我们前文所提到的语境型引语。从本节的研究角度看,人物内心话语是其内部思想状态、思维及意识的体现,揭示出人物强烈的内心波澜。它通过叙述者用直接内心独白或者准直接独白的形式转述出来,反映出作者对这一意识的评价态度。因此,语境型引语体现了人物意识和作者态度不同的语义指向,其中自然也体现出感知的双主体性特点。

(3) Смешные, конечно, мысли возникли тогда у меня, а вслух я сказала, что боюсь, когда водитель не касается руля. Да еще ночью, да еще на такой скорости, да еще на горной дороге. *Я не сказала «да еще и такой пьяный»*. («Три путешествия, или Возможность мениппеи»)

(4) Она прижалась к его ладони мокрой щекой. Он ее обнял, как ребенка, заговорил “*ну что ты, ну что ты*”. Дальше гладил по спине,

поворачивал к себе, склонял. Сказал священную фразу “*ну иди ко мне*”. («Два бога»)

第三片段斜体部分引号内的人物话语直接作为言语动词“сказала”的补语,很显然,此句属于我们第一章所界定的功能型引语。女主人公坐在车上说出的是“боюсь, когда водитель не касается руля. Да еще ночью, да еще на такой скорости, да еще на горной дороге.”而想说但又没说的是“да еще и такой пьяный”。这种欲言又止的心情反映出此时她内心的所思所想,刻画出她心思细腻的形象。第四片段中两个斜体部分都是人物话语,前者同样作为言语动词“заговорил”的补语,后者作为“фраза”的非一致定语。男主人公自己本身的心智还未完全成熟到足以处理和一个比自己大十多岁的成熟女性之间独处时的关系,因此,直接引语形式的人物话语直接作为他“开始说话”的内容,作为他说的“神圣的话”的补充说明性定语,这种句法结构更能刻画出他稚嫩、单纯的形象。功能型引语中的人物话语直接出现在作者的叙述语流中,这就使读者能够直接接触人物的内心所思及其内心状态,这种用法可以加快叙述的速度。同时,这种句法结构给读者一种叙述平稳、流畅的印象。在功能型引语中,作者的叙述干预降到最低,这有利于读者积极地理解话语主体并作出自己的评价,更有利于刻画人物形象。人物的感知和作者的意图鲜明地体现在功能型引语中。

实际上,在我们第三章所分析的几种引语类型中,“带特色的”间接引语或者称为半直接引语也同样体现出双主体性特点。如:

> И она тоже не беспокоилась, она так радостно и счастливо рассказывала мужу, возможно, *о том, как хорошо им будет вместе, когда они все вернутся домой, и какую кроватку надо купить ребенку*: говорила, отлично зная, что денег не осталось совершенно. («За стеной»)

斜体部分形式上是间接引语，然而，从句部分从形式上看又是准直接引语，带有鲜明的人物话语特色及人物意识，同时又具有作者的语调。因此，半直接引语同样体现出双主体性特点。

通过本小节的分析可以得出如下结论：感知是当代小说中的一个典型现象，不论是在第一人称叙述还是第三人称叙述中，这一现象都普遍存在。人物的感知主要通过他在空间中的位置、评价词汇、表示内心状态特征的词汇等由作者（叙述者）表达出来。分析感知的双主体性特征有助于透视作者的创作意图，如刻画人物性格、塑造人物形象等。因此，感知是作者形象的语言表现手段之一。

3.3.1.2　编辑

双主体性的另一种表现形式是编辑，它也是叙述者和人物之间的一种相互作用，即对艺术现实的观察和理解属于人物，而语篇片段的言语形式属于叙述者。感知与编辑有共通之处，即感知的主体是人物，而把他的感受和观察转述出来的是叙述者。但是，二者之间存在差异。徐京娜认为，二者的区别在于，“编辑是叙述者对出现在人物意识中的思想、感情、形象在语言和内容上的加工，而感知是叙述者仅仅转述属于人物的视觉、听觉、触觉和其他感觉”[①]。她还指出，一般来说，“孩子的语言常常受到叙述者的编辑，因为他不能像成年人那样表述自己的思想和观点。”[②]我们认为，编辑不仅是叙述者对人物意识中的思想、感情的加工，而且还对人物言行所伴随的一些状态进行斟酌、处理。不论是在第一人称叙述中还是在第三人称叙述中，编辑都是作者（叙述者）透过自己的眼光对人物意识中存在的思想、情感等内心活动以及人物言行等行为所伴随的状态进行加工、改造，从而达到某种创作意图的一种叙述技巧。在编辑手段

---

① Щукина К. А. *Речевые особенности проявления повествователя, персонажа и автора в современном рассказе : На материале произведений Т. Толстой, Л. Петрушевский, Л. Улицкой*: Автореф. дис. ... канд. филол. наук / СПб., 2004. С. 64.

② Там же. С. 68.

中,读者与人物之间沟通的中介是叙述者;感知是人物的思想、感情、看法、观点等直接展示在叙述者的话语中,读者可以直接接触人物的内心状态,读者和人物的沟通不需要中介人(关于这一点我们在“感知”小节中已有论述)。

下面以引语为例,具体分析在不同引语类型中编辑手段的运用特点。

A. 直接式引语

(1) “Боже, сколько еще будет у вас таких, и каждый раз плакать?”—“Потому что я дура,—сказала, *рыдая*, младшая,—каждый раз плачу!”(«Детский праздник»)

(2) “По четыре, иногда по пять,—отвечала Лена, *нимало не краснея*,—а перед экзаменом по специальности столько, чтобы только не растянуть сухожилия,—а уж это дело выносливости”. («Скрипка»)

(3) Затем они гуляют весь вечер вдвоем, заходят к Алику (тот смуглый) в его комнату при клубе, он массовик-затейник в доме отдыха, а Самсон его друг, приехал на взморье в гости, уезжает сегодня в город. Далила *с ужасом* думает: сегодня. («Как цветок на заре»)

上举三个例子都属于直接式引语,其中的斜体部分都表示伴随人物所思所为的状态,副动词“рыдая”“нимало не краснея”以及前置词短语“с ужасом”是叙述者透过自己的眼光对主人公意识中潜在的思想、情感进行编辑,鲜明体现出他对人物言行的评价态度。

B. 间接式引语

(1) Профессор *шутливо* пригласил Лену приходить рожать в его дежурство, спросил *в который раз*, будет ли она присылать ему билеты на свои сольные концерты,—*и удалился восвояси*. («Скрипка»)

(2) Танька в тот же вечер на обратном пути из клуба согласилась уехать с ним и наутро уехала, несмотря на то что мать *совершенно*

откровенно сказала, что не справится без нее и детям будет плохо. («Отец и мать»)

(3) *Так она и жила, мужу своему однажды*, правда, сказала, что уходит к любимому человеку (образовался и такой), на что *этот несчастный муж* ответил, что уходить не надо, (буквально)«люби нас двоих». («Жизнь это театр»)

这三个例子都属于间接式引语。第一个片段中的“шутливо”“в который раз”“и удалился восвояси”几个词或短语同样经过了叙述者在言语和内容上的加工,它们是叙述者对教授潜意识中对待生活的态度进行的语言上的编辑。第二个例子中,当母亲得知女儿塔尼卡要和一个刚刚认识的人私奔时,她表现出一种前所未有的担心。因此,叙述者通过对人物的心理状态进行的语言加工“совершенно откровенно”刻画出她此刻的心情。第三例中“этот несчастный муж”反映出女主人公的丈夫委曲求全,揭示出他不幸,同时又认命的心理。这种心理经过叙述者言语的加工巧妙刻画出他此时的所思所想。上述三个例子中的这些词或短语都在一定程度上反映出作者的立场、态度。

(4) *Как вспугнутый заяц*, на неслышных лапках спустилась во двор, обогнула корпус, вышла на плиточный тротуар. Стоп! Они стоят, *охотники*, замерли. Она стоит смотрит, говорит: ... («Как цветок на заре»)

(5) Выяснилось (не сразу), что в такие моменты у мужчин сильная боль. Они собой не владеют. *Неутолимая боль*. («Как цветок на заре»)

(6) —Ради вас, ради детей, я оставался с вашей мамой, ухаживал за полным инвалидом,—в этом роде высказался Петр, и опять дети тяжело задумались, хотя у меня и там растет ваша сестричка, ей десять лет!

То есть как гром с ясного неба! Сестричка! («Новые Гамлеты»)

上面三个例子是夹在叙述者叙述中的准直接引语或者准直接内心独白。例(4)中黑体部分是叙述者对女主人公此时心境的加工描述:她此时既害怕又渴望自己的命运就在这一瞬间被彻底改变,所以“像个受惊吓的兔子”一样下了楼。但当她走在冰冷的人行道上时,她的内心又掀起狂烈的波澜,“去还是不去”的问题再一次浮上脑海,担心自己的命运被这两个不熟悉的男人就此改变。这种内心状态通过叙述者的言语加工由“охотники”体现出来。例(5)中男主人公本想在离开女主人公之前和她发生关系,但是被后者推开了。女主人公是个情窦初开的18岁少女,对很多事情还处于懵懂阶段。因此,她的内心想法经过叙述者言语形式(准直接引语)上的和内容“неутолимая”上的加工而体现出来。例(6)中子女们得知自己的父亲在外面已有了一个非婚生的、不合法的10岁女儿——自己的小妹时,可想而知他们内心的心情!准直接引语形式的人物话语恰如其分地反映出已成年的子女既惊诧又厌恶的心情,这种心情通过作者的言语加工赋予人物话语以反讽语调,鲜明地体现出双主体性的特点。

C. 语境型引语

(1) Потом, сколько-то времени спустя, ①он рассказывает, что младший уже ходит, но молчит, ②а Тиша *комментирует*: “Тося хотет катету” (*Тоша хочет конфету*). («Невиныые глаза»)

(2) ①Светлана Аркадьевна, Даша и Тема задумчиво пошли к метро, вслед за *растерянными* Димиными родственниками (сам Дима шел *как бы тайно улыбаясь*, ②и на *вежливый вопрос* Светланы, как экзамены, ③ответил, что все в порядке). («Два бога»)

这两个片段属于我们前文所分析的语境型引语。在第一个片段中,①小段为间接引语,②小段为直接引语,不过语言受到叙述者的加工,如“комментирует”,“解释”这一行为的确属于这个两岁多的孩子,但是他的词汇库中不可能有“解释”这个词,因此该词受到了叙述者的加工;“(Тоша хочет конфету)”这一注解明显是吉沙话语的内容,但却不是他的原话。与这句作者加工过的话相比,吉沙的原话更让读者感到孩子的童真。

第二个片段中①小段的“растерянными”是吉玛身在远郊的亲戚的内心状态,尽管这一心理状态是这些亲戚们的,但是从语言的归属来看,该词是经过作者编辑过的词语。同样,处于括号中的叙述者话语“сам Дима шел как бы тайно улыбаясь”与上面的“растерянными”一样,都受到作者的编辑加工。②③小段显然是人物话语,但是经过了叙述者高度浓缩和编辑,如“вежливый вопрос”。

可以看出,语境型引语中,人物言语、行为、内心活动及状态等同样会受到作者的编辑加工,同样体现出双主体性的特点。

D. 功能型引语

(1) Он ведь тоже устал. Он рассказывает *по секрету* приятелям:

Катерина требует!

Немедленно среди друзей семьи разноситсяи *этот маленький скандал*, ①*и то*, *как Катерина ставит вопрос* ②или ты меня берешь, или я ухожу с детьми. (« Невиныые глаза »)

(2) Любимая подруга возвращается с балкона, тихо смеется над *нашей бедняжкой*, говорит: « Скукотища какая тут », говорит « ты сегодня клево выглядишь, все на тебя смотрят, обрати внимание », и *мученица теплеет*, безумная ее любовь к этим двоим ... (« О, счастье »)

这是我们选取的两个功能型引语。第一个例子中,男主人公告诉朋友的行为当然是属于自己的,但是他的意识及这一行为本身经过了作者言语上的加工:“по секрету”。下一段中的人物话语没有借助任何的标点符号标记或者书写标记,而是直接跟在作者叙述语之后。显然,作者对人物言行进行了高度提炼,如“и этот маленький скандал”“и то, как Катерина ставит вопрос”,鲜明地体现出作者的讽刺态度,双主体性显著地表现在这些经过对言行和意识的编辑之后的话语中。第二例中的斜体词“нашей бедняжкой”“мученица теплеет”可以明显地看出作者对人物内心所处的境况加工过的痕迹，因此，他对人物的态度不言自明。

以上例子是我们从不同引语类型中选取的。从上述分析得知，作为叙述者编辑手段的常常是：

(1) 说明人物言语及行为的副词、前置词短语等表伴随状态的成分，如“с ужасом”“шутливо”“совершенно откровенно”“по секрету”等；

(2) 对人物动作本身编辑出的一些富有表现力的表达，如副动词及其短语等，如“рыдая”“нимало ни краснея”“и удалился восвояси”等；

(3) 揭示人物及其心理状态的一些描述性成分，如“как вспугнутый заяц”“охотники”“как гром с ясного неба”“и этот маленький скандал”“нашей бедняжкой”“мученица”等；

这些例子充分说明：在我们所分出的四类引语中，人物意识中存在的思想、情感、状态及其言行所伴随的状态经过作者编辑之后，其中的双主体性表现得尤为充分，双声性进一步加强，鲜明体现出作者意识向人物意识的渗透。

本书对徐京娜在谈到编辑时提到的“孩子的语言常常受到叙述者的编辑，因为他不能像成年人那样表述自己对思想和观点”[1]的观点表示赞同。在第一人称回顾往事的叙述中，叙述之“我”常常是成年的叙述者，故事内的被述之“我”常常是处于孩提时期的儿童，后者的眼光、世界观、知识的储备等在多方面都受到一定的限制。因此，在把自己的言行及内心活动表述出来的时候，不可能像成年叙述者那样显得稳重、成熟。所以，他的叙述常常会受到叙述之“我”的编辑加工，因此对事件的表达才能符合作者的构思。如我们在前文所分析的《青涩的醋栗果》中的一个片段：

---

① Щукина К. А. *Речевые особенности проявления повествователя, персонажа и автора в современном рассказе : На материале произведений Т. Толстой, Л. Петрушевский, Л. Улицкой*: Автореф. дис. ... канд. филол. наук / СПб., 2004. С. 64.

Девочка двенадцати лет с двумя плодами крыжовника в груди. *Отличница неизвестно какой наружности, но все в порядке, валенки с калошами, расческу тоже мама прислала, ленты, заколки. При этом плакала заранее о своей будущей жизни, которая вся пройдет без бога Толика.* Девочка одевалась и, надевши новые валенки с калошами, брела вон из дортуара в заснеженный парк, на ледяное шоссе в солнечный день встречать свою маму-ибо это уже был день отъезда, праздник миновал.

Девочка оглядывалась на *волшебный замок*, где последние часы царствовал Толик, и плакала *под бледно-бирюзовым небом среди резьбы зимы, под каскадами хрусталей*, которые, ниспадали с деревьев, поскольку ветер дул ледяной и *все замерзло, в том числе и слезы. Под чашей неба бриллианты снегов.* («Незрелые ягоды крыжовники»)

追忆往事的女主人公比故事内正在经历事件时的主人公享有视野上的优势,比后者所知更多,所见更广,对当时所发生的事件所持的态度相对成熟。如"她提前为自己未来的生活而哭泣,这种离开了她所钟情的托利克的生活终将过去"。12岁的小女孩不可能这么理智地思考未来的生活,而且是如此果断地离开自己少女时懵懂恋爱的对象。"魔幻般的城堡""在冬天雕琢下的蔚蓝天空下、在水晶瀑布下""包括眼泪,一切都结成了冰""苍穹之下尽是晶莹的白雪"等描绘出成年之后的叙述之"我"对当时所经历的一切的理性思考:在疗养院里,小女孩经受了各种"遭遇",但在现在的她看来,那是人生必不可少的一个阶段,甚至多少还带有些"神秘"色彩。因此,上述表述是叙述之"我"从现在的眼光对当时被述之"我"经历事件时的感受进行的编辑、加工。成年的"我"觉得,当时发生的懵懂感情"都会过去的"。

显然,在第一人称回顾型叙述中,编辑的双主体性表现得更为明显,站在“幕后”的作者的立场、态度也体现得较为充分。

3.3.1.3　双主体性的其他手段

除了上面提到的感知和编辑，表现双主体性的手段还有很多，如内省、援引、叙述者言语的主观化等。同时，这些手段和感知、编辑手段在很多时候是互相作用、互有交织的。

A. 内省

根据斯捷潘诺夫的观点，“内省(интроспекция)是通过叙述者的话语揭示人物的内心世界，或者那样说，叙述者话语中一些成分的对象属于人物的思想情感领域，内省即作者对人物内心世界的洞察。内省不是直接形成的。人物的思想、感情和评价，也就是说，构成人物内心世界的一切是通过他自己的直接引语，包括外部言语和内部言语表现出来的，但是需要借助于叙述者在他的转述中表现出来。”①我们此处用到的“内省”同样是表现双主体性的手段之一，是人物内心世界在叙述者话语中的反映。内省在彼特鲁舍夫斯卡娅的《青涩的醋栗果》中有鲜明的体现。

Я не берусь описывать, какова была та девочка двенадцати лет чисто внешне. *Как известно*, внешность многое показывает, но не все, внешность может показать, *например*, как человек ест, ходит, говорит и что он говорит, как отвечает учителю или как бегает в парке, но нельзя никак и никому дать знать, как протекает жизнь внутренняя, никто и догадаться не в силах и судит о человеке по пустым внешним проявлениям. *Например*, и у преступника идет постоянный внутренний разговор с самим собой, оправдательный разговор, *и если бы кто слышал этот разговор, если бы*! И у

① 转引自：Щукина К. А. *Речевые особенности проявления повествователя, персонажа и автора в современном рассказе : На материале произведений Т. Толстой, Л. Петрушевский, Л. Улицкой*: Автореф. дис. ... канд. филол. наук / СПб., 2004. С. 68.

заурядной, обычной девочки двенадцати лет этот разговор шел беспрерывно, все время надо было решать, что делать, буквально каждую минуту-как и что кому ответить, где встать, куда идти, как реагировать. Все с одной очень важной целью, чтобы спастись, чтобы не били, не дразнили, не вытесняли. (« Незрелые ягоды крыжовника »)

女主人公是一个 12 岁的小姑娘,她根本还不可能去思考这个带有哲理性的问题,即根据人的外表去判断他是什么样的人,即使是成年人也不可能这么武断地去判断。所以,叙述之“我”就对被述之“我”(这个 12 岁的小姑娘)的内心进行了一系列的透视,并用自己的语言表述出来。叙述者话语对人物内省的处理主要通过:

(1) 插入语,如“как известно”“например”等;

(2) 总结概括性的语句,如“но нельзя никак и никому дать знать,... никто и догадаться не в силах и судит о человеке по пустым внешним проявлениям”等;

(3) 修辞性感叹句,如“и если бы кто слышал этот разговор, если бы!”;

(4) 带有融入“集体”,免遭“孤立”义素的词、短语或者句子,如“никому”“чтобы спастись, чтобы не били, не дразнили, не вытесняли”等。

通过分析得知,叙述之“我”与被述之“我”之间是有距离的,叙述之“我”使用的不是对于表达人物内心状态来说非常典型的内心言语和准直接引语的形式来描述女主人公的思想和感受。叙述之“我”的言语结构大多是复合句,同等成分等。因此,此时的叙述之“我”与叙述者接近,他通过内省深入人物的内心世界并向读者展现这一世界。

第三人称主观化叙述中的叙述者对人物思想情感领域的洞察是通过准直接引语实现的,而且此时的叙述者更大程度地接近人物的思维方式。

前文也提到,人物内心言语既可以通过直接引语的形式表达,也可以通过准直接引语表达,前者称为直接内心独白,后者称为准直接独白,但两者的根本区别在于是否体现双主体性的特点。我们在叙述主观化一节中提到,叙述主观化的手段有直接引语、准直接引语等,但是准直接引语是叙述主观化最典型的手段。巴赫金指出,“准直接引语把有序性和修辞上的协调性引入主人公无序和断裂的内心言语流中(因为无序性和不连贯性只有通过使用直接引语的形式才能再现出来)。而且,根据句法的特征(第三人称)和基本的修辞特征(词汇的),准直接引语可以把他人的内心话语和作者语境有机、协调地结合起来。同时,正是准直接引语才使得保留了主人公内心言语富有表现力的结构,保留内心言语特有的并为人熟知的未尽之言和模糊性的特点,在客观并富有逻辑性的间接引语转述中,这种特点是完全不可能保留的。这些特点也就使得准直接引语成为转述主人公内心言语最合适的形式。”[1]彼特鲁舍夫斯卡娅小说中准直接引语形式的内省例子俯拾皆是。

> Утром Юля в одиночестве приготовила семейный завтрак и вдруг сообразила, что надо пойти куда-нибудь. *Куда-в кино, на выставку, даже рискнуть в театр. Главное, с кем, одной идти как-то неловко.* Юля обзвонила своих подруг, *одна сидела обмотавшись теплым платком, болезнь называлась «праздник, который всегда с тобой», почки. Недолго поговорили. У другой никто не брал трубку, видимо, отключила телефон, третья собиралась уходить, стояла на пороге, заболела какая-то очередная престарелая родня. Эта подруга была одинокая, но всегда веселая, бодрая, святая. Мы не такие.* («Где я была»)

---

① Бахтин М. М. *Вопросы литературы и эстетики*, М.: «Художетсвенная литература», 1975. С. 233.

这个片段中下画线部分是准直接引语,带有鲜明的人物意识和作者语调。女主人公在目睹丈夫对一个几乎可以做他女儿的姑娘表现出的爱恋之情后,她的情感几近崩溃。所以,叙述者对女主人公的洞察主要表现在对其无序的语言之有序组织上,如对不同的接电话情形进行的符合逻辑的分析。而在某些地方,作者直接跳到前台,证明自己的存在,如"видимо"。"Мы не такие"中的"Мы"的理解可以有两种,一种是指包括女主人公在内的同类的人,另一种是指包括叙述者、主人公和读者在内的人,这种用法无疑瞬间拉近了叙述者、人物和读者之间的距离。

可以看出,内省,包括编辑,这两种手段通常用在小说中人物的心智水平要低于作者—叙述者的情况下,因此人物意识中存在的思想、情感及状态需要经过作者(叙述者)的加工。

B. 援引

援引(цитирование)也被视为是双主体性的一种表现形式。科夫图诺娃(И. И. Ковтунова)认为,准直接引语的类型之一即是"渗透进了作者语境但属于出场人物的个别词和表达。准直接引语的这一类型可以被称为词汇—成语型。作者的声音占据优势,其中淹没了主人公言语中的一些成分。…… 在没有引号的情况下,作者的声音更为响亮,这就形成了对于准直接引语来说典型的双语调"[①]。这样看来,在内容和语调方面,这种类型的准直接引语就类似于"带特色的"间接引语,所不同的是句法结构。为了区分"纯"的准直接引语和词汇—成语型的准直接引语,帕杜切娃(Е. В. Падучева)使用"援引"这一术语。"当人物声音的'渗透'出现在总体上以叙述者人称形成的表述中时,(叙述中)就会出现援引的情况。援引时,叙述者使用人物表述的某个片段(甚至可能是整个表述),

① 转引自:Щукина К. А. *Речевые особенности проявления повествователя, персонажа и автора в современном рассказе : На материале произведений Т. Толстой, Л. Петрушевский, Л. Улицкой*: Автореф. дис. ... канд. филол. наук / СПб., 2004. С. 74.

但言语行为仍然是他的:叙述者本人依然是言语的主体。”①

> Он не любил Лину, этот бородатый Вася, хотя он ее берег от всех трудов. Пища являлась сама собой, одежда сверкала. *Когда он это успевал?* Их комната, в бреду Лины сохранившая черты летательного аппарата, выходила окном и дверью на террасу с белыми колоннами, но никакого счастья не получалось. Лина мужественно терпела свою разлуку с Сереженькой, матерью, подругами и другом по институту Левой, она понимала теперь, что ее болезнь *неизлечима* и *можно только стараться поддерживать* нынешнее состояние-*без болей, но и без сил, куда уж тут шумный Сереженька с его бурными слезами и красными от плача глазками! Куда уж тут ее мама особенно, ядовито-приветливая, тоже слезливая! Здесь не было скорби и плача, здесь была другая страна.* («Два царства»)

斜体部分尽管是叙述者的言语,但显然是女主人公的意识,因此出现两种视角的交锋。这两种视角是不同的,因此,不可能混淆这一片段中斜体部分,即引文主体的归属性。这样一来,援引也可以被视为是双主体叙述的一种形式,是人物声音向叙述者话语的渗透。

C. 叙述者的主观化言语

双主体性的另外一种表现形式是叙述者的主观化言语。在传统叙述中,人物意识的内容,包括思维、理想和愿望等是借助准直接引语呈现的。彼特鲁舍夫斯卡娅小说中也存在这样一种类似双主体性的现象:主要人物是一个小孩或者是受到某种外力影响心智状态极不稳定的人,他(她)

---

① 转引自: Щукина К. А. *Речевые особенности проявления повествователя, персонажа и автора в современном рассказе : На материале произведений Т. Толстой, Л. Петрушевский, Л. Улицкой*: Автореф. дис. ... канд. филол. наук / СПб., 2004. С. 74.

未必能像叙述者那样清晰地、富有条理地表述出自己的思想，这时叙述者就担负起表达人物所思所想的功能。但是，与感知和编辑不同的是，“此时的叙述者与人物几乎融为一体，很难把彼此互相区分开来。”[①]言语的这种类型可以被称为是叙述者的主观化言语。

(1) Так Самсон с Далилой беседуют и расстаются у столовой, и тут самое главное-это как ДОГОВОРИТЬСЯ. Далила молчит, ей мучительно страшно, тоска ее душит. *Только обрела-и тут же потерять*. (« *Как цветок на заре* »)

(2) ...... *все же все эти подкладные судна, ежедневные обтирания, пролежни и невольные мысли о том, сколько же лет это может протянуться, такое животное или растительное существование, —эти мысли мучили*. (« Я люблю тебя »)

例(1)中女主人公是一个到疗养地休养的18岁的姑娘，这是她和男主人公互相之间产生情愫之后的情景。读者几乎很难判断这个片段中斜体部分话语的归属，它可以被认为是一个“两位一体”句：既可以被视为是准直接引语形式的人物内心独白，也可以视为是通过叙述者之口转述出来的人物内心的思想，甚至可以二者兼而有之。因此，双主体性在此处体现得非常明显。

例(2)中女主人公在生病卧床不起之后，一双已成年的子女在经历了长期照顾母亲而产生的疲惫之后出现了一种负面心态，在叙述者的言语加工下，如“все же все эти”“эти мысли мучили”这些在常人看来子女应尽的义务却显得异常繁重且备受折磨。读者同样很难判断这个片段话语的归属。

这两个片段中有一个共同的特点：人物和叙述者的语义指向性是不

① Щукина К. А. *Речевые особенности проявления повествователя, персонажа и автора в современном рассказе : На материале произведений Т. Толстой, Л. Петрушевский, Л. Улицкой*: Автореф. дис. ... канд. филол. наук / СПб., 2004. С. 72.

同的，也即叙述者的声音、语调与人物的意识并非在同一个指向上，或者并非吻合。正因如此，双主体性在准直接引语中的体现才显得尤为突出。

综合以上我们所分析的双主体性的各种表现形式可以得知，这几种手段在语篇片段中相互之间并不是完全隔离的，它们有时甚至可以互相交叉。同一个片段从不同的角度去分析，就会得出完全不同的结论。我们可用前文分析过的例子来说明这一观点。

(1) Так она и жила, мужу своему однажды, правда, сказала, что уходит к любимому человеку (образовался и такой), на что *этот несчастный муж* ответил, что уходить не надо, (буквально)« люби нас двоих ». (« Жизнь это театр »)

(2) —Ради вас, ради детей, я оставался с вашей мамой, ухаживал за полным инвалидом,—в этом роде высказался Петр, и опять дети тяжело задумались, хотя у меня и там растет ваша сестричка, ей десять лет!

То есть как гром с ясного неба! Сестричка! (« Новые Гамлеты »)

上述两个例子是作为编辑手段在间接式引语中的运用来分析的，前文的分析明显证明了双主体性在间接式引语中的存在。但是，如果换一个研究角度，那么“несчастный”“То есть как гром с ясного неба!”完全可以被视为是人物的感知在叙述者话语中的呈现，第二个例子甚至还可以被视为是援引，是由叙述者之口转述出的人物的语词。

因此，前文提到的双主体性的各个表现手段是相辅相成、有机联系的，关键在于我们采取何种研究角度去分析。

综上所述，在具有双主体性特点的语篇片段中，人物话语与叙述者[1]话语之间的界限比较模糊，有时甚至有融为一体的倾向(叙述者的言语主观化的情况)。因此，根据前文引语与作者形象的反比对应理论得知，在含有双主体性特点的语篇片段中，叙述者[1]形象与作者形象之间的关系较为疏远。

3.3.2 叙述角色及其话语的变换

施密德在《叙事学》一书中讲道:"叙事作品具有复杂的结构,它由作者交际和叙述者交际构成。除了这两个结构之外,叙事作品还有第三个可选择的结构,即当被叙述的人物首先是作为叙述角色出场。"① 我们认为,此处的叙述角色指的是在叙事作品的某一层面进行叙述的人物,他既可以是通常意义上的叙述者,也可以是作为故事世界中的人物的讲述人。因此,从这个角度看,这里的叙述角色更类似于我们第一章所分析的叙述者[1]一词,他可以像作者一样,有不同的"面具""脸谱",如叙述之"我"、被述之"我"等,这些"面具""脸谱"之间常常相互作用,是构建复杂的作者形象不可缺少的组成部分。

3.3.2.1 第一人称叙述者话语和第三人称叙述者话语的相互作用

叙述角色的转换在彼特鲁舍夫斯卡娅的小说《青涩的醋栗果》中有鲜明体现,这主要表现在叙述之"我"和被述之"我"的巧妙更替上。这篇小说的开篇是以第三人称形式叙述的,第三人称叙述者对所发生的事件进行细致描述。此时的叙述者同样具有感知的双主体性特点,因为由她之口表达出来的是女主人公的思想、情感。

> Мама привезла *девочку* в санаторий для ослабленных детей и оставила там.
>
> Это была осень, и дом, двухэтажный, бревенчатый, с галереями вдоль спален на втором этаже, стоял на берегу большого пруда, как многие барские усадьбы.
>
> Вокруг простирался осенний парк с аллеями, полянами и домами, и запах палой листвы пьянил после городской гари-деревья стояли именно в золотом и медном уборе под густо-синими небесами.
>
> В спальне девочек оказался рояль, *неожиданное сокровище*, и те

① Шмид В. *Нарратология*, Языки славянской культуры, 2003. С. 39.

счастливицы, которые умели играть, играли, а те *несчастные*, которые не умели, старались научиться. (« Незрелые ягоды крыжовника »)

小说一开始是第三人称叙述者客观的叙述。随着叙述的进行,逐渐出现了一些评价性的词汇,如“неожиданное сокровище”“счастливицы”“несчастные”,它们是叙述者对人物心理的感知,语言属于叙述之“我”,而这些特征则属于被述之“我”。紧接在这一片段之后,叙述人称发生了出乎意料的改变。

Девочка эта была я, двенадцатилетнее существо, и я буквально заставляла умеющую играть Бетти учить меня. (« Незрелые ягоды крыжовника »)

当然,此时的“我”是作者的一个“面孔”,是叙述之“我”,第三人称叙述者随之变为与作者接近的第一人称叙述者。

Я не берусь описывать, какова была *та девочка* двенадцати лет чисто внешне. *Как известно, внешность многое показывает, но не все, внешность может показать, например, как человек ест, ходит, говорит и что он говорит, как отвечает учителю или как бегает в парке, но нельзя никак и никому дать знать, как протекает жизнь внутренняя, никто и догадаться не в силах и судит о человеке по пустым внешним проявлениям. Например, и у преступника идет постоянный внутренний разговор с самим собой, оправдательный разговор, и если бы кто слышал этот разговор, если бы*! И у *заурядной, обычной девочки* двенадцати лет этот разговор шел беспрерывно, все время надо было решать, что делать, буквально каждую минуту-как и что кому ответить, где встать, куда идти, как реагировать. *Все с одной очень важной целью*, *чтобы спастись, чтобы не били, не дразнили, не вытесняли.* («Незрелыеягоды крыжовника»)

小说中这些叙述角色的转换是对疗养院中发生在小姑娘身上的事情进行描写时出现的。这个片段中的“我”并非被述之“我”,而是与作者接近的叙述之“我”,是作者的一个“面具”。对事件的描述是从被述之“我”的视角进行,但是对这些事件进行评价、议论的是与作者接近的叙述之“我”。“第一人称叙述中叙述者和出场人物之间的对分法(дихотомия)一直存在,因为需要区分叙述者型人物与出场个人型人物,前者即‘见证人型人物我’,后者即‘角色型人物我’。”[①]

当然,这篇小说从严格意义上来说并不完全属于第一人称叙述的小说,但是上述对分法在这篇小说中还是有用武之地的:角色型人物“我”是第一人称被述之“我”兼经历故事的小女孩,见证人型人物“我”是回忆和描述所发生的事的第一人称叙述者。关于这一点我们在前文有关章节已有论述。

《青涩的醋栗果》中叙述角色的转换非常频繁,我们可以再看几个例子:

> *Я* была средняя по красоте девочка, а тут еще эта здоровенная хлопающая кастрюля, в которой приходилось скользить по глине две недели, туда-сюда, в школьный, спальный и столовый корпус.
>
> А *мне* очень важно было выглядеть по-человечески, девочка двенадцати лет, шутка ли! В старшем, шестом, классе был маленький Толик, ровесник по возрасту и ниже на полголовы, необыкновенной красоты. Жгучие черные глаза, маленький нос,

① 转引自:Щукина К. А. *Речевые особенности проявления повествователя, персонажа и автора в современном рассказе : На материале произведений Т. Толстой, Л. Петрушевский, Л. Улицкой*: Автореф. дис. ... канд. филол. наук / СПб., 2004. С. 76.

веснушки на переносице, ресницы лохматые, вообще очи как звезды и все время улыбался-лукаво, как соблазнитель.（第一人称叙述者）

Что было в их двенадцатилетних головах, в их пустых еще сердцах, в их незрелых организмах, в их неспелых ягодах крыжовника вокруг сосков-одно: чувство коллективного *гона*, *схватить*!（第三人称叙述者）

Девочка-то была для него высока, но очарование этого юного Гермеса, бога воров, распределялось строго равномерно на всех. Он излучал свою энергию как маленький реактор, бессмысленно, без адреса, на сто метров вокруг.（第三人称叙述者）

以上是由第一人称叙述者自然地转到第三人称叙述者的情况。

Девочка стояла во тьме деревьев, *в кольце*, в центре небольшой опушки. Вдали, очень далеко, на краю поля были огни спального корпуса, там еще мелькали фигурки уходящих девочек. Благополучные, в полной безопасности.（第三人称叙述者）

Я закричала им. *Я* издала дикий вопль. *Я* кричала как труба, как сирена. Это был визг ужаса, непрерывный, хотя слезы заливали глотку.（第一人称叙述者，角色型人物“我”）

上面两个片段是由第三人称叙述者又顺利地转到第一人称叙述者的情况。

Мальчики, те, что были впереди, приближались, посмеиваясь. Были видны их глупо улыбающиеся лица. Они *топырили руки*, готовясь *схватить*.

这一片断的双主体性体现在：空间视角是被述之“我”的，对事件的描写则是从第三人称叙述者的视角进行的。

Мальчики сходились. *Потом-всю жизнь-я* узнавала эту маску бессмысленной, каверзной, поганой улыбки, невольной ухмылки исподтишка, для себя, когда никто не видит. (成年的叙述之"我")

Я визжала еще громче. *Я* готовилась дорого продать свою жизнь. (第一人称经历故事时的小姑娘——叙述者)

Что они могли сделать со*мной*? (此处为第一人称叙述者即叙述之"我"的疑问)

Деловито, как гурьба хирургов, руководствуясь чувством необходимости или единым инстинктом при виде *жертвы*, они, в конечном итоге, должны были ее разорвать на части буквально руками и закопать остатки, так как потом надо было скрыть результат *охоты*. Перед тем проделавши все, что можно проделать с попавшим в собственность живым человеком. Что называется словом « глумление ». (第三人称叙述者)

Они же не знали еще, что*я* вырвалась. (第一人称经历故事时的小姑娘——叙述者)

Что было бы, если бы *круг сомкнулся* над *девочкой*; если бы *она* осталась лежать там, под деревьями? Сбились бы *в кучу*. Глядели бы жадно. Были бы готовы сожрать глазами труп.

上述斜体部分的词或者短语对于叙述者话语来说是非常典型的,它们都带有"捕捉"义素,如 гон, схватить, жерства, охота;还带有"包围"义素,如 в кольце, торырили руки, круг сомкрулся, в кучу。叙述者话语中的一个典型特点就是对女主人公的称名,即用"小姑娘"(девочка),而不是用代词"我"(я)。"девочка"这一称谓表明叙述中鲜明的距离性,是处于现在的叙述者"我"站在旁观角度进行的更为客观、公正的叙述,而这也正是作者意图的体现。

叙述角色各自履行的功能也是这篇小说的一大特点:第一人称经历

故事时的小姑娘——叙述者即被述之“我”记录事件的发生情况，而第一人称成年叙述者即叙述之“我”指出其在时间上的距离，如：“Потом-всю жизнь-я ......”

叙述角色的转换是一种结构手段，它在语篇中的巧妙运用可以揭示作者的创作意图。从上述分析可以看出，第一人称叙述的文本片段更具个人特点，叙述者对发生在小姑娘身上的她本人的个人感受进行概括总结。而在第三人称叙述的情况下，叙述者对周围情境进行概括，对个人印象进行抽象。因此，叙述角色的转换可以被视为是叙述者语言、个人型被述之“我”的语言以及见证人型叙述之“我”的语言之间相互作用的一种表现形式，这一形式有助于读者理解作者的创作意图。关于这一点我们在第二章“作者意识”一节已有详尽论述，在此不作赘述。

3.3.2.2　叙述视角的越界现象

仅仅从叙述者的人称来揭示叙述角色的转换问题是不够的。例如，在第一人称叙述中，单纯用第一人称叙述者来涵盖正在经历事件时的“我”和回顾往事的“我”容易造成概念及本质上的混乱，因为就视角而言，二者分属于不同的视角，即内视角和外视角。因此，在揭示叙述角色的转换时，还应该从另外一个角度，即视角的转换来研究这一问题。需要说明的是，无论是从全知视角转为人物内视角或是相反，从人物内视角转为全知视角，这两个过程都只是暂时的转换。因此，我们认为，用“视角越界”这个表述更能体现视角转换的暂时性这一深层含义。

A. 内视角向全知视角的侵入

我们前文很多地方都用到了《青涩的醋栗果》中的某些片段作为语料来分析相关问题。应该说，这篇小说是彼特鲁舍夫斯卡娅众多小说中较具叙述特色的一篇，这首先表现为上一小节所分析的叙述人称的频繁转换，其次表现为下面将要分析的视角的侵权越界现象。

Она шла, тоже улыбаясь той жс поганой улыбкой, когда ей пришлось обернуться на мой топот. Я ворвалась в дом, зареванная, в соплях, но никто ничего не спросил, почему я так орала. Им было это *откуда-то* понятно, они тоже произошли от темных времен пещер, каждая была потомком такой ловли и охоты. *Они готовы именно к пещерному существованию. Они портятся страшно быстро, возвращаясь к тому, древнему способу жизни, с сидением кучей перед очагом, с коллективной едой всем поровну, вожакам больше, последним и слабым меньше или ничего. С общими самками. Без постели, без посуды, есть руками, спать на чем стоишь, курить вместе, пить тоже, выть вместе, не брезговать другими, их слюной, выделениями и кровью, носить одинаковую одежду.*

В тот вечер все девочки молчали, никто ничего *мне* не говорил. *Как будто* произошла *какая-то* важная, нужная всем вещь, воцарилась справедливость, все утолены.

Они же не знали еще, что я вырвалась.

Что было бы, если бы круг сомкнулся над девочкой; если бы она осталась лежать там, под деревьями? Сбились бы в кучу. Глядели бы жадно. Были бы готовы сожрать глазами труп. («Незрелые ягоды крыжовника»)

在这个片段中,斜体部分之前是通过12岁的女主人公经历事件时,即被述之"我"的视角也即内视角进行叙述的,"откуда-то""как будто""какая-то"等表示不确定的词的使用更加证明了这一观点:这一部分采用的是人物的有限视角,他(她)对社会及周围境况的认识是不全面且有限的。斜体部分迅速转为一种上帝般的全知论述,叙述者好像无所不知、无所不闻,对人类的个体经验作出抽象的哲理性概括总结,而这些只能是全知叙述者的特权。但是,此处的全知叙述具有独特之处:被述之"我"的内视角在此处侵权到了全知视角,在内视角的外衣下加入了全知视角的

实质性因素。在此,我们可以对比一下内视角模式和全知视角模式的特征:

(1)人称方面:мой,я,мне(内视角模式);она,девочка(全知模式);

(2)对事物的认知方面:откуда-то,как будто,какая-то(内视角模式);готовы именно(全知模式);

(3)对人物内心的洞察方面:Им было это откуда-то понятно;все девочки молчали;Как будто произошла какая-то важная, нужная всем вещь(内视角模式);Дети понимают жизнь и легко принимают ее простые правила ...;Что было бы, если бы круг сомкнулся над девочкой ...(全知模式)

彼特鲁舍夫斯卡娅的其他以内视角进行叙述的小说中也存在这种视角越界的现象,如《午夜时分》。我们举例为证。

> *Параноики и шизофреники, просто бред преследования!* Я купила на последние и пригласила очень милого слесаря вставить замок в дверь моей комнаты. Слесарь взял с меня рубль и шутил со мной, что как раз ищет жену. Глупец, он не подозревал, что я уже взрослая и даже готовлюсь стать бабкой! *Святая простота простых людей, которым просто нравится любой человек, а преграда не существует ни на уровне возраста, ни на каком другом.* На следующий день он пришел с конфетами и был встречен моей дочерью (я стояла поодаль в халате с ромашками) вопросом, вам кого. Он протянул мне издали кулек и сказал, чтобы я угощалась. Сам он уже был крепко угостившись. Моя дочь демонстративно сказала:«Мама! Еще чего!» От каковых слов мой набравшийся для храбрости жених стушевался и канул в вечность, вообще уволился из нашего дома. («Время ночь»)

整部小说是以内视角进行叙述的小说。在这个片段中,斜体部分是第一人称叙述者短暂换用全知视角所作的哲理性议论，对普通人心理的透视揭示出叙述从内视角模式到全知视角模式的转换，于是就产生了短暂的视角越界现象。

在第一人称叙述的小说中，常常存在四个相互作用的结构层次：1. 被叙述的事件本身；2. 叙述者体验久远的，或者不久前发生的事件时的眼光；3. 叙述者回顾往事时较为成熟的眼光；4. 读者阅读时领悟到的而叙述者未意识到的深层意义。[①] 这四个层次常常是第一人称叙述中必不可少的因素。第一人称叙述常常将读者直接引入“我”经历事件时的内心世界，这种技巧常常给读者一种亲近感，直接生动、主观片面，较易激发读者的同情心，有利于制造悬念。但是，这种叙述也存在局限性：读者仅能看到被述之“我”视野之内的事物，如果通篇都仅采用这种叙述视角，则难以达到作者的某种创作意图，如讽刺、衬托、滑稽、喜剧等效果。如上文所举《午夜时分》中的这个片段：斜体部分是较为严肃的哲理性的议论，比较正式、客观。但是紧接着，通过从女主人公内视角对场景进行的全景式展示，这一严肃的议论就为衬托女主人公安娜“还未开始便已结束”的“爱情”起到衬托作用，因此具有滑稽效果。

B. 全知视角向内视角的侵入

视角模式在整部叙事作品中不一定是保持不变的，它既可以是上文我们所分析的从内视角侵入全知视角，也可以是相反的过程，即从全知视角侵入内视角，这也是视角越界现象中一种较为常见的方式。实际上，我们在前文分析的双主体性的几种手段，如感知、编辑、内省、援引、叙述者言语的主观化等手段中在很大程度上都能体现出全知视角向内视角的侵入这一特点。在彼特鲁舍夫斯卡娅的小说中，这一现象体现得非常明显。

Тут же была небольшая *толчея* из двух девушек и молодого

① 可参见申丹：《叙述学与小说文体学研究》（第三版），北京：北京大学出版社，2007 年，第 271—273 页。

парня, а также маленькой толпы деревенских родственников-две тетки, бабка в платке, *какая-то мятая личность* типа « дядя Вася », из водопроводчиков, и-вот так *финт*-посреди всего этого *сиял своей светлой личностью* Дима с букетом гладиолусов! Это его родня, возможно, все эти люди! (« Два бога »)

这个片段是女主人公在医院生了孩子之后众人来探望的场景,其中斜体的词、短语和句子都是全知视角转为人物的内视角之后呈现在作者叙述中的人物感知。[①] 上述斜体词和短语是人物内视角典型的语言体现,而这篇小说总体上是以全知视角进行的全方位叙述,此处转用人物内视角有利于刻画此时场面的戏剧性,达到作者塑造人物心理及性格的创作意图。

彼特鲁舍夫斯卡娅小说中全知视角向内视角侵入的例子非常多。我们可以再看几个例子:

Несколько раз в году мать с дочерью выбираются в гости, сидят за столом, и тогда мать оживляется, громко начинает разговаривать и подпирает подбородок одной рукой и оборачивается, то есть делает вид, что она тут своя. Она и была тут своей, пока блондин ходил у ней в мужьях, а потом*все схлынуло*, *вся прошлая жизнь и все прошлые знакомые*. Теперь приходится выбирать те дома и те дни, в которые яркий блондин не ходит в гости со своей новой женой, женщиной, говорят, жесткого склада, которая не спускает никому ничего. (« Страна »)

这篇小说不足500字,但涵盖了女主人公很多年的生活。她也曾经美丽过,风光过,但是在那个男人离开之后,她的世界一下子变了样。全

① 可参阅本书第260页对本例的分析。

知叙述者站在故事之外,客观冷静地叙述着女主人公的现在和过去,但是这种全知视角模式并非一成不变。女主人公在经历了生活中的重大变故后,她内心的体验如此强烈,以至于全知叙述者不得不在对她之前和现在的生活作对比时采用女主人公的内视角来叙述,如"一切都瞬间消失,整个以前的生活和所有以前的熟人"。这句话与其说是叙述者对女主人公目前生活的客观叙述,不如说是女主人公对生活骤变的感慨。全知叙述视角当然有它的优势,如详尽地展示人物的过去、现在和未来,读者知道的和叙述者知道的一样多,但是同时也造成了读者与人物之间的距离,读者不能积极地参与到小说阐释的过程中。全知叙述视角短暂地转为人物内视角之后,给读者造成强烈的视觉、听觉和情感冲击,在心理体验上给其造成鲜明对比,因此瞬间拉近了读者与故事中人物的距离,读者也能因此积极地参与到文本的阐释过程中。这也正是作者的创作意图之一。

> Юля успешно продвигалась по заросшей тропе, среди поредевшего черного бурьяна, тут*вроде бы уже давно не ходили?* Затем она сняла с калитки поржавевшее кольцо, употребляемое вместо щеколды, отогнала от забора отсыревшую калитку и радостно замахала в сторону дома, увидев, что занавеска на окне дрогнула. (« Где я была »)

女主人公尤利娅为了远离家庭丑闻(丈夫爱上一个完全可以做他女儿的姑娘)选择了消极逃避,她打算投奔很久以前自己的一位老邻居——上了年纪的阿尼娅婆婆,但是在去往火车站的途中遭遇车祸。这个片段中的女主人公已经处于意识昏迷状态,她在恍惚中似乎找到了通往阿尼娅家的路。叙述者在自己的客观描述中短暂采用尤利娅的内视角——"似乎已经很久没人走过了",这种叙述技巧是作者的一种策略,更增加了这篇小说的荒诞性意味。

3.3.2.3 人物直接引语与叙述者注解的相互作用

提到相互作用,一定是 A 对 B 的作用和 B 对 A 的反作用,但此处我们更为关注的是后者,即叙述者对人物直接引语及其言语行为的注解,其中不仅体现出叙述者对人物话语本身的评价态度,而且还对这一言语行为本身发表一些体现在叙述者话语中的看法。

> А потом он поднял ее и пошел с ней танцевать, а по дороге сказал своей сидящей Юле, *показав глазами на девушку*: « Гляди, какое чудо вымахало, я ее видел в шестом классе »,—*и радостно засмеялся*. (« Где я была »)

女主人公的丈夫在夫妻两人共赴的一次聚会上毫无顾忌地表现出对主人家的女儿——一个几乎还是孩子的姑娘的喜爱之情,毫不在乎他的妻子尤利娅的感受,甚至仅仅用眼睛向后者骄傲地炫耀自己的"猎物",叙述者通过"показав глазами на девушку""и радостно засмеялся"淋漓尽致地刻画出尤利娅的丈夫轻浮、不负责任的形象,同时也表现出叙述者以及站在其身后的作者对丈夫的评价立场、态度。叙述者对尤利娅丈夫直接引语的注解向读者揭示出她的悲剧来源:丈夫的爱、家庭、幸福的逝去让女主人公觉得她必须离开。所有这一切都揭示出彼特鲁舍夫斯卡娅小说中一个非常重要的主题:男人是女人幸福生活的源泉,但同时也是扼杀她爱情、家庭、幸福的刽子手。

> Баба Аня дома! Она увидела Юлю и, *наверно, обрадовалась, старушка всегда любила их семью*.
>
> Постучав в незапирающуюся дверь, Юля миновала холодные сени и бабахнула кулаком по холстине, которой баба Аня обшила вход в свои покои.
>
> —Иду-иду,—отвечал*глухой голосок* бабы Ани.
>
> Юля вошла в тепло, в запахи чужого дома, и сразу повеселела от этого милого духа.
>
> —Ну здравствуйте, Бабаня! —*воскликнула она чуть ли не со*

слезами. Приют, ночлег, тихая пристань встречала ее. Бабаня стала еще меньше ростом, ссохлась, глаза, однако, сияли в темноте.

—Я вам не помешала? *—довольно спросила Юля*. —Я вашей Мариночке привезла Настенькины вещи, колготки, рейтузики, пальтишко.

—Мариночки нет уже, —живо откликнулась Бабаня, —все, нету больше у меня.

Юля, *продолжая улыбаться*, *ужаснулась*. Холод прошел по спине.（« Где я была »）

尤利娅在内心极度悲痛和慌乱中出了车祸，之后她就处于生与死的边缘，延续着车祸之前的计划——去投奔她的老邻居阿尼娅婆婆。至于车祸之后她在几乎处于死亡状态的一言一行的本质是什么，我们可以用一项科学研究来说明。2012 年 11 月 4 日，一篇名为《学者称“人死灵魂存在被证实”已找到有力证据》的报道引起了各方关注。文章称，“学者们找到了有力证据证明，人在心跳停止以后依然存在‘灵魂’。人的‘灵魂’是较之常规神经元更为根本的某种东西。医学教授认为，意识是一直存在宇宙中，并且很可能是从宇宙大爆炸时期开始的。据他所说，当人的心跳停止，人脑中所存储的信息不会随之消逝，而是继续在宇宙中扩散。根据学者的观点，这一理论可以解释很多经历过临床死亡的人回忆起自己在‘深长的隧道里’或者看到‘一束白光’这一现象。”[①]根据这一研究，很容易就可以判断出尤利娅在车祸之后身体短暂“死亡”而意识即灵魂并未死亡，她处于“不死不活”且“非此非彼”(指此世与彼世，阳间与阴间)的状态，此时此刻她的一言一行都在继续着她在车祸之前的所思所想，而那束

① 《学者称“人死‘灵魂’存在被证实”已找到有力证据》. http://news.qq.com/a/20121104/000090, html, 2012－11－4.

“白光”恰恰就出现在尤利娅醒来之前叙述者的话语中，“一束白光闪烁着穿过暮色”①。

“也许，阿尼娅婆婆感到很高兴，她一直很喜欢他们一家子”紧跟在全知视角对女主人公的内心透视“阿尼娅婆婆在家”之后，这显然是全知视角模式向内视角模式的侵入。女主人公尤利娅的感知揭示了她渴望得到来自亲朋的温情，哪怕是一个很久没有联系过的老邻居。因此，她自认为阿尼娅对自己的到来应该是感到高兴的，所以叙述者用了“也许”一词。“低沉的声音”似乎是在暗示，这声音来自遥远的彼世，听起来并不清晰。当尤利娅走进阿尼娅的屋子后，被这里温暖的气息迅速感染，变得快活起来。她太渴望这种温暖了，以至于激动、兴奋并几乎是含着眼泪地向阿尼娅问好。当得知阿尼娅婆婆最亲近的孙女已经不在人世之后，一直面带欢喜之情微笑的尤利娅感到非常惊恐。从人物一来一往的话轮转换及其伴随的言语行为中可以看出，女主人公的内心此时正在经历着剧烈起伏，而叙述者（作者）对她则持同情态度。女主人公形象中的一些关键义素在叙述者对人物直接引语的注解中经常出现，如善良、细心、渴望受到来自他人的关爱等。

> —Что-то случилось，Бабаня?
>
> —Да все нормально. Все нормально происходит. Иди отсюда. *Бабаня не могла так говорить*! *Юля стояла испуганная и оскорбленная и не верила своим ушам*.
>
> —Я чем-то обидела вас，Бабаня? Я не приезжала долго，да. Я-то вас все время помню，но жизнь...（« Где я была »）

当尤利娅的探望遭到她满以为可以招待她的阿尼娅回绝之后，她感到万分被动，她不相信，就连自己最信任的阿尼娅婆婆也要把她拒之门外，“Бабаня не могла так говорить!”她此时还没有意识到自己现在“在哪

① Петрушевская Л. С. *Два царства*，СПб.：Амфора，ТИД Амфора，2009. С. 75.

儿”。尤利娅本人的话表明,她急切地渴望他人的理解、关爱,而叙述者注解中“受到惊吓的”“受到很大委屈的”则从侧面揭示了女主人公热切地渴望来自他人的关怀的心情,两者互相印证。

> —А где, где? Что произошло?
>
> —Под машину вы попали, не помните? Спите, спите, под машину попали.
>
> Юля*изумилась*, *охнула*, и тут ее накрыло, и она опять пыталась достучаться до Бабани, все хотела напоить ее. Был сумрачный октябрьский вечер, стеклышки на террасе дребезжали от ветра, болели усталые ноги и разбитая рука, но Бабаня не желала, видимо, ее принимать. А потом с той стороны стекла появились хмурые, жалкие, залитые слезами лица родных-мамы, Сережи и Насти. И Юля *все им пыталась* сообщить, чтобы поискали Марину Федосьеву Дмитриевну, Дмитриевну Бабаню, что-то так. Ищите, ищите, говорила она, не плачьте, я тут. (« Где я была »)

尤利娅车祸醒来之后对发生在自己身上的事情浑然不知,她的四肢多处骨折,头部脑震荡。在护士告诉她这些情况之后,她感到十分惊讶。但是这一惊讶之情并没有被亲口表达出来,而是通过叙述者的注解表现出来。但对发生在“彼世”的一切她却丝毫没有感到怀疑,而是试图继续完成在那里没有完成的事。叙述者话语中的语言形象,如“玻璃的对面”暗指现世、阳间、活着的人所在的世界;“仍旧努力要告诉他们”再一次印证了女主人公善良,渴望他人关爱的一个普通女人形象:此时的她依旧不确定活着的人所在的这个世界能否给她想要的温暖,她希望找到阿尼娅,找到那种久违的温暖。所以,在小说的最后使用的是动词命令式,而且是重复使用,这种用法表明:与其说是尤利娅渴望家人去寻找阿尼娅,不如说是让他们去找寻温暖。这一切反映出女主人公从内心深处发出的渴望家庭温暖的呐喊。

全知叙述模式向内视角模式的短暂转化有利于制造悬念，产生讽刺、滑稽、对比等效果，是实现作者意图的手段之一。叙述者是作者的一个“面具”，他对主人公话语的注解体现了他的立场、态度，也反映出其背后的作者态度。

与在含有双主体性的语篇片段中一样，在含有叙述角色及其视角转换情况的语篇片段中，叙述者[1]形象与作者形象的距离同样是疏远的。

作者形象在当代叙事作品中的表现形态之一是叙述者[1]形象，它主要通过叙述视角和叙述类型实现。从叙述视角和叙述类型相结合的角度，分析第一人称内视角和第一人称外视角中的叙述者[1]以及第三人称全知叙述和第三人称主观化叙述中的叙述者形象与作者形象的关系，对于构建作品作者形象具有十分重要的意义。

作者形象与叙述者[1]形象之间的关系在作家的作品中并不是固定不变的，他们表现为时而疏远、时而又极为接近的关系，但他们永远都不会合二为一。相对于作者形象而言，叙述者[1]形象在作品中的表现有较为具体的物质指征。因此，通过把握作品中的叙述者[1]形象来挖掘站在叙述者背后的作者形象是本书研究的重中之重，同时也是作者形象研究行之有效的方法之一。在第一人称内视角被述之“我”的叙述中，叙述者[1]形象与作者形象较为疏远，而在第一人称内视角观察之“我”的叙述中，叙述者[1]形象与作者形象则较为接近；在第一人称外视角叙述中的情况与内视角叙述中的情况正好相反；在第三人称主观化叙述中，叙述者[1]形象与作者形象则较为疏远。

人物话语是叙事小说的重要组成部分，而其在作品中的呈现形态，即人物话语的转述形式对于揭示作者的创作意图及统摄作品修辞结构的作者形象具有极其重要的意义。

总的看来，直接式引语中人物语言与作者—叙述者语言之间的界限分明，因此，叙述者[1]形象与作者形象之间的关系非常接近。在间接式引语中，作者对人物话语进行归纳总结（如间接引语）、概述（如言语行为叙述体),让读者在叙述语流的平稳进行中直接接触人物话语(如“带特色的”间接引语和准直接引语)和人物内心独白(如准直接独白),因此,间接式引语使叙述速度加快,叙述语流自然、平稳。间接式引语中的人物语言难以与作者—叙述者语言区分开来,因此,在含有间接式引语的语篇片段中,叙述者[1]形象与作者形象之间的关系较为疏远。语境型引语具有特殊的句法特点,因此更适于描写人物复杂的内心波澜,而功能型引语中的人物话语一般作为作者叙述中某个词或短语的功能性成分,因此可以揭示出人物所处的外部状态和内部心理特征,充分体现作品的立意和作者构思的巧妙。语境型引语中叙述者[1]形象与作者形象之间的关系应根据具体语篇片段中人物语言特点与叙述者[1]语言特点的近似程度来判断:当含有语境型引语的语篇片段中人物语言特色成分较多时,叙述者或讲述人形象与作者形象之间的关系较为接近;反之则较为疏远。

值得一提的是,以上论述的直接式引语、间接式引语、语境型引语和功能型引语在当代女性小说语篇片段中并非孤立出现,而是至少出现一种及一种以上。它们之间常常互相交织,相互作用。

总之,不同的引语类型对于揭示作者形象具有不同的意义,反映的叙述者[1]形象与作者形象之间关系亲疏程度也不尽相同。四种引语类型反映出的叙述者[1]形象与作者形象由近及远的亲疏关系如下:直接式引语——功能型引语——语境型引语——间接式引语。引语与作者形象关系的研究有助于研究者透过文学作品的形式挖掘作品的本质——作者形象。

他人言语和转述它的上下文即叙述语境之间存在复杂的动态关系。不考虑这些关系,就不可能真正理解他人言语转述的形式。揭示叙述者话语和人物话语之间的复杂关系对于挖掘深藏于作品修辞结构中的作者形象起着重要作用。本书主要通过两大方面分析两者的相互关系:双主体性和叙述角色的变化。

双主体性的表现形式主要有感知、编辑、援引、内省和叙述者的主观化言语等手段，这些手段在很多时候是互相作用、互有交织的。从总体上看，在含有双主体性的语篇片段中，叙述者形象与作者形象之间的关系较为疏远。

叙述者[1]话语与人物话语相互作用的另外一个表现是叙述角色的变换，它包括两种情况：第一人称叙述者和第三人称叙述者言语的相互作用以及叙述视角的越界现象。与在含有双主体性的语篇片段中一样，在含有叙述角色及其视角变换的语篇片段中，叙述者形象与作者形象之间的关系同样较为疏远。

第四章
作者形象复合结构之三——读者

4.1 读者在场的必然性

第一章已经提到,叙事作品的典型特征是具有复杂的交际结构。具体到作者交际层面,其交际双方分别为作者和读者,而沟通二者的中介是作品:作者的意识通过各种各样的语言手段和结构手段反映在作品中,读者通过对这些手段的解码,破译作者的意图,从而达到与作者的对话。本书把文学作品视为一种特殊的话语,一个交际事件,因此对作者形象的研究既要关注作者与作品的对话(即作者在作品中的体现)以及作品内部的对话关系(如作者—叙述者话语与人物话语的对话),同时还要关注读者与作者、读者与作品的对话。前两种对话关系在本书有关章节已有详细论述,本章主要从作者形象的接受要素,即从读者角度论述读者与作者、读者与作品的对话关系,阐释存在于作品内外的主客观因素对构建作者形象的影响,分析读者接受途径与构建作者形象之间的关系。

对话是一个交际行为。按照字面理解,对话的参与者至少为两人。也就是说,根据参与对话的人数的多少可以分出独白、对话和多人对话;而根据对话的表现形式则可以分出显性对话和隐性对话,后者还被称为内部对话,指言说主体与自己的内在交流,因此与独白有相通之处。巴赫金所提出的对话是广义的对话,既可以指表述与表述的对话,也可以指表述内部的对话;既可以是作者与人物、人物与读者的对话,也可以是作者与读者的对话。在巴赫金的超语言学研究中,对话理论是一个贯穿性的基础理论。“对话性——这是一个人的意识和行为对周围现实中的开放性,是一个人准备去进行‘平等地’交流沟通的情愿性,是对他人的立场、见解、看法做出积极回应的一种才能,也是引起他人对自己的表述和行为进行回应的一种能力。”[①]巴赫金认为,对话的语境没有边界,对话性的交流可以是直接参与的形式(如双方参与),也可以是通过间接的文本形式(如作者同读者之间的对话)。

“我”和“他人”是文学语篇中的两个基本主体,它们在作者交际层面具象化为作者和读者这两个实体。“我”和“他人”的关系是巴赫金对话理论的精髓。“对话关系意味着新的意义的出现(产生),这些意义‘不是稳定不变(一旦形成就永远完结)的’,它们总是在变化(更新)……在巴赫金看来,在与作者的对话(精神会晤)中,读者会逐渐克服‘他者的异在性’,致力于‘企及并深入’作品创作者‘个体的创作内核’,而在这种情形下获得精神上的财富。”[②]根据巴赫金的观点,“我”这一主体可以分为“自为之我”和“他人之我”。在“我”和“他人”的关系中,还有一个主体,即“我之他人”。巴赫金指出,“从审美的角度看,自为之我是一切积极性的主体。……我眼中的他人整个处在客体之中,他人之我,对我来说也只是一个客体。”[③]具体到作者与读者的关系,读者对于作者来说是“我眼中的他人”,而作者对于读者也同样如此,他们之间的对话性关系是可逆的:读者是作者眼中的客体,而作者也是读者眼中的客体,在价值上双方是平等的。康达科夫和阿布拉莫娃(Б. В. Кондаков, В. С. Абрамова)认为,文学交际中的“我”和“他人”可以互换位置。“在作品的艺术世界里,‘我’能够

---

① [俄]瓦·叶·哈利泽夫:《文学学导论》,周启超等译,北京:北京大学出版社,2006年,第151页。

② 同上。

③ 此处译文参考[俄]巴赫金:《巴赫金全集》(第一卷),石家庄:河北教育出版社,2009年,第135页.

从另一个价值中心,从他人的视角,即从另一个时间点和空间点看待事件"[①]。与此同时,读者还是意识的主体,他对作品中的艺术现实可以作出自己的评价。

对话意味着理解,这一理解永远是"他人"的理解。因此,要实现作品的审美意义,不但要有作者对作品的创造,还要有读者对作品的理解,通过作品这个中介实现作者与读者的对话。对于作者来说,读者是个"他人",他具有对于作者意识来说的"他人的意识",而作品的真正意义就在于作者之"我"的意识和读者之"我"的意识的碰撞,这样才能促进作者意图与读者接受在语篇内的融合。也就是说,作者与读者的对话是两种意识的对话,是"我"的两个实体的对话。对话性交际中最主要的就是产生不断更新的新涵义。读者和作者都不能单独成为涵义中心,涵义(或者说真理)永远都存在于两个立场(两种观点)的相互作用中。

巴赫金的外位性不仅适用于作者与作品的关系,而且适用于作者与读者的关系。读者的理解要想达到尽可能与作者意图的一致,就必须占有外位性立场。"我"应该成为对自己来说的"他人",跨越自我价值语境的界限,从内部以"他人"看"我"的世界的方式审视这一世界,继而重新返回自我。外位性使读者不仅从整体上把握对话,而且可以转用参与这一对话的任何他人的视角,因为在语篇的理解中,"我"在价值上并不是自给自足的,不可能成为自我理解的客体,正是他人视角才可以扩展"我"的视野。

"对于语篇理解来说,永远都需要有一个'他人',他是作为一个另外的视角,是'我'的视野和语境的扩展。'我'不是自给自足的,它不可能成

① Кондаков Б. В. Абрамова В. С. *Автор и читатель в пространстве в художественном тексте*. http://philologicalstudies. org/dokumenti/2009/vol1/2/11. pdf , html, /2013—3—23.

为本身理解的客体。正是在与‘他人’的交流对话中呈现出‘我’的视野。”①作者和读者在艺术世界中呈现的就是“我”和“他人”的关系，在文学语篇的对话性关系中，他们是平等的合作者。因此，“理解在不同价值语境(作者语境、读者语境和主人公语境)的碰撞中是可能的，不同的语境根据作者的意图相互作用，因为统摄这些语境的是最重要的、最本质的信息。”②我们认为，统摄作者语境、读者语境和主人公语境为统一体的最重要的、最本质的信息正是作者形象。因此，在作者形象的研究中，读者范畴也是不可或缺的必然要素之一。

4.2 读者在场的类型

读者在作品中是可以在场的，而且表现为不同的在场形式，这些形式即第一章“读者”部分所提到的虚构读者、隐含读者(理想读者)、现实读者。

叙事作品中叙述者的作用是讲述故事，并尽量使用更为有效的叙述方式展开叙述文本。但这个文本最终是要给人看的，因此，有叙述者也就相应地有“叙述接受者”，即受述者(нарратaтор)，他是读者在作品中的在场形式之一。受述者是叙述者的叙述所面对的那个人，但他并不是现实中阅读作品的人，而是一个虚构的读者。读者的另一种在场形式是抽象读者，他“确切地说，是‘接收者观念’……作者以其为定位的接收者/读者，可以是一个具体的人，也可以是与作者同时代的公众，还可以是某种遥远的‘可预见的’读者。”③他在作品中是潜在存在的。这种形式的读者

---

① Кондаков Б. В. Абрамова В. С. *Автор и читатель в пространстве в художественном тексте*. http://philologicalstudies.org/dokumenti/2009/vol1/2/11.pdf , html, /2013－3－23.

② Там же.

③ [俄]瓦・叶・哈利泽夫:《文学学导论》,周启超等译,北京：北京大学出版社,2006年,第157页。

在欧美叙事学中也被称为“隐含读者”。

施密德指出，应该严格区分虚构读者(即受述者)和抽象读者。“抽象读者是作者预设的接收者或理想的接受者，虚构读者是叙述者预设的接收者或者理想的接受者(读者或者听众)。”[1]但是，在叙事研究实践中，常常会把抽象读者和虚构读者混为一谈，甚至无视二者的区别，或者，根本就不提及虚构读者。

美国芝加哥学派的领军人物布斯在《小说修辞学》中把作者、作品、读者看作叙事交流的三个基本要素。美国叙事学家查特曼(Symour Chatman)在《故事与话语》中提出的叙事交流图是这样的：

叙事文本[2]

真实作者--->[隐含作者→(叙述者)→(受述者)→隐含作者]--->真实作者

叙事交流图

从这个图中可以看出，真实作者和真实读者都处于方框之外，而且二者与方框内成分之间是用虚线箭头，这表示他们：第一，不属于文本结构成分；第二，他们与叙事文本之间不存在直接关系。但尽管如此，我们从这个图中还是能够获取到极为重要的信息，即叙事交流的三个基本要素作者、作品、读者是缺一不可的。查特曼的作者可以分为：真实作者，即生活中的作家本人；隐含作者，即真实作者在作品中的“第二自我”；而读者可以分为隐含读者和真实读者。但查特曼显然忽视了虚构读者在作品中的存在。

前文我们提到，施密德分出了叙事作品交际的三个结构：作者交际、叙述者交际和第三个可选择的结构，即“当被叙述的人物首先是作为叙述

---

① Шмид В. *Нарратология*, Языки славянской культуры, 2003. С. 98.

② 转引自申丹：《叙述学与小说文体学研究》(第三版)，北京：北京大学出版社，2007 年，第 70 页。

角色出场。”①而且，“交际三个结构的任何一个结构都分出两个方面：发出方和接收方。接收方又分为接收者和接受者。接收者是信息发出者发出信息的对象，他所指的那个人，而接受者是实际的接收者，发出人也许并不知道他。”②此处的接收者和接受者也即施密德后文讲到的抽象读者和具体读者。

施密德之前的研究者们对抽象读者的理解并不完全一致。

布斯在1961年的《小说修辞学》中提出了“隐含作者”概念，而“隐含读者”是作为与隐含作者相对的一个范畴出现的。“读者们要知道，在价值领域中，他站在哪里。——即，知道作者要他站在哪里。”③显然，布斯更重视隐含作者的控制诱导作用，不重视或者忽视了读者在叙事交流中的积极阐释作用。

沃尔夫冈·伊塞尔(Wolfgang Iser)把“隐含读者”定义为小说结构的组成部分：“隐含读者不具有实际的存在，因为他表现出预设定位的完整性。这些定位是虚构的文本把其作为感知的条件提供给自己可能的读者。因此，隐含读者不是以某个经验主义的基础(субстрат)为依据，而是以文本本身的基础为依据。”④

施密德认为，抽象读者原则上从不与虚构读者重合。“抽象读者指的是(具体)作者所指的接收者形象的内容，确切地说，是以这些或那些标识符号固定在文本中的、作者对于接收者之认识的内容。”⑤

如果我们把作者看作一个棱柱体，那么他在作品内外的不同形象(相当于棱柱体的不同棱面)，或者叫不同“角色”就构成了一个复合的、“多面”的作者。读者是在叙事交流模式中与作者相对的一个实体，他的不同

① Шмид В. *Нарратологоия*, Языки славянской культуры, 2003. С. 39.

② 同上。

③ [美] W. C. 布斯：《小说修辞学》，华明、胡晓苏、周宪译，北京：北京大学出版社，1987年，第83页。

④ 转引自：Шмид В. *Нарратологоия*, Языки славянской культуры, 2003. С. 58.

⑤ Там же. С. 60.

角色同样也构成一个复合多面的读者。复合作者和复合读者中的每一个棱面都是构成整体的有机组成部分,忽视任何一面都是不可取的。而上述提到的所有这些对于读者的认识都非常强调其一个侧面,即隐含读者,而且单方面强调隐含作者对隐含读者的制约和诱导作用,没有看到读者其他棱面的作用,如真实读者对于构建作品意义及作者形象过程中的积极阐释作用。我们认为,隐含读者是隐含作者在作品中的预设,是隐含作者的各种叙事规约所指向的那个角色,是作者的知己,他可以深刻理解作者表现在作品中的喜怒哀乐以及创作意图,是作者假定的一个理想读者。具体读者是现实中实际阅读作品的那个人,不论他在主观上还是无意中多么试图地要接近作者假定的理想读者,即隐含读者,他都几乎不会与其同一。这是因为,不同时代的读者受那个时代的文化和文学传统的影响,每个读者的个体文学体验是不同的,因此与作者预设的读者的距离也是千差万别的。那么,在有些作品中常常出现的第二人称或者一些呼语形式的固定表达指称的又是什么?

实际上,很多作家,特别是后现代作家非常重视读者的作用,如彼特鲁舍夫斯卡娅在《三种旅行,又名梅尼普可能》中就公开表明了自己对其读者的态度:“甚至在我隐藏自己的情感、在我残酷无情地对待自己的主人公的地方,他都能理解我。……我简单直白地,就像一个站在公交站点的人干巴巴地向另外一个人讲述第三个人的故事那样,他依然理解我。”[①]可以说,这段表述中的读者并非现实中具体的读者,而是叙述之“我”假定的自己的理想读者,他是真正意义上的虚构读者。他理解叙述者的一言一行,所思所想,但他并非真正意义上的读者,而是叙述者叙述所指的对象,他也有可能是故事的听众或者观众。彼特鲁舍夫斯卡娅这段话中的读者尽管是一个虚构读者,是叙述者叙述的对象(受述者),但是同叙述者一样,他在作品中的出现同样能明显地表现出作者的立场、

---

① Петрушевская Л. С. *Девятый том*, М.: Эксмо, 2003. С. 322.

期待。

综上所述,我们认为,隐含读者、抽象读者、虚构读者(受述者)、具体读者之间的关系是这样的:隐含读者和抽象读者的本质是一样的,他们是作者在创作一部作品时预设的理想读者,作品正是以这类读者为对象进行设计和操作。隐含读者对应的是隐含作者,两者都潜在地存在于作品中。与具体读者不同,隐含读者不具有固定的身份,只有一个大致的范围和特点。虚构读者(受述者)是叙述者叙述所指的对象,他不一定就是具体读者,他的对应体是叙述者。具体读者是真正阅读作品的人,他与隐含读者并不等同,由于各种因素的制约,总是与后者存在一定差异。他们之间的关系还可以用下图表示:

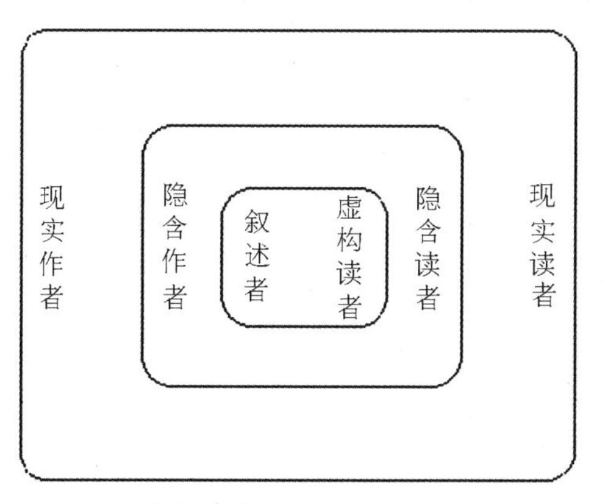

作者与读者的对应关系示意图

该图明确界定出不同层面中相对应的对话双方。现实层面:现实作者——现实读者;作品内部:隐含作者——隐含读者;叙述层面:叙述者——虚构读者。

从上述分析得知,读者在作品中是在场的,而且表现为不同的读者形态。下文主要从读者在作品中的表现形式角度来分析这一问题。

4.3 读者在场的表现

叙述者和受述者是存在于文本之内的一对范畴,二者都以对方的存在为前提。因此,"不管叙述接受者(即受述者——本书作者注)是沉默还是引人注目,他总是存在于具体的叙述行为中。"[①]在文学语篇中,读者既可以显性存在,也可以隐性地表现在作品中,以这两种形式表现出来的读者实际上是我们所称的虚构读者,即受述者。虚构读者既可以是一个具体的人,也可以是作者同时代的公众,还可以是某种遥远的"可预见的"读者,他们以不同的形式体现在文本中。在18—19世纪(古典主义和感伤主义时期),作品中直接称呼读者其人是司空见惯的事,如"读者""读到这些话的人"等,使用这些称呼可以使叙述显得更为自然、真实。

4.3.1 读者的显性表现

虚构读者的显性表现主要借助于常用的称呼套语或者第二人称语法形式,如"尊敬的看官""亲爱的读者""博学的读者"等。"以这种形式塑造的读者形象可以多多少少具有具体的特征。"[②]鲜明的例子即是前文我们提到的《三种旅行,又名梅尼普可能》中的一段话:

ОБРАЩЕНИЕ К ЧИТАТЕЛЮ

—*О мой читатель*,—повторяла я, трясясь и временами прыгая в стороны, как жрец религии вуду, находящийся в трансе,—*о мой читатель*! Я еще в самом начале своей литературной деятельности знала, что он будет самым умным, самым тонким и чувствительным. Он поймет меня и там, где я скрою свои чувства, где я буду безжалостна к своим несчастливым

---

① 徐岱:《小说叙事学》,北京:中国社会科学出版社,1992年,第112页。

② Шмид В. *Нарратологоия*, Языки славянской культуры, 2003. С. 99.

героям. Где я *прямо и просто*, не смешно, без эпитетов, образов и остроумных сравнений, без живописных деталей, без диалогов, скупо, как человек на остановке автобуса, расскажу другому человеку историю третьего человека. *Расскажу так, что он вздрогнет*, а я-я уйду освободившись. Таковы законы жанра, который называется новелла.

И свои жуткие, странные, мистические истории я расскажу, ни единым словом не раскрывая их тайны... Пусть догадываются сами.

Я спрячу ирреальное в груде осколков реальности.

(Но мне, честно говоря, долго пришлось ждать*своего читателя*. Меня запретили сразу, после первого же рассказа! Моя первая книжка вышла спустя двадцать лет.) («Три путешествия, или Возможность мениппеи»)

......

ОБРАЩЕНИЕ К ЧИТАТЕЛЮ

Ну что ж, я их понимаю-в литературе я тоже не пользовалась ничем, никакими подсобными средствами, выскакивала на опасную дорогу и гнала вперед на дикой скорости, пугая*своих случайных пассажиров* (*вас, читатели*!). («Три путешествия, или Возможность мениппеи»)

这两个片段中的读者显然并不等同于现实中真正阅读这一小说的具体读者,而是叙述文本中的受述者,即虚构读者。但是,《三种旅行,又名梅尼普可能》这部小说是作家创作晚期的作品,在作家的整个创作中占有特殊地位。作家在这部小说中更大程度地面向读者,而且自传性因素也随之增强,其中的叙述者和作者实际上已经很难区分。此处的叙述者尽管同样是作者的一副面具,但是与作者已经相差无几。而虚构读者和隐含读者也是如此接近，他理解叙述者，甚至理解作者的所思所想，而这正是这部小说的一大特色。以“面向读者”为定位的叙述技巧为叙述者顺利进行叙述提供了更多可能。

普罗霍罗娃指出，在上述所引的这段话中，以下几点比较重要：首先，这段话对读者的立场进行了一系列描述、评价，他透过我们周围的世界看清生活的本质；其次，这段话不仅说明了作者与读者的立场，使人理解他们对话的特点，而且还暗含着对彼特鲁舍夫斯卡娅作品独特的审美本质的评价（而且是作者的评价，这一点尤其重要）。[①] 这是因为，一方面，女作家作品中告知读者的一切都是“直率朴素的”；另一方面，一切都浓缩到极致，如“讲得他战栗不安”。吉蒙奇克（Р. Д. Тименчик）指出，在这一“审美极端主义”中，包含了对女作家小说中“原本地反映生活”这一问题的否定回答。[②]

从对所引片段的上述分析中得知，文学语篇中作者与读者（确切地说，此处指的是叙述者与虚构读者）的对话可以鲜明地体现出作者对艺术现实和现实存在的立场、态度。

人称代词以及动词的第二人称形式同样可以证明叙述语篇中虚构读者的存在，如：

（1）Где *ты живешь*，веселая，легкая Таня，не знающая сомнений и колебаний，не ведающая того，что такое ночные страхи и ужас перед тем，что может свершиться? Где *ты* теперь，в какой квартире с легкими занавесочками свила *ты* свое гнездо，так что дети окружают *тебя и ты*，быстрая и легкая，*успеваешь* сделать все и даже более того?（« Отец и мать »）

---

① Прохорова Т. Г. *Постмодернизм в русской прозе*，Казань，Казанский гос. ун-т.，2005. С. 45.

② 转引自：Прохорова Т. Г. *Постмодернизм в русской прозе*，Казань，Казанский гос. ун-т.，2005. С. 45.

（2）Надо было добавить « и пиво »（Таня любила пиво, они с ребятами постоянно покупали баночки. Денег только не было, но Таня их брала иногда у папы из кармана. Мамина заначка тоже была хорошо известна. От детей ничего не*спрячешь*!）. Нет, надо было вообще сказать Глюку так:« И все что нужно для жизни ». Нет,« для богатой жизни! » В ванной находилась какая-то машина, видимо, стиральная. Таня умела пользоваться стиралкой, но дома была другая. Тут не *знаешь* ничего, где какие кнопки нажимать. （« Глюк »）

有时候,叙述者的叙述中也会使用第一人称代词的复数形式来强调叙述者与虚构读者之间在个体经验、所处环境等方面的共性。[①]

Плакала под струей душа, стирая трусики, обмывая свое тело, которое стало чужим, как будто я его наблюдала на порнографической картинке, мое чужое тело, внутри которого шли какие-то химические реакции, бурлила какая-то слизь, все разбухло, болело и горело, что-то происходило такое, что нужно было пресечь, закончить, задавить, иначе я бы умерла.

（Мое примечание: что происходило, *мы* увидим девять месяцев спустя.）（« Время ночь »）

《午夜时分》中的叙述之“我”相当于叙述者。这一片段中第一部分的斜体为安娜女儿的日记内容,括号中为叙述者的注释。此处的“我们”显然是包括虚构读者在内的。这种情况在《我到过哪里》中也有体现:

У другой никто не брал трубку, видимо, отключила телефон, третья собиралась уходить, стояла на пороге, заболела какая-то очередная престарелая родня. Эта подруга была одинокая, но

① Шмид В. *Нарратологоия*, Языки славянской культуры, 2003. С. 100.

всегда веселая, бодрая, святая. *Мы* не такие. (« Где я была »)

4.3.2 读者的隐性表现

申丹、王丽亚在分析受述者在叙事文本中的表现时指出,受述者并非总是以"你""你们"或其他指称语在字面上出现。如果出现了,受述者就是显性的,若没有出现就是隐性的。她们同时指出,在隐性情况下,受述者与隐含读者等同。[1] 我们对此表示认同。也就是说,受述者的隐性表现也即隐含读者的表现。受述者的隐性表现与叙述者的表现使用的是同样的标识符号,以同样的表现力手段为基础,"受述者的外显性取决于叙述者的外显性:叙述者表现得越明显,他就越能够激起对接收者的某种认识。然而,公开的叙述者的存在本身还不能自动地表明受述者以像他那样的公开程度存在。"[2]

原则上,任何一个叙事文本都含有虚构读者,不论表示其存在的标识符多么不容易识别,但这些标识符永远不会完全消失。

前文我们已经提到了各类叙述者在不同叙述类型中的表现。那么,作为叙述者在叙述文本中对应体的受述者(此处也可指隐含读者)在文本中是如何隐性地表现出来的呢?受述者的隐性表现除了上文申丹、王丽亚提到的"你""你们"或其他指称语不出现的情况,还可以借助叙述者对其接收者的态度、立场以及二者的关系等手段表现出来。有两种表明受述者(虚构读者)存在的行为:呼吁(апелляция)和定向(ориентировка),这两种行为同时还反映出叙述者对虚构读者的态度。"呼吁常常指的是隐性表现出的号召行为,号召受述者占据一个确定的立场,该立场是就叙述者、叙述者的叙述、被述世界或者其中的一些人物而言的。"[3]实际上,呼吁手段本身就已经指明虚构读者的存在。

---

① 申丹、王丽亚:《西方叙事学:经典与后经典》,北京:北京大学出版社,2010 年,第 75 页。

② Шмид В. *Нарратология*, Языки славянской культуры, 2003. С. 100.

③ Там же.

Так что думайте, граждане, когда вам на пути встретится голодный, заплаканный маленький ребенок в холодную ночь у вашей двери. Тот, который буквально посинел и весь дрожал.

Пусть сердца у вас не екнут, добрые люди. Знайте, что вас ожидает. (« Добрые люди »)

在这个片段中,叙述者的呼吁显然揭示出作者对受述者的态度以及他本人对所面对的事情的立场。同时,这一片段中的叙述者事先制造出一定的印象并作用于受述者的意识,使其作出正面或负面的评价。因此,此处还存在呼吁功能的一个特殊类型,即印象功能:"叙述者借助于这一手段努力制造一定的印象,这一印象可以被视为是正面的,如赞叹,也可以被视为是负面的,如蔑视。"①

施密德所说的定向是指"叙述者以接收者为目标,没有这种目标就不可能有任何可理解的信息"②。这一接收者定位直接影响到叙述的方式。

定向首先与预设的接收者的代码和规范(语言的、认识论的、伦理的、社会的,等等)有关。叙述者可以不划分出受述者的这些内在规范,但是他必须使用受述者能理解的语言,必须考虑受述者的知识储备量。因此,"任何的叙述都含有叙述者对其受述者的规范及语言能力之认识的隐含信息。"③

其次,定向要预料到假想的接受者的言行。叙述者可以把受述者想象为被动的听众,执行自己指示的听话的执行者,或者把他想象为积极的对话者,他可以对所叙述的事独立地作出评价,提出问题,表达他的疑问并提出反对意见。也就是说,叙述者说出的每一句话都是对他人话语察言观色之后作出的应答性反应,他的言行是以积极的受述者为定位的。

---

① Шмид В. *Нарратология*, Языки славянской культуры, 2003. С. 101.

② Там же.

③ Там же.

叙述者在文本中留下各种各样呼吁和定向的标记:他希望给读者或听者留下正面的或者负面的印象,考虑后者的反应,预料到后者评判性的对语并试图对之作出反驳。然而同时,他又清楚地意识到自己并不能作出反驳。关于这一点,巴赫金有非常精辟的论述。他在划分小说话语的类型时分出了三个类型,其中第三类即针对他人话语的语言,这其中的第三个细类就是施密德所提出的把受述者想象为积极的对话者。巴赫金指出,"在隐蔽的辩论(暗辨体)中,作者的语言用来表现自己要说的对象物,……同时,这种语言除了自己指物述事的意义之外,还有旁敲侧击他人就此题目的论说,他人对这一对象的论点。这个语言指向自己的对象,但在对象之中同他人的语言发生了冲突。……暗辩体语言,是一种向敌对的他人语言察言观色的语言。"[①]巴赫金把小说语言的这个细类划归为积极类型的小说语言,是"双声话语",是以他人话语为旨向的语言,是可以同时听到两个语义立场的语言。在这类话语中,具有积极立场的受述者会对叙述者的话语产生一定的影响。

在俄罗斯文学史上,没有一个人能够比陀思妥耶夫斯基更为娴熟地运用这一定位。那么,在彼特鲁舍夫斯卡娅的小说中,是否存在这样的受述者或读者呢?他是如何对叙述者产生影响的?

> Всегда, во все времена литература бралась за перо, чтобы, описывая проституток,—оправдывать. В самом деле, *смешно представить себе*, что кто-либо взялся бы описывать проститутку с целью очернить ее. *Задача литературы, видимо, и состоит в том, чтобы* показывать всех, кого обычно презирают, людьми, достойными уважения и жалости. В этом смысле литераторы *как бы* высоко поднимаются над остальным миром, беря на себя функцию *единственных из целого мира*

① [俄]巴赫金:《诗学与访谈》,白春仁、顾亚铃等译,石家庄:河北教育出版社,1998年,第259—260页。

защитников этих именно презираемых, беря на себя функцию судей мира и защитников, беря на себя трудное дело нести идею и учить. (« Дочь Ксени »)

从这一片段叙述者的叙述中,我们至少可以得知,他的读者应该是一个对文学史非常了解的人,具有一定的文学素养,懂得鉴赏文学的各种题材。因此,以这样的读者为定位的叙述者的叙述必然会受到这一定位的影响,如词汇的使用、句法结构等方面:“смешно представить себе”“как бы”“единственных из целого мира защитников”“Задача литературы, видимо, и состоит в том, чтобы...”。叙述者通过这些成分的使用似乎是在寻求读者对其观点的认同。

Итак, простоволосая и простушка, потому что совсем рядом с этими словами стоит слово « проститутка », и она и есть она. Но не борец по фигуре, руки не торчат кренделями от мощности корпуса, нет. Так, серединка на половинку, простушка, и все этим сказано. *И женственности особой нет, какая там женственность, когда коротковатая и полноватая, простоволосая почти, не грубятина, а стоит себе, ничем не выделяясь, в толпе, продвигается среди остальных женщин, таких же, как она, —но проститутка.* (« Дочь Ксени »)

在这一片段中,叙述者在叙述中似乎一直在观察着受述者的反映,好像是在与其进行一场无形的对话,对受述者的话语“察言观色”。通过对上述斜体部分稍作修改,我们就可以看出这种察言观色的语言的特点:

—И женственности особой нет.

—*Нет*?!

—Какая там женственность, когда коротковатая и полноватая, простоволосая почти, не грубятина, а стоит себе, ничем не выделяясь, в толпе, продвигается среди остальных женщин, таких же, как она,—но проститутка.

对叙述者和受述者之间的关系和距离的调整与控制是小说作者施展其叙述技巧的重要方面,也是揭示作者形象的一个重要手段。受述者可以帮助叙述者更好地塑造人物的性格,阐明小说主题。如《科谢妮亚的女儿》中借助于受述者定位,小说开篇便点明主题。同时,受述者还有助于作者对整个篇章进行布局谋篇,确定总体气氛和情调,选择合适的叙述方式。因此,存在于作品中的读者(此处即指虚构读者)在一定程度上影响着作者在语言、修辞、句法、叙述结构等方面的选择。作品中表现出的虚构读者的形象能够反映出作者对艺术现实的态度,反映出作者本人的世界观,是作者形象在作品中的表现形态之一。

4.4 具体读者的接受

在读者的几种表现形态中,真正对作品进行理解、接受的是具体读者(现实读者)。

传统的阐释学理论认为,作品的意义是作者赋予的,因此对作品的解读必然涉及作者的创作意图;而新批评、结构主义、读者反映论、接受美学则认为,意义是在阅读过程中实现的,因此理解作品无须考虑作者因素,如雅乌斯(Г. Р. Яусс)不把读者对文学语篇的接受称为阐释,而是“具体化”,是“把语篇作为一个审美客体进行理解的人意识中对语篇的特殊反映”[①]。其特殊性就体现在个人性:有多少个读者,就会有多少语篇的具体化,即个人化的理解。这两种观点都存在形而上学的倾向,读者对作品的解读绝不像非此即彼一样那么简单。

---

① 转引自:Михайлов Н. Н. *Теория художественного текста*, Учебное пособие, М., ACADEMA, 2006. С. 169.

4.4.1 彼特鲁舍夫斯卡娅小说读者的历时性接受

自1972年在《阿芙洛尔》杂志发表了两部短篇小说至今，彼特鲁舍夫斯卡娅的小说创作历经40余年之久。她的小说以其独特的风格在评论界和读者群中产生了强烈反响，而其小说的读者接受并不像同时期的其他女作家（如乌利茨卡娅、托尔斯泰娅等）小说的读者接受那样显得很顺畅。大体来说，彼特鲁舍夫斯卡娅小说的读者接受经历了三个阶段：批判期、沉寂期、反思期。

20世纪60年代中期，彼特鲁舍夫斯卡娅开始进行小说创作。1972年，《阿芙洛尔》杂志发表了她的两部短篇小说。这两个作品一经发表，立即受到官方批评界的激烈否定，尽管它们并未触及书刊检查机关及官方意识形态所禁止的政治意识形态问题。这种情况当然与社会历史语境有关，但更多的是受彼特鲁舍夫斯卡娅创作本身的特点与读者接受之间的冲突决定。

彼特鲁舍夫斯卡娅在创作之初就非常关注社会现实的阴暗面。但是，作品充满负面的社会生活现象这一事实本身并不能成为女作家的作品在20世纪60年代不能出版的原因。因为同时期集中营文学和乡村文学作家的作品所反映的苏联社会现实问题更加尖锐，如索尔仁尼琴的《伊万·杰尼索维奇的一天》。但是，与彼特鲁舍夫斯卡娅有别，乡村小说作家大多都非常坦诚地强调，他们作品中所反映的混乱现象的原因是强加在人民头上的荒谬秩序。[①] 这些作家的作品常常会不由自主地使读者思考政治制度和官方意识形态的缺陷。然而，这些创作于20世纪六七十年代的作品却都成为苏联官方文学的必要组成部分，而彼特鲁舍夫斯卡娅的作品受到的待遇却是苏联书刊检查机关的严格审查，甚至可以称得上是摧残。

---

① Пахомова С. И. *Константы художественого мира Людмила Петрушевской*: Дис. ... канд. филол. наук. / Санкт-Петерпургский гос. ун-т. —Санкт-Петерпург, 2006. С. 6.

有的研究者认为,尽管乡村小说作家和彼特鲁舍夫斯卡娅描写的都是社会生活的负面现象,但是前者的小说“不会使读者产生日常生活的阴暗感……好人,遵守教规的人总是会超越卑劣的唯利是图,这给了作家要对人民及全人类进行道德改造的希望。”[①]《新世界》杂志的主编特瓦尔多夫斯基曾发表过索尔仁尼琴的小说,并对该小说进行了大力宣传,但对于彼特鲁舍夫斯卡娅小说的态度却截然不同。1968 年,他果断放弃了即将付梓出版的女作家的小说,并指出:“很有才华,但实在太阴暗。”[②]当然,此处的“阴暗”指的并不是作品中所描写的负面现象的数量,它主要与作者立场、作者态度方面的特点有关。

在彼特鲁舍夫斯卡娅那里,日常生活场景中人们相互之间带来的“恶”被认为是一种“常规”,是司空见惯的规范,而不是对常规(如“善”)的偏离。而这一点就与人们意识中“向善”的本性发生了冲突。因此,在 20 世纪六七十年代,彼特鲁舍夫斯卡娅创作更多遭到的是来自读者,包括文学批评家的不认同,甚至是批判。

1972 年,《阿芙洛尔》杂志发表了彼特鲁舍夫斯卡娅的两部短篇小说之后,再也没有一家杂志或者出版社发表过她的任何一篇小说,她所创作的小说只能作为“抽屉文学”(创作但不能发表的作品)被束之高阁,读者根本没有可能读到女作家的作品。因此,彼特鲁舍夫斯卡娅小说的读者接受进入了沉寂期。

进入 20 世纪 80 年代末,彼特鲁舍夫斯卡娅的作品如火山喷发般得到陆续出版。1988 年至今,女作家出版的作品或作品集有:《不朽的爱情》(1988)、《午夜时分》(1992)、《沿着爱神之路》(1993)、《五卷本作品集》(1996)、中短篇小说集《姑娘居》(1998)、《真正的童话》(2000)、《幸福的猫

---

① Пахомова С. И. *Константы художественого мира Людмила Петрушевской*: Дис. ... канд. филол. наук. / Санкт-Петерпургский гос. ун-т. —Санкт-Петерпург, 2006. С. 7.

② 130 *лет спустя*: *Людмила Петрушевская*. http://blog. atm-book. ru/? p=120, html, 2010−08−13/2010−10−23.

们》(2001)、《魂断蓝桥》(2001)、《我到过哪里》(2002)、《宛如霞光中的花朵》(2002)、《第九卷》(2003)、《公园女神》(2004)、《异度花园》(2004)、《变化了的时间》(2005)、《光明城》(2005)、《来自"大都会"的小姑娘》(2006)、《奇谈怪论·不同长度的诗行》(2008)、《关于小猫的边界故事》(2008)、《黑蝴蝶》(2008)、《两个国度》(2009)、《我个人生活中的故事》(2009)、《有一位曾试图杀死自己女邻居的孩子的女人:恐怖故事》(2009)等。

随着女作家小说出版数量的增多,包括批评家在内的读者开始以新的眼光去审视彼特鲁舍夫斯卡娅的作品,以彼特鲁舍夫斯卡娅小说为研究对象的论文、教材或者学术专著逐渐增多。这些研究也不再像 20 世纪七八十年代那样,极为苛刻地去评价彼特鲁舍夫斯卡娅的作品,而是以一种更为客观、更为理智的学术态度去研究彼特鲁舍夫斯卡娅创作。这从一个侧面证明:彼特鲁舍夫斯卡娅小说的读者接受在一定程度上进入了反思期。

最早尝试对彼特鲁舍夫斯卡娅创作进行专门研究的是热罗布佐娃,她根据女作家的小说集《沿着爱神之路》编撰的教材分析了一系列问题,但在论及作者立场时,热罗布佐娃的观点则有失偏颇。在热罗布佐娃之后,也有一些研究者在其教材的部分章节中论述到了彼特鲁舍夫斯卡娅的创作,如波波娃、古班诺娃、柳别兹纳娅合著的《当代俄罗斯文学》。她们指出,彼特鲁舍夫斯卡娅所追求的体裁的多样性是与其基本的创作任务相统一的。

玛尔科娃在其博士论文《20 世纪末小说中的创作新形式倾向(玛卡宁、彼特鲁舍夫斯卡娅、佩列文)》中,综合运用文艺学、语言学和语文学的研究方法,研究了彼特鲁舍夫斯卡娅小说中人物的塑造形式、时空的形成、体裁的建构以及女作家小小说言语模式的特点。这篇博士论文也成为彼特鲁舍夫斯卡娅创作研究成果中较有深度的研究之一。普罗霍罗娃则把彼特鲁舍夫斯卡娅的小说视为一个话语体系进行研究。在博士论文《作为话语体系的彼特鲁舍夫斯卡娅的小说》中,普罗霍罗娃主要从感伤主义话语、现实主义话语、自然主义话语、浪漫主义话语、现代主义话语、后现代主义话语六种话语角度对彼特鲁舍夫斯卡娅的小说创作进行细致分析。她认为,彼特鲁舍夫斯卡娅小说的艺术体系呈现出一种对话式开放的动静态模式。因此,这一研究为彼特鲁舍夫斯卡娅小说研究提供了一种新的研究角度。

还有几篇副博士论文值得关注,它们是谢尔戈(Ю. Н. Серго)的《彼特鲁舍夫斯卡娅的小说诗学(情节与体裁的相互作用)》,库兹名科(О. А. Кузьменко)《彼特鲁舍夫斯卡娅小说中的讲述体叙述传统》及其专著《19—20世纪俄罗斯叙述传统视角下的彼特鲁舍夫斯卡娅小说》,帕霍莫娃(С. И. Пахомова)的副博士论文《柳德米拉·彼特鲁舍夫斯卡娅艺术世界的常量》。以上研究运用不同的研究方法,从不同的角度,以彼特鲁舍夫斯卡娅小说为研究对象,深入分析了女作家在诗学建构、叙述策略、审美建构等方面的原则和特点,为彼特鲁舍夫斯卡娅创作研究提供了新的研究视角。另外一个值得一提的副博士论文是徐京娜的《当代短篇小说中叙述者、人物和作者的言语表现特点(以托尔斯泰娅、彼特鲁舍夫斯卡娅和乌利茨卡娅的作品为例)》。作者从语言学角度分析了当代女性小说几个代表人物作品中的叙述者、人物和作者的言语表现特点。我们认为,这种分析对于揭示作品中作者形象的本质起着不可忽视的作用。

随着中俄文化交流的深入,彼特鲁舍夫斯卡娅文学声誉的日渐增强,中国学界对女作家创作的研究也在不断深化。从20世纪90年代初的推介式引入,到20世纪以来学术性论文的增多,都从侧面说明:彼特鲁舍夫斯卡娅小说的读者接受已经跨越了时代和国界的桎梏。其中,介绍性的研究成果有:孙美玲选编的《莫斯科女人》(1995)、《俄罗斯女性文学翼影录》(1995),周启超的论文《她们在幽径中穿行——今日俄罗斯女性文学风景谈片》(1996),吴泽霖选编的《玛利亚,你不要哭》(1999),段京华翻译的两篇短篇小说《幸福的晚年》(1997)和《灰姑娘之路》(1999),陈方翻译的《大鼻子姑娘》(2003)、《新哈姆雷特们》(2003)、《安娜夫人,瓦罐脑袋》

(2003)、《手表的故事》(2003)、《异度花园》(2011)、《阴暗的命运》(2007)。研究性的学术成果有：陈新宇的《当代俄罗斯文坛女性作家三剑客》(2009)，段丽君的《女性“当代英雄”的群像——试论柳·彼得鲁舍夫斯卡娅小说的艺术特色》(2003)、《当代俄罗斯女性主义小说中的“疯女人”形象》(2005)以及《当代俄罗斯女性主义小说对经典文本的戏拟》(2006)，陈方的《彼特鲁舍夫斯卡娅小说的“别样”主题和“解构”特征》(2003)。学术性专著有：陈方的《当代俄罗斯女性小说研究》(2007)，辛勤的硕士论文《生与死：彼特鲁舍夫斯卡娅小说创作主题研究》(2006)，王卓的硕士论文《论柳·彼特鲁舍夫斯卡娅作品的悖谬艺术手法》(2008)，李惠的硕士论文《彼特鲁舍夫斯卡娅作品中女性形象剖析》(2010)等。

21世纪以来的这些彼特鲁舍夫斯卡娅创作研究已经超越了意识形态的束缚，使研究者能够更为客观地评价女作家的小说创作，这也是对处于批判期和沉寂期的彼特鲁舍夫斯卡娅小说读者接受的一种反思。

4.4.2 具体读者接受的制约因素

“读者接受的进入是有条件、有要求的，最低的要求便是对语言直觉式地把握，能认同理解、领会其中深刻的、潜藏的、丰富的、曲折的美学韵味。换句话说，要求读者具有一定的语言能力与文学能力。”[①]读者对作品的接受、解读除了需要读者自身具有接受欲望之外，还需要作品本身具有激发诱导读者的因素，这样才能使接受过程进行得完整、顺利，从而实现作品的审美价值。

现实读者因教育程度、个人文学素养的不同，还分化为博学的读者和无知的读者。因此，米哈伊洛夫认为，在文学语篇中，读者在履行他所占据的主体立场功能的同时，还具有几个变体，它们是在横向和纵向交叉的轴上变化着的读者，横向轴上变化着的是从隐含读者到现实读者及处于两者之间过渡类型的读者；纵向轴上变化着的是从无知的读

① 吴波：《文学与语言问题研究》，北京：世界图书出版公司，2009年，第68页。

者到博学的读者及处于两者之间过渡类型的读者。[①] 根据米哈伊洛夫的观点,我们绘制出下图:

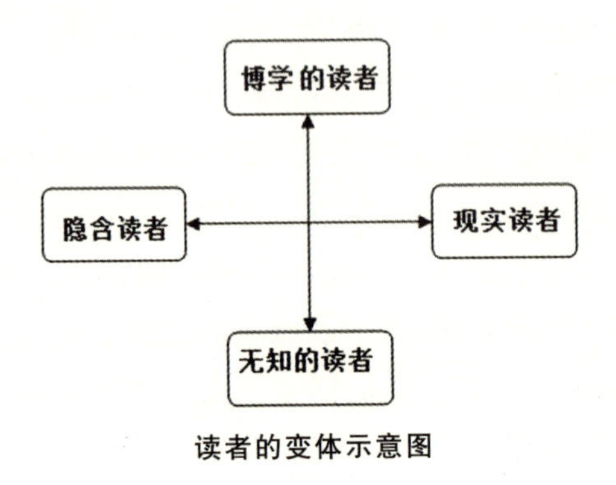

读者的变体示意图

但这里存在一个问题:处于纵向轴上的不同读者实际上是现实读者的不同变体,他们应该处于一个变化范围之内,都是处于作品之外的具体读者;而隐含读者、虚构读者才应该是处于同一个横向轴上的读者变体,他们是读者在作品中的存在形态。经过修正之后的读者变体关系图应为这样:

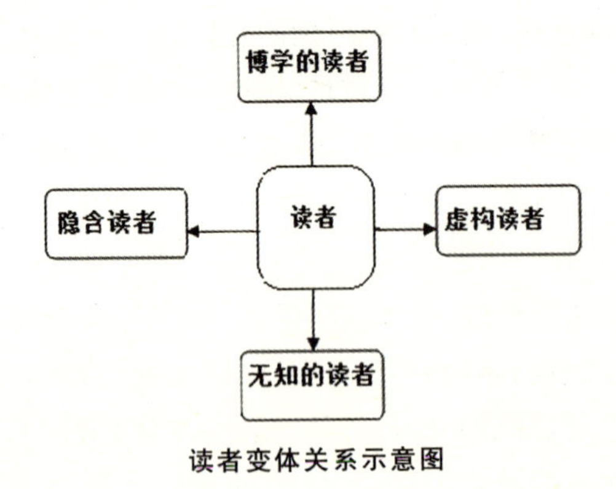

读者变体关系示意图

① Михайлов Н. Н. *Теория художественного текста*, Учебное пособие. М.: ACADEMA, 2006. С. 170.

除此之外,具体读者对作品的理解能力受其生活经历和世界观的影响,具有两个特征:“其一,他们是随着时代的变化而变化的;其二,在每一历史时刻他们也绝不是彼此同样的。那些属于艺术修养水平较低阶层的读者,与那些同自己时代精神时尚和文学潮流的关系最为密切的读者,与那些被称之为‘大众读者’(不完全确切)的更为广泛的社会界别的代表,彼此之间的差异尤为明显。”①从某种意义上说,文学作品研究者,如本书的作者也代表一种读者类型,这种类型的读者主要是对作品进行实证研究,从文本分析中得出一般性规律;文学批评家则构成读者群体的另一种类型,他在“作家和读者之间担任着创造性的中介者的角色”②,对艺术作品进行评价,并且在这一评价中对自己的见解加以论证。但现实读者很少或者几乎不反映在被研究或者被批评的作品中,他对作者形象的构建主要依托作者和作品这两大范畴。也就是说,不论读者多么富有才华,他对作品的理解终究受作者和作品的引导,但绝不是限制。那种认为可以脱离这两大范畴去解读作品的观点是片面的,认为有多少个读者,就有多少种解读的看法也是有失公允的。

阅读是一种劳动和创造,“如果读者本身由于自己的恐惧和冒险,在自己的意识中没有按照作者在作品中所指出的路径去穿行〈……〉那么任何作品都不可能被理解〈……〉在每一个具体的情形中,阅读之创造性的结果都取决于〈……〉读者〈……〉全部的精神成长历程〈……〉心智最敏锐的读者,总是喜欢去重读那些杰出的艺术作品。”③文学阅读是一种接受活动,它首先应该激起接受主体即读者的接受欲望,由此才能谈得上文学阅读。如果一部文学作品不能产生驱使读者进行阅读的欲望,那么读者就不可能主动积极地进入接受过程,更不可能进入叙事交流活动中。因

---

① [俄]瓦·叶·哈利泽夫:《文学学导论》,周启超等译,北京:北京大学出版社,2006年,第160页。

② 同上书,第161页。

③ 同上书,第157页。

此,读者的接受动机是他能否构建出作品作者形象的基本要素之一。

作者赋予作品的意义是一个原则上恒定的常量,读者应该重视,而不是忽视这一意义。一个好的读者应该能够在自己心目中找到理解的潜力,同时又忠实于作者,根据作者在作品中预设的确定的意义去解读作品,挖掘其中的作者形象。塔列耶娃(Л. И. Тареева)认为,对于读者来说,"文学作品既是装载作者的,并由作者表达的一定情感、思想的容器,同时还是一个刺激剂(兴奋剂),刺激读者的创造性和解读潜力。"①作者形象统摄了整部作品,而读者围绕作者形象这一轴心则形成了一系列的联想性观念、情感,这些观念和情感并不受作者意志的控制。

综上,我们认为,读者接受的制约因素可以分为主观和客观两个方面。主观方面指的是读者本身的因素,包括接受动机、教育程度、个人文学素养、生活经历、世界观等;客观方面指作品激发读者接受欲望的因素,如作品在语言、内容、思想等方面与读者接受欲望之间的契合度。下面以彼特鲁舍夫斯卡娅小说为例来说明上述情况。

4.4.2.1　主观制约因素

文学中现实的读者和读者群是多种多样的,他们对文学接受的取向、要求也是千差万别的。因此,优秀的作家总是会考虑读者的期待视野。"作家活动的本质就在于,要考虑到读者的期待视野,而同时去打破这种期待,向公众提供某种出乎意料的东西、新颖的东西。"②当然,读者的期待视野也是多样的。"从文学作品中,读者可能期待的,有享乐主义的满足,有那些被认为是有失体统的情感,又有劝诫和教益,有对那些相当熟悉的真理的表达,又有对视野的拓展(对现实的认知),有对幻想世界的沉

---

① Тареева Л. И. http://www.textologia.ru/literature/teoria-literatury ,html,2013-03-13.

② [俄]瓦·叶·哈利泽夫:《文学学导论》,周启超等译,北京:北京大学出版社,2006年,第159页。

迷，又有那种与对读者的精神世界的体悟有机结合之中获得的审美享受。”[①]吴波认为，“主体的接受欲求暗含着特定的心理功能的实现，接受主体总是在特定的欲求的驱使下，主动进入接受过程，接触文本、同化文本的形式意味，又在特定的欲求驱使下，被动地顺应文本、接受文本所传递的信息及传递方式，满足自己特定的接受心理欲求。”[②]只有主体产生了浓厚的文学接受欲求，他才能够积极地进入叙事交流过程中。主体的接受欲求一般有如下几种：超越欲、认知欲、游戏消遣欲。[③]

对于彼特鲁舍夫斯卡娅的小说来说，其读者更容易产生上述几种接受欲望。首先，从语言层面来看，彼特鲁舍夫斯卡娅小说的语言类似于“场景式的录音机”，来自于鲜活的生活场景，同时不乏巧妙的语言技巧，如逆饰、双关、比喻等，形成独特的“彼特鲁舍夫斯卡娅式语言”。如：“присутствовать на бракосочетании моего мужа Коли с женой Сержа Маришей”“мой бывший теперь уже муж Коля”“подошел к своей чужой жене Марише”“мое чужое тело”。其次，从作品的内容看，彼特鲁舍夫斯卡娅的小说从不会为迎合主流意识形态而去粉饰现实。她的现实主义小说场景大都发生在几家合住的公寓套房、排队买菜时等生动的生活中，给读者以亲切感。第三，从作品的结构技巧看，彼特鲁舍夫斯卡娅小说中运用了大量的叙述技巧，如《午夜时分》中安娜不停地在故事和话语层面的穿梭，《三种旅行，又名梅尼普可能》中作者同时进行的三种旅行，分不清是游戏还是现实的《异度花园》。这些都给读者接受带来了一定的难度，也因此极具挑战性，很容易使读者产生超越欲和游戏消遣欲。第四，从作品的主题思想来看，彼特鲁舍夫斯卡娅本人从未把自己定位为某一文学流派，所以，她的创作不会刻意去迎合任一流派所确立的文学经典范式。

---

① [俄]瓦·叶·哈利泽夫：《文学学导论》，周启超等译，北京：北京大学出版社，2006年，第159页。

② 吴波：《文学与语言问题研究》，北京：世界图书出版公司，2009年，第82页。

③ 同上。

批评界对她的作品的解读经历了复杂的过程,对其作品主题思想的解读远没有俄罗斯之外的评论家那么宽容。因此,这位很有争议的作家极易引起读者的好奇心,激发他们进入彼特鲁舍夫斯卡娅小说艺术世界的认知欲。

女权主义文学批评理论提出,“作为一个女人去阅读。”[①]我们认为,这一观点的真正内涵指的是:(1)从女性体验的角度去挖掘语篇新的意义;(2)在语篇中选择出对于女性来说最为有意义的东西。[②] 此处涉及一个非常重要的术语——女性阅读。这一术语的产生与20世纪80年代末文学批评界的一系列争论有关。1977年,巴特提出了著名的“作者之死”说。该学说拒绝把文本理解为是由统一的作者构思控制的封闭系统。作者的死亡意味着读者的诞生。巴特认为,文本意义的多样性正是在阐释的多样性中产生的。因此,在巴特的“作者之死”说之后,出现了大量的女权主义阅读理论,这些理论反对传统的文学阐释范式,它们几乎不再根据作者身份代码来确定作者的性别身份。女性阅读理论就是其中非常重要的阅读理论之一。

科洛德内(A. Колодны)指出,由于不具备女性文本的认识体验,男性读者并不是女性文学的内行读者。关于女性世界的文学是建立在对早前的女性作家的作品和女作家自己的日常生活体验进行组合的基础之上的。因此,男性读者常常会在女性作家的书中迷失,“在他不熟悉的构成女性体验的符号系统中,他会把这些系统视为是不可解码、毫无意义的,或者是一些庸俗的符号系统而进行排斥。”[③]科洛德内认为,女性阅读没有男性阅读那么抽象,女性读者总是在文本中寻找自己的生活体验,她们

---

① Ирина Жеребкина. Феминистская литературная критика. http://www.owl.ru/library/004t.htm /2013－04－17.

② Там же.

③ 转引自:Воробьева Н. В. *Женская проза* 1980—2000—*х годовЖ*: *динамика*, *проблематика*, *поэтика*: дис. ... канд. филол. наук. /Пермскийский гос. пед. Ун-т. —Пермь, 2006. С. 55.

更关注的是女性形象和妇女的状况，而这些恰恰是男性读者常常认为是次要的，是没有多大意义的东西。

南希·米勒(Нэнси Миллер)的阅读理论更多受到了巴特学说的影响。她认为，文学文本中不存在任何的根据一些形式上的标志就能判断作家性别的符号。性别形成于阅读之时。如果读者意识到，他或者她的性别影响到了作品阐释，那么阅读就是如同文本创作一般的文学活动。[①]读者的地位在南希·米勒的理论中得到进一步的巩固。

根据女权主义文学研究者的观点，女权主义文学批评中的“女性文学”概念逐渐被“女性阅读”“女性书写”所取代，而这里的“女性的”并不是根据作者身份的生理性别特征去辨识，而是根据文本中不同的性别风格去识别。也就是说，作家本人的生理性别与作品的作者形象之间并没有直接的硬性联系。那么，具体读者的不同身份，包括性别、年龄、受教育程度等与他所构建出的作品作者形象之间是否存在联系？我们对这一问题的回答是肯定的。

在女权主义文学研究中，研究对象不仅有女性作家和女性主人公问题，还有女性读者问题，如女性文学作品的女性读者文学接受研究。因为从传统上来看，男性总是在文学批评中占据主要地位，这就不自觉地形成一种认识：“男性是多才多艺的作者和读者，女性研究者研究的是新的阐释策略，建立在女性视角基础上的阅读策略(阅读体验)。”[②]因此，本小节主要从读者身份差异的角度分析作品的作者形象。

第二章“作者意识”一节提到，关键词是语篇中表现作者意识的最小单位，它是反映作者形象的一个重要手段。因此，本部分就以小说中的关键词为切入点，分析制约读者接受的主观因素。

---

① 转引自：Воробьева Н. В. *Женская проза* 1980—2000—*х годовЖ*：*динамика*，*проблематика*，*поэтика*：дис. ... канд. филол. наук. /Пермскийский гос. пед. Ун-т. —Пермь，2006. С. 56.

② Там же. С. 54.

以《午夜时分》为例,“爱”是这篇小说的一个主导关键词。读者通过对分布在小说各处的“爱” 的捕捉,可以更深刻地理解小说作者形象。

> Она легко-легко плакала в те времена, слезы лились просто струями из открытых глаз, *светлые мои глазки, что вы со мной наделали, что вы со мной все наделали!*
>
> *Хочу ее обнять*, она, как ни странно, не отстраняется. Держу ладонь на ее плече, *хрупенькое такое, дрожит.*
>
> —Хорошо,—говорит она,—я знаю, чтоя *тебе не нужна с моим ребенком, что тебе нужен этот преступник всегда. Так? Ты хочешь, чтобы я умерла? Или как-то рассосалась? Так вот, этого не будет. Смотри, что-нибудь случится с дорогим, Андрюша загремит уже на много больше лет.* («Время ночь»)

在这个片段中表现出的是母亲对女儿那种“痛并爱着”的舐犊之情,尽管表面上看,她对女儿的爱表现为一系列冷漠的言行,但内心却充满了浓烈热切的母爱;相反,女儿对母亲却没有表现出丝毫的依恋和感恩,取而代之的则是无休止的恨。“爱”与“恨”是作者在《午夜时分》中要表达的世界观的两个主导要素,女主人公那种反常的母爱折射出彼特鲁舍夫斯卡娅在这部小说中的创作母题之一——爱与恨的交织。

《午夜时分》中女主人公的命运无疑是悲剧性的。由此使我们想到一个术语:“净化”(катарсис)。佩列雷金(Е. М. Перелыгин)指出:“净化相应地也可以分为两类:体验悲剧的净化和体验悲剧体验的净化。”[1]从读者的角度看,《午夜时分》当然属于后者。作者把读者的注意力集中到女主人公安娜的“死亡”事件上,尽管小说直到最后一个字都没有提到安娜

---

① Перелыгина Е. М. *Характеристика основных черт текстов, провоцирующих катарсис // Понимание менталитета и текста*. Сб. ст. / Отв. ред. Г. И. Богин-Тверь: Тверской государственный университет, 1995. С. 142.

的死，但是读者此时已深刻体验到，女主人公已经被无尽的寂寞和黑夜吞噬了，这种体验和理解就是净化的实质所在。毋庸置疑，"只有进行阅读的人具备理解文本所必需的实体要素，即具备善于运用理解技巧和发达的实体性，或者具备正如我们所称谓的心灵"①，才能达到这种净化。

女性读者，特别是身为母亲的读者在《午夜时分》中体验到的是叙述者所表达出的对子女"恨铁不成钢"之类深沉的爱，而并非是她在小说中表现出的各种残酷。因此，她们理解中的《午夜时分》叙述者的形象是一个表面对子女冷漠、无情，而心底却充满深沉母爱的母亲形象。正如彼特鲁舍夫斯卡娅本人在一次采访中谈到，"孤独的母亲是没有人保护的，万一她们有什么不幸，她们的孩子就有可能死掉……我也仅仅是在有了儿子，有了既成现实之后，总是担心他的安危，为家庭、为他人操劳，才开始写关于母亲的作品。"②男性读者由于生活体验的不同，也许会对作者的创作主题提出质疑：这就是彼特鲁舍夫斯卡娅要塑造的母亲形象吗？因此，他们眼中的叙述者形象也许会是一个毫无生气、冷酷、生硬的母亲形象。

"爱"的主题也贯穿《自己的圈子》的始终。在小说的最后一部分，不同的读者因自身体验的不同，从而感受到其中不同类型的净化。

> Я же устроила его судьбу очень дешевой ценой. Так бы он после моей смерти пошел по интернатам и был бы с трудом принимаемым гостем в своем родном отцовском доме. Но я просто, отправив его на садовый участок, не дала ему ключ от садового домика, и он вынужден был вернуться, а стучать в дверь я ему

---

① Перелыгина Е. М. *Характеристика основных черт текстов, провоцирующих катарсис* // *Понимание менталитета и текста*. Сб. ст. / Отв. ред. Г. И. Богин-Тверь: Тверской государственный университет, 1995. С. 143.

② Петрушевская Л. С. « *История из моей собственной жизни* »: [автобиографический роман]. СПб. : Амфора. ТИД Амфора, 2009.

запретила, я его уже научила в его годы понимать запреты. И вот вся дешево доставшаяся сцена с избиением младенцев дала толчок длинной новой романтической традиции в жизни моего сироты Алеши, с его благородными новыми приемными родителями, которые свои интересы забудут, а его интересы будут блюсти. Так я все рассчитала, и так оно и будет. И еще хорошо, что вся эта групповая семья будет жить у Алеши в квартире, у него в доме, а не он у них, это тоже замечательно, поскольку очень скоро я отправлюсь по дороге предков. Алеша, я думаю, приедет ко мне в первый день Пасхи, я с ним так мысленно договорилась, показала ему дорожку и день, я думаю, он догадается, он очень сообразительный мальчик, и там, среди крашеных яиц, среди пластмассовых венков и помятой, пьяной и доброй толпы, он меня простит, что я не дала ему попрощаться, а ударила его по лицу вместо благословения. Но так лучше-для всех. Я умная, я понимаю.

女主人公为了安顿好唯一的儿子阿廖沙在自己死后的生活,在生命接近尾声的时候,当着"圈里人"的面劈头盖脸地暴打儿子。尽管阿廖沙不能在女主人公生命的最后时刻陪在她身边,聆听作为一个母亲最后的祝福,享受母亲的爱抚,但是她认为,她用这种廉价的代价换取了儿子以后安定的生活,这对所有人来说都是最好的结局。而且,阿廖沙会在复活节第一天就去看望她,会原谅她,所以她觉得,自己现在所做的一切都是值得的。

对于这一情节,不同的读者由于性别、年龄、生活经历、身份、地位的不同会产生截然不同的感受,即使同为作家的男性读者,在描写同样的情节时,与女性作家的感受也会产生较大差异,由此产生不完全相同的作者形象。举例来说,读者中已为人母、孩子与阿廖沙年龄相差无几的女性知识分子在读到这一片段时，必然能够深刻体会到女主人公—母亲这种绝望的抉择，体会到母爱的深沉、伟大；而另一部分女性读者，她们未婚，更没有孩子，没有相似的生活体验，所以并不一定能够完全理解女主人公—母亲此时的所作所为，不能理解掩盖在她冷酷外表下的那种炽热的母爱；还有一部分女性读者，她们尽管有与女主人公相似的生活体验，但知识水平不高，不具备应有的文学鉴赏能力，虽然部分人也许能够理解女主人公—母亲的行为目的，但并不能真正地理解作品的韵味。而男性读者，包括男性作家，不管他多么深入、细腻地去体会这一片段，但对于女主人公来说，他永远都是个外在的客体，都不能充分、细致地体察到她的内心世界。正如耶罗费耶夫(В. Ерофеев)所说，"很难想象，索涅奇卡·马尔梅拉多娃是个妓女。她买卖自己根本就没有的身体。"[1]

所以，不同的具体读者由于受性别、年龄、生活经历、身份、地位等因素的制约，他们对作品中叙述者所表现出的价值观、世界观有不同的理解，也因此对站在叙述者形象背后的作者形象有不同的认识。

4.4.2.2 客观制约因素

下面仍以《自己的圈子》《午夜时分》为例来说明读者接受的客观制约因素。

A. 在语言方面：用词相对比较艰涩难懂，句法结构较为复杂。

> С этим принципом начали его вывозить в свет, туда-сюда, на капичник, к академику Фраму, академику Ливановичу, Ливанович первый опомнился, указал первоисточник, принцип открыт сто лет назад и популярно описан в учебнике на такой-то странице мелким шрифтом для высших заведений, КПД тут же оказался снижен до 36 процентов, результат фук. Тут все равно

① 转引自：Пушкарь Г. А. *Типология и поэтика женской прозы гендерный аспект*: дис. ... канд. филол. наук. /Ставропольский гос. Ун-т. —Ставрополь, 2007. С. 36.

ажиотаж, образовали отдел у Ливановича, нашего Сержа ставят завом, причем без степени. (« Свой круг »)

在这个片段中,有专业术语、缩写词,如"капичник""КПД""ажиотаж"等;有复杂的长难句,如第一句;这些语言手段的使用无疑增加了理解的难度。

У Алеши были плоховатые зубы, в семь лет еще не выросшие как следует впереди, Алеша еще не освоился со своим сиротством после дедушки с бабушкой *иел рассеянно, большими кусками и не жуя, роняя на штаны капли и крошки, беспрестанно все проливал и в довершение начал мочиться в постель.* Коля, я думаю, *вылетел как пробка из нашего семейного гнезда, чтобы не видеть своего облитого мочой сына, на тонких ногах дрожащего в мокрых трусах.* Когда Коля в первый раз застал, проснувшись от Алешиного плача, это безобразие, он *саданул Алешу прямо по щеке ладонью*, и Алеша легко *покатился обратно на свою мокрую, кислую постель*, но он не очень плакал, поскольку чувствовал даже облегчение, что вот его наказали. Я только усмехнулась и вышла вон и пошла на работу, оставив их *расхлебывать*.

这一片段中,大量使用引起读者不良感受的词和词组,如"ел рассеянно, большими кусками""не жуя, роняя на штаны капли и крошк""беспрестанно все проливал""мочиться в постель""вылетел как пробка""облитого мочой сына""на тонких ногах дрожащего в мокрых трусах""саданул""мокрую, кислую постель""расхлебывать"等。这首先在感官上就很难激起读者的接受欲望。在彼特鲁舍夫斯卡娅的作品里,类似的用词频繁出现,如我们在前文已经举过的《我到过哪里》中尤利娅出车祸之后的例子,《午夜时分》中女主人公安娜照顾瘫痪在床的母亲,为

她擦屎换衣的场景。实际上,中世纪以来,文学叙事中已经很少出现与人体气味、屎尿等有关的难登大雅之堂的词汇。正如汤普逊(Ewa M. Thompson)所言,彼特鲁舍夫斯卡娅小说中大量出现此类用语,“标志着损害尊严和降低人格。……就像帝国主义的黑暗面一样,排泄物被列为不可提及之物,刚一出现就被大队的仆人清除;或者,像萨义德指出的那样,这是二等人的领域,见于对阿拉伯人的描写:他们的淫荡只能和他们缺少清洁的状况相匹配。”①

B. 在叙述技巧方面,叙述者不停地穿梭于话语层面和故事层面。

> ① Бабуля, тебя в хороший интернат повезут, там почище, какунья, простыней на тебя пеленок не напасешься, чисто как ребенок, что, что ты говоришь, ② что она говорит, вот, убивать таких надо, вколоть укол и все, что ей мучиться, ③ ну, вставай бабуля, эх как стюдень дрожит вставай тчк. (« Время ночь »)

这个片段中的①③小段是处于故事层面的安娜在接她母亲出院的时候的话,实际上是她的内心独白,因为她的母亲此时此刻精神上处于混沌状态,无法清醒地辨识任何言行,而②小段则是处于话语层面的安娜的叙述。因此,对于不熟悉彼特鲁舍夫斯卡娅叙述技巧的读者来说,这样的叙述无疑增加了读者接受的难度。

这种情况在《午夜时分》中安娜读女儿阿廖娜日记的时候也频繁出现。

> *Он мне в результате сказал, что ничего нет красивее женщины. А я не могла от него оторваться, гладила его плечи, руки, живот, он всхлипнул и тоже прижался ко мне, это было совершенно другое чувство, мы найти друг друга после разлуки, мы*

---

① [美]艾娃·汤普逊:《帝国意识 俄国文学与殖民主义》,杨德友译,北京:北京大学出版社,2009年,第253页。

не торопились, я научилась откликаться, я понимала, что веду его в нужном направлении, он чего-то добивался, искал и наконец нашел, и я замолчала, все

(все, стоп! Как писал японский поэт, одинокой учительнице привезли фисгармонию. О дети, дети, растишь-бережешь, живешь-терпёшь, слова одной халды-уборщицы в доме отдыха, палкой она расшерудила ласточкино гнездо, чтобы не гадили на крыльцо, палкой сунула туда и била, и выпал птенец, довольно крупный)

сердце билось сильно-сильно, и точно он попадал

(палкой, палкой)

наслаждение, вот как это называется

(и может ли быть человеком, сказал в нетрезвом виде сын поэта Добрынина по телефону, тяжело дыша как после драки, может ли быть человеком тот, кого дерут как мочалку, не знаю, кого он имел в виду)

—прошу никого не читать это

(Дети, не читайте! Когда вырастите, тогда—А. А.).

斜体部分为阿廖娜的日记内容,括号中的话为处于话语层面的安娜的注释。在读者看来,安娜不停地打断故事叙述,作出自己的评论,极大地阻碍了故事进程,影响了读者接受,放慢了阅读速度。因此,对于读者来说,审美快感的获得根本无从谈起。

C. 在作品的主题思想方面

彼特鲁舍夫斯卡娅常常在小说的题目、开篇或者结尾时就表明自己的立场、态度,在小说叙述过程中也会安排一些暗示性成分,从而突出主题。下面就以《自己的圈子》为例来说明。

(1) *У Мариши по пятницам сбор гостей, все приходят как один*, а кто не приходит, то того, значит, либо не пускают домашние или

домашние обстоятельства, либо просто не пускают сюда, к Марише, сама же Мариша или все разъяренное общество:...

（2）Моя родственница *теперь также и Мариша*, *и сам Серж*, хоть это смешной результат нашей жизни и простое кровосмешение, как выразилась Таня, *когда присутствовала на бракосочетании моего мужа Коли с женой Сержа Маришей*, но об этом после.

（3）Действительно, свет горел везде, а ведь раньше Алешка не боялся, но раньше ведь был дед, а недавно дед умер, мой отец, а моя мать умерла три месяца перед тем, за одну зиму я потеряла родителей, причем мать умерла от той болезни почек, *какая с некоторых пор намечалась и у меня и которая начинается со слепоты*.

（4）В этот день у меня было исследование глазного дна, *которое показало начинающуюся наследственную болезнь*, *от которой умерла мама*. Вернее, доктор не сказала окончательного диагноза, но *капли прописала те самые*, *мамины*, *и назначила те же самые анализы*.

（5）И еще хорошо, что вся эта групповая семья будет жить у Алеши в квартире, у него в доме, а не он у них, это тоже замечательно, *поскольку очень скоро я отправлюсь по дороге предков*.

例(1)中,小说开篇便提到,“每逢周五,大家像一个人一样,聚到玛丽莎家做客。……”这是圈里人的聚会,此处的“圈子”显然是直义;例(2),亲缘关系的改变是另外一种意义的“圈子”——婚配成员换来换去依然是圈里的这些人;例(3)和例(4)中女主人公患了与母亲同样的病,遗传病则是转义的“圈子”,或者叫“轮回”;例(5)出现在小说结尾处,步先人后尘又何尝不是命运的“轮回”?当然,小说中类似的例子还有很多。因此,这篇小说题目中的“круг”一词不仅仅用于直义的“圈子”,还暗指:在象征亲近关系的“自己的圈子”掩饰下的是冷漠的人与人之间的关系。同时,“圈子”还暗指主人公无力与之抗争的命运的“轮回”。这篇小说真正的主题思想也正体现于此。

然而,这些分布于小说各处并体现其深邃的主题思想的语言手段,并不能被每一个读者都揭示出来,这就影响到读者对作品审美意义的挖掘,妨碍他成功地构建作品作者形象。

D. 在作品意义的阐释方面

文艺学理论中的“阐释”一词指的是对艺术作品的整体意义、思想、观念进行解释、理解。读者在阅读完作品之后,对作品形成一个整体的印象和理解,这就是读者的一种初步阐释。文学研究者从读者的初步阐释出发,对作品进行进一步的细致分析,从而形成科学阐释。

在很多情况下,由于艺术形象本身具有复杂性、多义性的特点,许多文学作品有可能使读者产生不同的,有时甚至是相互矛盾的阐释,因此,读者不能简单地把作品中的人物形象归为正面或者负面形象。这种做法会导致“对作者观点乃至整部作品内容的本质歪曲”[1]。例如,前文我们多次分析到的《午夜时分》中安娜的形象。她是一个夜间创作的写作狂,对子女抱有畸形的母爱,但这种变形了的爱并非是安娜固有的特质。

> Вот для чего я готовила почву, вот зачем не спала, голодала, лечила, учила: *чтобы Тимоша меня в одну секунду бросил, возненавидел. Аля, аля, уля. В одну минуту жизнь потеряла смысл. Ах ты какой тонкий. Как хорошо сыграл. Всё на руку матери, чтобы ей доказать преданность! Малая борьба у дверей-и всё! Готово! Ах предатель, шелковые кудри, шелковые ножки! Так всегда, волк всегда в лес убежит, к матке! Сколько я видела таких матерей-кукушек, и как их любят брошенные дети, в одну секунду отказываясь от тех, кто их воспитал!* («Время ночь»)

---

① Есин А. Б. *Принципы и приемы анализа литературного произведения*, М.: Флинта, Наука, 2010, С. 59.

安娜非常清楚，小外孙吉玛对生母阿廖娜的爱是与生俱来的，尽管安娜抚育、培养了他多年。当阿廖娜要把吉玛从安娜身边带走时，安娜表现出了惊人的宽容和理解。此处体现出母爱的力量。因此，读者对安娜形象的理解不能仅限于非此即彼的划分，否则就会形成对作品意义的片面理解，从而影响对作者形象的构建。

在《自己的圈子》中，读者同样应该辩证客观地把握女主人公的形象。

Я же устроила его судьбу очень дешевой ценой. Так бы он после моей смерти пошел по интернатам и был бы с трудом принимаемым гостем в своем родном отцовском доме. Но я просто, *отправив его на садовый участок*, *не дала ему ключ от садового домика*, *и он вынужден был вернуться*, *а стучать в дверь я ему запретила*, я его уже научила в его годы понимать запреты. И вот вся дешево доставшаяся сцена с избиением младенцев дала толчок длинной новой романтической традиции в жизни *моего сироты* Алеши, с его благородными новыми приемными родителями, которые свои интересы забудут, а его интересы будут блюсти. *Так я все рассчитала*, *и так оно и будет*. И еще хорошо, что вся эта групповая семья *будет жить у Алеши в квартире*, *у него в доме*, *а не он у них*, это тоже замечательно, поскольку очень скоро я отправлюсь по дороге предков. Алеша, я думаю, приедет ко мне в первый день Пасхи, я с ним так мысленно договорилась, показала ему дорожку и день, я думаю, он догадается, он очень сообразительный мальчик, и там, среди крашеных яиц, среди пластмассовых венков и помятой, пьяной и доброй толпы, *он меня простит*, *что я не дала ему попрощаться*, *а ударила его по лицу вместо благословения*. Но так лучше-для всех. Я умная, я понимаю.（«Свой круг»）

女主人公当着圈中好友的面重重地击打儿子的脸,这一行为对于任何一个母亲来说都是难以理解、难以接受的。读者如果仅仅从这一表面行为就把女主人公形象视为是一个毫无母爱可言的恶女人形象,说明他根本就没有理解作品真正的意义所在。当然,在这篇小说的开头,女主人公给读者勾勒出自己的自画像,这多多少少会影响读者对女主人公形象的把握。

> Я человек жесткий, жестокий, всегда с улыбкой на полных, румяных губах, всегда ко всем с насмешкой.
> («Свой круг»)

但是,在《自己的圈子》中,女主人公的形象是复杂的。她冷眼旁观着自己周围发生的一切,甚至是自己丈夫的背叛;而对儿子在自己死后的生活安排又极其沉着、理智,用在她看来很"廉价的代价"换取了儿子安定的生活。她并非是冷酷无情的,她同样深爱自己的儿子,希望儿子在复活节时来看望自己,原谅她在死前对他的冷漠。这种爱同样是以一种畸形的方式表现出来的。因此,读者如果不能把握小说女主人公形象的复杂性,就很难正确理解该小说的内容和意义,更难以构建出合理的作者形象。

E. 在语境对读者接受的影响方面

文学作品一方面是自给自足、自成体系的一个系统,另一方面则与作品外的现实有千丝万缕的联系。"在某些情况下,如果不考虑语境,就很难合理地解读文学作品;但在有的情况下,并不一定要引入语境知识,而有时引入语境知识还是不合适的。"①一般情况下,文学文本本身所蕴含的直义或者转义就给读者指明,要正确理解文本需要引入什么样的语境知识。叶辛分出了三种语境:文学语境,指把作品放在作家的整个创作及文学流派中;历史语境,指作品创作之时的社会政治环境;生平语境,指作

---

① Есин А. Б. *Принципы и приемы анализа литературного произведения*, М.: Флинта, Наука, 2010, С. 230—231.

家的生平活动、时代的生活方式，包括作家创作该部作品(作品的历史)时的工作状况等。[①]

a. 文学语境对读者接受的影响

研究一部文学作品，如果把它与作家的其他作品进行比较研究，常常是比较有助于对该部作品的合理解读。同时，这种形式的研究可以发现作家创作整体上的规律，发现作家相对固定的创作主题、风格等。如本书第二章“作品中表现作者意识的思想手段——作者世界观”一节中所论述的“爱与恨的交织”及“孤独与集体的对立”，它们是彼特鲁舍夫斯卡娅在其创作中着力揭示的两个主题，而且具有自己独特的表现风格：爱通常表现为一种畸形的爱。在《午夜时分》中，母亲安娜成为儿女痛苦的源泉，成为扼杀他们幸福的刽子手。她与儿女之间的关系如同一场身心俱疲的斗争，这场斗争不是为生活而奋斗，而是为死亡而奋斗。因此，这种爱逐渐演变为恨，主人公在爱与恨的交织中痛苦地挣扎着。同样的主题在《自己的圈子》中也得到淋漓尽致的刻画。在这篇小说中，母爱同样以反常的形式表现出来。女主人公牺牲了生前仅有的对儿子的疼爱、怜悯、呵护，取而代之的是残忍的折磨，而且是当着“圈里人”的面，以此换取后者对儿子的同情，达到女主人公的目的——在她死后，希望“圈里人”照顾自己的儿子。这种变形了的滴血之爱在彼特鲁舍夫斯卡娅的小说中经常出现。《父亲与母亲》中描述的是一个多子女家庭。在这个家里，父母亲之间维系感情的纽带不是爱情，而是彼此之间深深的仇恨，而这些孩子们的诞生正是仇恨和报复的结晶。读者在阅读这样的作品时，如果把它放在与作者的同类作品比较中去研究，就会发现其中共性的规律，从而更容易构建出合理的作者形象。

要想合理地阐释一部作品，引入文学语境是非常有必要的。当然，仅

---

① Есин А. Б. *Принципы и приемы анализа литературного произведения*, М.: Флинта, Наука, 2010. С. 230.

仅引入作者本人的创作语境是不够的，还应该把它放在前辈和同时代作家的大语境中去研究。这样做的目的是为了与这些作家进行比较，进而发现该作家在创作内容、风格上的独特性，或者是对前人创作风格的继承性。如彼特鲁舍夫斯卡娅的讲述体叙述传统在很大程度上就有对左琴科叙事艺术的沿袭。

因此，读者对文学作品的考察既要考虑到作家本人创作的文学语境，也要考虑他的前辈和同时代作家创作的大语境，这样才有助于读者接受的顺利进行。

b. 历史语境对读者接受的影响

在文学作品研究中，经常会发现这样一种现象：很多研究者总是自觉不自觉地从作品的历史语境着手研究。那么，历史语境对于文学作品的接受来说是必不可少的吗？"文本本身，而且首先是文本内容本身就给出了答案。"[①]如果一部作品表现出的是鲜明的永恒主题，如爱情、生命等，那么此时引入历史语境未必是有益的，有时甚至会影响读者对作品的理解，因为这有可能会歪曲作品与历史语境之间的现实联系。当然，如果作品主题中明显表现出了具体的历史问题，那么历史语境的引入是非常有必要的。同时，在这样的作品中，引入历史语境对于更好地揭示作者态度、观点也是非常有帮助的。因此，要正确理解《东斯拉夫人之歌》，读者必须要结合苏联时期的社会生活习俗、现实生活状况等知识；要合理阐释《两个上帝》《两个国度》《永远不再》《卫生》等，读者还需要了解苏联时期相关的医疗领域的状况；而要真正把握《午夜时分》《自己的圈子》，读者就必须考虑到苏联时期知识分子的实际生活现状。只有这样，读者对作品的把握才能真正做到合理、公正，才能构建出完整的作者形象。

c. 生平语境对读者接受的影响

并不是每一部作品都需要借助于作者的生平语境知识才能得以正确

---

① Есин А. Б. *Принципы и приемы анализа литературного произведения*, М.: Флинта, Наука, 2010. С. 231.

的理解。在一些情况下,如果不加分析地引入生平语境,反而会使艺术形象世界的研究流于具体事实的考究泥沼之中。那么,要引入作家的生平语境,需要考虑哪些因素呢?叶辛认为,主要有以下几个方面:作家生平履历中的事实及原型、作品的草稿和最初几个版本、作家本人对作品的见解等。①

在《青涩的醋栗果》中,女主人公在结核病疗养院的故事与彼特鲁舍夫斯卡娅童年时期的经历在很多地方有相似之处。在彼特鲁舍夫斯卡娅带有自传性质的《我个人生活中的故事》中,有这样一段话:

> Кстати, однажды в том детском саду я действительно увидела в коридоре ожидаемую Бабу-ягу, но почему-то проскакнувшую под потолком. Как-то раз зимним вечером погасло электричество. Все дети бегали по коридору как ненормальные, толкались, орали, махали кулаками на свободе. Когда никто не видит, толпа сходит с ума! В коридоре было черным-черно, только вдали еле светилось (видимо, за счет снежной ночи) высокое окно. По стенам стояли шкафы. И вдруг в районе форточки на этом высоком окне, почти под потолком, показалась скрюченная горбатая тень, черная как бы обезьяна, она протягивала руку и ногу, уцепившись за шкаф, и вдруг сиганула куда-то вбок совершенно бесшумно. За ней мотнулась то ли тряпка, то ли подол. Это и была Баба-яга! Я догадалась. Ужас был у меня на всю детскую жизнь. Нянечка была права, что нельзя выходить в коридор. (« Истории из моей собственной жизни »)

儿童时期的彼特鲁舍夫斯卡娅受生活所迫,不得不在保育院度过一

① Есин А. Б. *Принципы и приемы анализа литературного произведения*, М.: Флинта, Наука, 2010. С. 233－236.

段时间。她内心所经受的恐惧、孤独如同《青涩的醋栗果》中女主人公一样,都是儿童时期的孩子在面对陌生环境时的普遍心理。读者在阅读这部作品时,如果能够了解作家的此段生活经历,将会更深刻地理解后者灌注在作品中的思想及态度。

《午夜时分》有德文版和俄文版两个版本。在德文版中,没有序言,没有女主人公安娜女儿和彼特鲁舍夫斯卡娅的通话,安娜在德文版中也没有死,而这些在俄文版中都存在。作家在不同的版本中作出以上调整,正是考虑到不同读者群的接受欲求的结果。而读者在阅读该部作品时,同样需要考虑这一语境因素,从而才能正确理解作者的创作意图。

至于为什么德文版中没有序言,而俄文版中添加了这一部分,彼特鲁舍夫斯卡娅本人的解释是这样的:

> 在俄文版发表之前,我在《新世界》发表了中篇小说《自己的圈子》,有两大土豆袋子的读者批评信。编辑部不让我在那里读这些信件,说是我会因此得上胃溃疡。
>
> 读者非常清楚,既然小说是以第一人称写的,那么我描写的就应该是我自己。这应该就是我自己的故事。故事开头就是"我是一个严厉的、残忍的人,丰厚红润的嘴唇总带着微笑。"
>
> (他们是在哪里看到我丰厚的嘴唇?而且还是红润的?)
>
> 从这一刻起,我开始害怕在读者面前发表演讲。他们常阴沉着脸,愤怒地前来参加演讲,不敢正视我,直接在座位上发问:"您怎么能打孩子?"[1]诸如"您,您现在明白吗,打孩子是不允许的?而且也许,这也是文学的作用?"之类的我的争辩都无济于事。不。读者固执地坐着,眉头紧锁,原谅了我,小说的作者,原谅了我作为作者打我笔下的孩子这件事。
>
> 也就是这件事后,写完《午夜时分》我开始思考,不满的读者是不

---

① 指《自己的圈子》中女主人公当着圈里人的面打孩子那一幕。

是因为这些事，因为第一人称的安娜和她所有的想法和言语而把我杀了？[1]

彼特鲁舍夫斯卡娅之所以对作品进行改动的原因都体现在这段话中。俄罗斯读者在读到俄文版的《午夜时分》时，已经是彼特鲁舍夫斯卡娅对作品进行调整之后的状态。从叙事的角度看，女主人公安娜的身份在调整前后发生了质的变化：德文版中的安娜充当的是第一人称的讲述人，而俄文版中的安娜则处于相对复杂的身份状态：处于话语层面时，她是叙述者；而处于故事层面时，她是讲述人。正是因为她在俄文版中的这种特殊身份拉开了她与读者之间的距离，使读者能够相对宽容地去理解她在作品中表现出的畸形的爱。因此，读者结合作家本人对作品的说明，可以更透彻地理解作家的意图，使读者接受更合理地进行。

当然，影响读者接受的主客观因素同时也会对作者创作产生不可忽视的反作用。正如彼特鲁舍夫斯卡娅本人在其自传体长篇小说《个人生活中的故事》中所述：

> Читатели четко поняли, что раз повесть от первого лица, то я, стало быть, описываю себя. Моя это история. Начиналось-то там со слов «Я человек жесткий, жестокий, всегда с улыбкой на полных, румяных губах».
>
> (Где это у меня они видели румяные губы? Да еще полные?)
>
> С этого момента я стала бояться выступать перед читателями. Они приходили ко мне на встречи гневные, хмурые, прятали глаза и спрашивали прямо с мест: «Как вы посмели ударить ребенка?»
>
> И не помогали мои всякие увертки типа «Ну а вы, вы теперь понимаете, что это нельзя, бить детей? И в этом, наверно, тоже

---

[1] Петрушевская Л. *Истории из моей собственной жизни*, СПб.: Амфора, 2009. С. 453—454.

роль литературы? » Нет. Упрямо сидели, набычившись, и обвиняли меня, автора, что я, автор, ударила написанного мною ребенка. (« Истории из моей собственной жизни »)

在《自己的圈子》中,彼特鲁舍夫斯卡娅设置了女主人公当着众人的面打儿子的场景,而《午夜时分》的情况更为复杂:1991 年,德文版的《午夜时分》出版,但是没有序言,没有女主人公安娜女儿和彼特鲁舍夫斯卡娅的通话,安娜在德文版中也没有死。正是由于考虑到俄罗斯读者在读了《自己的圈子》之后的激烈反应,所以在俄文版中,彼特鲁舍夫斯卡娅不得不作出调整,安排了序言和安娜的死,这样才能便于读者接受的顺畅进行。

现实读者总是某些文化和社会特征的承载者,他从对"我"来说他人的视角、另一个人的价值中心去评价艺术事件,而他的理解正是产生于作者复杂的潜文本和读者生活体验及审美体验的碰撞中。同时,不论是作者、研究者还是读者,都不能混淆理想读者和现实读者:二者并不总是重合的,在很多情况下,他们之间存在很大差异。因此,彼特鲁舍夫斯卡娅的现实读者表现出的对作者的不理解也就可以解释了。正是因为读者的强烈反应,彼特鲁舍夫斯卡娅在俄文版中才作出如此调整,以利于达到作者和读者、读者和作品之间顺畅的沟通。

4.4.3 读者接受的途径

读者对文学语篇的接受非常复杂。弗莱(Н. Фрай)分出了两种理解:向心性理解和离心性理解。[1] 前者指把读者从表层的语言结构吸引到语篇内部,即让读者更加投入故事;后者指让读者从艺术世界返回到现实生活世界,即让读者与故事保持一定距离。米哈伊洛夫指出,读者对作为世界模式的文学作品的理解取决于他发现作品中潜文本的能力。"呈现在读者面前的文学作品不是一个有明确内容的体系,而是一个已知的示意

---

① Михайлов Н. Н. *Теория художественного текста*, М.: ACADEMA, 2006. С. 199.

图和谜语,它需要读者去补充,在具体的意义层面去破解谜底。"[①]

要想成为一个好的读者,就需要通过潜文本在语言上的表现对作者构思进行解码。作者在潜文本中隐藏了对读者产生审美作用的一系列语言资源。阅读就是要揭开作品谜底,力求理解并感受作者之"我"。解码即揭示(从读者角度)反映作者思想之语言手段的现实意义。凯达(Л. Г. Кайда)在《语篇结构诗学》中指出,读者对语篇的分析可以分为以下两个步骤:第一步,揭示作为句法单位及其组成单位相互作用结果的表述之现实含义,并与这些单位的直义做比较;第二步(结构的),揭示构成结构成分(题目、开头、结尾等)之句法结构的现实意义。[②] 但需要指出的是,解码总是聚焦于语篇整体,而不是对其各个部分的肢解。即使在表述中,关注的也是它在主要的作者思想发展中的作用,而不是表述本身的含义。只有这种解码方法才能够在语篇内容两个层面的有机融合中理解和评价语篇,即显性的词汇、句法、词法、修辞手段表达的外在层面和隐性手段表达的潜在层面。

凯达认为,隐性手段包括:语境背景下有细微差别的词语的新含义;语篇内不同句法结构的碰撞;整个语篇题目的功能;揭示言语不同含义类型(叙述、议论、描写、说明)和言语形式(对话、独白、准直接引语、多人对话)的功能;确定句法手段、词汇手段、词序的修辞功能,确定限定语、动词时间形式的功能内涵,确定口语结构、语调差异等的功能。[③] 而读者对语篇的接受正是要结合上述的外在层面和内在层面,同时考虑形式的内容性和内容的形式性原则,然后分级解码:从整个语篇到构成语篇整体的各个组成成分。而且,这些结构组成成分要与作者思想的发展结合起来研究,因为作者之"我"是文学语篇的统摄因素(作者形象——维诺格拉多夫

---

① Виноградов В. В. *О теории художественной речи*, М.: Высшая школа, 1971. С. 9.

② Кайда Л. Г. *Композиционная поэтика текста*. http://fictionbook.ru/author/lyudmila_grigorevna_kayida.html /2013-03-23.

③ Там же.

的术语,作者兼创造者——巴赫金的术语)。

读者关于作者态度的信息主要是"从对话、独白、公开的(或者预设的)辩论,从呼吁读者的形式中读到的。……言语表达手段中蕴含了作者见解和情感的影响力,蕴含了总结的分量和作者结论的说服力"①。

从上述分析可以得知,读者接受的途径也包含两个方面的因素:主观因素,主要涉及读者本人这一主观方面的因素,这与上文读者接受的主观制约因素有共通之处,因此下文不再赘述;客观因素主要指语言基础,它是读者进行解码的关键环节。下面本书主要从读者解码的客观因素入手,以彼特鲁舍夫斯卡娅小说为例,通过分析作者运用于其中的语言手段,揭示蕴藏在作品中的作者态度及作者形象。

4.4.3.1　通过辨别词语含义的细微差别

在《自己的圈子》中,"圈子"一词的使用具有深刻的寓意。

首先,小说的题目中"圈子"一词融合了不同的涵义指向:"圈子"既指直义的亲朋好友所组成的一个小范围、小团体,同时还暗指女主人公的命运与这个"圈子"之间的密切联系。更进一步地说,该词还隐藏着某种负面力量的"轮回"。"圈子"的不同含义在小说不同地方出现。当然,显性表现出来的是"круг"及其不同的变化形式,而隐性表现出来的"圈子"则是具有隐喻意义的语言表达手段。举例为证:

(1) В наших *круга*х понимающее ликование, Серж серьезно задумался над своей жизнью, те ли ему ценности нужны, решил, что не те. Решил, что лучше останется у себя в Мировом океане, все опять в шоке:...

(2) Эта ядовитость Анютиной матки имела хождение в нашем *кругу*, и на Анюте и Андрее лежала печать обреченности.

---

① Кайда Л. Г. *Композиционная поэтика текста*. http://fictionbook.ru/author/lyudmila_grigorevna_kayida.html /2013-03-23.

（3）... за одну зиму я потеряла родителей，причем мать умерла от той болезни почек，*какая с некоторых пор намечалась и у меня и которая начинается со слепоты*.

（4）Вернее，доктор не сказала окончательного диагноза，но *капли прописала те самые，мамины，и назначила те же самые анализы*.

例(1)(2)中的“круг”是显性表现出来的“圈子”的直义，而例(3)(4)则是隐性表现的“圈子”，甚至可以说是命运的“轮回”。在第二章“关键词的重复”小节的论述中，我们所举《午夜时分》中关键词“любовь”的重复时，所引例子也充分说明了“爱”的不同含义在体现作者意识中的作用。①“круг”“любовь”分别是《自己的圈子》和《午夜时分》的关键词，它们在作者叙述中多次重复出现，而且在含义上具有细微差异，有不同的语义指向，融合了人物声音和叙述者声音，体现出鲜明的作者态度：《自己的圈子》中，作者对主人公在面临厄运“轮回”时做出无奈抉择的行为、对知识分子的命运表现出同情的态度，这在某种意义上同时也是对苏联现实的讽刺；《午夜时分》中，作者对女主人公安娜的态度并不像小说中那样残酷、毫无温情，她对主人公是同情的，这不但体现在小说中作者的声音中，而且也反映在她在接受德国一个采访团时的所思所想中：

> Я все сразу поняла. На немецком-то я героиню свою не убила! Стало быть，они приехали снимать живьем Анну Андриановну，мою героиню. Я же выступаю от ее имени! Такая у него была концепция. Он приехал снимать*нищую поэтессу с маленьким голодным внучком，питающуюся черняшкой，со взрослой дочерью，живущей где попало и имеющей трех детей. С сыном двадцати четырех，вернувшимся из мест заключения в арестантской кепке к своей жене，и драки там каждодневно*.（« История из моей

① 相关论述可参阅本书第173—174页。

собственной жизни»)

4.4.3.2 通过挖掘结构成分的意义

文学语篇的结构(композиция)是“被塑造的单位和艺术言语手段的配置及相互之间的相关性”[1],它是决定作品整体性、完成性及统一性的结构,受作者意图、作品体裁和内容的限制。尼科琳娜认为,文学语篇的结构可以包括以下方面:[2]

(1) 结构(архитектоника),或者叫语篇的外部结构,如章、节、段、句等;

(2) 文艺作品的人物形象体系;

(3) 语篇结构中视角的变换;

(4) 体现在语篇中的细目体系;

(5) 情节外成分(如插入的小故事、讲述、抒情插笔等)之间及其与语篇其他成分的相关性。

语篇中划分出的每个结构单位的界限都由作者明确界定,这也决定并引导着读者接受。语篇的结构是“意义的‘配比’方式;作者借助结构单位指引读者对语篇成分进行组合,或者相反,进行切分。”[3]

每一个结构单位都可以使用典型的语言手段,这些手段可以突出语篇的重要含义,吸引读者的注意力。这些手段有:不同层次语言手段的重复;语篇的强势位置,包括标题、题词、作品的开头和结尾等。作者通过使用这些典型手段来强调对于作品理解来说最具意义的结构要素,同时确定某一结构成分基本的“意义标向”。[4] 下面就以彼特鲁舍夫斯卡娅的小说为例,从最能体现语篇结构成分意义的重复、题目与结尾进行具体分析。

---

① Николина Н. А. Филологический анализ текста. М. : Академия, 2003. С. 68.

② Там же.

③ Там же. С. 69.

④ Там же.

A. 重复

（1）У Мариши по пятницам сбор гостей, *все* приходят *как один*, а кто не приходит, то того, значит, либо не пускают домашние или домашние обстоятельства, либо просто не пускают сюда, к Марише ...（«Свой круг»）

（2）Так что вечером этого дня, одна и свободная, я дождалась слегка смущенных своих ежегодных гостей, которые явились *все как один*, потому что Мариша не могла не прийти, она очень смелая женщина и благородных кровей, а остальные пришли благодаря ей, ...（«Свой круг»）

（3）Я заперлась на засов. Мой расчет был верным. *Они все, как один*, не могли видеть детской крови, они могли спокойно разрезать друг друга на части, но ребенок, дети для них святое дело.（«Свой круг»）

“все, как один”在《自己的圈子》中的多次重复具有特殊的目的，它是构成这篇小说语义相干性(когерентность)的重要手段。重复可以“连接语篇不同层次的成分，如标题、题词、正文等，从而形成对于语篇思想发展来说极其重要的特性——连贯性”[①]。而且，重复还决定文学语篇的涵义结构，是重要的结构手段。对于这篇小说而言，“圈子”一词本身就确定了其成员构成：都是彼此非常了解的大学同学。因此，“все, как один”在正文中的多次重复，呼应了小说标题“自己的圈子”，形成小说的语义连贯性。但是，细心的读者会发现，在上面所举的三个例子中，第一个例子和后两个例子中的斜体词，尽管在构成上基本一致，但是它们的内涵却不尽相同：前者包括讲述人，而后者是排除讲述人在外的所有人，因此就形成两种情况的对照。在这种对照中更突出了作品的深意：在看似和谐、亲密的“圈子”下掩盖的却是人与人之间冷漠的关系。读者通过把握小说中的“重复”手段，可以达到揭示作品思想及作者态度的目的，为构建作者形象

① Николина Н. А. Филологический анализ текста. М.: Академия, 2003. С. 71.

奠定基础。

当然,重复并不仅限于词、词组、句子的重复,它还包括一些围绕关键词而出现的相近义素的重复(如《青涩的醋栗果》中被驱逐、被孤立、狩猎等义素)、同义重复、词根重复、句法结构重复等,如:

(1) Все замерли, а Серж сказал тут же, что*относится ко мне резко отрицательно*, начал брызгать слюной и кричать, а мне что, я сидела как каменная, попавши в точку. (« Свой круг »)

(2) —*Я к тебе отношусь резко отрицательно*! —заявил он, вспомнив формулировку Сержа, но я не обратила внимания на Андрея-стукача. (« Свой круг »)

B. 题目与结尾

作品是否能够激起读者的接受欲望,这在很大程度上首先取决于题目。我们以彼特鲁舍夫斯卡娅的小说集《东斯拉夫人之歌》为例来说明。

充满神秘色彩的小说在彼特鲁舍夫斯卡娅的创作中处于现实主义小说与童话的过渡地带,《东斯拉夫人之歌》是女作家的第一部充满神秘色彩的小说集。读者首次接触到这部小说集时产生的第一印象是:它与普希金的《西斯拉夫人之歌》必然存在某种联系。彼特鲁舍夫斯卡娅在《第九卷》中写道:"这是我创作的类似于民间故事的作品,是故弄玄虚的故事,是与《西斯拉夫人之歌》进行的类比。"[①]《东斯拉夫人之歌》与传统的"壮士歌"体裁之间有明显的联系,这种联系通过结构(楔子、事件数量的有限性、复述痕迹压缩的精炼程度等)和内容(故事中总是存在超自然现象)两个层面得到加强。

读者读完这部小说集会发现,在其中每个独立的故事中,不存在阳世和阴间的界限,读者根本分辨不出故事中的叙述者或者人物处于是生或死的状态,就连叙述者本人在现实中也很难对所发生的事辨明原委。在

① Петрушевская Л. С. *Девятый том*, М.: Эксмо, 2003. С. 305.

《一只手》中，叙述者并不能完全确信“一个团长”到阴间旅行的故事的真实性，他在小说结尾时才告知读者，整个故事是一个受伤的主人公的幻觉，如：

> Полковник потерял сознание, а когда очнулся, то увидел, что находится в госпитале. Ему рассказали, что нашли его на кладбище, у могилы жены, и что рука, на которой он лежал, сильно повреждена и теперь, возможно, отсохнет. («Рука»)

在《母亲的问候》中，叙述者对于“死去的姐姐造访主人公”的解释则是，主人公在16岁时就已经疯了。然而，小说结尾时的场景则意义深远：

> Олег ужаснулся, что так мог забыть о своей сестре, он нагнулся к плите и прочел надпись. Это действительно была сестра.
>
> —Только дата смерти что-то перепутана,—сказал он,—сестра приезжала ко мне гораздо позже этой даты смерти, когда я пришел из армии. Я ведь тебе рассказывал, она меня поставила на ноги, она буквально вернула мне жизнь. Я был молодой и по пустякам сходил с ума. («Материнский привет»)

《索科尔尼基奇事》中，对事情原委同样不很清楚的叙述者，直到小说最后一部分才作出如下解释：

> Она закапывала воронку три часа, а потом увидела, что мужа нет. Лида испугалась, стала искать, бегать, чуть не упала в воронку и тут увидела, что на дне воронки шевелится комбинезон. Лида бросилась бежать. В лесуыло совсем темно, однако Лида все-таки вышла на рассвете к трамваю, поехала домой и легла спать.
>
> И во сне ей явился муж и сказал:«Спасибо тебе, что ты меня похоронила». («Случай в Сокольниках»)

在普希金的《西斯拉夫人之歌》中，读者通常能够读到一种"明快的忧伤"[①]，而在《东斯拉夫人之歌》中则常常有一种现代人的末世论恐惧感，两部小说的互文联系是显而易见的。与《西斯拉夫人之歌》不同的是，"《东斯拉夫人之歌》是对苏联社会中英雄赞歌体裁的准确界定，这种赞歌成为某种抒情性的、从人的心灵深处爆发的某种反映，与意识形态化的官方艺术模式相对而立"[②]。从这一角度看，《东斯拉夫人之歌》则是对《西斯拉夫人之歌》的解构：小说中并未对军人—主人公的战场行为做任何描写，也没有抒情性的广阔场面，更没有任何说教式的歌功颂德，而是对他处于生死迷离状态进行的描述。这些描写实际上反映出作者对现实的态度，如《在一座小房子里》中，女主人公出于某种利益关系，把死去的军人—男主人公说成是自己的未婚夫，从而不时地从他房间里拿出某样东西，这不能不说是对苏联现实的讽刺。如果能够抓住这部小说集的题目所反映出的这一深层含义，再结合小说结尾处与题目的照应，那么，读者对小说的接受就会显得较为顺畅。

需要指出的是，在我们所分析的读者接受途径中，各种手段之间并不是彼此孤立的，如重复、词语含义的细微差别、处于语篇强势位置的标题等语言或结构手段。而且，读者接受的制约因素与读者的接受途径也是相辅相成的。因此，读者在对作品进行解码分析时，应该使这些手段和制约因素协同作用，在使用其中一种手段时，同时考虑其他手段和因素可能起到的功能，这样才能有效地解读作品，深入透彻地理解蕴藏于其中的作品深意。

综上，词语含义的细微差别中暗含了另一个声音，反映出作者的态度；重复构成对于语篇理解来说至关重要的语义连贯性，而题目与结尾则最能反映出作者的构思和作品的立意。读者对这些语言手段和结构手段的把握有助于作品接受的顺畅进行，有利于构建出合理、科学的作者形象。

---

① Кузьменко О. А. *Традиции сказового повествования в прозе Л. С. Петрушевской*: Дис. ... канд. филол. наук. /Бурятский гос. ун-т. —Улан-Уде, 2003. С. 24.

② Там же. С. 88.

结　论

作者形象问题是文艺学、叙事学、修辞学等人文学科常常涉及的范畴。这些学科从不同的研究视角对这一问题作出不同的阐释。本书以语言学、叙事学和文艺学等学科中有关作者形象的理论为基础，综合研究了作者形象在彼特鲁舍夫斯卡娅小说中的表征形态，提出了“作者形象复合结构”假说，绘制出作者形象复合结构体示意图。

“作者形象复合结构”假说包括三个大范畴：作者、作品、读者，它们分别属于作者形象的思想形态、话语形态和接受形态。本书以彼特鲁舍夫斯卡娅小说为例，分别分析了这三个范畴与作者形象之间的内在联系，挖掘了作者形象三种形态的表现手段。

第一章“作者形象复合结构”中主要论证了作者、作品、读者三大范畴及各自的亚范畴构成该复合结构的必要性，指出现实作者不能被排除在作者形象构建要素之外；分析了叙述者（或者讲述人）形象与作者形象的关系，并把人物话语的转述方式分为直接式引语、间接式引语、语境型引语和功能型引语，认为不同引语形式的使用能够反映出叙述者[1]形象与作者形象的不同关系；从理论上分析了读者在构建作者形象中的功能。在上述分析的基础上提出了“作者形象复合结构”假说，说明了彼特鲁舍夫斯卡娅小说成为论证该假说最佳例证的理由，认为正是表现在作品不同层面的复杂性使彼特鲁舍夫斯卡娅的作品成为当代女性小说中较具代表性的作品。

“作者形象复合结构之一——作者”是作者形象表现的思想形态，它包括作者语境和作者意识。

作者语境部分主要分析了作者本人的履历、创作过程、创作特点，认为这些因素同样是构建作者形象不可或缺的成分。作者意识从某种意义上讲是作者形象的集中体现。在作者意识范畴中还论述了一个重要概念——世界观,它是作者意识在作品中的直接体现,而显性要素是构成世界观的重要部分,是世界观在作品中的指征。构成世界观显性要素的是作品的母题,其物质指征是贯穿作品始终并高频重复的关键词。因此,关键词、母题、显性要素、世界观之间就形成了以下关系:

关键词→母题→显性要素→世界观

因此,作者意识与世界观之间产生了直接联系,作者形象正是通过反映在作品中的作者意识体现出来。

"作者形象的复合结构之二——作品"是作者形象的话语形态,包括叙述者[1]话语、人物话语、叙述者[1]话语和人物话语的相互作用。

叙述者[1]话语与作者形象部分提出了叙述视角和叙述类型相结合、从叙述者[1]角度揭示站在其背后的作者形象的研究方法,指出在叙述者[1]声音的背后还有另外一个声音——作者声音,站在叙述者[1]形象背后的还有另外一个更高层次的形象——作者形象;引语与作者形象之间的反比对应理论是本章的分析叙述者[1]形象与作者形象关系的重要依据,即人物语言与叙述者[1]语言的差异明显时,叙述者[1]形象与作者形象是接近的;反之,两种形象则相差甚远;分别分析了第一人称叙述和第三人称叙述中叙述者[1]形象与作者形象的关系:在采用故事内被述之"我"的视角进行叙述的语篇中,叙述者[1]形象明显不同于作者形象,而在采用观察之"我"的视角进行叙述的语篇中,叙述者[1]形象与作者形象十分接近;第一人称外视角叙述中,叙述者[1]语言与人物语言之间存在明显差异,因此叙述者[1]形象与作者形象之间的关系同样十分接近,而在第一人称见证人叙述中,由于叙述者[1]语言与人物语言之间的差异不够明显,因此在这种叙述类型中,叙述者[1]形象与作者形象之间关系较为疏远。第三章还着重分析了第三人称主观化叙述中叙述者[1]形象与作者形象之间的关系,认为其中的叙述者[1]形象与作者形象之间的关系较为疏远。

人物话语是叙述话语的另一个必要组成部分。人物话语不同转述方式的使用表达出作者不同的创作意图。第三章第3节分析了直接式引语、间接式引语、功能型引语和语境型引语与作者形象的关系,认为这四种引语类型可以反映出叙述者[1]形象与作者形象之间关系亲疏的程度,它们所反映出的叙述者[1]形象与作者形象之间由近及远的关系如下:直接式引语——功能型引语——语境型引语——间接式引语。同时指出,这四种引语类型在小说叙述语流中并不是孤立存在的,它们常常互相交织,相互作用。

人物话语与叙述者[1]话语的相互作用通过两个手段实现:双主体性和叙述角色的转换。他人话语和转述它的上下文(即叙述者[1]话语)之间是复杂的动态关系,两者互为渗透,形成典型的叙述"双主体性"。双主体性的典型形式主要有感知、编辑、援引、内省和叙述者的主观化言语等手段,这些手段同样是作者意识在叙述技巧方面的运用。在含有双主体性的语篇片段中,人物语言与叙述者[1]语言之间的界限不明显,因此,叙述者[1]形象与作者形象之间的关系较为疏远。叙述角色的转换也是他人话语与叙述者[1]话语相互作用的一种手段,它主要包括第一人称叙述者[1]话语与第三人称叙述者话语之间的相互作用、叙述视角的越界、人物直接引语与叙述者注解的相互作用三种表现方式,论证了在含有叙述角色转换的语篇片段中,叙述者[1]形象与作者形象之间的关系同样较为疏远。

本书第四章特别提出:读者是构成作者形象复合结构不可忽视的必要因素之一。作者在作品创作之初就预设了自己理想的读者,以其为定位来布局谋篇,选词炼句。读者对于构建作者形象的意义主要从两方面揭示:一、作品内的读者。这主要指的是虚构读者,他在作品中的表现有两种形式:显性表现和隐性表现。作品中表现出的虚构读者的形象能够反映出作者对艺术现实的态度,反映出作者本人的世界观,是作者形象在作品中的表现形态之一。二、作品外的读者,即具体读者,他对作品的接受有主观和客观两方面的制约因素,主观因素主要包括教育程度、个人文学素养、生活经历、世界观等,还包括读者对作品的接受欲望;客观因素指作品激发读者接受欲望的因素,主要表现为作品在语言、内容、思想等方面与具有不同的艺术修养、审美水平的具体读者之间的契合度。读者对作品接受的途径也分为两个方面:主观因素主要涉及读者本人;客观因素主要指语言基础,它是读者进行解码的关键环节。本书此部分主要从接受途径的客观因素角度进行分析,指出"重复"是构成语篇语义连贯性最重要的手段。读者通过把握小说中的"重复"手段,可以达到揭示作品思想及作者态度的目的,为构建作者形象奠定基础;题目和结尾是最能反映作者态度和作品思想的结构成分,对它们深入透彻的解读有助于读者构建科学、合理的作者形象。

本书以作者、作品、读者三大范畴为基础,对作者形象复合结构图中所涉及的各个必要组成部分进行了充分论证,证明了"作者形象复合结构"假说的合理性。通过分析彼特鲁舍夫斯卡娅小说及由此得出的结论,本书还认为,"作者形象复合结构"假说不仅对于当代女性小说,甚至包括当代叙事小说来说,都不失为一个可行的研究作者形象的理论工具。

该理论的拓展空间:关于读者层面,可以从接受美学、语言学的角度,以接受美学理论为指导,进一步充分挖掘读者在阐释作品过程中的影响因素和解码途径。同时,这部分还可以运用语用学中的语篇交际原理,对作品中影响读者接受的因素作更深入的分析,如要想达到作者与读者之间的顺利沟通,作者应该考虑读者的结构构成,考虑他的接受愿望等因素。该理论还可延伸到教学层面:文学作品,甚至包括每节课所授内容都可以被视为是教师和学生进行积极交流的媒介,这些作品或者授课内容应该成为统摄教师和学生各方面主动性的整合因素,教师的创造性作用和学生的积极主动性都需要考虑到课堂教学中,由此达到深入、透彻地理解每节教学内容的目的。

由于受时间、资料等因素的影响,本书中必然会存在粗糙,甚至漏洞之处，特别是第四章“作者形象复合结构之三——读者”更是国内首次从语言学角度进行的作者形象研究的一次尝试和探索，这方面的现有文献相当缺乏，加之本书作者学术能力有限，因此造成本章分析稍嫌不够透彻。恳请各位专家、同行斧正！

参考文献

一、外文类

（一）俄文类

A. 彼特鲁舍夫斯卡娅作品

1. Петрушевская Л. Бессмертная любовь: Рассказы. / JI. Петрушевская. —М.: Моск. рабочий, 1988.
2. ПетрушевскаяJI. По дороге бога Эроса: Повести, рассказы / Л. С. Петрушевская. —М.: Олимп-ППП, 1993.
3. Петрушевская Л. Дом девушек: рассказы и повести / Л. Петрушевская. —М.: Вагриус, 1998.
4. Петрушевская Л. Мост Ватерлоо / Л. Петрушевская. —М.: Вагриус, 2001.
5. Петрушевская Л. Где я была. / Л. Петрушевская. —М.: Вагриус, 2002.
6. Петрушевская Л. Как цветок на заре. / Л. Петрушевская. —М.: Вагриус, 2002.
7. Петрушевская Л. Богиня парка. / Л. С. Петрушевская—М.: Эксмо, 2004.
8. Петрушевская Л. Номер Один, или В садах других возможностей / Л. С. Петрушевская-М.: Эксмо, 2004.
9. Петрушевская Л. Маленькая девочка из « Метрополя » / Людмила Петрушевская. —СПб.: Амфора, ТИД Амфора, 2006.
10. Петрушевская Л. Жизнь это театр. /—СПб.: Амфора, ТИД Амфора, 2008.
11. Петрушевская Л. Два царства. /—СПб.: Амфора, ТИД Амфора, 2009.
12. Петрушевская Л. Истории из моей собственной жизни: [автобиографический роман]. /—СПб.: Амфора, ТИД Амфора, 2009.
13. Петрушевская Л. Двятый том. / —М.: Эксмо, 2003.

B. 理论及批评类文献

1. Абашева М. П. Чистенькая жизнь не помнящих зла / М. Абашева // Литературное обозрение. —1992. -№5—6.
2. Абашева М. П. Литература в поисках лица (русская проза в конце XX века: становле ние авторской идентичности). Пермь.: Изд-во Пермского университета, 2001.
3. Абашева М. П., ВоробьеваН. В. Женская проза на рубеже XX-XXI столетии // Современная русская литература Проблемы изучения и преподавания Сб статей по материалам Международной научно-пракгической конференции 2—4 марта 2005, г. Пермь В 2 частях Часть 1 Пермь, 2005
4. Бабенко Л. Г. Казарин. Ю. В. Лингвистический анализ художественного текста. М.: Флинта: Наука, 2008.
5. Барзах А. О рассказах Л. Петрушевской. Заметки аутсайдера / А. Барзах // Поскриптум. —1995. -№1.
6. Барт Р. Избранные работы: Семиотика: Поэтика: Пер. с фр. / Сост., общ. ред. и вступ. ст. КосиковаГ. К. М.: Прогресс, 1989.
7. Бахтин М. М. Вопросы литературы и эстетики. М.: «Жудожественная литература», 1975.
8. Бахтин М. М. Проблемы поэтики Достоевского. Изд. 4—е. М.: Сов. Россия, 1979.
9. Бахтин М. М. Проблема речевых жанров//Литературно-практические статьи. М.: Русские словари, 1986.
10. Бахтин. М. М. Формы времени и хронотопа в романе//Бахтин М. М. Вопросы литературы и эстетики. М.: Худож. лит., 1975.
11. Бахтин М. М. Эстетика словесного творчества. М.: Искусство, 1979.
12. Бахтин М. М. Язык в художественной литературе // Собр. сочинений в 7 т. Т. 5. —М.: Русские словари, 1997.
13. Бахтин М. М. (под маской), Фрейдизм. Формальный метод в литературоведении. Марксизм и философия языка. Статьи (2000). М.: Лабиринт, 2000.

14. Бахтин М. М. Собрание сочнений в семи томах, Т. 1, Философская эстетика 1920—х годов. М.: Русские словари, Языки славясной культуры, 2003.

15. Богин Г. И. Филологическая герменевтика. Калинин: КГУ, 1982.

16. Болотнова Н. С. Филологический анализ текста, М.: Флинта, Наука, 2009.

17. Борухов Б. Л. Введение в мотивирующую поэтику. // Филологическая герменевтика и общая стилистика / Отв. ред. Богин Г. И. —Тверь, 1992.

18. Брандес М. П. Стилистика текста, М.: Прогресс-Традиция, ИНФРА, 2004.

19. Валгина Н. С. Теория текста, М.: Логос, 2003.

20. Валгина Н. С. Синтаксис Современного Русского Языка: Учебник. М.: Агар, 2000.

21. Валгина Н. С. Современный Русский Язык Синтаксис. М.: Высшая школа, 2004.

22. ВиноградовВ. В. Наука о языке художественой литературы и ее задачи. М.: Гослитиздат, 1958.

23. Виноградов. В. В. О Теории художественной речи. М.: Высшая школа, 1971.

24. Виноградов. В. В. О языке художественной прозы. М.: Наука, 1980.

25. Виноградов. В. В. Проблемы русской слилистики. М.: Высшая школа, 1981.

26. Воронцов Д. В. Категория « мужчина », « женщина » в социально-психологических гендерных исследованиях // Гендерные аспекты бытия личности. —Краснодар, 2004.

27. Габриэлян К. Ева-это значит « жизнь » (Проблема пространства в современной русской женской прозе) / Н. Габриэлян // Вопросы литературы. —1996. -№ 4.

28. Гальперин И. Р. Текст как объект лингвистического исследования. М.: Наука, 1981.

29. Гвоздев А. Н. Очерки по Стилистике Русского Языка. М.: Просвещение, 1965.

30. ГоршковА. И. Русская стилистика. М.: АСТ . Астрель, 2006.

31. Давыдова Т. Т. Сумерки реализма (о прозе Л. Петрушевской) // Русская словесность. —2002. -№7.

32. ДаркО. Женские антиномии / О. Дарк // Дружба народов. —1991. -№4.

33. Ефимова Н. Мотив игры в произведениях Л. Петрушевской и Т. Толстой / Н.

Ефимова // Вестник Московского университета. Сер. 9. Филология. —1998. -№3.
34. Ерофеев В. Русские цветы зла. М. : Подкова, 1997.
35. Есин А. Б. принципы и приемы анализа литературного произведения, Флинта, Наука, Москва, 2010.
36. Желобцова С. Ф. Проза Людмилы Петрушевской. Якутск: изд-во ЯГУ, 1996.
37. Женнет Ж. Фигуры. В 2-х т. Т. 2. М. : Изд-во им Сабашниковых, 1998.
38. Ильенко С. Г. Текстовая реализация и текстообразующие функции синтаксических единиц. Л. : Наука, 1988.
39. Караулов Ю. Н. Русский язык и языковая личность. М. : Наука, 1987.
40. Кожевникова Н. А. Типы повествования в русской литературе XIX-XX вв. М. : Институт русского языка РАН, 1994.
41. Корман Б. О. Изучение текста художественного произведения. М. : Просвещение, 1972.
42. Корман Б. О. О целостности литературного произведения// Избранные труды по теории и историилитературы. Ижевск,1992.
43. Костомаров В. Г. Наш язык в действии: очерки современной русской стилистики. М. : Гардарики, 2005.
44. Кристева Ю. Избранные труды: Разрушение поэтики. М. : Российская политическая энциклопедия, 2004.
45. Кудимова М. В. Живое-это мертвое: Некромир в произведениях Людмилы Петрушевской. —Новое литературное обозрение. —2004. -№6.
46. Кузьменко О. А. Проза Л. С. Петрушевской в свете русской повествовательной традиции XIX-XX веков. —г. Улан-Удэ, 2003.
47. Кузнецов Ю. Под женским знаком // Литературная газета. —1987. -ноябрь.
48. Куралех А. Быт и бытие в прозе Людмилы Петрушевской / А. Куралех // Литературное обозрение. —1993. -№5.
49. Лебедушкина О. Книга царств и возможностей /Лебедушкина О. // Дружба народов. —1998. -№4.
50. Лейдерман Н. Л. , Липовецкий М. Н. Жизнь после смерти или новые сведения о реализме / Н. М. Лейдерман, М. Н. Липовецкий // Новый мир. —1993. -№7.
51. Лейдерман Н. Л. , Липовецкий М. Н. Современная русская литература. М. :

ACADEMIA, 2003.

52. Липовецкий М. Н. Русский постмодернизм (Очерки исторической поэтики)—Екатеринбург: Уральск, пед. ун-т , 1997.

53. Лосев А. Ф. Философия, мифология, культура / -2 -е изд. -М. : Политиздат, 1991.

54. Лотман Ю. М. Структура художественного текста. М. : Искусство, 1970.

55. Лю Цзюань Несобственно-прямая речь в художественных произведениях. М. : Компания спутник, 2006.

56. Маркова Т. Н. Поэтика повествования Л. Петрушевской/ Т. Н. Маркова // Русская речь. —2004. -№2.

57. Маркова Т. Н. Современная проза: конструкция и смысл (В. Маканин, Л. Петрушевская, В. Пелевин). М. : МГОУ, 2003.

58. ПавловО. Сентиментальная проза /Павлов О. // Литературная учеба. —1996. -№4.

59. МельничукО. А. Повествование от первого лица. Интерпретация текста. —М. : Изд-во Моск. ун-та., 2002.

60. Михайлов Н. Н. Теория художественного текста. /Н. Н. Михайлов, Учебное пособие. М. : ACADEMA, 2006.

61. Морозова Т. Дама в красном и дама в черном / Т. Морозова // Литературная газета. —1994. —29 июня. -№ 26.

62. Нефагина Г. Л. Русская проза концаXX века: Учебное пособие. М. : Флинта: Наука, 2005.

63. Николина Н. А. Филологический анализ текста. М. : Академия, 2003.

64. Николина Н. А. Активные процессы в языке современной русской художественной литературы. М. : ГНОЗИС, 2009.

65. Николина Н. А. Поэтика русской автобиографической прозы. М. : Флинта: Наука, 2002.

66. Новиков Л. А. Художественный текст и его анализ. М. : Рус. яз. , 1988.

67. Новые амазонки / Сост. ВасиленкоС. В. . М. : Моск. рабочий, 1991.

68. ОдинцовВ. В. Стилистика текста. М. : Наука, 1980.

69. Орлова Е. И. Образ автора в литературном произведении. Москва, 2008.

70. ПавловО. Сентиментальная проза / Павлов О. // Литературная учеба. —

1996.-№4.

71. Панн Л. Вместо интервью, или опыт чтения прозы Людмилы Петрушевской вдали от литературной метрополии / Л. Панн // Звезда. —1994.-№5.
72. Пахомова С. И. В художественном мире Л. Петрушевской / С. И. Пахомова.-СПб: Филол. ф-т СПбГУ, 2006.
73. Пахомова С. «Номер Один» в контексте творчества Людмилы Петрушевской / С. Пахомова // Русская литература эпохи постмодерности. Серия «Литературные направления и течения в русской литературе XX века» Вып. 4. Сб. статей. —СПб: Филологический факультет СПбГУ, 2006.
74. Перелыгина Е. М. Характеристика основных черт текстов, провоцирующих катарсис // Понимание менталитета и текста. Сб. ст. / Отв. ред. Г. И. Богин-Тверь: Тверской государственный университет, 1995.
75. Под ред. Тамарченко Н. Д.-Теория литературы. Том 1. М.: ACADEMA, 2004.
76. Попова И. М. Губанова Т. В. Любезная Е. В. «Современная русская литература»/ Издательство ТГТУ, 2008.
77. Прохорова Т. Г. Постмодернизм в русской прозе. Казань, Казанский гос. ун-т., 2005.
78. Прохорова Т. Иванова О. Хронотоп как составляющая авторской картины в прозе Л. Петрушевской. —Т. 135. / Т. Прохорова, О. Иванова // Ученые записки Казанского университета. Казань: Изд-во Казан, ун-та, 1998.
79. Прохорова Т. Людмила Стефановна Петрушевская / Т. Г. Прохорова // Русская литература от «Слова о полку Игореве» до наших дней: учебное пособие для абитуриентов—Казань: Изд-во Казанского ун-та, 2000.
80. Прохорова Т. Г. Языковая картина мира в новеллистике Л. Петрушевской / Т. Г. Прохорова // Бодуэновские чтения: Труды и материалы. Т. 2. —Казань: Казан, ун-т, 2001.
81. Прохорова Т. Г. Концепция счастья в новеллистике Л. Петрушевской / Т. Г. Прохорова // ХГУ Пуришевские чтения: Всемирная литература в контексте культуры. М.: Москов. пед ун-т, 2002.
82. Прохорова Т. Г. Образ мира в слове Л. Петрушевской (на материале рассказов) /

Т. Г. Прохорова // Ученые записки Казанского университета. —Т. 143. — Казань: Изд-во Казан, ун-та, 2002.

83. Прохорова Т. Г. , Сорокина Т. П. Интерпретация жанра мениппеи в прозе Л. Петрушевской / Т. Г. Прохорова, Т. В. Сорокина // Современная русская литература: проблемы изучения и преподавания: Сб. статей по материалам международной научно-практической конференции 2—4 марта 2005г. , г Пермь. В 2-х частях. 4. 1—Пермь: Перм. гос. пед ун-т, 2005.

84. Прохорова Т. Г. Дискурсивные стратегии материнства и детскости в рассказах Л. Петрушевской / Т. Г. Прохорова // Русская и сопоставительная филология 2005 / Казан. гос. ун-т, филол. фак. —Казань: Казан, гос ун-т, 2005.

85. Прохорова Т. Г. Диалог с читателем в прозе Л. Петрушевской / Т. Г. Прохорова // Русская и сопоставительная филология 2006 / Казан. гос. ун-т, филол. фак. — Казань: Казан, гос ун-т, 2006.

86. Автобиографический дискурс в прозе Л. Петрушевской / Т. Г. Прохорова // Синтез документального и художественного в литературе и искусстве: Сборник статей и материалов конференции. Казань 30 мая 2006 года. —Казань: Изд-во Казан, ун-та, 2007.

87. Ахматовский подтекст в рассказе Л. Петрушевской « В доме кто-то есть » / Т. Г. Прохорова // В. А. Богородицкий: научное наследие и современное языковедение: труды и материалы Междунар. науч. конф. . (Казань, 4—7 мая 2007г.) Т. 1 / Казан, гос. ун-т; Ин-т языкознания РАН; Ин-т линг. исследований РАН. -Казань: Казанский гос. ун-т, 2007.

88. Прохорова Т. Г. Проза Л. Петрушевской как художественная система / Т. Г. Прохорова. — Казань: Казанский гос. ун-т, 2007.

89. Прохорова Т. Г. К вопросу о своеобразии художественного мира прозы Л. Петрушевской / Т. Г. Прохорова // Гуманитарные науки в Сибири. Серия: Филология. №. 4. —Новосибирск: изд-во СО РАН, 2007.

90. Прохорова Т. Неожиданные схождения: черты типологической близости поэтики Л. Петрушевской и А. Ахматовой / Т. Г. Прохорова// Знание. Понимание. Умение. —2008. -№1.

91. Прохорова Т. Г. Дочки-матери Петрушевской. / Т. Г. Прохорова // Октябрь. —

2008. -№4.

92. Прохорова Т. Г. Деконструкция ахматовского дискурса в повести Л. Петрушевской « Время ночь ». / Т. Г. Прохорова // Материалы XXXI Зональной конференции литературоведов Поволжья: В 3ч. 4. 2. —Елабуга: Изд-во ЕГПУ, 2008.
93. Прохорова Т. Г. Диалог с модернизмом в прозе Людмилы Петрушевской (на материале повести «Время ночь») / Т. Г. Прохорова // Сюжет и мотив в русской литературе XX-XXI вв. : Литературные направления и течения. Вып. 10. — СПб. : Факультет филологии и искусств СПбГУ, 2008.
94. Прохорова Т. Г. « Дискурс »: термин с точки зрения литературоведа / Т. Г. Прохорова // Русская словесность. —2008. -№5.
95. Радзишевский Б. Прямая речь Людмилы Петрушевской// Дружба народов. —2003. -№ 10.
96. Рогова К. А. О некоторых особенностях стиля « другой » литературы-литературы « новой волны ». // Problemi di Morfosintassi delle Lingue Slave, №3. — Bologna, 1990.
97. Сатклифф Б. Критика о современной женской прозе / Сатклифф Б. // Филологические науки. —2000. -№. 3.
98. Скоропанова И. С. Русская постмодернистская литература: новая философия, новый язык. —СПб: Невский простор, 2001.
99. Скоропанова И. С. Русская постмодернистская проза конца XX-начала XXI вв. // Человек: Образ и сущность. Гуманитарные аспекты. Еежегодник —2006.
100. Славникова О. Петрушевская и пустота// Вопросы литературы. —2000. —вып. 2, март-апрель.
101. Солганик Г. Я. Практическая стилистика русского языка. М. : Академия, 2008.
102. Сорокина Т. В. Современная русская проза: новые аспекты анализа. Л. Петрушевская. Ю. Буйда. Вик. Ерофеев / Т. В. Сорокина. —Казань: Изд-во КГУ, 2007.
103. Степанов Ю. С. Альтернативный мир, Дискурс, Факт и принцип Причинности// Язык и наука конца XX века. Сб. статей. М. : РГГУ, 1995.

104. СушилинаИ. К. Современный литературный процесс в России. М.: Изд-во МГУП, 2001.

105. Тамарченко Н. Д. Теоретическая поэтика: понятия и определения. М.: РГГУ, 1999.

106. Теория литературы: В 2-х т. / под ред. Н. Д. Тамарченко. —Т. 1: Н. Д. Тамарченко, В. И. Тюпа, С. Н. Бройтман. Теория художественного дискурса. Теоретическая поэтика. М.: Издательский центр «Академия», 2004.

107. Тимина С. И., Современный литературный процесс /Тимина С. И. // Русская литератураXX века: Школы, направления, методы творческой работы. Учебник для студентов высших учебных заведений / В. Н. Альфонсов, В. Е. Васильев, А. А. Кобринский и др.; Под ред. С. И. Тиминой. —СПб.: Издательство «Logos», М:«Высшая школа», 2002.

108. Тодоров Ц. Понятие литературы // Семиотика: Антология / сост. Ю. С. Степанов. Изд. 2-е, испр. и доп. М.: Академический проект; Екатеринбург: Деловая книга, 2001.

109. Томашевский Б. В. Теория литературы. Поэтика. М.: Наука 1996.

110. Трофимова Е. Женская литература// Словарь тендерных терминов / Ред. Денисова А. А. —М.: Информация-XXI век, 2002.

111. Тынянов Ю. Н. Поэтика. История литературы. Кино. М.: Наука, 1977.

112. Успенский Б. А. Поэтика композиции, М.: Искусство, 1970.

113. Фуко Мишель. Воля к истине: по ту сторону знания, власти и сексуальности. Работы разных лет. Пер. с франц. М.: Касталь,1996.

114. Хализев В. Е. Теория литературы. М.: Высшая школа, 1999.

115. ШанскийН. М., Махмудов Ш. А. Филологический анализ художественного текста. М.: Русское слово, 2010.

116. Шкловский В. Б. О теории прозы. М.: Сов. писатель, 1983.

117. Шкурина Н. В. Мотив как средство создания эстетического единства произведения // Художественный текст: Структура. Язык. Стиль. Сб. ст. / Под ред. Роговой К. А.. — СПб, 1993.

118. Шмид В. Нарратология. М.: Языки славянской культуры, 2003.

C. 俄文学位论文

1. ВоробьеваН. В. Женская проза 1980—2000—х годовЖ: динамика, проблематика, поэтика: дис. ... канд. филол. наук. /Пермскийский гос. пед. Ун-т. —Пермь, 2006.
2. ГеймбухЕ. Ю., Образ автора как категория филологического анализа художественного текста, Дис. ... канд. филол. наук. Российская акад. образования, исследовательский центр преподавания русского языка. —Москва, 1995.
3. КузьменкоО. А. Традиции сказового повествования в прозе Л. С. Петрушевской: Дис. ... канд. филол. наук. /Бурятский гос. ун-т. —Улан-Уде, 2003.
4. Маркова Т. Н. Форматворческие тенденции в прозе конца XX века (В. Маканин, Л. Петрушевская, В. Пелевин): дис. ... д-ра филол. наук. /Уральский гос. Ун-т. —Екатеринбург, 2003.
5. Пахомова С. И. Константы художественного мира Людмилы Петрушевской: дис. ... канд. филол. наук. /Санкт-Петербургский гос. университет. —Санкт-Петербург, 2006.
6. ПрохороваТ. Г. Проза Л. Петрушевской как система дискурсов: дис. ... д-ра филол. наук. /Казаньский гос. Ун-т. —Казань, 2008.
7. ПушкарьГ. А. Типология и поэтика женской прозы гендерный аспект: дис. ... канд. филол. наук. /Ставропольский гос. Ун-т. —Ставрополь, 2007.
8. Серго Ю. Н. Поэтика прозы Л. Петрушевской (взаимодействие сюжета и жанра): дис. ... канд. филол. наук. / Уральский гос. университет. —Екатеринбург, 2002.
9. Щукина К. А. Речевые особенности проявления повествователя, персонажа и автора в современном рассказе : На материале произведений Т. Толстой, Л. Петрушевский, Л. Улицкой: дис. ... канд. филол. наук / СПб., 2004.

D. 电子文献

1. Editor. 130 лет спустя: Людмила Петрушевская [DB/OL]: http://blog. atm-

book. ru/? p=120, html, 2010—08—13/2010—10—23.

2. НауменкоRequiem по Анне ("—А это вы можете описать?")[DB/OL]: http://www. proza. ru, html, 2009—06—27/2012—08—30.

3. Радзишевский В. Прямая речь Людмилы Петрушевской [DB/OL]: http://magazines. russ. ru/druzhba/2003/10/radz. html, 2003—10/2010—10—23.

4. Татьяна Карпекина. Людмила Петрушевская—"миссис антибанальность" [DB/OL]: http://rus. ruvr. ru/2010/10/29/30164215. html, 2010—11—28.

5. КайдаЛ. Г. Композиционная поэтика текста [DB/OL]: http://fictionbook. ru/author/lyudmila_grigorevna_kayida. html /2013—3—23

(二) 英文类

1. *Modern English Stylistics*(现代英语文体学),徐有志编著,吴雪莉审校,开封:河南大学出版社,1992 年。

2. *Discourse Analysis*, Gillian Brown,George Yule,罗选民导读,北京、伦敦:外语教学与研究出版社,剑桥大学出版社,2000 年。

3. *Discourse and Literature*, Guy Cook, 上海:上海外语教育出版社,1999 年。

二、中文类

(一) 译著类文献

1. [俄]巴赫金:《周边集》[M],李辉凡、张捷、张杰等译,石家庄:河北教育出版社,1998 年。

2. [俄]巴赫金:《诗学与访谈》[M],白春仁、顾亚铃等译,石家庄:河北教育出版社,1998 年。

3. [俄]巴赫金:《巴赫金全集》(第一卷)[M],晓河、贾泽林、张杰、樊锦鑫等译,石家庄:河北教育出版社,1998 年。

4. [俄]巴赫金:《陀思妥耶夫斯基诗学问题》[M],刘虎译,北京:中央编译出版社,2010 年。

5. [法]热拉尔·热奈特:《叙事话语 新叙事话语》[M],王文融译,北京:中国社会科学出版社,1990 年。

6. [美] W. C. 布斯:《小说修辞学》[M],华明、胡晓苏、周宪译,北京:北京大学出版社,1987 年。

7. [美]华莱士・马丁:《当代叙事学》[M],吴晓明译,北京:北京大学出版社,1989年。
8. [英]马尔科姆・琼斯:《巴赫金之后的陀思妥耶夫斯基》[M],赵亚莉、陈红薇、魏玉杰译,长春:吉林人民出版社,2004年。
9. [美]艾娃・汤普逊(Ewa M,Thompson):《帝国意识 俄国文学与殖民主义》[M],杨德友译,北京:北京大学出版社,2009年。
10. [美]詹姆斯・保罗・吉(James Paul Gee):《话语分析导论:理论与方法》[M],杨炳钧译,重庆:重庆大学出版社,2011年。
11. [苏]卡都霍夫:《现代俄语中的直接引语和间接引语》[M],李辛译,北京:商务印书馆,1961年。

(二)中文类著作

1. 白春仁:《文学修辞学》[M],长春:吉林教育出版社,1993年。
2. 白春香:《赵树理小说叙事研究》[M],北京:中国社会科学出版社,2008年。
3. 陈戈:《不同民族互动文化理论研究——立足于洛特曼文化符号学视角的分析》[M],北京:外语教学与研究出版社,2007年。
4. 陈方:《当代俄罗斯女性小说研究》[M],北京:中国人民大学出版社,2007年。
5. 陈晓兰:《外国女性文学教程》[M],上海:复旦大学出版社,2011年。
6. 陈振宇:《时间系统的认知模型与运算》[M],上海:学林出版社,2007年。
7. 陈忠华、刘心全、杨春苑:《知识与语篇理解——话语分析认知科学方法论》[M],北京:外语教学与研究出版社,2003年。
8. 从莱庭、徐鲁亚:《西方修辞学》[M],上海:上海外语教育出版社,2007年。
9. 丁建新:《叙事的批评话语分析:社会符号学模式》[M],重庆:重庆大学出版社,2007年。
10. 董小英:《超语言学——叙事学的学理及理解的原理》[M],天津:百花文艺出版社,2007年。
11. 范晓、张豫峰:《语法理论纲要》[M],上海:上海译文出版社,2003年。
12. 胡壮麟:《理论文体学》[M],北京:外语教学与研究出版社,2002年。
13. 姜望琪:《语篇语言学研究》[M],北京:北京大学出版社,2011年。
14. 金丽:《圣经与西方文学》[M],北京:民族出版社,2007年。

15. 马新国:《西方文论史》[M],北京:高等教育出版社,2003 年。
16. 淼华:《20 世纪世界文化语境下的俄罗斯文学》[M],北京:外语教学与研究出版社, 2007 年。
17. 李美霞:《话语类型理论的延展与实践》[M],北京:光明日报出版社,2010 年。
18. 李美霞:《话语类型研究》[M],北京:科学出版社,2007 年。
19. 李悦娥、范宏雅:《话语分析》[M],上海:上海外语教育出版社,2002 年。
20. 刘辰诞:《结构和边界——句法表达式认知机制探索》[M],上海:上海外语教育出版社,2008 年。
21. 刘辰诞:《什么是篇章语言学》[M],上海:上海外语教育出版社,2011 年。
22. 刘世生、朱瑞青:《文体学概论》[M],北京:北京大学出版社,2006 年。
23. [俄]柳·阿·维尔比茨卡娅、刘利民、[俄]叶·叶·尤尔科夫:《时间与空间中的俄语和俄罗斯文学》[C],上海:上海外语教育出版社,2011 年。
24. 齐沪扬:《现代汉语空间问题研究》[M],上海:学林出版社,1998 年。
25. 秦秀白:《文体学概论》[M],长沙:湖南教育出版社,1991 年。
26. 彭增安:《语用 修辞 文化》[M],上海:学林出版社,1998 年。
27. 任光宣:《俄罗斯文学的神性传统——20 世纪俄罗斯文学与基督教》[M],北京:北京大学出版社,2010 年。
28. 申丹:《叙述学与小说文体学研究》[M],北京:北京大学出版社,2004 年。
29. 申丹:《叙事、文体与潜文本——重读英美经典短篇小说》[M],北京:北京大学出版社,2009 年。
30. 申丹、王丽亚:《西方叙事学:经典与后经典》[M],北京:北京大学出版社,2010 年。
31. 童庆炳:《文学理论教程》[M],北京:高等教育出版社,2004 年。
32. 徐岱:《小说叙事学》[M],北京:中国社会科学出版社,1992 年。
33. 赵毅衡:《当说者被说的时候——比较叙述学导论》[M],北京:中国人民大学出版社,1998 年。
34. 王德春、陈晨:《现代修辞学》[M],上海:上海外语教育出版社,2001 年。
35. 王铭玉:《语言符号学》[M],北京:高等教育出版社,2004 年。
36. 王辛夷:《俄语政论语篇研究》[M],北京:中国国际广播出版社,2007 年。
37. 魏天真、梅兰:《女性主义文学批评导论》[M],武汉:华中师范大学出版社,

2011年。
38. 吴波:《文学与语言问题研究》[M],北京:世界图书出版公司,2009年。
39. 辛斌:《批评语言学:理论与应用》[M],上海:上海外语教育出版社,2005年。
40. 张会森:《修辞学通论》[M],上海:上海外语教育出版社,2001年。
41. 郅友昌:《俄罗斯语言学通史》[M],上海:上海外语教育出版社,2009年。

(三)中文类期刊文章

1. 陈方:彼特鲁舍夫斯卡娅小说的"别样"主题和"解构"特征[J],《俄罗斯文艺》2003(04),第13—23页。
2. 陈新宇:当代俄罗斯文坛女性作家三剑客[J],《译林》2009(04),第201—214页。
3. 崔小清:文学作品中"隐含作者"概念之辨析[J],《外语教学》2011(3),第88—91页。
4. 段京华:彼得鲁舍夫斯卡娅《灰姑娘之路》[J],《外国文学》1997(05),第25—28页。
5. 段京华:彼得鲁舍夫斯卡娅《幸福的晚年》[J],《外国文学》1997(05),第29—35页。
6. 段丽君:女性"当代英雄"的群像——试论柳·彼得鲁舍夫斯卡娅小说的艺术特色[J],《当代外国文学》2003(04),第132—139页。
7. 段丽君:当代俄罗斯女性主义小说中的"疯女人"形象[J],《南京社会科学》2005(02),第66—77页。
8. 段丽君:当代俄罗斯首个女性主义文学小组"新阿玛宗女性"[J],《俄罗斯文艺》2005(04),第27—31页。
9. 段丽君:当代俄罗斯女性主义文学[J],《俄罗斯研究》2006(01),第79—84页。
10. 段丽君:当代俄罗斯女性主义小说对经典文本的戏拟[J],《当代外国文学》2006(01),第93—99页。
11. 何青志:"隐含作者"研究在中国[J],《社会科学战线》2011(07),第168—172页。
12. 黄玫:文学作品中的作者与作者形象——试比较维诺格拉多夫和巴赫金的作者观[J],《俄罗斯文艺》2008(5),第44—47页。
13. 黄淑芳:"隐含作者"的多重建构性与不确定性[J],《飞天》2010(24),第70—72页。
14. 李建军:论小说作者与隐含作者[J],《中国人民大学学报》2000(03),第103—107页。

15. 李锦艳:隐含作者解析[J],《作家杂志》2011(3),第87—88页。
16. 李朝霞:小议文学语篇中的作者形象[J],《社科纵横》(新理论版)2008(1),第293—294页。
17. 刘娟:试论A.И.戈尔什科夫的俄语修辞观[J],《中国俄语教学》2011(03),第27—31页。
18. 刘亚律:论韦恩·布斯"隐含作者"概念的无效性[J],《江西社会科学》2008(02),第38—43页。
19. 刘月新:试论"隐含作者"及其艺术生成[J],《江海学刊》1995(04),第156—162页。
20. 刘月新:文学阅读与隐含作者[J],《当代文坛》1995(4),第24—26页。
21. 罗朝晖:也谈"隐含作者"[J],《外语与外语教学》2009(04),第42—44页。
22. 马明奎:对于"隐含作者"的反思与重释[J],《文学评论》2011(05),第175—182页。
23. 潘月琴:试论彼特鲁舍夫斯卡娅戏剧创作的基本主题及诗学特征[J],《中国俄语教学》2010(01),第63—66页。
24. 潘月琴:彼特鲁舍夫斯卡娅的戏剧经典《音乐课》[J],《俄语学习》2009(04),第49—53页。
25. 彭甄:《叶甫盖尼·奥涅金》:叙事者形象分析[J],《国外文学》2000(02),第111—113页。
26. 乔国强:"隐含作者"新解[J],《江西社会科学》2008(06),第111—113页。
27. 尚必武:隐含作者研究五十年:概念的接受、争论与衍生[J],《学术论坛》2011(02),第79—86页。
28. 尚必武、胡全生:西方叙事学界的"隐含作者"之争述评——兼纪念韦恩·布思去世两周年[J],《山东外语教学》2007(5),第6—13页。
29. 佘向军:"隐含作者"与艺术人格——对"隐含作者"的再认识[J],《西南民族大学学报》(人文社科版)2004(5),第180—183页。
30. 佘向军:论小说阅读中"隐含作者"的建构[J],《中南民族大学学报》(人文社会科学版)2004(03),第151—154页。
31. 申丹:小说中人物话语的不同表达方式[J],《外语教学与研究》1991(01),第13—18页。

32. 申丹:对自由间接引语功能的重新评价[J],《外语教学与研究》1991(02),第 11—16 页。

33. 申丹:也谈中国小说叙述中转述语的独特性——兼与赵毅衡先生商榷[J],《北京大学学报》(哲学社会科学版)1991(04),第 76—79、82 页。

34. 申丹:论西方叙事理论中"故事"与"话语"的区分[J],《外国文学评论》1991(04),第 17—25 页。

35. 申丹:全知叙述模式面面观[J],《国外文学》1995(02);第 3—11 页。

36. 申丹:对叙事视角分类的再认识[J],《国外文学》1994(02),第 65—74 页。

37. 申丹:究竟是否需要"隐含作者"?[J]——叙事学界的分歧与网上的对话,《国外文学》2000(9),第 7—13 页。

38. 申丹:"故事与话语"解构之"解构"[J],《外国文学评论》2002(02),第 42—52 页。

39. 申丹:作者、文本与读者:评韦恩. C. 布斯的小说修辞理论[J],《英美文学研究论丛》2002(00),第 16—25 页。

40. 申丹:叙事学[J],《外国文学》2003(03),第 60—65 页。

41. 申丹:叙述[J],《外国文学》2003(03),第 66—71 页。

42. 申丹:"话语"结构与性别政治——女性主义叙事学"话语"研究评介[J],《国外文学》2004(02),第 3—12 页。

43. 申丹:视角[J],《外国文学》2004(03),第 52—61 页。

44. 申丹:叙事学研究在中国与西方[J],《外国文学研究》2005(04),第 110—114 页。

45. 申丹:隐含作者、叙事结构与潜藏文本——解读肖邦《黛西蕾的婴孩》的深层意义[J],《北京大学学报》(哲学社会科学版)2005(05),第 100—110 页。

46. 申丹:文体学和叙事学:互补与借鉴[J],《江汉论坛》2006(03),第 62—65 页。

47. 申丹:何为"隐含作者?"[J],《北京大学学报》(哲学社会科学版)2008(02),第 136—145 页。

48. 申丹:关于西方叙事理论新进展的思考——评国际上首部《叙事理论指南》[J],《外国文学》2006(1),第 92—99 页。

49. 申丹:再论隐含作者[J],《江西社会科学》2009(2),第 26—34 页。

50. 申丹:隐含作者的复活[J],《江西社会科学》2007(05),第 30—40 页。

51. 孙美玲:俄罗斯女性文学翼影录[J],《俄罗斯文艺》1995(02),第 47—53 页。

52. 汪小玲:论《洛丽塔》的叙事策略与隐含作者的建构[J],《外国语》(上海外国语大学学报)2007(04),第 72—76 页。
53. 王加兴:从视角结构看《黑桃皇后》的作者形象[J],《解放军外国语学院学报》1999(03),第 40—42 页。
54. 王加兴:论作者形象与风格的关系[J],《中国俄语教学》1996(5),第 12—16 页。
55. 王加兴:论维诺格拉多夫的作者形象说[J],《中国俄语教学》1995(3),第 1—6 页。
56. 王加兴:试析俄罗斯文艺学中的作者论[J],《当代外国文学》1996(1),第 132—137 页。
57. 王燕:本地栽花异域香——文坛"怪葩"柳·彼特鲁舍夫斯卡娅[J],《牡丹江师范学院学报(哲学社会科学版)》2011(02),第 33—35 页。
58. 王燕、刘娟:俄语引语现象思辨——Л: Петрушевская 短篇小说中的引语研究[J],《哈尔滨工业大学学报》(社会科学版)2011(2),第 114—117 页。
59. 夏忠宪:《作家日记》VS 博客——陀思妥耶夫斯基的叙事策略与话语建构[J],《俄罗斯文艺》2011(2),第 29—35 页。
60. 薛春霞:真实作者与隐含作者的伦理关系[J],《江西社会科学》2009(02),第 35—39 页。
61. 张会森:维诺格拉多夫与修辞学——纪念维氏诞生 100 周年[J],《修辞学习》1995(5),第 5—6 页。
62. 张建华:论后苏联文化及文学的话语转型[J],《解放军外国语学院学报》2008(01),第 105—110 页。
63. 张兴宇:试析列夫·托尔斯泰小说《舞会之后》的"作者形象"[J],《中国俄语教学》2009(01),第 65—68 页。
64. 张玉丽:作者形象的表现形态——以《叶甫盖尼·奥涅金》为例[J],《时代文学(下半月)》2008(01),第 118 页。
65. 赵晓彬:谈文艺篇章修辞分析若干问题[J],《外语学刊》(黑龙江大学学报)1997(1),第 46—48 页。
66. 郑丽:彼特鲁舍夫斯卡娅的"恐怖神话"——评彼特鲁舍夫斯卡娅小说集《从前有一个想杀死她邻居孩子的女人》[J],《外国文学动态》2010(05),第 41 页。
67. 周启超:她们在幽径中穿行——今日俄罗斯女性文学风景谈片[J],《当代外国文学》1996(02),第 141—145 页。

（四）中文类学位论文

1. 何青志:隐含作者的多维阐释 [D],2011 年,吉林大学。
2. 黄友:转述话语研究 [D],2009 年,复旦大学。
3. 李惠:彼得鲁舍夫斯卡娅作品中女性形象剖析[D],2010 年,内蒙古师范大学。
4. 唐善生:话语指及其篇章功能研究[D],2005 年,华东师范大学。
5. 王卓:论柳・彼德鲁舍夫斯卡娅作品的悖谬艺术手法 [D],2008 年,吉林大学。
6. 辛勤:生与死——彼特鲁舍夫斯卡娅小说创作主题研究 [D],2006 年,首都师范大学。